François Cheng

REGENBOGEN ÜBERM JANGTSE

Roman

Aus dem Französischen
von Sigrid Vagt

verlegt bei
KINDLER

Vorwort

In der ersten Hälfte der fünfziger Jahre war ich Tianyi mehrfach begegnet. Sein unruhig offenes Gesicht hatte mich ebenso beeindruckt wie seine Malerei, in der sich in eigenartiger Alchemie kraftvolle Dichte mit zartester Leichtigkeit verband. In seinem nahezu leeren Atelier hatte ich auch Véronique kennengelernt. Von ihr erfuhr ich Ende 1956, daß Tianyi überraschend nach China zurückgekehrt war. Zwar hatte ich damals seine Rückkehr bedauert, doch übermäßig erstaunt war ich darüber nicht, hatten doch viele Studenten nach Abschluß ihres Studiums diese Entscheidung getroffen, entweder aus freien Stücken oder weil sie nicht wußten, wovon sie leben sollten.

Ich selbst war in den folgenden Jahrzehnten durch die harte Erfahrung des Exils und die Suche nach einer anderen Lebensmöglichkeit vollauf in Anspruch genommen und vergaß schließlich die meisten Menschen, mit denen ich in meiner Anfangszeit in Frankreich in Berührung gekommen war, so auch Tianyi und Véronique. Sie verblaßten in meiner Erinnerung wie eine alte Fotografie in einer Schublade. Fast ein Vierteljahrhundert später, 1979, erhielt ich gänzlich unerwartet einen kurzen Brief von Tianyi, in dem er mich bat, wieder Verbindung mit ihm aufzunehmen, und vor allem erkundigte er sich nach Véronique. China hatte gerade die Kulturrevolution hinter sich und versuchte mehr schlecht als recht, seine Wunden zu verbinden. Man durchlebte eine Phase von »Reumütigkeit« und »Offenheit«. Der Wind wehte durch halb geöffnete Fenster und Türen. Zusammen mit der nationalen Tragödie kamen auch Millionen persönlicher Dramen ans Licht.

Durch vielerlei Nachforschungen erfuhr ich, daß Véronique rund zehn Jahre zuvor bei einem Autounfall ums Leben gekommen war. Ich wagte nicht gleich, Tianyi die traurige Nachricht zu übermitteln, denn wie ich seiner Adresse entnommen hatte, lebte er in irgendeinem Heim, und seine erregte Schrift ließ einen gestörten Geisteszustand vermuten. Doch mein Entschluß stand fest. Ich wollte ihn persönlich aufsuchen. Da er mir ein Lebenszeichen geschickt hatte, konnte ich dem Wunsch, auf seinen Ruf zu antworten und zu erfahren, was er erlebt hatte, nicht widerstehen.

Allerdings mußte ich mit der Reise bis 1982 warten. Ich nutzte die Einladung einer chinesischen Universität als offiziellen Vorwand zu einem längeren Aufenthalt in China. Nachdem ich meinen beruflichen Pflichten nachgekommen war, fuhr ich den Sommer über in die Stadt S. im Nordosten. Das Heim, in dem Tianyi lebte, erwies sich als eine Art allgemeines Auffangbecken für Alleinstehende ohne Familienangehörige, für Körperbehinderte und für Personen, die als geistig gestört eingestuft wurden, aber kein gewalttätiges Verhalten zeigten. Der staubige Warteraum war stickig heiß; man ließ mich auf einer Bank in einer Galerie Platz nehmen, die sich auf den großen Innenhof hin öffnete, wo sich lauter hilflose Menschen bewegten. Nach einer Weile sah ich vom anderen Ende der Galerie eine weißhaarige Gestalt mit unsicherem Gang auf mich zukommen. Große, leicht vorstehende Augen richteten sich auf mich, übergroß im Verhältnis zu dem hageren Gesicht. Doch war mein Schock gewiß nicht mit seinem vergleichbar, als ich ihm schließlich eröffnen mußte, daß er Véronique nicht mehr wiedersehen würde. Nach dem ersten Moment des Erstarrens zog er mich, noch gebeugter als vorher, mit in sein enges Zimmer, wo sich auf einem einfachen Tisch Papierstapel türmten. Als er einen hervorzog, um ihn mir zu zeigen, stellte ich fest, daß es sich um einen sehr langen, ziehharmonikaförmig gefalteten Streifen aus lauter aneinandergeklebten dicken Papierbogen handelte. Auf den ersten Blick schätzte ich die aufgeschichteten Stapel auf rund vierzig. All dieses Geschriebene, das Tianyi als provisorisch und unfertig bezeichnete, war für Véronique bestimmt gewesen. Da es die Adressatin nicht mehr gab, vertraute er mir die Papiere ungeordnet an und versicherte, wenn sie in China blieben, hätten sie alle Aussicht, auf dem Müll zu landen oder als Brennmaterial verwendet zu werden.

Doch was waren diese Aufzeichnungen gegenüber den Möglichkeiten der Stimme? Mußte die in seinem Inneren vergrabene Stimme nach all den Jahren nicht wieder hervorsprudeln, da jemand von so weit her gekommen war, um sie zu hören? Es begannen die intensivsten Tage meines Lebens. Tianyi redete, stundenlang, ununterbrochen. Während er redete, notierte ich alles, was mein Ohr aufnahm. Ich hatte zwar ein einfaches Tonbandgerät dabei, fürchtete aber, die aufgenommenen Bänder könnten beschädigt oder bei meiner Ausreise aus China beschlagnahmt werden. Abends war ich todmüde, trotzdem gönnte ich mir keine Ruhe. Ich versuchte, mich in den schriftlichen Bericht zu vertiefen, den Tianyi mir übergeben hatte: die – erlebte oder phantasierte? – Geschichte seines Lebens, schwer zu entziffern wegen der gehetzten, wirren Schrift mit den vielfachen Streichungen, aber auch wegen der zahlreichen Unstimmigkeiten und Lücken in der Erzählung. Und doch gelangte man durch die sich überstürzenden Fluten bisweilen an Gestade glanzvoller Komposition. Auf jeden Fall war es aus Tianyis eigener Sicht lediglich ein Entwurf, mit dessen Hilfe er einen Leitfaden auszumachen, Anhaltspunkte festzuhalten suchte. Er drängte mich, ihm genaue Fragen zu stellen, um eventuelle Lücken zu füllen. Mit mir als Gesprächspartner hoffte er sehnlichst, so weit irgend möglich, alles erzählen zu können.

Während ich Tianyi zuhörte, hatte ich alle Muße, ihn zu betrachten. Tatsächlich konnte ich nicht umhin, mich zu fragen: Ist er verrückt, wie behauptet wird? Ich wußte sehr wohl, warum man ihn an diesen Ort gebracht hatte. Aus dem Krankenhaus, wo er wegen schwerer Verdauungsstörungen behandelt wurde, war er regelmäßig fortgelaufen. Dabei hatte er Pferdeäpfel, die er unterwegs fand, aufgesammelt und sich die Taschen damit vollgestopft unter dem Vorwand, diese Pferdeäpfel erinnerten ihn an das Zeichenpapier, auf dem er gemalt hatte und das eben die Bezeichnung Pferdeäpfelpapier trug. Von dieser seltsamen Marotte abgesehen, verrieten auch seine Reden und Zeichnungen eine offensichtliche Verwirrung. Das rechtfertigte seine Einlieferung hier voll und ganz. Nach

Tianyis eigenen Worten hatte er nach wie vor abwechselnd Phasen von Unruhe und von tiefer Niedergeschlagenheit. Ist er verrückt? Da ich von diesen Dingen nichts verstand, verwirrte mich sein widersprüchlicher Zustand. Einerseits war er sich jenes unkontrollierbaren Teils seiner selbst bewußt, andererseits erzählte er mit großer Klarheit sein Leben. Von Zeit zu Zeit befingerte er nervös einen Gegenstand, und sein Blick bekam einen leicht irren Glanz. Dabei verlor er keineswegs den Faden seiner Erzählung; geduldig ging er auf alle Einzelheiten ein. Von Tag zu Tag hatte er sich besser unter Kontrolle. Allerdings gab es eine gewisse Verwirrung – die ich in meinen Aufzeichnungen respektiert habe – bei den Tempusformen. Während er gewöhnlich im Imperfekt erzählte, wechselte er plötzlich ins Präsens, wenn es um Szenen oder Episoden ging, die wahrscheinlich tiefste Spuren hinterlassen hatten. Vor allem, als er auf die Zeit nach seiner Rückkehr nach China zu sprechen kam, benutzte er fast durchgängig das Präsens, als tauchten die berichteten Ereignisse im Moment des Erzählens in ihm auf. Dann war er nicht mehr das verlorene Wesen, das die Aufmerksamkeit eines anderen erbettelte, um die Fetzen der Vergangenheit zusammenzuklauben. Er überwand Müdigkeit und körperliche Schmerzen, die ihn plagten, und wurde – fast ruhig, wie verwandelt – zu einem Mann, der seine Würde zurückgewonnen hatte. Eine souveräne Kraft schien seinem Mund zu entströmen und über der Hervorbringung eines ganzen wiedererschaffenen Schicksals zu walten. Im Halbdunkel des Zimmers erinnerte mich sein in Unschuld und Inbrunst erstrahlendes Gesicht an das Bild des jungen Hölderlin, das ich in Deutschland gesehen hatte.

Zurück in Frankreich, wurde ich selbst krank. Ich war die meiste Zeit bewegungsunfähig und konnte, als mich die Nachricht vom Tod des erschöpften Mannes erreichte, keine Reise nach China ins Auge fassen. Er hatte sich gewünscht, ein Teil seiner Asche solle in die Wasser der Loire gestreut werden ... Seitdem waren mir lange leidens- und sorgenvolle Monate wie Sand zwischen den Fingern zerronnen. Ich hatte Tianyi keineswegs vergessen; der Gedanke an ihn tröstete mich, auch wenn er mir gleichzeitig ununterdrückbare Gewissensbisse verursachte, weil ich nichts für ihn tun konnte. 1993 fand ich mich nach einer Operation zu meiner Überraschung unter den Lebenden wieder. Wie um mich einer Schuld zu entledigen, machte ich mich an die schwere Aufgabe, den Bericht, der mir anvertraut worden war, zu rekonstruieren und ihn ins Französische zu übertragen. Hier ist er nun.
So hat immerhin einer, bevor alles verschwindet, bevor das Jahrhundert zu Ende geht, aus dem tiefsten Inneren des Tonerdelands allein durch die Kraft des Wortes all seinen Reichtum weiterzugeben vermocht, den Reichtum eines Lebens »voller Verlockung und wildem Verlangen«.

Erster Teil

EPOS DES AUFBRUCHS

1

Es begann mit dem Schrei in der Nacht. Herbst 1930. China mit seiner fünftausendjährigen Geschichte und ich mit meinen fast sechs Jahren Erdenleben, denn geboren war ich im Januar 1925. Meine Eltern hatten mich zum ersten Mal mit aufs Land genommen, fort aus der Stadt Nanchang, die noch unter der Hitze glühte und vom Lärm der Enthauptungsszenen dröhnte. Ich spielte mit meiner kleinen Schwester in dem Zimmer, wo unsere Familie schlafen sollte, während meine Eltern trotz der späten Stunde noch mit der Tante, bei der wir zu Gast waren, nebenan saßen und sich unterhielten. Da ertönte plötzlich ein langgezogener Schrei. Erst klagend und fern, dann näher und schriller, verwandelte er sich schließlich in einen immer gleichen Singsang, monoton und gellend und doch unendlich einlullend. Es war die Stimme einer Frau, entsprungen, so schien es, aus ihrem tiefsten Innern oder aus dem Schoß der Erde, erfüllt vom Nachhall eines uralten Klangs. Dann vernahm man auch die Worte: »Irrende Seele, wo bist du, wo bist du? ... Irrende Seele, komm her, komm her ... Irrende Seele ...« Wie gebannt von dieser Stimme, diesen Worten, wohl auch zur Beruhigung meiner vor Angst verstummten Schwester, rief ich geradezu munter: »Ich komm' ja schon; ich komm' ja schon ...«

Und je lauter die Stimme draußen wurde, desto lauter antwortete ich. Da stürzten mit Getöse die Erwachsenen ins Zimmer, meine Tante voran, meine Eltern hinterdrein. Alle schrien auf mich ein: »Sei still! Sei still!«, dann ohne Übergang: »Geht jetzt schlafen! Wir dachten, ihr seid längst im Bett!« Dieser Befehl kam so barsch und unerwartet, daß es mir, zumal angesichts der aufgelösten Mienen, den Atem verschlug. Nachdem die Kerze gelöscht war, fand ich im Dunkeln keinen Schlaf. Ich schnappte einige Worte der Erwachsenen auf und begriff dadurch ungefähr, worum es ging. Die schreiende Frau hatte gerade ihren Mann verloren und rief in dieser Nacht die umherschweifende Seele des Toten, damit diese sich nicht verirrte. Dem Ritual gemäß beginnt die Witwe am dritten Abend, nachdem sie einige für den Toten bestimmte Geldscheine verbrannt hat, mit ihrem Rufen. Wenn zufällig jemand unter den Lebenden auf diesen Ruf antwortet, verliert er seinen Körper, denn die umherschweifende Seele schlüpft in ihn hinein, und der Verstorbene kehrt so in die Welt der Lebenden zurück. Dagegen wird die Seele dessen, der auf diese Weise seinen Körper verliert, nun ihrerseits zu einer umherschweifenden. Sie irrt so lange umher, bis auch sie wieder einen anderen Körper findet. Kurz darauf hörte ich noch, wie die Erwachsenen sich beruhigten: »Aber die Antwort eines Unschuldigen zählt nicht!« Wie können sie beruhigt sein? fragte ich mich. Denn ich selbst sah mich meinen Körper verlieren, sah mich bereits tot!

Was der Tod war, wußte ich, weil mich ein unbesonnener Hausangestellter zu der Hinrichtung eines »revolutionären Banditen« mitgenommen hatte. Auf der Schulter des

Hausangestellten sitzend hatte ich über die erregte Menge hinweg deutlich gesehen, was dort geschah. Es gab ebenfalls einen Schrei, den des Henkers, der hinter dem knienden Verurteilten stand. Ein kurzer, knapper Schrei, blitzend fuhr der Säbel nieder, aus dem Hals des Verurteilten schoß das Blut, der Körper sackte zusammen, und der Kopf rollte in den Sand. Aus der Menge stieg bewunderndes Gemurmel auf. Der Tod war also etwas, das die Menschen einander antaten, mit einer bewährten, unfehlbaren Technik. Schon damals lernte ich, daß man sich auf keinen Fall von dem frisch abgeschlagenen Kopf beißen lassen darf. Denn wer gebissen wird, tritt an die Stelle des Toten. Er stirbt, und der Tote wird wieder lebendig.

Da ich nun auf den Ruf der Frau geantwortet hatte, zweifelte ich nicht daran, daß ich von der umherschweifenden Seele eingefangen worden war. Wie konnte ich dem Schicksal noch entkommen? Von dieser Vorstellung gemartert, sank ich in Schlaf, einen unruhigen Schlaf voll schreckenerregender Alpträume. Die vage Besorgnis meiner Eltern erwies sich als berechtigt. Die ganze Nacht über litt ich unter einem heftigen Fieberwahn. Als ich spät am nächsten Vormittag erwachte, war ich bleich und erschöpft. Ich wickelte mich aus dem völlig durchnäßten Laken wie aus einem Leichentuch und stellte fest, daß ich noch lebte. Doch war ich mir auf einmal selbst fremd. Ich wußte, jemand anders hatte meinen früheren Körper gestohlen, und dieser fast leblos daliegende Körper war ein fremder Körper, an den sich meine Seele, koste es, was es wolle, geklammert hatte.

Wie sollte ich mich hinfort von der Vorstellung befreien, daß ich – wider allen gesunden Menschenverstand, wonach der Mensch ein mit einer Seele begabter Körper ist – eine umherschweifende Seele war, die, so gut es ging, in einem nur geliehenen Körper wohnte. Von nun an würde alles in mir auseinanderklaffen. Niemals würden die Dinge vollständig zusammenfallen können. Davon war ich überzeugt; das war in meinen Augen das Wesentliche in meinem Leben oder im Leben überhaupt.

2

Zweieinhalb Jahre nach jenem Schrei in der Nacht zog ich mit meinen Eltern in eine armselige Hütte am Fuß des Lu-Gebirges, ganz im Norden der Provinz Jiangxi, unweit des Flusses Jangtse, wo wir auch während der folgenden Jahre lebten. Meine kleine Schwester war im Lauf einer Meningitis-Epidemie gestorben. Meine Schwester, meine Spielgefährtin, meine Komplizin, die jede Nacht neben mir schlief, öffnete eines Morgens ihre Augen nicht mehr, lächelte mich nicht mehr an, antwortete mir nicht mehr. Auf einmal war sie nicht mehr da, nie mehr da, und hinterließ eine riesengroße Lücke. Bei allem Kummer meiner Eltern und all meinem eigenen Herzeleid war ich doch zugleich überzeugt, daß sie noch irgendwo war, daß sie Verstecken mit mir spielte. Wie oft, wenn ein Möbelstück knarrte, wenn die Blätter auf dem Pfad raschelten, habe ich mich umgedreht ...

Als meinem Vater bewußt geworden war, daß sein Gesundheitszustand sich verschlechterte – er litt von jeher an Asthma und chronischer Bronchitis und zog sich schließlich eine Tuberkulose zu –, hatte er sich eines Tages entschlossen, die Stadt zu verlassen und sich in dieses abgelegene Dorf im Herzen der Natur zurückzuziehen, wo überwiegend Tee angebaut wurde. Die strohgedeckte

Hütte, in der unsere kleine Familie wohnte, stand neben dem verfallenen Dorftempel, den mein Vater wieder instandgesetzt hatte, um den Kindern aus dem Dorf und der Umgebung einen ersten Schulunterricht zu erteilen. Daneben übernahm er auch die Funktion des Dorfschreibers und machte sich damit ebenso nützlich wie als Lehrer. Neben den Briefen, die es zu schreiben, und den Verträgen, die es aufzusetzen galt, mußte er den Leuten zu vielerlei wichtigen Anlässen – wie Geburtstage, Hochzeiten, Begräbnisse, Jahrestage, Hausbau, Geschäftseröffnung usw. – Kalligraphien anfertigen, alle möglichen Sinnsprüche, Zitate, Epigramme, Mantras, Stelen und Schilder. Zu meiner Verwunderung pflegte das Volk trotz seines Analphabetismus einen wahren Kult der Ideogramme. Es war durch diese Schriftzeichen zwar unbewußt, aber doch tief geprägt und zeigte sich für ihre Symbolkraft wie für ihre bildliche Schönheit gleichermaßen empfänglich. Nicht immer konnte mein Vater den vielen Bitten nachkommen, zumal wenn er seine Asthmaanfälle hatte; dann sah ich mich verpflichtet, ihm zu helfen. In der Kunst der Linienführung recht begabt, begann ich mich ernsthaft in Kalligraphie zu üben. Unter der Anleitung meines Vaters lernte ich die alten Meister in ihren unterschiedlichen Stilen zu kopieren, studierte aber ebenso, was die allgegenwärtige Natur an lebenden Motiven bot: die Gräser, die Bäume und bald auch die Teefelder. Deren terrassenförmige Anordnung kannte ich durch genaues Beobachten schließlich in- und auswendig: es waren wahrlich wohldurchdachte Kompositionen. Scheinbar von Menschen festgelegt, folgten ihre Konturen in regelmäßigen Rhythmen der immer wieder andersartigen Form des Geländes und verrieten dadurch den Verlauf der »Drachenadern«, ihre wahre untergründige Struktur. Durchdrungen von dieser Vision, die sich durch meine kalligraphischen Übungen noch verstärkte, fing ich an, mich mit der Landschaft eins zu fühlen.

Nach und nach wurden mir neben den Formen auch die Gerüche und Farben, die die dichten Büschel der Teeblätter entfalteten, zu Vertrauten, ja Verbündeten. Sie brachten Abwechslung in mein recht einsames Leben (die meisten Dorfkinder mußten ihren Eltern bei der Feldarbeit helfen und kamen nur während der wenigen halbwegs arbeitsfreien Monate in die Schule), so sehr variierten sie in Schattierungen und Nuancen je nach Jahreszeit, Tag oder sogar Stunde. Auslöser dieser Veränderungen waren nicht nur Licht und Temperatur mit ihren in dieser Region allerdings häufigen Schwankungen, sondern auch die für das Lu-Gebirge charakteristischen Nebel und Wolken. Sie tauchten die Landschaft in eine bald durchsichtig blaugetönte, bald dichte und feste Atmosphäre, wie auf den Bildern, die man als Gravur oder Relief auf den Paravents sieht.

»Nebel und Wolken des Lu-Gebirges« – zum Sprichwort gewordener Inbegriff für ein unfaßbares Geheimnis, eine verborgene und doch verlockende Schönheit. Mit ihren launischen, unvorhersehbaren Bewegungen, ihren unbeständigen Färbungen – rosa oder purpurrot, jadegrün oder silbergrau – umgaben sie die Berge mit einem Zauber. Sie bildeten sich zwischen den vielfältigen Spitzen und Kuppen, hingen in den Tälern, stiegen in die Höhen auf und hielten alles in geheimnisvoller Schwebe. Hin und wieder aber verzogen sie sich plötzlich und enthüllten den Menschen die ganze Pracht des Gebirges. Mit ihren seidenweichen Körpern und ihrem Duft nach feuchtem Sandelholz glichen diese Nebel, diese Wolken leiblichen und doch unwirklichen Wesen, Botschaftern von anderswo, die, je nach Lust und Laune, einen Augenblick oder auch länger Zwiesprache mit der Erde hielten. An manch hellen Vormittagen drangen sie durch die Fensterläden still und leise bei den Menschen ein und umhüllten und umschmeichelten sie mit ihrer anheimelnden Weichheit. Doch wollte man nach ihnen greifen, waren sie ebenso lautlos schon wieder verschwunden. An manchen Abenden, wenn die dichten Nebel stiegen und mit den ziehenden Wolken zusammentrafen, kam es zu Niederschlägen. Regenschauer ergossen ihr reines Wasser in die an den Häuserwänden bereitgestellten Töpfe und Gläser. Mit diesem Wasser kochten die Dorfbewohner den besten Tee der Gegend. Waren die Niederschläge vorüber, rissen die Wolken rasch auf und gaben für die Dauer einer kurzen Aufheiterung den Blick auf den höchsten Berg frei. Doch von Hügeln umgeben, bewahrte dieser mit seinen bizarren, gefährlich aufragenden Felsen, von einer ebenso bizarren Vegetation leuchtend umkränzt, im unbestimmten Widerschein des Abends das ganze Geheimnis seiner stolzen Schönheit. Unterdessen hatten sich im Westen die Wolken gesammelt, ein stilles, unendliches Meer, dessen Fluten die sinkende Sonne trugen, wie ein in buntem Lichterglanz funkelndes Traumschiff. Wenig später hüllte sich der Gipfel in blaßvioletten Dunst und wurde von neuem unsichtbar – wie es sich gebührt, denn es ist die Stunde, da sich der Berg Lu auf seine tägliche Wanderung nach Westen begibt, um der »Königinmutter des Westens« zu huldigen – wie die

Taoisten sagen – oder Buddha seinen Gruß zu entbieten. In diesem Augenblick schien es, als wollte das Universum seine verborgene Wirklichkeit offenbaren: es war in ständiger Verwandlung. Das scheinbar Feste löste sich in Bewegung auf; das scheinbar Endliche versank im Unendlichen. Kein Zustand war starr oder endgültig. War dies nicht die reinste Wirklichkeit, da doch alles Lebendige nur eine »Verdichtung des Atems« ist?

Seit jener Zeit ahnte ich, wenn auch noch vage, daß die Wolke – dieses immaterielle und doch substantielle Etwas, diese ätherische und doch fast greifbare Präsenz – mein Element sein würde. Später, als ich alt genug war, sollte ich verstehen, warum die Chinesen so wolkenbegeistert sind, warum sie den Ausdruck »Wolken und Regen« als Bezeichnung für den Liebesakt und den Zustand der Ekstase verwenden, warum es bei den Dichtern und den Taoisten heißt: »Nebel und Wolken essen«, »Nebel und Wolken liebkosen«, »in Nebeln und Wolken schlafen«. Denn was ist die Wolke? Woher kommt sie? Wohin geht sie? Da ich alle Muße hatte, sie zu beobachten, sah ich, daß sie als Nebel im Tal entstand, dann in die Höhe stieg, bis sie den Himmel erreichte, wo sie, je nach Wetter und Wind, nach Belieben treiben und alle Formen annehmen konnte. Von Zeit zu Zeit aber, als sei sie ihres Ursprungs eingedenk, fiel sie, einen Kreislauf vollendend, bereitwillig als Regen wieder zur Erde herab. Sie war also immer irgendwo und doch von nirgendwo. Was war sie dann? Nichts. Doch wie eintönig wären Himmel und Erde ohne sie!

Meine Mutter ließ sich nichts vormachen. Wenn sie meine abwesende Miene sah, sagte sie oft: »Du schwebst wieder in den Wolken« und forderte mich auf, aus meiner luftigen

Kutsche zu steigen. Sie ahnte nicht, daß ich nicht in einer Wolkenkutsche saß: ich war Wolke. Diese Identifikation mit dem flüchtigen Element ließ mich einmal mehr mein Schicksal vorausahnen als das eines Umherschweifenden, der immer am Rande steht, wie am Fuß dieses ebenso ungreifbaren wie unnahbaren Gebirges. Ich würde weder von hier sein noch von anderswo, vielleicht nicht einmal von dieser Erde. Bei solchen Gedanken regte sich in mir eine tiefe Traurigkeit. Der plötzliche Verlust meiner Schwester, die Unsicherheit hinsichtlich meines Körpers und die ständigen, nur von den Hustenanfällen meines Vaters unterbrochenen, buddhistischen Litaneien meiner Mutter verschlimmerten alles noch. In einen Winkel des Hauses gekauert, umhüllt vom Duft der Räucherstäbchen und der Arzneien meines Vaters, die den ganzen Tag über vor sich hin köchelten, fragte ich mich: Werde ich eines Tages meine Eltern verlassen? Werden sie mich eines Tages verlassen? …

Doch hin und wieder wurde mir auch licht und leicht ums Herz. Wenn es denn so ist, sagte ich mir, kann ich ebensogut genießen, was die Erde zu bieten hat! Wie den dicken Kürbis im Gras, der angenehm zu streicheln und zu betasten ist. Ein kurzes Leben ist nicht viel, um zu erforschen, was die Erde entfaltet und enthüllt. Ja, alles, was man erblickt und erahnt, scheint wunderbar, auch wenn es vergänglich ist. Man muß nur etwas damit anzufangen wissen. In solch schwärmerischen Augenblicken spürte ich eine unbestimmte Fröhlichkeit in mir aufsteigen, so überwältigend, daß mir der Atem stockte. Eines Tages hatte ich eine Erleuchtung. Alles, was die Außenwelt in mir hervorrief, konnte ich ja ausdrücken mit etwas, das mir zur Verfügung stand: mit der Tusche. Tatsächlich mußte ich jeden Morgen die Tusche für die Kalligraphieübungen vorbereiten. Dazu rieb ich lange den Tuscheblock in der mit Wasser gefüllten Mulde auf dem breiten Stein, bis das Wasser eine ölige Schwärze annahm. Sobald die Tusche fertig war, genoß ich den Augenblick, wenn ich, um ihre Konsistenz zu prüfen, den voll eingetauchten Pinsel frei auf das feine, durchscheinende Papier setzte, das die Tusche rasch aufsog und sich dabei ein wenig »bewässern« ließ. Noch minutenlang behielt sie ihre glänzende Frische, als wollte sie ihre Freude darüber zeigen, daß das Papier sie bereitwillig und genüßlich aufnahm. Diesen Zauber des Papiers beim Aufnehmen der Tusche verglichen die Alten mit der leicht pudrigen Außenhaut eines jungen Bambus beim Aufnehmen der Tautropfen. Ich verglich ihn gern mit der Empfindung, wenn beim Kosten der feinen Reismehlkuchen ein Stück auf der Zunge zergeht und einen schier unauslöschlichen Geschmack hinterläßt.

Als ich nun an diesem Tag meinen Blick in die bodenlos reflektierende, leicht irisierende Flüssigkeit versenkte, erschien mir das Bild des wolkenverhangenen Gebirges, wie ich es am Morgen in mich aufgenommen hatte. Sogleich fing ich an zu zeichnen und bemühte mich, es wiederzugeben, sowohl in seinem faßbaren als auch in seinem flüchtigen Aspekt. Das Resultat entsprach leider ganz und gar nicht dem, was mir vorschwebte. Doch die Zauberkraft von Tusche und Pinsel hatte mich in ihren Bann gezogen. Ich ahnte, daß sie zu meiner Waffe werden könnten. Vielleicht zur einzigen, die ich besitzen würde, um mich vor der erdrückenden Gegenwart des Außen zu schützen.

3

Nach der harten Eingewöhnungszeit sah ich meine Mutter in der neuen Umgebung ein wenig aufblühen. Tatsächlich war sie es, die der kleinen Familie im täglichen Leben Halt gab. In allem Leid und Unglück bewies diese so unscheinbar wirkende Frau, die kaum lesen und schreiben konnte, einen starken Willen und die Weisheit des einfachen Volkes. Äußerte sich die Weisheit meines Vaters im häufigen Zitieren von Klassikern und Gedichten aus der Tang-Zeit, schöpfte meine Mutter aus dem immensen Reservoir an Sprichwörtern, die sie auch bei den alltäglichsten Gelegenheiten anführte, wie zum Beispiel: »Solange der Berg steht, wird es an Holz nicht mangeln«, »Wer Kohl pflanzt, wird keinen Kürbis ernten«, »Gute Arznei schmeckt bitter«. In anderen kam ihr buddhistischer Glaube zum Ausdruck: »Eine gute Tat tun, ist besser als zehn Pagoden bauen«, »Mag der Mensch auch oft die Augen schließen, der Himmel schläft nie«, »Buddhas Kerze fürchtet keinen Wind«. Und sie benutzte noch andere, geheimnisvollere buddhistische Formeln, auch wenn sie sie nicht immer verstand, wie: »Nichts ist verloren, alles ist da«, »Alles ist nichts, nichts ist alles.« Mit Hartnäckigkeit und Geduld gelang es ihr, sich ein einfaches Glück zu schaffen. Als Vegetarierin konnte sie mit meiner Hilfe

ihre Lieblingsgemüse im Garten selbst anbauen. Von ihr lernte ich, Kleingemüse und eßbare Wildfrüchte aller Art zu suchen, und auch, mit welchen Rezepten man ihnen die Giftigkeit nahm. Das war mir später (Anfang der sechziger Jahre) sehr von Nutzen, als ich im Lager die harte Zeit der Hungersnot durchzustehen hatte, von der infolge menschengemachter Katastrophen ganz China betroffen war.
Als Anwohnerin des Tempels praktizierte meine Mutter nach den buddhistischen Vorschriften Barmherzigkeit. Regelmäßig gab sie Vorüberziehenden, die darum baten, zu essen und zu trinken. Nach einigen Jahren hatte sie sich sogar einen gewissen Ruf in der Gegend erworben. Es war erstaunlich zu beobachten, wie viele unterschiedliche Menschen durch dieses völlig abgelegene Nest kamen: Bettler, Saisonarbeiter, Deserteure, ausgerissene Liebespaare, fliehende Banditen, die in die Wälder gingen, Gelehrte auf der Suche nach Einsamkeit, Wandermönche ... Das alte China schien hier noch unangetastet fortzuleben. Unter all diesen Vorüberziehenden gab es zwei, die ich nie vergessen habe: den verwundeten Banditen und den taoistischen Wandermönch.
Der Bandit kam an einem Spätnachmittag im Sommer. Nachdem er mit heiserer, aber dennoch sonorer Stimme seine Anwesenheit kundgetan hatte, betrat er, ohne zu zögern, den Tempel. Als meine Mutter ihm nachging, folgte ich ihr und sah im Halbdunkel einen Mann von eindrucksvoller Körperfülle sitzen, mit struppigem Haar und wildem Blick. Trotz seiner braungebrannten Haut war sein Gesicht aschfahl. In bestimmtem Ton befahl er meiner Mutter, mich fortzuschicken. Trotzdem beobachtete ich von der Schwelle des Tempels aus, was geschah. Mit einer

schnellen Bewegung zog der Mann aus seinem breiten Gürtel einen blitzenden Dolch, woraufhin meine Mutter zurückwich. »Keine Angst, ich tue Ihnen nichts. Aber wenn Sie mich verraten, wird man mich rächen. Das wird schrecklich für Ihre Familie. Und jetzt helfen Sie mir!«

Er zog sein schwarzes Hosenbein ein Stück hoch, so daß eine Verletzung an der Wade zum Vorschein kam. Eine klaffende Wunde, in der das Fleisch schon brandig wurde. Bei diesem Anblick schrie meine Mutter auf und wandte sich ab. Doch der Mann hatte keine Zeit zu verlieren. Von neuem befahl er: »Halten Sie diesen Dolch ins Feuer, und kommen Sie mit einer Schüssel wieder. Vorher bringen Sie mir eine große Schale *gaoliang**. Ich setze mich unter den Baum hinter dem Tempel. Passen Sie auf, daß niemand kommt!«

Trotz aller Anstrengungen meiner Mutter, mich ins Haus zu schieben, drückte ich mich an sie, während sie ununterbrochen murmelte: »A-mi tuo-fo, a-mi tuo-fo ...«** Ich spürte, wie ihre Hände zitterten und ihr Herz klopfte. Denn von weitem erlebten wir die schreckliche Szene mit. Am Fuß des alten Baumes saß der Bandit, mit vorgebeugtem Oberkörper, vom Wein halb betäubt, und schnitt sich mit seinem Dolch das brandige Fleisch aus der Wunde. Dumpfe Schreie und immer heftigeres Keuchen begleiteten seine Armbewegungen. Allein auf dieser armen Erde, stellte sich der Mann der Grausamkeit, die das Leben ihm auferlegte.

Einige Schwalben segelten in der Ferne, sonst regte sich

* Sorghumwein

** »Buddha, hab Erbarmen, Buddha, hab Erbarmen.«

nichts. Das Universum schien im Anblick des Geschehens erstarrt. Am Horizont stand tiefrot das Rund der sinkenden Sonne, eine riesige blutende Wunde. Oder war es eher ein blutrünstiger Schlund, gierig wartend auf das Verenden des weidwunden Wilds? Ein von Schmerz und Erschöpfung niedergeworfenes weidwundes Wild, ja, das war der Bandit. Zum Erbarmen, wie es in der Litanei meiner Mutter hieß. Doch in meinen Augen war die dunkle Gestalt im Abendschein ebenso eindrucksvoll wie ein König auf seinem Thron, der gerade ein Opferritual vollzog. Sie flößte der Welt ringsum eine heilige Furcht ein. Ja, ein wahrer König. Als das schreckliche Werk vollbracht war, trug der Mann Salbe auf und legte den Verband an, ein die Wunde gut schützendes und leicht abzunehmendes Ölpapier, wie es jeder Bandit, der dieses Namens würdig war, bei sich trug. Er hatte noch die Kraft, sich bis ins Tempelinnere zu schleppen. Dort blieb er rund zehn Tage, und meine Mutter brachte ihm zu essen. Eines Morgens war er verschwunden. Das ganze Dorf war auf dem laufenden. Niemand zeigte ihn an, denn alle wußten, daß es ein Bandit war, der den Armen half. Mehr als zwei Monate danach, kurz vor dem Mondfest, fand meine Mutter auf dem Tempelaltar einen Armvoll kostbaren Schmuck. Sie erahnte dessen Herkunft und verkaufte ihn, ohne zu zögern, um dafür eine große Menge Opfergaben zu erstehen. Von diesen um den Altar herum aufgebauten Opfergaben konnte sich jeder Dorfbewohner nach seinen Bedürfnissen nehmen. So verwandelte sich der so lange verlassene Tempel in eine Kultstätte. Von Wunderheilungen war die Rede; Pilger strömten herbei.

Zum Mondfest ließ sich für mehrere Tage ein Theater nieder. Das aufgeführte Stück erzählte vom Umherziehen eines Mannes, der zu Unrecht verurteilt und dadurch notgedrungen zum Gesetzlosen geworden war. Es war das erste Mal, daß ich ein Theaterstück sah, und ich konnte beobachten, mit welcher Freiheit sich der Schauspieler über Raum und Zeit hinwegsetzt! Er hebt einen Fuß: das heißt, er überschreitet die Schwelle seines Hauses. Ein Peitschenschlag: er reitet auf einem Pferd. Er krümmt den Rücken, das ist er zwanzig Jahre später. Kurz, es gibt weder Raum noch Zeit, nur einen lebendigen Menschen, der sich bewegt, und Raum und Zeit entstehen durch ihn. Es genügt also eine freie Fläche von wenigen Quadratmetern, um alle Träume und alle Leidenschaften des Menschen darzustellen. Während der Vorführung knabberten wir Unmengen geröstete Melonen- oder kandierte Lotuskerne sowie in Teig gebackene Früchte. Als das Stück zu Ende war, stand der Mond hoch am Himmel. Unwiderstehlich zog es uns an den silbern glänzenden Fluß. Mit Netzen fischten wir Aale und Krabben für die Mitternachtssuppe. Und zusammen mit allen Dorfkindern erlebte ich das schönste Mondfest meines Lebens.

Die andere Gestalt, die ich niemals vergessen habe, ist der taoistische Wandermönch, den man schon von weitem an seinem großen Strohhut und dem wehenden Gewand erkannte. Er kam in regelmäßigen Abständen vorbei, im Frühjahr und im Herbst. Bei seiner Ankunft setzte er sich auf die Treppenstufen vor dem Tempel und wartete, bis meine Mutter ihm eine große Schale heißen Reis mit Gemüse brachte. Er aß langsam und schweigend; zu hören waren nur seine Kaugeräusche, denn er genoß jeden Mundvoll. Dadurch bekam die einfache Nahrung, die mir durch die tägliche Gewohnheit längst übergeworden war, einen ganz neuen Reiz und ließ mir unweigerlich das Wasser im Mund zusammenlaufen. Am Ende stand der Mönch auf, reichte meiner Mutter die leere Schale mit beiden Händen, wie in einer Opfergeste, doch ohne ein Wort des Dankes. Dann strich er seinen würdigen Bart glatt und wandte sich zum Gehen. Nur beim letzten Mal gab er meiner Mutter die Schale zurück mit den Worten: »Dank für Eure Güte, gute Frau; Euer Lohn ist Euch gewiß.« Und auf den verborgenen höchsten Gipfel des Gebirges deutend, setzte er hinzu: »Ich gehe dort hinauf und komme nicht mehr wieder.« Nach diesen Worten drehte er sich um und ging, wobei er frei und geradezu fröhlich vor sich hin sang: »In der Grotte der Reinheit wohnen die Unsterblichen. Dort strömt die klare Quelle und versieget nie! ...« Sein wehendes Gewand verschwand im Dunst, leicht wie ein Kranich im Flug.

Später als Erwachsener und insbesondere während meines Aufenthalts in Europa, wo man mich überall »den Chinesen« nannte, dachte ich zwangsläufig über China, mein Geburtsland, nach und über das Volk, um dessen Schwächen ich wußte und dem man dennoch eine gewisse Größe nicht abspricht. Wegen seiner Masse, seines Alters oder seines unbeschränkten Fortbestehens? Weit eher doch wohl wegen des Vertrauenspaktes oder des wechselseitigen Einverständnisses zwischen ihm und dem Kosmos, denn es glaubt an den lebendigen Atem, die rhythmisch strömende Kraft, die alles mit allem verbindet. Daher vielleicht diese Lebensweise, die keiner anderen gleicht. Bei dem Versuch, das Wesen dieses Volkes zu umschreiben, stoße ich jedesmal auf die kontrapunktischen Bilder des

Banditen und des Mönchs als zwei emblematische Gestalten. Scheinbar so gegensätzlich, erscheinen sie mir letztlich nicht nur komplementär, sondern untrennbar zusammengehörig.

Der Bandit hat die Füße fest in den Boden gestemmt, gleich dem unentwurzelbaren Baum, an den er sich lehnt; durch und durch erdverbunden, beweist er unbegrenzte Geduld und Vitalität, ganz wie die Erde, die ihn trägt. Welches Ungemach ihn auch trifft, er weicht nicht. Denn er hat ein naives Grundvertrauen oder grundnaives Vertrauen in seinen eigenen Lebenswillen, den er mit dem des Universums gleichsetzt. Je nach den Umständen kann er von feinfühliger Sanftmut, die sein natürlicher Zustand ist, zu unnachgiebiger Heftigkeit übergehen. Dabei ist er bestrebt, in seinem Verhalten einer seit Jahrtausenden überlieferten instinktiven Weisheit zu folgen. Sein Vorgehen ist langsam und rhythmisch; auch wenn die Last seinen Körper beugt, versucht er, seine Würde zu wahren. Die Frage der Ehre läßt ihn keineswegs gleichgültig. Es ist ihm wichtig, vor den Augen der Welt nicht das Gesicht zu verlieren. Aber Vorsicht: in seiner Ethik bedeutet »Gesicht« nicht Oberfläche. Durch das jährliche Umpflügen der Erde gelangt er schließlich zu der Überzeugung, daß in Wirklichkeit die Oberfläche der Grund und der Grund die Oberfläche ist. Schon so mancher Tyrann hat sich an diesem scheinbar so unterwürfigen und gefügigen Menschen die Finger verbrannt, nicht ahnend, daß er auch imstande ist zu rebellieren. Zumal er überzeugt ist, daß er, ohne sich mit dem Sohn des Himmels messen wollen, wie jeder andere seinen Auftrag vom Himmel empfängt. Denn auch wenn er in Bodennähe lebt, vergißt er doch nicht, daß das Leben hienieden in die universelle Verwandlung mit einbegriffen ist, wie es im *Buch der Wandlungen* geschrieben steht, aus dem er einige Weisheiten kennt. Nur verspürt er kein Bedürfnis, den Kopf allzu hoch zu tragen, zu weit in die Ferne zu schauen, sich in den Wolken zu verlieren oder mit beiden Beinen ins Unbekannte zu springen. Steht er denn nicht durch den anrollenden Donner oder den wehenden Wind, durch den steigenden Nebel oder den fallenden Regen, durch den Mond, der in seinem vollen Rund alle zerstreuten Teile wieder zusammenbringt, in ständiger Verbindung mit dem Jenseits? Bodenständig ist er, und bodenständig bleibt er. Er zweifelt nicht daran, daß der gelbe Schlamm und sein eigener Körper Teil ein und derselben Substanz sind, daß sein Schicksal von dem der Erde abhängt und daß, umgekehrt, auch das der Erde von seinem eigenen abhängt. Durch ihn, das unentbehrliche Glied in der Kette, wird sich die Erde verwandeln. Und durch die Verwandlung der Erde werden er und seine Nachkommen ihrerseits verwandelt werden. In was? Das weiß er nicht, aber er vertraut. Unterdessen ist er darauf bedacht, seinen Auftrag gut zu erfüllen. Und versucht man, ihn vor der Zeit niederzumähen, lehnt er sich auf und greift zur Gewalt. Wird er gefangengenommen und zum Tode verurteilt, bietet er die Stirn. Im letzten Augenblick weiß er Würde zu zeigen und bis zum Ende das Gesicht zu wahren! Wenn denn das Schicksal es will, ist er bereit, sich dem Rausch der Großen Rückkehr zu überlassen!

Den Mönch dagegen treibt gleichsam von Geburt an die Sehnsucht nach dem Himmel. Sein Leben lang versucht er, sich loszulösen, leicht zu werden, nach himmlischen

Gefilden zu streben wie nach einem Urtraum. Seine gewöhnliche Haltung ähnelt den chinesischen Dächern, die mit ihren aufwärts geschwungenen Spitzen an allen vier Ecken den Eindruck erwecken, als breite ein Riesenvogel die Flügel aus, um davonzufliegen. Im Moment macht er Rast auf Erden, spöttisch und unbekümmert, gelöst und gelassen, so daß er mit einem Lächeln auf den Lippen den Schlägen des Schicksals zu begegnen oder tyrannischer Unterdrückung zu trotzen vermag. Und eben diese innere Gelöstheit erlaubt es ihm auch, ganz und gar in der Gegenwart zu leben und das einfache Glück zu genießen, das die Erde bietet. Da er sich auch von Kräutern und Wasser zu ernähren vermag, reicht ihm wenig, ja nichts zum Genuß. So ist er schon hier unten eins mit dem großen Ganzen.

4

Seit dem Fortgang des taoistischen Mönchs träumte ich von den Gipfeln des Lu-Gebirges, die sich in ihrer überwältigenden Schönheit zeigten, wenn der Wind für einen Moment den Nebelschleier aufriß. Noch lebhafter wurde mein Traum, als mein Vater von seiner Absicht sprach, den höchsten Gipfel zu ersteigen, um dort Arzneipflanzen zu suchen.

Vorläufig machte ich mich erst einmal mit einigen weniger hohen Hügeln vertraut, insbesondere mit dem Guling mitten im Bergmassiv. Mit seiner abgerundeten Form und den heiteren Tälern ringsum war er leicht zugänglich und zur Besiedlung geeignet. Daher hatten ihn schon sehr früh Gelehrte, Künstler, Mönche und seit Ende des neunzehnten Jahrhunderts auch westliche Missionare zum idealen Rückzugsort erkoren. Auf der Flucht vor der sengenden Hitze der Städte im Jangtse-Tal fanden die Missionare hier Kühlung und Ruhe. Bald war der Berg mit Chalets, kleinen Landhäusern und Pavillons übersät, und mittendrin lag ein malerischer Flecken mit einer Mischung aus chinesischen Häusern und westlichen Läden. Jedesmal war es ein Fest für mich, meinen Vater zu begleiten, wenn er auf den Guling ging, um dort im Ort einzukaufen oder Privatleuten die bestellten Kalligraphien abzuliefern. Auf

wechselnden Pfaden mit immer neuen Ausblicken wanderten wir bergauf, vorüber an Plätzen, wo in den Fels geritzte Vier-Zeichen-Sprüche die Schönheit des Ortes rühmten, wo der würzige Duft majestätischer Kiefern zum Verweilen einlud und, vom Zirpen der Zikaden begleitet, Quellen und Wasserfälle rauschten.
Dann endlich war es soweit, und wir brachen auf zur Ersteigung des Gipfels. Weil wir uns unterwegs mit dem Pflanzensammeln aufgehalten hatten, erreichten wir die Bergspitze erst am späten Nachmittag. Bis zum letzten Kamm versperrte uns dichte Vegetation die Sicht, doch einen Schritt weiter, und der Ausblick war grandios. Jenseits des Gewirrs aufragender Felsen und uralter Bäume von bizarrer Gestalt zogen sich Berge und Hügel Welle um Welle bis tief in die Ebene hinab. Nachdem gerade ein heftiger Guß alles blankgeputzt hatte, funkelte ganz in der Ferne im Abendglanz ein langes silbernes Band: der Jangtse. So bald hatte ich ihn nicht zu sehen geglaubt, noch dazu unter so außergewöhnlichen Umständen, diesen Fluß, von dem ich die Erwachsenen so viel hatte reden hören. Da war er nun – Ruf des Unendlichen und unüberschreitbare Grenze zugleich – und trug die winzigen, auf ihm dahingleitenden Dschunken ruhig mit sich fort. Ich konnte nicht anders, als den Fluß bei seinem Namen zu rufen, und wie um mich von der Wirklichkeit dieses Anblicks zu überzeugen und ihn nicht mehr zu vergessen, rief ich ihn dreimal: »Chang Jiang! Chang Jiang! Chang Jiang!« Als spürte ich bereits, welche Bedeutung der Fluß einmal in der Welt meiner Vorstellung einnehmen würde. Während die treibenden Dschunken meinen Blick auf sich zogen, spannte über dem Fluß eine unsichtbare Hand ma-

kellos einen Regenbogen, der mit seinem Scheitelpunkt eine Reihe Schäfchenwolken streifte. Doch zu meinem Bedauern setzten sich diese Wolken gleich darauf in Bewegung und nahmen Stück für Stück den Bogen auseinander, so flink wie die Akrobaten im traditionellen Theater einen gefährlich aufgebauten Stühleturm. Nur am Horizont hing noch die sinkende Sonne als riesiger Gong, als letzter Nachklang unbekannten Gesangs. Verloren auf der Höhe, an der Seite meines Vaters, stand ich regungslos vor der gewaltigen Landschaft, die bald im Nebel verschwand.

Als wir auf dem Rückweg eine Abkürzung zu nehmen glaubten, verliefen wir uns. Der Nebel zog rasch auf, und aus Furcht, uns noch weiter zu verirren, sahen wir uns gezwungen, die Nacht im Gebirge zu verbringen. Wir suchten Zuflucht in einem kleinen Belvedere, einer Art offenem Pavillon aus Pfeilern mit einem Dach darüber. In aller Eile sammelten wir Äste und Zweige, um die Öffnungen zwischen den Pfeilern zu verstopfen und uns damit gegen eventuelle Angriffe von Tieren zu schützen. Der Mond schien hell. Trotz der schauerlichen Schreie der Nachtvögel hatte ich nicht wirklich Angst; es war wie ein stillschweigendes Einverständnis mit dieser Sommernacht in ihrer ganz und gar durchsichtigen Klarheit. Der Sternenhimmel, der mir noch nie so nah gewesen war, umschloß mich wie eine vollkommene Wölbung und zog mich gleichzeitig an. Ich hatte meine Freude daran, mich mit jeder einzelnen der Sternschnuppen zu identifizieren, die plötzlich aufleuchteten, bevor sie in der Milchstraße untergingen.

Irgendwann in der Nacht, als die Kühle sich bemerkbar machte, nahm mich mein Vater in seine Arme, drückte mich heftig an sich und fing an zu schluchzen. Ich spürte seinen Atem und seine Tränen auf meiner Wange und zuckte unwillkürlich irritiert zurück. Zum einen, weil ich im tiefsten Inneren, ohne es mir einzugestehen, immer Angst gehabt hatte, mich bei meinem Vater mit seiner Lungenkrankheit anzustecken; zum anderen, weil ich in gar keiner Weise an körperliche Nähe weder mit meiner Mutter noch mit meinem Vater gewöhnt war. Sobald ein Kind in China ein bestimmtes Alter erreicht hat, wird es von den Eltern ohne Notwendigkeit kaum noch berührt, geschweige denn umarmt. Außerdem glaubte ich, wie jeder kleine Chinese, daß ein erwachsener Mann nicht weint und daß ein Vater es sich schuldig ist, ein Vorbild an Klugheit, Selbstbeherrschung, Stärke und Würde zu sein. Gleichzeitig stieg aus meiner Erinnerung eine längst vergessene Szene auf: Ich gehe neben meinem Vater auf einer Straße ohne Gehweg in Nanchang. Eine Rikscha kommt uns entgegen. Der Mann, der sie zieht, läuft, sichtlich in Eile, und betätigt seine Hupe. Mein Vater – gedankenverloren – achtet nicht darauf und weicht nicht aus. Wozu er im übrigen auch gar nicht verpflichtet ist: die Straße gehört allen, und es gibt keine Vorfahrt, für welches Fahrzeug auch immer. Der Rikschakuli muß bremsen, und der Mann, der in der Rikscha sitzt, ein dicker Kerl, fährt von seinem Sitz hoch. Vermutlich ist es ein Würdenträger, der alle Rechte zu haben glaubt. Er stürzt sich auf meinen Vater, packt ihn am Kragen und schüttelt ihn lange unter lautem Gebrüll. Nachdem mein Vater einige Worte der Entschuldigung gestammelt hat, läßt er ihn schließlich los. Unter dem Blick der Gaffer rückt mein Vater seine Brille zurecht, nimmt mich bei der Hand und geht weg. Ich war wütend auf den Grobian, hatte aber zugleich ein unangenehmes Gefühl gegenüber meinem Vater. Was war das für ein Gefühl? Scham? Heimlicher Groll wegen seiner Schwäche? Ich hatte mich nie bemüht, es herauszufinden. Ich erinnerte mich nur, daß ich versucht war, meine Hand aus der leicht zitternden, feuchten Hand meines Vaters zu ziehen …

In jener Nacht also löste ich mich, unter dem Vorwand eines dringenden Bedürfnisses, schnell aus der Umarmung meines Vaters. Wie oft habe ich mir später wegen dieses spontanen Widerwillens Vorwürfe gemacht! Es wurde eine Selbstverletzung daraus, die die Zeit nicht hat heilen können. Ich entsinne mich, daß mein Vater in der Frühe seine Jacke auszog und sie mir über den Rücken legte, auf die Gefahr hin, sich selbst zu erkälten. Jedenfalls ging es seit jener Abenteuernacht mit seiner Gesundheit endgültig bergab. Anderthalb Jahre später, Anfang des Jahres 1935, starb er.

Gewiß war mein Vater wortkarg. Seine verschiedenen Krankheiten und die Behandlungen, die sie erforderten, schienen seine ganze Energie aufzuzehren. Doch wenn er seine Lieblingswendungen benutzte: »Es wäre gut, wenn …«, »Eines Tages werden wir sehen, daß …«, wenn er, statt seine Gefühle direkt auszudrücken, Verse der Tang-Dichter zitierte, suchte er dann nicht auf seine Art Verständnis und Zuneigung? Muß die Vater-Sohn-Beziehung denn immer nur vom Vater ausgehen, wie es die traditionelle Erziehung vorsieht? Hätte nicht ich, als Sohn, durch unschuldige, spontane und – warum nicht? – respektlose Äußerungen das schamhafte Schweigen durchbrechen können, in das mein Vater sich eingemauert hatte?

Später erfuhr ich aus Äußerungen meiner Mutter, wie sehr mein Vater darunter gelitten hatte, ein von Schwäche gezeichnetes, demütigendes und unerfülltes Leben gelebt und immer und überall am Rande gestanden zu haben, selbst in der eigenen Familie.

5

Mein Vater stammte aus einer großen Familie. Während unseres Aufenthalts im Lu-Gebirge betrachtete er es die ganze Zeit über als seine Pflicht, einmal im Jahr, Ende des Frühjahrs oder im Herbst, mit Frau und Kindern wieder dort hinzufahren, um »die Gräber der Ahnen zu kehren«. Diese Großfamilie lebte, wie viele andere in China auch, mit vier Generationen unter einem Dach, verteilt auf lauter einzelne Wohnungen rund um einen großen Innenhof, und konnte, wenn alle da waren, bis zu fünfzig Personen zählen. Obwohl mein Vater sehr unter seiner Familie gelitten hatte, blieb sie für ihn ein geheiligter Bezugspunkt. Ich dagegen, aufgewachsen in einer Gesellschaft im Umbruch, die sich nach und nach emanzipierte, fragte mich immer, wie ein derart belastendes, derart zwanghaftes System sich über so viele Jahrhunderte hatte halten können. Gewiß besitzt die chinesische Familie, die Grundlage der alten Gesellschaft, mit ihrer langen Tradition auch ihre Vorzüge. Sie ist eine lebendige, in sich geschlossene Einheit, die ihre Mitglieder von Kindesbeinen an in die Grundprobleme des menschlichen Lebens einführt. Sie bringt ihnen die Bedeutung der menschlichen Herkunft und der gegenseitigen Beziehungen bei, die sich auf Hilfsbereitschaft und das Miteinanderteilen gründen, so daß niemand jemals von Verlassenwerden bedroht ist; ebenso das rechte Maß von Nähe und Distanz in der Zuneigung, den Sinn für sittliche Verantwortung, individuell wie kollektiv, und auch den für Feste und Feiern als heilige Riten. Mit ihrer bunten Mischung von Charakteren und Verhaltensweisen, die ständig miteinander konfrontiert sind, stellt sie einen Schmelztiegel dar, in dem der Mensch nach einem alten Ideal geformt wird. Doch wenn die Familie in ihrem Fundament unterhöhlt ist und Zeiten des Verfalls und der Zersplitterung durchlebt, verwandelt sich dieser Schmelztiegel in ein Treibhaus, in dem Heuchelei, Egoismus, Machtkämpfe und kleinliches Kalkül gedeihen und Laster und Intrigen blühen. Das war in meiner Familie der Fall. Wie mein Vater habe auch ich darunter gelitten. Dabei bin ich all diesen – teils korrupten oder mittelmäßigen, teils pittoresken oder bewundernswerten – Menschen, unter denen ich aufgewachsen bin, letztlich dennoch dankbar. Durch sie habe ich sehr früh herauszufinden gelernt, was an einem Menschen echt und was nichtig ist.

Da war der Großvater, ein gebildeter Mann und hoher Beamter im Kaiserreich, der mehrmals, in verschiedenen Bezirken seiner Provinz, das Amt des Polizeipräsidenten innegehabt hatte. Nach der Gründung der Republik verschanzte er sich hinter hochmütigem Schweigen und verkehrte nur noch mit einigen wenigen Überlebenden seiner Generation. Seine einzige Zerstreuung bestand darin, im dichten Nebel der Räucherstäbchen alte Texte zu rezitieren und von Zeit zu Zeit seinen prächtigen Sarg zu betasten, der in einem Zimmer aufgestellt war und jedes Jahr neu gestrichen wurde.

Dann der zweite Onkel, cholerisch und habgierig, der sich nach dem Tod des ersten Onkels der Finanzen bemächtigte und mit seiner Ehefrau als Komplizin ein strenges Regiment in der Familie führte. Seine Frau, die immer eine Wasserpfeife in der Hand trug und eine Teekanne am Arm hängen hatte, säte überall Zwietracht, ohne jemals ihr scheinbar sanftmütiges Lächeln aufzugeben. Wenn man sie, wie eine Figur aus dem chinesischen Theater, auf leisen Sohlen, hüstelnd und augenzwinkernd, über den großen Hof schleichen sah, ahnte man, daß sie gerade wieder irgendeine üble Nachrede ersann oder eine Intrige auskochte. Das war ihre tägliche Droge, die ihr unvergleichliche Wollust verschaffte. Mangelte es ihr daran, stürzte sie sich auf ihre Schwiegertochter, das prädestinierte Opfer, die sie mit ausgesuchter Grausamkeit schikanierte. Doch auch sie bekam ihr Fett weg. Ihr Mann, der sich so viel auf seine moralischen Prinzipien einbildete, wurde später dabei erwischt, als er sozusagen gerade Hand anlegte, um sich an einer Dienerin zu vergehen, die noch keine sechzehn Jahre alt war. Außer sich vor Empörung, fand sich die zweite Tante schließlich damit ab, ihm eine Konkubine zu besorgen, allerdings nach ihrer Wahl. Eben gerade nicht das betreffende Dienstmädchen. Die Konkubine, als Kind zu einem niedrigen Preis gekauft, war so gequält worden, daß sie sich an ihrem neuen Zuhause zu rächen drohte oder es zumindest an Gefügigkeit fehlen ließ. Die Arme wurde später an ein Bordell weiterverkauft.
Der vierte Onkel baute exotische Pflanzen an und züchtete alle Arten von Kleintieren: Vögel, Spinnen, Schildkröten, Hasen ... Als leidenschaftlicher Spieler war er sowohl im Schach als auch im Mah-Jongg unschlagbar.

Außerhalb seiner Arbeit als Verwaltungsbeamter in einem Provinzministerium war er unaufhörlich auf der Suche nach Spielpartnern. Mit seinem schönen Mah-Jongg-Kasten mit Elfenbeinintarsien oder einem kleineren Kästchen, das Schachfiguren enthielt, unter dem Arm lief er von Wohnung zu Wohnung. Oft begab er sich auch zu Freunden oder in Teehäuser. Er brauchte sich gar nicht anzumelden; seine Gegenwart kündigte sich schon durch seine weit ausholenden Schritte und durch die singende Stimme an, mit der er rituelle Sätze rezitierte: »Hier, wo sich Weise und Helden versammeln« oder »Die acht Unsterblichen grüßen den Jadekaiser«. Als eifriger Leser von historischen und Abenteuerromanen lebte er ganz in jener alten Welt und identifizierte sich mit deren populären strahlenden oder finsteren Helden. Wundervoll imitierte er den ausgeprägten Rhythmus der alten Sprache, die so gut zum Handeln der Personen paßte. Tatsächlich waren bei diesem pittoresken Onkel Bewegungen und Worte von bemerkenswerter Eleganz und Präzision. Das sah man an der Art und Weise, wie er bei einer Mah-Jongg-Partie die ausgewählten Steine vor sich aufreihte, einen herausnahm, ihn zwischen den Fingern schnippen ließ, dann auf dem Tisch ablegte und seine Handbewegung mit einem passenden bildhaften Spruch begleitete wie: »Vier blühende Jahreszeiten!«, »Drei gekrönte Sterne!« Jede Geste, selbst das geräuschvolle Mischen der Steine, gehorchte instinktiv seinem Streben nach Harmonie und Rhythmus. Manchmal dauerte die Partie bei ihm zu Hause bis spät in die Nacht. Und ich ließ mich gern vom lebhaften Auf und Ab der Geräusche in den Schlaf wiegen.

Der vierte Onkel hatte auch außerordentlich feine Hände,

deren Geschicklichkeit allen Bewunderung abnötigte. Mühelos verwandelte sich der gewöhnlichste Gegenstand in seiner Hand in eine Kostbarkeit. Das feine Porzellangeschirr, seit Generationen in Gebrauch, begann zu klingen und erstrahlte unter seinen Fingern in neuem Glanz. Und mit welcher Leichtigkeit gelang es ihm, Zauberkunststücke zu vollführen, einer einfachen chinesischen Geige liebliche Töne zu entlocken, aus einem nutzlosen Stück Holz eine Miniaturblüte zu schnitzen oder alte Döschen zu bemalen! Vor einer Reise rief man ihn, damit er das Gepäck packte, denn er verstand sich darauf, in einem einzigen Koffer einen Haufen Dinge zu verstauen, für die man sonst drei, vier gebraucht hätte, und das in einer so perfekten Ordnung, daß man daraufhin den Koffer nicht mehr auszupacken wagte aus Furcht, eine solch harmonische Komposition zu entweihen und hinterher nicht mehr alles wieder hineinzubekommen. In den Augen vieler zeugten dieser angeborene Schönheitssinn und die Geschicklichkeit seiner Hände von Genie. Einem Genie, das den nichtigen Kleinigkeiten gewidmet war, dem Nutzlosen, aus Müßigkeit gewissermaßen, wie diese ganze im Niedergang befindliche Familie.

Niedergang? In bezug auf den siebenten Onkel, den der zweite Onkel nicht leiden konnte, war offen von Dekadenz und Ausschweifung die Rede. Als Opiumraucher war er stets Opfer seiner amourösen Leidenschaften, obwohl er eine vorbildliche, bei allen im Haus beliebte Ehefrau hatte. Er konnte sich der Reihe nach in einen Schauspieler, der Frauenrollen spielte, in eine *pipa**-Spielerin und in

* eine Art Laute

eine gebildete, wegen ihrer Schönheit berühmte Frau, die das Leben einer Halbweltdame führte, verlieben. Ohne daß sie es offen zuzugeben wagten, hinderten die Erwachsenen uns Kinder am Umgang mit ihm. Ich fühlte mich sowohl von ihm als auch von dem Opiumduft angezogen, der seinem weitläufigen Zimmer mit den zugezogenen Vorhängen entströmte. Eine zauberhafte Atmosphäre herrschte dort: die lange, glänzende Pfeife im Halbdunkel, die wie ein Auge aufblitzende Lampe, das gierige Geräusch, wenn der Onkel an dem Pfeifenrohr sog, und der Ausdruck von Besänftigung und Ekstase, den ich durch die Rauchschwaden hindurch auf seinem Gesicht erahnte ... Da er in der Familie isoliert war, machte mein Onkel mich gelegentlich zu seinem Vertrauten. Wenn er geraucht hatte, räusperte er sich lange, bevor er jammervoll seufzte:
»Ach ja ... Das Leben ist bitter! So bitter!«
»Warum bitter?« wagte ich ihn einmal zu fragen.
»Das verstehst du noch nicht. Aber merk dir eins. Im Leben tut man nicht, was man wirklich möchte. Statt dessen tut man, was man nicht möchte. Wenn man nicht tut, was man möchte, ist man wie diese Holzpfeife; sie existiert, aber leben tut sie nicht. Sobald man tut, was man möchte, ist man nur noch Flamme und verbrennt sogleich zu Asche. Ja, zu Asche. Und Asche ist bitter, nicht wahr?«
Er ahnte nicht, wie recht er mit seinem Bild von der Asche behalten würde. Seine eigene Asche befruchtete schließlich die Erde, die sein Leben hatte vorüberziehen sehen, dieses Leben, das er als bitter bezeichnete, aber im Grunde auf seine Weise durchaus genossen hatte, so wie das Gemüse, das er gern aß, zu Recht »Bittergemüse« heißt, aber

durch das Kauen einen köstlichen Geschmack bekommt. Während des Japanisch-Chinesischen Krieges wurde er sehr krank. Die Ärzte hielten seinen Fall für aussichtslos. Doch er wurde in ein christliches Kloster gebracht und durch die Pflege der Nonnen wieder gesund. Er beschloß, dort zu bleiben, und machte sich als Faktotum nützlich. Anfang der fünfziger Jahre führte die kommunistische Regierung einen Prozeß gegen die Nonnen und beschuldigte sie, Volkseigentum gestohlen, Babys ermordet zu haben ... Man forderte den Onkel auf, sie als Gegenleistung für seine Freilassung zu denunzieren. Nicht nur verweigerte er dies, er wagte sogar, Aussagen über die Wohltaten der Nonnen zu machen. Er wurde gleichzeitig mit ihnen deportiert, strengsten Maßnahmen unterworfen und starb wenig später. Nach der Einäscherung wurde seine Asche seinem Wunsch gemäß unter den Dung gemischt, der für den Gemüsegarten des Lagers bestimmt war.

Der zehnte Onkel schließlich stand meinem Vater altersmäßig am nächsten und ist mir unvergeßlich. Er las gern moderne Romane, ausländische oder chinesische, die er oft auch meinem Vater lieh. Er interessierte sich für meine Erziehung, gab mir Andersens und Grimms Märchen zu lesen, brachte mir ein wenig Englisch bei und nahm mich oft mit auf seine Spaziergänge. Eines Tages gab er seine unsichere Anstellung bei einer örtlichen Bank auf und beschloß, erst nach Shanghai, dann nach Japan zu gehen, um Architektur zu studieren. Vor seiner Abreise schrieb er mir in mein Poesiealbum einen englischen Vers aus einem Gedicht von Longfellow: »Vergänglich ist das Leben; lange währt die Kunst.«

6

Von der Konkubine meines Großvaters zur Welt gebracht, war mein Vater der letzte von elf Söhnen. Deshalb nahm er seit jeher einen untergeordneten Platz ein. Zumal seine Frau, meine Mutter, keine Tochter aus gutem Hause war, sondern die Tochter einer Amme, die lange in der Familie gedient hatte. So wurde ihm, wie selbstverständlich, der feuchteste, kälteste Teil des riesigen Hauses zugewiesen. Sowohl bei der Wohnung als auch bei anderen Problemen wußten weder er, der leidend, noch seine Frau, die schüchtern war, sich gegen die Ungerechtigkeiten und Bosheiten von seiten derjenigen zur Wehr zu setzen, die, bewußt oder unbewußt, das Spiel des zweiten Onkels und seiner Frau mitspielten.

Als Anhängerin des Buddhismus praktizierte meine Mutter die Tugenden der Demut und des Mitleids. Mit ihrer Geduld schaffte sie es, sich manche Sympathien zu erwerben und dadurch das Leben in der Familie erträglich zu machen. Ich erinnere mich an eine bezeichnende Szene. Durch die Hintertür des Hauses tritt meine Mutter hinaus und geht auf eine Frau zu, die dort seit mehreren Tagen heimlich umherstreicht. Diese Frau hat gerade ihr dreijähriges Kind an eines der Familienmitglieder verkauft, nämlich an den vierten Onkel, den leidenschaftlichen Spieler.

Da er und seine Frau nur drei Töchter als Nachkommen hatten, entschlossen sie sich, diesen Jungen zu kaufen. Mit völlig verstörtem Gesicht steht die Frau stundenlang da, zweifellos in der Hoffnung, durch die Tür ihren Sohn zu erblicken. Ich sehe, wie meine Mutter ihr ein Taschentuch in die Hand drückt, das vermutlich ein Geschenk oder Geld enthält, und ihr dann versichert, der Kleine werde genauso gut behandelt wie ein Kind des Hauses. Weinend, aber ein wenig beruhigt, geht die arme Frau fort. Von dem Tag an hatte ich gewissermaßen einen kleinen Bruder, denn meine Mutter kümmerte sich tatsächlich viel um ihn, zumal ihn ihr die vierte Tante gern überließ, da sie häufig von langen Mah-Jongg-Sitzungen in Anspruch genommen war.

Der einzige Mensch, der meine Eltern in jeder Situation verteidigte, war die im Haus gebliebene unverheiratete Tante. Eine kraftvolle Persönlichkeit und eine unvergleichliche Erzählerin, von eigenartiger Schönheit, gerade weil sie häßlich war. Nie zögerte sie, dem zweiten Onkel und den anderen die Stirn zu bieten und ihnen mit ihrer rauhen Stimme die Meinung zu sagen.

Durch diese ledige Tante wurde mir bewußt, daß zwar viele Frauen in der Großfamilie, erdrückt oder verbittert über ihre sehr eingeschränkten Lebensbedingungen, kleinlich und boshaft werden und jede noch so geringe Macht, die sie bekommen, mißbrauchen, doch andere sind unendlich anziehend. Viele zeigen sich weitaus würdevoller, großherziger oder mutiger als die Männer. So wie jene Tante, die es nach ihrer unglücklichen Heirat zum Ärgernis der beiden Familien wagte, ihren Mann zu verlassen. Der zweite Onkel und einige andere brauchten lange, um ihrer

Rückkehr unter das väterliche Dach zuzustimmen. Es gelang ihr schließlich, ihnen Achtung abzunötigen, als sie mit einer Freundin zusammen eine Schule für verlassene Kinder und Waisen gründete, eine Schule, die in der Provinz sehr schnell Ansehen erwarb. Diese Tante war als Kind und Jugendliche lebhaft, ja manchmal ausgesprochen übermütig gewesen. Vom Leben geprüft, wurde sie ernsthaft und nachdenklich und redete wenig, selbst mit denen, die ihr Sympathie entgegenbrachten. Doch wenn ich ihr über den Weg lief, hatte sie die Angewohnheit, mir statt eines Grußes mit einem stummen, liebevollen Lächeln die Hand auf die Schulter zu legen. Als ich ihr viel später, an einem entscheidenden Wendepunkt meines Lebens, wieder begegnete, retteten eine Geste und ein Lächeln von ihr mich aus tiefster Verzweiflung.

Eine weitere Tante, eine angeheiratete entfernte Verwandte, prägte mich in bleibender Weise durch ihr immer nur kurzes Auftauchen. Sie war eine bereits sehr emanzipierte Frau, die nach einem Geschichtsstudium zwei Jahre in Frankreich gewesen war. Zunächst wußte ich nichts von ihrer Existenz. Eines Tages, beim Mittagessen, hörte ich, wie der zweite Onkel der Runde voller Entrüstung verkündete: »Wißt ihr, wen ich getroffen habe? Das Fräulein von Jiang (Jiang hieß die Familie des Mannes einer meiner Tanten). Sie ist gerade aus Frankreich zurückgekommen. Und wißt ihr, was sie gemacht hat? Sie hat mir die Hand gereicht, einfach so! Was sollte ich machen? Gut, ich habe meine Hand vorgestreckt, so, habe kaum ihre Finger berührt und sie schnell wieder zurückgezogen!« Tatsächlich legt man in China traditionellerweise zur Begrüßung die eigenen Hände zusammen, ohne die des anderen zu berühren, und früher erlaubte man sich nicht, die Hand eines jungen Mädchens zu ergreifen, sobald sie verlobt war. Bald darauf erhielt die Familie Besuch von der »Tante aus der Familie Jiang«. Unter den Dingen, die sie aus Frankreich mitgebracht hatte und uns zeigte, blieb mein Blick an Postkarten hängen, auf denen Werke aus dem Louvre abgebildet waren, Venusstatuen, Aktgemälde, insbesondere zwei Bilder, die eine nackte Frau in Rückansicht zeigten. Zwar wurden die Karten von den überraschten und entrüsteten Erwachsenen hastig eingesammelt, doch nichts konnte den Schock ungeschehen machen; ich hatte sie gesehen, diese eindrucksvollen Bilder, die mich so stark berührten, daß sie Spuren in meiner Vorstellung hinterließen. Ja, diese nackten Frauen mit ihren wundervollen Körpern, die ersten, die ich in meinem Leben sah, so fremd, und doch hatten sie mich augenblicklich bis ins Innerste aufgewühlt. Wie hätte ich sie je vergessen können? Das Seltsame war, die in Vorderansicht dargestellten Akte betörten mich zwar durch die Vollkommenheit ihrer Anatomie und die magnetische Anziehungskraft ihrer vollen Brüste, brachten mich jedoch weniger aus der Fassung, weil Mütter und Ammen in China ohne weiteres ihre Brüste öffentlich zeigen, wenn sie ein Baby stillen. Die Rückansichten dagegen, die Akte, bei denen die Frauen sich gleichsam unbewußt ausliefern, diese Rücken mit ihren bebenden Vorwölbungen und ihren empfindsamen Vertiefungen enthüllen jäh den ganzen Körper der Frau, bewahren aber dennoch jene verwirrende Schönheit, von der die Frau selbst nichts weiß.

Eine weitere Frauengestalt, an der ich hing, war eine Abwesende. Die Wohnung meiner Eltern lag neben einer stets verschlossenen Wohnung, zu der jedermann der Zutritt verboten war. In dieser Wohnung befand sich, so hieß es, das Zimmer der »Erhängten«. Das Bild der Erhängten, das abschreckend sein sollte, war jedoch dazu angetan, meine Neugier zu wecken. Ich wußte nur zu gut, daß es in jeder großen Familie dunkle Winkel gibt, wo Geheimnisse lauern, die die Erwachsenen zu verschweigen suchen. Je mehr ich mit älteren Vettern zusammen war, unter denen alles hemmungslos ausgesprochen wurde, desto mehr lernte ich Dinge zu beobachten, die nicht »in Ordnung« waren. Einer unterhielt zweideutige Beziehungen mit seiner Schwägerin, ein anderer mit der jungen Konkubine seines Vaters. Ich hörte, daß früher in den strengen Familien derartige Beziehungen durch den Familienrat mit dem Tode bestraft worden waren.

In meiner eigenen Familie ging man nicht so weit. Hatte die Erhängte, die Frau eines Großonkels, der als unheilbarer Trinker galt, sich wegen dieser unglücklichen Ehe oder als Folge eines Fehltritts das Leben genommen? Jedenfalls hatte sie keine Lust mehr gehabt, in dieser Familie zu leben. Nach ihrem Tod fürchtete man im Haus, ihr Geist könne auf der Suche nach Rache an dem Ort umgehen. Das verstärkte natürlich die ohnehin starke Neigung meiner Vettern zum Erzählen von Gespenstergeschichten. Ich lauschte diesen Geschichten ebenso begierig wie die anderen; einige schreckenerregende Einzelheiten ließen auch mich erschaudern. Aber im Grunde gelang es mir zu meinem Erstaunen nicht, wirklich Angst zu haben. Daß die Nacht von Gespenstern bevölkert ist, ist unvermeidlich; das weiß ich aus Erfahrung. Ich halte es sogar für wünschenswert. Sonst wäre die Nacht ja enttäuschend. Und damit auch der Tag. Ist er denn nicht aus der Nacht hervorgegangen? Unter die Gespenster verirrt, hielt ich mich für fähig, ihre Sprache zu verstehen. Und wenn sich jemals eines von ihnen meiner bemächtigen sollte, würde ich es geschehen lassen; es wäre nur ein Körpertausch mehr! Unvorsichtigerweise erwähnte ich diesen heimlichen Gedanken gegenüber den anderen. Sogleich sah ich mich gezwungen, meine Furchtlosigkeit zu beweisen, allein ins Zimmer der Erhängten zu gehen und eine Weile dort zu bleiben. Eines Tages schob ich den Riegel auf und betrat mit klopfendem Herzen das besagte Zimmer. Als der erste Moment der Furcht vorüber war und ich mich langsam an den dumpfen Geruch nach Staub und Moder gewöhnte, fing ich mich wieder. Es war ein einfach möbliertes Zimmer. Einige Schränke, ein Bett und ein Tisch mit einer Satindecke in altmodischen Farben. Auf dem Tisch lag ein Foto, das zweifellos vom Anfang des Jahrhunderts stammte. Eine junge Frau mit edlen Zügen und einem sehr gefühlvollen, verträumten Blick. Doch glänzte in ihren Augen auch eiserne Entschlossenheit. Erfüllt von all dem, was sie niemals hatte aussprechen können, wirkte ihr Blick zeitlos. Da sie auf Erden ihrer großen Liebe nicht begegnet war, schien sie mit ihrem Blick unaufhaltsam den unendlichen Raum durchdringen zu wollen und ihre einzige Hoffnung auf irgendeine künftige Reinkarnation zu setzen. In der absoluten Stille des Zimmers, während das große Haus sonst überall ständig von Menschen und ihren Geräuschen erfüllt war, überkam mich eine wohltuende, mir bis dahin unbekannte Ruhe. Ich erinnere mich nicht, jemals mit einem Lebenden in eine so tiefgehende Kommunikation getreten zu sein. Ich wäre gern noch länger dort geblieben, hätten nicht die Vettern angefangen zu rufen, weil sie sich allmählich ernsthaft Gedanken machten. Als ich herauskam, begnügte ich mich auf ihre besorgten Fragen mit einer rätselhaften Antwort: »Es war seltsam, aber es war ganz toll!«

Eigenartigerweise war ich, der Schüchterne, der Bleichgesichtige, seit dieser Heldentat in den Augen der anderen von einem nahezu überirdischen Nimbus umgeben. Es fehlte nicht viel und sie hätten mich gebeten, ihr Fürsprecher zu sein, vor allem während des Festes der doppelten Sieben – am siebenten Tag des siebenten Mondes. Es heißt, in dieser Nacht hingen aus dem Himmlischen Fluß (der Milchstraße) Silberschnüre herab. Und dank wirkungsvoller Vermittler, die mit der Macht begabt seien, eine dieser Schnüre zu ergreifen, könne man Hilfe erlangen. Jedenfalls hatte ich keinen Zweifel, daß ich seit der Nacht mit dem Schrei der Frau und nun seit meiner Begegnung mit der Erhängten mit der Welt der Toten in Verbindung stand.

Diese Welt nahm bald darauf meinen Vater auf, als er wieder einmal in das Haus der Familie zurückkehrte und unter demselben Dach, unter dem er geboren war, einen Erstickungstod starb. Auf dem Totenbett war sein Gesicht von einem tröstlichen Lächeln erhellt und von solcher Ruhe, daß meiner Mutter und mir vor Schmerz und unbestimmter Dankbarkeit die Tränen kamen. Nach seinem Hinscheiden war es übrigens, als handle seine Seele, vom Körper befreit, endlich mit größerer Wirkungskraft, um die Hinterbliebenen, die er auf Erden zurückließ, zu beschützen. Da meine Mutter nicht weiter in der Familie leben wollte, sprach sie mit Herrn Guo, einem Freund meines Vaters aus Kindertagen, der eigens aus Nanking gekommen war, um an der Beerdigung teilzunehmen. Dieser bot ihr sogleich an, als Erzieherin bei ihm zu arbeiten. So machten sich im Herbst Mutter und Sohn auf in ihr neues Schicksal und begaben sich nach Nanking, der damaligen Hauptstadt des Landes.

7

1937. Ich stand am Anfang meines dreizehnten Lebensjahrs, als der Japanisch-Chinesische Krieg ausbrach. Überrascht und gereizt durch den unerwarteten Widerstand eines überlebten, kraftlosen und schlecht bewaffneten Staates am Rande der Anarchie, den sie in wenigen Monaten niederwerfen zu können geglaubt hatten, richteten die Invasoren ungeheuerliche Blutbäder an, vor allem in der Anfangsphase des Krieges. Allein in Nanking brachten die aufgepeitschten Soldaten es fertig, nach Einnahme der Stadt in wenigen Wochen über zweihunderttausend Menschen umzubringen, die mit der blanken Waffe getötet, in ganzen Gruppen lebendig begraben oder mit dem Maschinengewehr niedergemäht wurden. Stumm und starr vor Entsetzen erlebten die Chinesen Szenen des Grauens. Oft sind diese Szenen von den Japanern selbst festgehalten worden, entweder durch offizielle Fotografen oder, am häufigsten, durch Soldaten, die damit ihre Tüchtigkeit beweisen, ihre »Heldentaten« glorifizieren oder einfach nur ein Souvenir haben wollten. Die Fotos zeigen Soldaten, die sich auf lebende Zielscheiben stürzen, um sich im Bajonettangriff zu üben, oder Soldaten mit dem Säbel in der Hand, umgeben von Leichen, die überall auf dem Boden liegen. Andere seltenere, aber nicht weniger quälende Fo-

tos zeigen entkleidete Frauen, tot oder lebendig, Opfer von Vergewaltigungen.
Diese Frauen wurden am hellichten Tage nackt den unbarmherzigen Blicken ausgesetzt, vielleicht zum ersten Mal in ihrem Leben – oft waren sie es nicht einmal vor ihrem Ehemann gewöhnt, sich so zu zeigen –, vielleicht auch zum letzten Mal, denn viele begingen nach diesem Schicksalsschlag Selbstmord. Mit welch qualvoller Anstrengung versuchten sie, würdevoll zu bleiben, um ihr Gesicht zu wahren, um einer verblendeten Welt, die das Gesicht verloren hatte, dieses einzige Bild zu hinterlassen!
Die Fotos, die ich aus Zeitschriften ausgeschnitten und in einem geheimen Winkel versteckt hatte, entsetzten mich jedesmal, wenn ich sie betrachtete. Und dennoch stellte ich fest, daß sie mich auch anzogen, mich verfolgten und ein unklares Verlangen in mir weckten. Unvermeidlich überlagerten diese Bilder jene, die meine Tante seinerzeit aus dem Louvre mitgebracht hatte. Es waren die einzigen nackten Frauen, die ich jemals gesehen hatte. Wie ähnlich und wie gegensätzlich waren diese Bilder! Die gleichen aufrechten Gestalten, zart, vollkommen, unendlich begehrenswert. Aber auf der einen Seite idealisiert, verherrlicht, ein unerschöpfliches Geheimnis in sich bergend, dem lebenslang nachzugehen sich lohnt; auf der anderen Seite beschmutzt, aufs äußerste erniedrigt, so daß allein der Gedanke, sie zu begehren, unmöglich, ja schändlich wird.
Im Alter von zwölf, dreizehn Jahren, wo die Sexualität erwacht, bohrte eine Frage in mir, messerscharf. Ein und dieselbe Schönheit löst die höchste Empfindung und die

niederträchtigste Grausamkeit aus. Nistete denn das Böse im Inneren der Schönheit? Die Schönheit? Das Böse? Mit beiden würde ich zu tun bekommen. Doch noch war ich zu jung, um mich damit auseinanderzusetzen. Allerdings erinnere ich mich an eine meiner Überlegungen, als ich Wendungen hörte, wie sie damals häufig zur Beschreibung jener Greuelszenen benutzt wurden: »Geschichten von Blut und Tränen«, »Sie haben nichts als ihre Tränen, um sich reinzuwaschen.« Ich sagte mir, in einem menschlichen Körper gibt es viel weniger Tränen als Blut. Also würden alle menschlichen Tränen niemals all das vergossene Blut fortwaschen können.
In dieser Zeit der völligen Umwälzung nahmen meine Mutter und ich, der Familie Guo folgend, an dem großen Exodus der Chinesen teil, die sich in einem langen Zug auf Pfaden an den Berghängen entlang oder, zusammengepfercht auf behelfsmäßigen Schiffen, den Jangtse flußaufwärts bewegten, durch die berühmten Schluchten hindurch, die als uneinnehmbar galten, um nach Sichuan, der riesigen Provinz im Westen, zu gelangen. In Chongqing, hoch über dem Jangtse und seinem Nebenfluß, der Jialing, war es vergleichsweise friedlich. Doch die Stadt war übervölkert und mit ihren neuen, auf die Schnelle errichteten Häusern – abgesehen von den zahllosen, in die Felsen gehauenen Höhlen – praktisch ohne jeden Luftschutz und wurde bald von den heftigen Bombardements der Japaner verwüstet. Neuerlicher Exodus der Bevölkerung aufs Land, in einem unbeschreiblichen Chaos, durch das sich die ohnehin schon beträchtliche Zahl der Opfer noch weiter erhöhte. Das staatliche Institut, in dem Herr Guo arbeitete, das Forschungszentrum für Erziehung und Bil-

dung, mußte an einen zwei Tagesmärsche von Chongqing entfernten Ort evakuiert werden. Nach einer anstrengenden Wanderung durch die üppige, im Gegensatz zu den armen dort lebenden Bauern überreiche Landschaft, erreichten die rund zwanzig Familien, die zum Personal des Forschungszentrums gehörten, Anfang 1940 ihr Ziel, das riesige Gut des Herrn Lu. Die Existenz eines solchen Landguts mitten in dieser abgelegenen Gegend erschien ihnen schier unglaublich und aberwitzig. Das mächtige Haupthaus, ein alter Bau mit einem großen Garten davor, bestand genau wie das Wohnhaus unserer Familie aus einer Reihe von rund um einen großen Hof angeordneten Wohnungen, war aber sehr viel größer. Dort sollten die Neuankömmlinge einziehen. Die Familie Lu wohnte währenddessen in einem geräumigen moderneren Haus, das dahinter am Berghang lag. Die Regierung hatte mit Herrn Lu ein Abkommen geschlossen: Sie hatte sich bereit erklärt, als Gegenleistung für die Unterkunft angesichts seines verbotenen Opiumkonsums und der Willkürherrschaft, die er in der Gegend ausübte, ein Auge zuzudrükken.

Wir merkten übrigens rasch, daß sein ältester Sohn mit einem Dutzend bewaffneter Gefährten im Gefolge und unterstützt von einer ansehnlichen Zahl von Helfershelfern Angst und Schrecken in der Region verbreitete, indem er die Spielhäuser kontrollierte und auch vor gelegentlichen Erpressungen und Vergewaltigungen nicht zurückschreckte. Die übrigen Söhne waren andernorts zum Studium, bis auf zwei, die im Handel tätig waren, und einen sehr jungen, der noch zu Hause lebte. Alle Töchter waren verheiratet, nur die jüngste war erst verlobt.

Kurz nach unserer Ankunft erlebten wir Neuankömmlinge die Abschiedszeremonie mit, als die Braut zu ihrer neuen Familie aufbrach, wo die Hochzeit stattfinden sollte. Nach vielen, vielen Verneigungen vor dem Ahnenaltar und vor ihren Eltern wurde das junge Mädchen, wie eine Puppe geschmückt, das Gesicht verborgen, in die mit lebhaften Farben, aber überwiegend blutrot bemalte Sänfte gehoben. Als sich der Zug in Bewegung setzte, stellte ich zu meiner Verwunderung fest, daß es statt Freude heftigen Schmerz gab. Die Mutter weinte, die Braut weinte, und alle Hausbewohner stimmten unter herzzerreißendem Geschrei mit ein. Die Braut wußte, daß sie einem unbekannten Schicksal entgegenging; sie sollte mit einem Mann zusammenleben, von dem sie nichts wußte, den sie noch nie gesehen hatte. Die schrille Musik, die den Zug begleitete, war denn auch die gleiche, wie sie bei Beerdigungen gespielt wurde.

Im Herbst 1940 kam ich auf das neu eingerichtete Gymnasium in der Bezirkshauptstadt, einen Halbtagesmarsch vom Gut des Herrn Lu entfernt. Ich wohnte im Internat, verbrachte aber jedes Wochenende zu Hause. An einem Sonntagmorgen im folgenden Februar gehe ich allein im Gutsgarten spazieren. Plötzlich erblicke ich hinter einer Wegbiegung eine junge Unbekannte, die unsicheren Schritts und gedankenverloren daherkommt. Als wir auf gleicher Höhe sind, sieht sie mich an mit melancholischem Blick und sagt lächelnd in ganz natürlichem Ton: »Sieh mal, die Primeln, der Frühling ist da!« Mit dem Frühling kehrt auch sie wieder ins Leben zurück. Denn wie ich kurz danach erfahre, ist sie niemand anders als die dritte Tochter des Herrn Lu, deren Namen ich manchmal

flüstern höre: Yumei (Jadewinterkirsche). Mit sechzehn Jahren hatte sie sich in einen jungen Fliegeroffizier verliebt, den sie während eines Aufenthalts bei einer ihrer Schwestern in F. kennengelernt hatte, als sie schon einem Gutsbesitzersohn in der Nachbarschaft versprochen gewesen war. Auf Geheiß des Vaters hatte der älteste Sohn, der den Unabhängigkeitsgeist seiner Schwester nie hatte leiden können und oft eifersüchtig auf sie gewesen war, sie anderthalb Jahre lang in einem abgelegenen Zimmer eingesperrt, das auf den Berg hinter dem Haus hinausging.
Von unserer ersten Begegnung an nenne ich Yumei in meinem tiefsten Inneren »die Geliebte«. Ich habe das seltsame Gefühl, als hätte ich von jeher mit ihr zusammengelebt, als sei sie mir wesensgleich, näher als mein eigener Körper. Ich bin bereit zu glauben, daß sie gewissermaßen aus meinem eigenen Verlangen entstanden ist, so sehr gleicht ihr Bild dem, wovon ich immer geträumt habe, oder ist vielleicht in ihr – der Gedanke kommt mir plötzlich – die junge Erhängte wieder zum Leben erwacht, an die ich mich so lebhaft erinnere?
So löst unsere Begegnung keine jener plötzlichen Erschütterungen in mir aus, die einen hilflos zurücklassen, sondern eher eine Bewegung in der Tiefe, aus der etwas Vergrabenes ohne Hast, Schicht um Schicht, an die Oberfläche steigt. Auf dem Grund meines Wesens spüre ich ein freudiges Erzittern, als werde Yumei erwartet, als müsse sie kommen, von aller Ewigkeit her, so wie sich die Winterbäume leicht überrascht, doch keineswegs zweifelnd zu regen beginnen, wenn der Frühlingswind kommt.
Der Geliebten meine Gefühle zu zeigen, hütete ich mich allerdings. Unauffällig blieb ich unter den anderen Ju-

gendlichen, die manchmal um sie herum waren, angezogen von ihrer strahlenden Schönheit, ihrem edlen, harmonischen Gang und ihren anmutigen Bewegungen, von ihrer einnehmenden Stimme, mit der sie die Legenden aus ihrer Provinz erzählte oder Arien der Heldinnen aus der Sichuan-Oper sang, vor allem aber von dem unbeschreiblichen Zauber ihres Wesens, ihrer zurückhaltenden und zugleich spontanen Art. Wenn sie unter Menschen war, konnte sie ebensogut schweigen und aufmerksam zuhören wie auch plötzlich ihren lebhaften Empfindungen und ihrem Staunen über eine unerwartete Seite der Dinge freien Lauf lassen. In ihrer Gesellschaft hatte man den Eindruck, die Welt zum erstenmal zu sehen und gleichzeitig mit der Erde auf vertrautem Fuß zu stehen, dieser uralten chinesischen Erde, und dem Reinsten, Feinsten und Echtesten, was sie zu bieten hat.

8

Auf Yumeis Initiative hin beschlossen wir an einem Junitag, den Fluß in der Nähe des Dorfes bis zu seiner Quelle entlangzuwandern. Der Ausflug, der den ganzen Tag dauern sollte, erforderte nur wenige Vorbereitungen. Als Wegzehrung nahmen wir außer einigen Thermoskannen mit heißem Wasser nur Eier mit, in Tee gekocht, der mit den »fünf Aromen« veredelt war, Schweinebratenscheiben, Sesamkekse und, nicht zu vergessen, einige Kiepen Orangen und Pampelmusen, lauter einfache Dinge, ganz nach dem Geschmack der Jugendlichen. Rund fünfzehn Teilnehmer hatte unsere kleine Expedition. In der milchigen Helle des Tagesanbruchs wanderten wir los. Im Gänsemarsch ging es auf schmalen Schlängelpfaden an dem noch in Nebel getauchten Fluß entlang. Unbeschreibliche Fröhlichkeit erfaßte die kleine Gruppe, und im frischen Morgenwind überkam uns ein Gefühl grenzenloser Freiheit. Auch daß wir in unseren groben Stoffschuhen oder Strohsandalen vom taufeuchten Gras rasch nasse Füße bekamen, konnte unsere Begeisterung nicht trüben.

Mit einem hellblauen *qipao* bekleidet und einer *yulan*-Blüte im Knopfloch ging Yumei freudestrahlend vorneweg. Ohne Rücksicht auf die Neckereien einiger älterer Jungen schritt sie zügig voran und gab so ein gleichmäßiges Tempo vor. An diesem denkwürdigen Tag entdeckte ich eine Seite an ihr, die ich bereits erahnt hatte: unter der beruhigenden Sanftheit verbarg sich eine zähe, ja wilde Kraft. Sie war eine echte Tochter dieser Provinz mit den leuchtenden, kontrastreichen Farben. Violette Tonerde, überzogen mit Azaleen und Hibiskus, goldenen Orangen und roten Pfefferschoten. Eine Erde, die stolze und freie Geister hervorgebracht hat. Die berühmtesten unter ihnen waren die Dichter Li Bo und Su Dongpo.

Von Zeit zu Zeit blieb das junge Mädchen stehen und wandte sich an die hinter ihr gehenden Jüngsten, zu denen auch ich gehörte. Jedesmal waren wir hingerissen, wenn sie beim Drehen des Kopfes ihr pechschwarzes Haar zur Seite warf und flüchtig, von ihrem leuchtenden Blick sogleich überstrahlt, der Schönheitsfleck auf ihrem Nacken zum Vorschein kam. Und wenn sie dann munter fragte: »Seht ihr, was ich dort sehe?« oder: »Hört ihr, was ich gerade höre?«, waren wir überzeugt, daß wir etwas entdeckten, was wir noch gar nicht bemerkt hatten. Sie deutete auf einen Punkt auf einer Anhöhe am anderen Flußufer, zeigte auf bunte Schmetterlinge, die sich durch die Anwesenheit von Menschen nicht stören ließen, forderte uns auf, dem Gesang eines Vogels zu lauschen oder den Echos, die von einem fernen Hügel herüberschallten, Echos eines wilden Gesangs, den ein junger Bauer zu dem Hügel hinüberschickte, wo vielleicht seine Angebetete wohnte. Oder sie schob – wie ich es von meiner Mutter kannte – das dichte Laub oder die üppigen Gräser beiseite, um ganze Trauben wilder Beeren oder duftende Pflanzen zu pflücken. Während sie uns diese Welt in all ihrer Lebendigkeit entdecken ließ, entdeckte sie sie auch selbst aufs

neue, voller Begeisterung und voller Begierde, nach der langen Entbehrung.
Wenn man sie so sah, eine hellblaue Gestalt in der bläulichen Luft, erschien sie wirklich als Seele und Stimme dieser Natur, die nur darauf gewartet hatte, durch sie erschlossen zu werden.
Wir kamen durch einige abgelegene Dörfer. Überall begegnete man Yumei mit Sympathie. »Ah, drittes Fräulein!« ...»Da ist ja das dritte Fräulein!« In der ganzen Gegend war sie ebenso beliebt, wie ihr Bruder verhaßt war. An diesem Tag hatte sie den Bauern nichts weiter anzubieten als die Orangen und Pampelmusen. Die Jugendlichen stellten mit Erstaunen fest, daß diese doch recht gewöhnlichen Früchte – so viele, wie die Provinz davon hervorbrachte – in den Augen der Bauern ein Luxus waren. Sie waren viel zu jung, um zu wissen, in welcher Not die ärmsten der Bauern lebten, die kein eigenes Land besaßen und mehr als die Hälfte ihrer spärlichen Produkte an die Gutsherren abliefern mußten. Deshalb aßen viele die Früchte nicht sofort, sondern legten sie auf den Tisch oder auf den Hausaltar, um zu warten, bis eines Tages die ganze Familie beisammen wäre. Andere konnten der Lust nicht widerstehen, auf der Stelle davon zu kosten. Behutsam öffneten sie die Schale, nicht ohne die Früchte vorher mit ihren faltigen Händen zu streicheln, und genossen andächtig jedes Stück. Dadurch bekamen diese Früchte für die Jugendlichen einen ungeahnten Wert. Nach und nach leerten sich die vollen Kiepen, die sie mit sich trugen. Doch die Bauern in ihrem Stolz ließen sich nicht darauf ein, etwas anzunehmen, ohne auch selbst zu geben. Im Austausch schenkten sie den Wanderern rote Kartoffeln und eine Frucht, die

unter der Erde wächst und Erdkürbis genannt wird. Diese kernlose Frucht mit dem weißlichen, knackigen Fleisch hat im ersten Moment einen leicht bitteren Geschmack, aber beim Kauen gibt sie einen milchigen Saft ab, der frisch und durstlöschend ist. Je mehr man davon ißt, desto mehr Lust hat man darauf. Den ganzen Weg über ließen die Jugendlichen sie sich schmecken.

Am Spätnachmittag erreichten wir die Quelle. Sie wurde in einen primitiven Kanal geleitet, der das Wasser bis in die Mitte eines Dorf führte. Es war ein munteres, helles Wasser. Wir tranken es; wir sprangen hinein. Alle voller Freude und Begeisterung über die wundersame Erfahrung, daß wir dem Fluß, diesem lebendigen und geheimnisvollen Etwas, gefolgt waren und nun seinen Ursprung mit Händen greifen konnten. Von dem wohltätigen Wasser getränkt, war die Natur ringsum besonders üppig.

Das nach dem Qu-Clan benannte Dorf machten einen sauberen und stattlichen Eindruck, wie man es in der Provinz selten zu sehen bekam. Es gab einen Tempel zu Ehren des großen Dichters Qu Yuan, dessen Nachkommen die Dorfbewohner zu sein behaupteten. Sie machten es sich übrigens zur Pflicht, die Besucher nach den alten Regeln der Gastfreundschaft zu empfangen. Den durstigen und hungrigen Wanderern wurde Chrysanthementee gereicht, dazu Jujube-Früchte und eingelegte Lotuskerne.

Als wir dann neben dem Tempel im Schatten der Weiden saßen, vor uns die leuchtenden Reisfelder in ihrem schimmernden Grün, glaubten wir uns außerhalb von Raum und Zeit, oder besser, in der Zeit des frühen Altertums, als noch nichts festgelegt war, als der Mensch noch die Freiheit genoß, die Dinge zum erstenmal zu benennen, den

Wind, die Wolke, das Gras, das Wasser, wie auch den verehrten Heiligen oder die geliebte Frau, und sie in einem Lied mit ursprünglichem Rhythmus zu besingen, wie es eben Qu Yuan getan hat.

Bevor wir aufbrachen, gingen wir in den Tempel hinein. Yumei zündete vor der kleinen Statue des Dichters, die von zwei Tafeln mit zwei von ihm geschriebenen Parallelversen eingerahmt war, ein Räucherstäbchen an. Wir erfuhren, daß der Tempel unter der Ming-Dynastie anstelle einer in der Tang-Zeit errichteten Stele erbaut worden war. Die Bewohner versicherten, seit dem Bau des Tempels habe der Weihrauch niemals aufgehört zu brennen. Uns erschien es seltsam, um nicht zu sagen anachronistisch, dieses kleine ununterbrochene Feuer in einem versteckten, unbekannten, von lese- und schreibunkundigen Bauern bewohnten Nest zu Ehren eines Dichters, der vor mehr als zweitausend Jahren gelebt hatte – der erste bekannte Dichter der chinesischen Literatur – und im Exil in einem Fluß ertrunken war.

Auf dem Heimweg hatten die Wanderer noch nicht die Hälfte des Weges zurückgelegt, als es dunkel wurde. Da sie wußten, daß es zu Hause keine Mahlzeit mehr geben würde, und sie es ohnehin nicht eilig hatten heimzukehren, beschlossen sie, am Flußufer haltzumachen, um zu essen. Sie zündeten ein Feuer an und rösteten darin die von den Bauern geschenkten Kartoffeln zusammen mit Mohnstengeln und aromatischem Gemüse, das sie tagsüber gepflückt hatten.

Nie mehr in meinem ganzen Leben werde ich den himmlischen Geschmack jener gerösteten Kartoffeln wiederfinden. Und wo ich auch bin, immer werde ich gern Rauch einatmen, sowohl den, der die klagende Stimme des opiumrauchenden Onkels heraufbeschwört, als auch den, in dem das helle Lachen der Geliebten beim Schüren des Feuers wiedererklingt.

9

Es war einige Tage nach unserem Ausflug. Abends hielt die Hitze die Menschen nach dem Essen noch lange draußen. Mit dem Fächer in der Hand saßen sie unter dem Sternenhimmel und träumten, erzählten sich Geschichten und plauderten. Ich schaffte es, aus Spaß einige Glühwürmchen zu fangen und sie in ein Gazebeutelchen zu stecken. So hatte ich eine tragbare Lampe. Auf einmal bekam ich Lust, sie Yumei zu zeigen.

Als ich den kleinen Innenhof betrete, auf den ihr Zimmer hinausgeht, treffe ich auf ein so unerwartetes Bild, daß ich an seiner Realität zweifle. In einem Holzbottich steht splitternackt die Geliebte und wäscht sich. Während ein junges Dienstmädchen ihr mit einem kleinen Eimer Wasser über die Schultern gießt, das an ihrem glatten, festen Körper herunterläuft, spricht und lacht sie mit ihr. Ich weiß, daß ich mich zurückziehen muß, doch ich kann mich nicht dazu entschließen. Regungslos, mit klopfendem Herzen, bleibe ich stehen. Es ist die erste Frau aus Fleisch und Blut, die ich nackt sehe. Von meinem Standort aus kann ich sie im Profil betrachten; ich erkenne eine Partie ihres Rückens und ihre hochstehenden Brüste, die im Mondlicht durch das Wasser noch mehr leuchten. Als das Bad beendet ist, schlüpft sie nach dem Abtrocknen in ihr

Nachthemd, läßt es aber nachlässig offen. Sie legt sich auf ihr Bambusbett, das der Hitze wegen neben der Tür steht. Mit einem Strohfächer fächelt sie sich Kühlung zu und plaudert dabei weiter mit dem Dienstmädchen, das sich einen Moment lang im Hof zu schaffen macht; dann wird sie still, ist vielleicht halb eingeschlafen. Still stehe auch ich im Dunkeln, wie angenagelt. Wie lange habe ich dort gestanden? Einen Augenblick, ein ganzes Leben, ich weiß es nicht. Wie ein Schlafwandler oder ein Dieb kehre ich schließlich in unsere Familienwohnung zurück.

Von Scham geplagt, verbot ich mir in den folgenden Tagen, Yumei aufzusuchen. Allerdings fragte ich mich immer wieder, ob die Szene, die ich gesehen hatte, denn tatsächlich Wirklichkeit gewesen war. Hatte ich in jener Nacht nicht eher geträumt? Zumindest versuchte ich es mir einzureden. Ich war so gut wie überzeugt. Das Bild dieses schimmernden Körpers war derart natürlich, als hätte meine Phantasie es entworfen oder gestaltet. In alle meine Sinne ausstrahlend, schien es mir deutlicher, greifbarer, als wenn die Geliebte leibhaftig vor mir gestanden hätte. Trotz meines Bemühens, nicht mehr daran zu denken, kehrte es noch beharrlicher und bedrängender immer wieder und wurde allmählich zur Obsession. Unaufhörlich sah ich mich selbst, wie ich mich ihr nachts heimlich näherte und ihr beim Ausziehen, Hinlegen und Einschlafen zusah. Doch sobald ich versuchte, sie zu berühren, die Umrisse ihres Gesichts zu streicheln, erwachte sie und sah mich an. Ihr unschuldiges Lächeln machte mich hilflos und verlegen.

Eines Morgens beim Aufwachen überkam es mich: eine unbekannte Kraft trieb meine Hand, jenes Bild, das mir nicht aus dem Kopf ging, aufs Papier zu werfen. Mit einem harten und einem weicheren Bleistift begann ich, ein Brustbild der Geliebten zu zeichnen. In plötzlich aufwallender Erregung brachte ich Zug um Zug meine innere Vision ans Licht. Das ovale Jadegesicht, über das der Schatten nur dahinglitt; der klare, sensible Mund, der eine verhaltene Sinnlichkeit verriet; die Augen mit ihrem unergründlichen Glanz, die durch den Ausdruck verwunderter Offenherzigkeit nur noch geheimnisvoller wirkten ... In dem Maße, wie ich das Bild aus mir hervorbrachte, befreite ich mich von der Last, die mich erdrückte. Mein Herz klopfte heftig angesichts des Wunders, das sich unter meiner Hand ereignete. Als ich die Haare zeichnete, vollzog ich in einem gelungenen Strich genau die Handbewegung nach, mit der Yumei häufig ihr Haar zurückwarf, so daß flüchtig ihr ganzes Gesicht aufleuchtete. Nach diesem Zug spürte ich, daß mich, obwohl das Bild noch nicht fertig war, die Kraft verließ, daß ich aufhören mußte und nichts mehr hinzufügen durfte, weil ich sonst Gefahr liefe, alles zu verderben. Angst befiel mich, als schickte sich jemand an, ein Heiligenbild zu entweihen. Ich legte die Stifte weg und war wie erlöst.

Die Zeichnung in der Hand und innerlich beruhigt, faßte ich den Mut, Yumei wieder gegenüberzutreten. Beim Anblick des Bildes war sie überrascht, dann entzückt, daß jemand ihr Gesicht und ihren innersten Ausdruck so gut »auswendig kannte«. Neugierig hob sie den Kopf und sah mir einen Moment lang tief in die Augen. Da begriff ich, daß sie mich zum erstenmal »sah«.

Seitdem begleitet sie mich oft, wenn ich hinausgehe, um zu zeichnen. Am liebsten treffen wir uns an einem Teich im Wald, den wir auf unterschiedlichen Pfaden erreichen.

Jedesmal wieder erfüllt mich unsagbare Dankbarkeit, weil sich das Wunder erneuert und sie da ist, vor mir oder neben mir, mit mir redet oder lacht, einen ganzen Nachmittag lang. Es ist der Sommer 1941. China ist seit vier Jahren im Krieg. Ich werde bald siebzehn, sie beginnt ihr achtzehntes Lebensjahr. In diesem vergessenen Winkel der Welt erweckt die ganz und gar schwebende Zeit ein Gefühl von Ewigkeit, wie der Teich, in dessen Spiegel alles nur reines Ereignis ist: ein knackender Zweig, eine vorüberziehende Wolke, eine Libelle, die das Wasser streift, ein tauchender Eisvogel, aufsteigender Rauch, aus dem sich das ununterdrückbare Tirilieren einer Lerche erhebt ...

Unsere Unterhaltungen drehen sich um alles, was uns in den Sinn kommt, bleiben aber zurückhaltend. Sie werden von Schweigen unterbrochen, wenn Yumei sich in ihre Lektüre vertieft, Briefe schreibt oder ihren Gedanken nachhängt. Ich riskiere nie Vertraulichkeiten, noch wage ich, meiner Begleiterin Fragen zu stellen, die ich für indiskret halte. Eines Tages, als sie mir zusieht, wie ich eine Gruppe ferner Bäume vor einem etwas imaginären Hintergrund zeichne, fragt sie:

»Träumst du oft?«

»Ja.«

»Wovon träumst du?«

»Ach, meine Träume sind eher Alpträume.«

»Alpträume ... Bist du denn nicht glücklich im Leben?«

»In diesem Augenblick bin ich glücklich. Sonst nicht.«

»Bist du mit deiner Mutter nicht glücklich?«

»Doch. Aber ich habe nur sie, und sie hat nur mich. Sie hat immer Angst, daß mir etwas passiert. Und ich habe immer Angst, daß ihr etwas passiert. Das ist bedrückend.«

Nach einer kurzen Pause sagt sie: »Weißt du, mir fehlt es weder an Vater, Mutter, noch an Geschwistern, doch niemand sorgt sich darum, was mir passieren könnte; das ist auch schrecklich bedrückend!« Dann fügt sie mit einem bitteren Lächeln hinzu: »Insofern sind wir quitt, nicht wahr?«
Ich suche noch nach einer Antwort, als sie schon fortfährt: »Das menschliche Leben ist unbegreiflich. Niemand hat ein Leben für sich; man lebt immer für jemand anders. Nimm diese Wildblume, die nicht einmal einen Namen hat. Sie ist ganz und gar sie selbst. Mit der Ausrede, daß sie mir gefällt, pflücke ich sie und mache ihrem Schicksal ein Ende. So lebt einer auf dieser Erde, unter diesem Himmel, unschuldig sein Leben; andere maßen sich Rechte über ihn an, machen unbedacht eine Bewegung und beenden seine Bahn, bevor sie selbst eines Tages verschwinden, und keiner weiß, warum. Ja, warum?«
Nach diesem Gespräch fiel mir auf, daß Yumei häufiger schwieg. Ihre Augen waren von Melancholie überschattet, wie der See vor dem Regen. Da erinnerte ich mich daran, daß sie vor allem den Zwang der verhängnisvollen Umstände zu durchbrechen haben würde.
Nachdem die Schule wieder angefangen hatte, ging ich bei meiner nächsten Heimkehr aus dem Gymnasium an einem Freitag spätnachmittags zu Yumei. Als ich durch die halb offenstehende Tür das große Wohnzimmer der Familie Lu betrat, wurde ich mit einigen anderen Personen Zeuge einer bestürzenden und empörenden Szene. Der älteste Sohn war wieder einmal dabei, seiner Schwester seinen tyrannischen Willen aufzuzwingen. In der einen Hand eine kurze Kette, hielt er mit der anderen den rechten Arm

des jungen Mädchens fest, während sie sich mit aller Kraft loszureißen versuchte. Schnaufend, mit vorquellenden Augen, beugte sich der Mann über seine Beute; sicher sah er nicht anders aus, wenn er eine Vergewaltigung verübte. Ich war sogar sicher, daß dieser lokale Tyrann in seiner Grausamkeit Spaß daran fand, hatte ich doch selbst einmal trübe Lust empfunden, als ich im zentralen Hof ein kleines Mädchen beim Spielen plötzlich an den Schultern gepackt und fest an mich gedrückt hatte, während die arme Kleine sich stöhnend wehrte, mich in den Arm biß und ihr dabei langsam die Kräfte ausgingen.

Plötzlich wurde der älteste Sohn die Anwesenheit von Zeugen gewahr und brüllte seine Männer an, sie sollten die Türen schließen und die ungebetenen Zuschauer fortjagen. Noch am selben Abend waren alle Gutsbewohner auf dem laufenden: Die dritte Tochter der Familie Lu ist wieder eingesperrt. In den darauffolgenden Tagen erfuhren wir, es sei ausdrücklich verboten, auf den Berg hinter dem Haus zu steigen. Die Söldner des ältesten Sohnes führten dort Patrouillen durch, denn man hatte entdeckt, daß der Fliegeroffizier, mit dem Yumei wieder Verbindung aufgenommen hatte, in der Nähe war, auch er in Begleitung einiger bewaffneter Männer. Ein möglicherweise blutiger Zusammenstoß bahnte sich an.

Nie werde ich jene Nacht des Tumults vergessen, mit all dem Geschrei und Hundegebell! Das ganze Haus war in Aufruhr. »Das dritte Fräulein ist entführt worden!« »Das dritte Fräulein ist fort!« Unterdessen hielten wir in den Wohnungen des Forschungszentrums den Atem an. Die Frauen beteten mit Tränen in den Augen, die Flüchtige möge nicht gefaßt und nicht verletzt werden. Tatsächlich hallten in der Ferne schon einige Schüsse. Verzweifelt stürzte ich in die Nacht hinaus. Ich wollte schreien; doch nur ein erstickter Schluchzer kam aus meiner Kehle. Ich stolperte über einen liegenden Baumstamm und stürzte zu Boden. Am Himmel leuchteten tausend und abertausend Sterne. Auf der Erde schwankten am Horizont Laternen und Fackeln wild hin und her.

Die Gegenwart der Geliebten hatte für mich also gerade so lange gewährt wie die Gartenblumen aus unserer ersten Begegnung. Sie erblühen im Frühling, entfalten sich im Sommer zu voller Blüte und welken, bevor der Herbst zu Ende geht. Doch vielleicht muß sie verschwinden wie die Blumen, damit ihr Bild, nunmehr außerhalb von Zeit und Raum, für immer als Bild der Geliebten in meinem Herzen ersteht, im Zentrum meines Begehrens.

10

Da der Krieg sich in die Länge zog und das Leben immer teurer wurde, konnte meine Mutter das Schulgeld nicht mehr aufbringen. Ich war gezwungen, auf eines der sogenannten staatlichen Gymnasien zu gehen, das in einer weit entfernten Stadt lag. Ursprünglich war es nur eine Auffangeinrichtung für Jugendliche auf der Flucht gewesen, die, nachdem sie ihre Provinz verlassen oder ihre Familie verloren hatten, durch China irrten. Seit der Umwandlung in ein kärglich von der Regierung unterstütztes Pseudogymnasium – das völlig anders war als diejenigen, die ich bislang kennengelernt hatte – erteilte man dort einen mehr schlechten als rechten Unterricht, und es wurde schnell zu einem Unterschlupf, wo sich unter die bedürftigen auch unbegabte oder undisziplinierte Schüler mischten, die man anderswo hinausgeworfen hatte.

Es war das erste Mal, daß ich meine Mutter und eine relativ wohlwollende Umgebung verließ. Plötzlich fand ich mich in einer brutalen Realität wieder. Klägliche materielle Bedingungen. Gebäude in Piseebauweise mit Schalungen aus Bambusgeflecht. In den Fenstern durchscheinendes Papier anstelle von Fensterscheiben. Ein lächerlicher Schutz gegen das harte Kontinentalklima von Sichuan! In der erdrückende Hitze des Sommers wurden

Tische und Stühle brennend heiß. Im Winter konnten die Schüler vor lauter Frostbeulen an den Fingern keinen Stift mehr halten. Die Betten in den lauten und überbelegten Schlafsälen waren infolge mangelnder Hygiene von Flöhen, Wanzen und Läusen verseucht. Trotz regelmäßiger kollektiver Vernichtungsaktionen vermehrten sich diese fürchterlichen Tierchen, die ein ganzes Regiment demoralisieren können, immer weiter, daß es nur so wimmelte, nisteten sich in den intimsten Körperteilen der Menschen ein, saugten ihr Blut, ließen Geist und Körper Tag und Nacht keine Ruhe und brachten sie an den Rand der Verzweiflung.

Das Essen bestand einzig und allein aus nur halb geschältem Reis und – häufig verdorbenem – Gemüse und wurde hastig im Stehen hinuntergeschlungen. Man wurde nie satt und hatte ständig Hunger. Wer Geld hatte, ging zu den immer zahlreicher werdenden Verkaufsständen rings um das Gymnasium. Von diesen Ständen stieg ein beharrlicher Geruch nach Nudelsuppe mit gebratenem Schweinefleisch oder gesottenem Rindfleisch auf, ein Geruch, der für die Nasen derjenigen, die sich das nicht leisten konnten, dem Duft des Nirwanas gleichkam. Sie begnügten sich damit, ihrer Schüssel Reis eine Spur Schweineschmalz beizumischen, das beim Schmelzen allein schon durch seinen leichten Fettgeruch einen Anflug von Ekstase auslöste; oder sie knabberten beim Essen eine Knoblauchzehe oder getrocknete Peperoni, damit »der Reis besser rutschte«.

Kein Wunder, daß sich bei der allgemeinen körperlichen Schwäche unter diesen Bedingungen Krankheiten ausbreiteten: Tuberkulose, Ruhr, Typhus, Malaria, Blinddarmentzündung. Unvermeidlich wurde ich ein Opfer dieser Plagen. Zuerst hielt mich die Ruhr eine Zeitlang auf der Kippe zwischen Leben und Tod. Ich wurde wieder gesund oder glaubte zumindest, es zu sein. Allerdings litt ich von nun an mein Leben lang in den unerwartetsten Momenten an grausamen Anfällen von Bauch- und Magenschmerzen, unter denen ich mich im Bett wälzte, ohne daß der Arzt ihnen einen Namen zu geben wußte. Dann kam eine Malaria-Attacke, und ich war viel zu schwach, um Widerstandskraft zu entwickeln. Diese ganz besonders perverse Krankheit flößt dem Kranken im selben Moment extreme Hitze und extreme Kälte ein, so daß es ihn zerreißt, umwickelt ihn aber zugleich mit einem erstickenden Band, das ihn zwingt, sich wie eine lebende Mumie um sich selbst zu drehen.

Während dieser Krankheit bekam ich endgültig Angst vor meinem Körper, diesem Körper, der mir nicht richtig gehörte und des schlimmsten Verrats fähig war. Der der feindlichsten Macht von außen Unterschlupf gewährte, bis sie, ohne daß ich mich davor hüten konnte, zum inneren Teil meines Wesens wurde. Von Fieber und Schüttelfrost gepackt, schaute ich also zu, wie mein Körper innerlich auseinanderriß und völlig meiner Kontrolle entglitt, als wohnte ich einem unerhört heftigen Ehestreit bei, ohne eingreifen zu können. Allein in dem düsteren, tagsüber ausgestorbenen Schlafsaal, mit einer schadhaften Thermoskanne voll heißem Wasser und einigen Ratten, die an den Füßen des Bettes kratzten, als einzigen Gefährten war ich gezwungen, mich zu betrachten und mein ganzes bisheriges Leben Revue passieren zu lassen. Eingesperrt und unbeweglich, wie ich war, blieb mir im Grunde nichts anderes übrig. Zunächst entdeckte ich folgendes: Da die Malaria sich offenbar auf Dauer in mir niederließ und der Anfall jetzt zu festen Zeiten kam, vormittags gegen elf Uhr, wartete ich schon lange vorher mit Schrecken auf ihren »Besuch«. Zu meiner Überraschung präsentierte sie sich in Gestalt eines Besuchers. Eines Besuchers, bei dem mich sogar das Gesicht schon verstörte. Ich hatte deutlich den Eindruck, ihn von jeher zu kennen, und stellte doch gleichzeitig fest, daß er gründlich anders war als der, den ich kannte. Seine Gegenwart rief das gleiche verwirrend trügerische Gefühl hervor, das man empfindet, wenn man in einer Menge jemanden zu erkennen glaubt. Man ist drauf und dran, ihn anzusprechen, da wird einem durch winzige Einzelheiten bewußt, daß es eindeutig jemand anders ist. Ja, es reicht eine winzige Abweichung, und der Bekannte wird fremd, der »fast echte« wird »gänzlich unecht«.

Im ersten Moment zeigte der Besucher ein durchaus freundliches Gesicht. Mit strahlendem Blick sah er mich an, und ich war wie gebannt. Je heftiger das Fieber mich packte, desto tiefer stürzte ich in einen schwarzen Abgrund. Von unten aus der Tiefe sah ich dort oben nur einen einzigen Lichtschein: den Blick des anderen. Auf die Gefahr hin zu ersticken, kletterte ich dem Licht entgegen. Dabei hing ich mit meinen Händen, meinen Armen, meiner Brust, meinen Beinen an der rauhen Wand, die von oben bis unten von Bambusspitzen starrte, und riß mir daran fetzenweise das Fleisch heraus. So erlebte ich am eigenen Leib, unter welch unerträglichen Schmerzen der Bandit damals mit dem Messer seine Wunde gereinigt hatte. Um den Schmerz besser auszuhalten, klammerte ich mich an den Gedanken, daß ich mich damit wenigstens einmal heldenhaft zeigte. Daß es mir wenigstens einmal vergönnt war, das zu erleben, was der legendäre Bandit fertiggebracht hatte: einen Schmerz zu erleiden, wie ihn der Mensch sich selbst, erst recht aber anderen zuzufügen imstande ist. Wenn der Rand des Abgrunds näher kam, schöpfte ich wieder Mut, ermuntert durch den immer strahlender funkelnden Blick dort oben, einen Blick, den jetzt ein kaum zurückgehaltenes Lächeln erhellte. Schließlich sah ich, wie der andere zu einer Bewegung ansetzte, um nach mir zu greifen.

Unglücklicherweise mangelte es seiner Bewegung an Genauigkeit oder Entschlossenheit. Meine Finger entglitten seinen ausgestreckten Händen, und mein geschwächter Körper fiel von neuem in das schwarze Loch. Hätte mich nicht das Licht weiterhin angezogen, ich hätte niemals die Willenskraft aufgebracht, den höllischen Weg noch einmal zurückzulegen.

Den ganzen Körper voller offener Wunden, erwartete ich tags darauf mit noch größerem Schrecken die Stunde des Anfalls. Die Ankunft des Besuchers erfüllte mich deshalb mit Dankbarkeit. Ich empfing ihn aufs neue wie einen Erlöser. Durch die Konzentration auf seinen funkelnden Blick gelang es mir, die für den Aufstieg notwendigen Kräfte aus mir herauszuholen. Doch abermals erwies sich der Besucher trotz seines scheinbar guten Willens in seiner Rettungsbewegung als ungenau. Und abermals war ich gezwungen, den unvorstellbar schmerzvollen Weg noch einmal zurückzulegen.

Nach wenigen Tagen dieser wahren Höllenfahrt war mein gemarterter Leib nur noch ein Skelett, an dem einige lächerliche Fleischfetzen hingen, so jämmerlich wie die zerfranste Standarte einer Armee am Ende aller Schlachten. Ich war auf den erbärmlichen Zustand reduziert, wo nichts mehr von Bedeutung war, wo alles zu akzeptieren oder alles zu zerstören auf das gleiche hinauslief. In diesem Moment schreckte ich auf: Man hält mich zum Narren! Wer? Der Besucher natürlich! Die ganze Zeit über weidete er sich an meinem Leiden. Ja, jeden Tag tat er so, als wolle er mich retten, nur um tags darauf von neuem seinen Scherz mit mir zu treiben. Da beschloß ich, diesmal unten in der Tiefe zu bleiben, lieber zu ersticken oder, wenn mir noch ein wenig Kraft bliebe, alles auf eine Karte zu setzen. Ich wartete im tiefsten Dunkel. Lange wartete ich, bis ... o Wunder, der andere dort oben sich in Nebel auflöste.

Wer ist er, der andere? Zweifellos ein bösartiger Unbekannter, aus einer fernen Gegend, aus dem unendlichen Außen. Und doch, das ahne ich, kommt er auch aus einem verborgenen, nie durchstöberten Winkel meines eigenen Körpers. Wenn dem so ist, wer bin dann ich? Bin ich noch Herr meiner selbst? Was tue ich auf dieser Erde, was kann ich tun?

In diesen Tagen der höchsten Not und völligen Verlassenheit, wo selbst der Gestank zerdrückter Wanzen noch etwas Freundliches hatte, stellte ich mir zum erstenmal Fragen. Bis dahin hatte ich nicht nachzudenken brauchen, ich war von den Ereignissen getrieben worden: der Tod meines Vaters, der Krieg, die Flucht ... Man mußte zur Schule gehen, weil alle das taten, weil meine Mutter ihr letztes hergab, um meine Schulausbildung zu bezahlen, und ständig wiederholte, dies sei für mich die einzige

Möglichkeit, es zu etwas zu bringen. Denn eben wegen der Ereignisse war ich spät dran; mit fast achtzehn Jahren bummelte ich noch auf einem Pseudogymnasium herum, dieser schäbigen Zuchtanstalt. Munter wurde ich nur bei einigen literarischen Texten, alten oder modernen, und selbstverständlich beim Zeichnen. Doch selbst beim Zeichnen, das ich für meine Stärke hielt, bemängelte der Lehrer trotz aller Anerkennung meiner »eindeutigen Begabung« und einer »sehr persönlichen Sehweise« einen »fehlenden Sinn für Perspektiven und Proportionen« und fragte sich sogar, ob ich nicht einen Augenfehler hätte. Wie sollte ich da nicht an meiner möglichen Berufung zum Maler zweifeln? Ohnehin konnte man das Zeichnen nicht zum Beruf machen. Deutlich sah ich mein Schicksal Gestalt annehmen: Ich würde zwangsläufig ein Nichtsnutz werden, und ebenso zwangsläufig würde sich mein Leben, wenn ich denn am Leben bliebe, am Rande abspielen. Zwei Verse des Dichters Du Fu, die ich kurz zuvor gelernt hatte, kamen mir in den Sinn:

Ich singe und ich weiß, Götter und Dämonen sind nah;
Was macht es, wenn ich Hungers sterb' und mein
Leichnam ruht in der Schlucht.

Nach allem, was ich gerade durchgemacht hatte, war ich überzeugt, daß auch ich durch die äußerste Not, durch das Entsetzliche hindurchmußte. Bei dem Gedanken an das Entsetzliche stieg ein Rest von Halsstarrigkeit und Revolte in mir auf. Was denn, soll ich der Erpressung des unerträglichen Schmerzes nachgeben? Jeder Schmerz hört doch mit dem Tod auf. Und ich habe ja Umgang mit dem

Tod oder besser mit den Toten. Wenn auch mein Körper, wie jeder andere, beim Gedanken an den Tod erstarrte, war ich doch im Innersten überzeugt, daß die Toten mich schützen würden.

Am seltsamsten war, daß ich von dem Moment an, als ich akzeptierte, ein Nichtsnutz zu sein und den Preis dafür zu zahlen, plötzlich von dem Todeswunsch, der seit dem Fortgang der Geliebten heimtückisch in mir bohrte, befreit war. Fieber und Schüttelfrost ließen nach, ein wachsendes Verlangen überkam mich, raunte mir ins Ohr, ich solle bleiben. Bleiben, um zu *sehen*.

11

Um die übliche Kost etwas aufzubessern und auch um der Heilwirkung willen griff eine kleine Zahl von Schülern eine Zeitlang auf Schlangen- und Hundefleisch zurück, die nach traditioneller Überzeugung stark *yang* sind, also heiß, und damit geeignet, »kalte« Krankheiten zu heilen, wie eben Tuberkulose und Malaria.

Als es infolge von Verboten keine streunenden Hunde mehr zu jagen gab, ließen viele ihre Gewalttätigkeit an Menschen aus. Die Schüler hatten seit vielen Monaten unter dem Verschwinden von Sachen zu leiden, die hochtrabend als »sehr wertvoll« bezeichnet wurden. In dieser Zeit äußerster Bedürftigkeit gehörten schon ein Paar Lederschuhe, ein Wollpullover, eine Flanellhose, ein Wörterbuch oder ein Atlas in diese Kategorie. Die einfach gebauten Schlafräume waren gegen den Einbruch von Fremden schlecht geschützt. Eines Tages gelang es, einen Dieb auf frischer Tat zu ertappen. Es kam zu einer Menschenjagd. Einem nichtsahnenden Zuschauer bot sich eine alberne, wenn nicht komische Szene: Auf einem schmalen, von Reisfeldern gesäumten Pfad lief ein Mann, so schnell er konnte, und zog wie ein Komet einen langen Schweif von rund fünfzig, ebenfalls atemlos rennenden Personen hinter sich her. Dieser Drache schlängelte sich eine ganze

Weile am Horizont der Landschaft dahin. Während der Schwanz sich unaufhörlich mit neuer Energie auflud, war die des Kopfes allmählich erschöpft. Der verschwand denn auch bald, verschlungen von dem endlosen Schwanz, den er unvorsichtigerweise erzeugt hatte.

Ohne Wissen der Schulleitung wurde nachts ein Tribunal veranstaltet, um den Dieb zu verurteilen. In der angespannten Atmosphäre war der schon bei seiner Festnahme übel zugerichtete Dieb unter den drohenden Blicken geständig und nahm alle Diebstähle, die man ihm zur Last legte, auf sich, obwohl er offensichtlich nicht der einzige Schuldige war. Mit zittriger Stimme erklärte er bereitwillig, wann und wie er vorzugehen pflegte. Da es ihm nicht möglich war, die längst verkauften gestohlenen Sachen zurückzugeben, wurde er einer körperlichen Bestrafung unterzogen. Man band ihm beide Handgelenke mit einem Strick zusammen und hängte ihn an einen Balken; gezielt schob man eine Stütze darunter, die der Verurteilte nur eben mit den Fußspitzen berühren konnte. In aller Eile wurde eine Wachmannschaft zusammengestellt, die auf ihn aufpassen sollte. Spät in der Nacht, als der arme Kerl schon dem Ersticken nahe war und man nicht seinen Tod riskieren wollte, stimmte man seiner Freilassung zu, nicht ohne ihn zu warnen, daß ihn die »höchste Strafe« treffen würde, wenn er oder seine Komplizen auf den dummen Gedanken kämen, rückfällig zu werden. Im Lauf des Prozesses, der in gewisser Weise das Volkstribunal vorwegnahm, das China ein Jahrzehnt später kennenlernen sollte, kündigte sich schon eine ganze Sippschaft von angehenden selbsternannten Rechtsvollstreckern an. Daneben gab es bereits das Phänomen der Clans und Banden, in denen die Starken ihre Macht über die Schwachen ausübten, ein Phänomen, unter dem auch ich später zu leiden hatte.

Neben diesen gelegentlichen Gewaltausbrüchen gab es für einige noch eine andere Form, sich abzureagieren: die Sexualität. Auch dabei ließen sich die eingeweihten Älteren nicht die Gelegenheit entgehen, den ahnungslosen Kleineren zu imponieren und sie auszunutzen. Zunächst verbal. In einem dunklen Winkel im Schlafsaal, wo sie im Kreis saßen, gefielen sich die Großen darin, von ihren sexuellen Erfahrungen zu berichten, ohne auch nur ein Detail auszulassen. Wie sie Bordelle besuchten. Wie sie sich im Sommer mit Frauen draußen trafen, um auf Grabsteinen mit ihnen zu schlafen, wobei sie erklärten, den Frauen gefalle das, denn die warme, leicht rauhe Oberfläche der Steine fördere ihre Erregung. Berauscht von den Bildern, die sie durch ihre minuziösen Beschreibungen heraufbeschworen, gerieten sie auch selbst immer mehr in Erregung, vor allem wenn sie sahen, wie die Kleineren, die mit fiebrigen Augen an ihren Lippen hingen, zu keuchen begannen. Es kam wohl nicht selten vor, daß sich manche von diesen nachts mißbrauchen ließen.

Diese Art von Ausschweifung betraf natürlich nur eine sehr kleine Zahl von Jungen. Seltsamerweise trug sie aber dazu bei, eine Atmosphäre allgemeiner Vulgarität entstehen zu lassen. Alle glaubten sich bemüßigt, bei jeder Gelegenheit eine schmutzige Ausdrucksweise zu benutzen, ihre Laster kundzutun und mit ihren Heldentaten zu prahlen, die meist jeder realen Grundlage entbehrten. Die körperliche Schwäche als Folge der Unterernährung verzögerte bei vielen die sexuelle Entwicklung und dämpfte bei den Älteren das Verlangen. Dennoch herrschte eine dumpfe Erregung, oft durch Kompensationsbedürfnisse künstlich genährt und allemal durch die Phantasie verstärkt. Einige junge Lehrerinnen, die wir während des Unterrichts nach Belieben betrachten konnten, öffneten bei uns alle Schleusen für das Gaukelspiel der Sinne. So zum Beispiel die Frau des Direktors, unsere Englischlehrerin. Bei einem eher durchschnittlichen Gesicht war sie mit einem üppigen Körper ausgestattet, dessen vorspringende Partien der Gesamtproportion keineswegs abträglich, sondern durchaus förderlich waren. Trotz ihres spontanen Wesens strahlte sie eine naive Sinnlichkeit aus, von deren Wirkung sie selbst gewiß nichts ahnte. Einige fragten sich übrigens, inwieweit ihr Ehemann, ein strenger, mürrischer Mensch, die verborgenen Reize seiner Gemahlin überhaupt zu goutieren wußte. Böse Zungen versagten es sich nicht, in bezug auf die beiden die volkstümliche Redewendung »eine Päonie, gewachsen auf Büffeldreck« zu zitieren! Wenn sie an Sommertagen in einem ärmellosen chinesischen Kleid unterrichtete, setzten sich einige Jungen wie aufmerksame Schüler dreist in die erste Reihe und lauerten auf die Momente, wenn sie durch eine natürliche oder plötzliche Bewegung mehr von ihren Reizen sehen lassen würde. Währenddessen setzte sich der dünne Lange, der kein Hehl aus seiner Neigung zu einsamer Lust machte, in die letzte Reihe, um sich ungestört seinem Genuß hingeben zu können. Als die Lehrerin eines Tages seine abwesende, entrückte Miene bemerkte, stellte sie ihm unvermittelt eine Frage zu dem gerade behandelten Text. Er konnte nur »äh … äh …« stammeln. Die ganze Klasse platzte vor Lachen. Aber auf die folgende Frage:

»Sie schweben wohl in den Wolken?« antwortete er spontan: »Ja, ja, ich schwebe wie eine Wolke!« Allgemeine Heiterkeit brach aus, denn alle dachten an den Ausdruck »Regenwolke«, der im Chinesischen metaphorisch für den Akt des Beischlafs steht. Doch mitten im Gelächter hörten wir, wie die Lehrerin, der die unterschwellige Bedeutung entging, ihn wegen seiner schlagfertigen Antwort lobte. Denn wir nahmen gerade das Gedicht »Die Narzissen« von Wordsworth durch: »Ich schwebte einsam wie eine Wolke ...«

Was die Sexualität anging, war ich mehr als verwirrt. Abgesehen davon, daß ich in dem Bewußtsein lebte, einen fremden Körper in mir zu haben, dessen Bedürfnisse nicht unbedingt mit meinen eigenen übereinstimmten, mochte ich mich auch nicht mit dem anatomischen oder animalischen Bild der Frau abfinden, das man mir präsentierte. Kann eine Frau, dieses ganz andere Wesen, wirklich etwas derart Banales sein, daß man sie einfach im Vorübergehen aufsammelt? Sie ist auf jeden Fall etwas, dem man lange und auch immer wieder neu nachgehen muß. Mir wurde bewußt, wie sehr ich von dem Bild weiblicher Nacktheit, das ich hatte sehen können, geprägt war. Das Bild der Frauen aus dem Louvre, so wirklich, so sehr aus Fleisch und Blut und doch so fern, so unerreichbar; das der Geliebten, dieses Wesens, das ich aus nächster Nähe erlebt und doch nur ganz von weitem gesehen hatte, ein Bild, das mir noch dazu so unerwartet entrissen worden war, ohne eine greifbare Spur zu hinterlassen.

Und dann gab es die Bilder der vergewaltigten Frauen, die mich häufig heimsuchten. Ich konnte nicht umhin, mir den Akt der Vergewaltigung in seinen verschiedenen Formen und den Genuß, den ein Mann dabei erleben mochte, vorzustellen. Doch sobald ich länger dabei verweilte, mischte sich Selbstekel in diese Vorstellung, wenn ich den stummen Vorwurf spürte, der im verzweiflungsvollen Blick der gedemütigten Frauen brannte.

Was also die Sexualität anging, hatte ich die Vorahnung, ich würde in dieser Hinsicht ein Leben am Rande führen, und es würde mir niemals möglich sein, tatsächlich in eine Frau »einzudringen«. Nicht, daß ich nicht wie jeder andere von Wogen des Begehrens überflutet, von erotischen Vorstellungen bestürmt worden wäre und nicht auch meine feuchten Träume als beschämende Krankheit erlebt hätte. Doch bisweilen schob sich etwas wie erbitterte Wut zwischen mich und meinen Körper. Dann betrachtete ich mit ironischer Distanz und widerwillig meine Erektion, die mich an das sich aufbäumende magere Pferd erinnerte, das ich mitten auf einem Feld gesehen hatte, wo es allein unter dem fahlen Himmel stand, mit seinem Geschlecht, das herunterbaumelte wie ein überflüssiges Bein, lächerlich und pathetisch, durch nichts zu befriedigen, ein wahres Sinnbild kosmischer Impotenz.

Eines Tages ertappe ich mich dabei, wie ich einer Bäuerin folge, die vom Markt heimkehrt. Sie trägt an einem Joch zwei große leere Körbe, an denen noch Federn des gerade verkauften Geflügels hängen. Ich kann meinen Blick nicht von den rhythmisch sich wiegenden Hüften der Frau, von ihren braungebrannten, glänzenden Beinen und den Grübchen neben ihren Knöcheln abwenden, Grübchen, die bei jedem ihrer Schritte ein Lächeln nach hinten zu werfen scheinen. Ich folge ihr wie hypnotisiert. Als die Straße an einer Biegung auf einen Hügel abzweigt, liegt auf der rechten Seite ein kleines Bambus- und Akazienwäldchen. Plötzlich bleibt die Frau stehen, dreht sich um und schreit: »Ist es nicht eine Schande, einer Frau so nachzulaufen? Schämst du dich gar nicht? Schämst du dich nicht?« Eine Schande, wirklich, ich kann sie nur anstarren und bringe kein Wort heraus. Gerade will ich mich trollen wie ein Hund, als ich die Frau hinter mir herrufen höre: »Na, komm schon, komm!« Mit diesen Worten geht sie hinter die Bäume, wo das Gelände zu einer Sandböschung hin abfällt. In einer grasbewachsenen Mulde, vor allen Blicken geschützt, legt sie mit einer flinken Bewegung das große Stück Stoff ab, das ihr als Hose dient, breitet es ebenso flink auf dem Boden aus und legt sich drauf. Ein alles andere als grotesker, ein ganz und gar hinreißender Anblick. Auf dem verwaschenen Blau des Stoffs ähnelt der rundliche, elfenbeinfarbene Körper einem riesigen, voll erblühten Lotus mit üppig entfalteten Blättern. Ich folge der Einladung des dargebotenen Körpers. Doch verglichen mit der instinktiven Natürlichkeit der Frau sind meine Bewegungen – vor lauter angestrengtem Bemühen, herauszufinden, wie man sich anstellen muß – ungeschickt und unkoordiniert. In meiner Hast sehe ich den Akt, den ich mir so oft vorgestellt habe, für mich in einem Fiasko enden. Schon zieht die Frau sich wieder an. Ihr zweideutiges Lächeln im Weggehen steigert meine Verwirrung noch. Lächerlich stehe ich da. Doch am nächsten Markttag treffe ich sie wieder. Wir wiederholen unser Erlebnis am selben Ort. Nach und nach finde ich in den Rhythmus der Frau hinein, die unter Stöhnen ganz und gar unschuldige und ganz und gar obszöne Worte hervorstößt. Diese Worte peitschen mir das Blut auf und bringen mich zum Genuß.

Eines Tages sah ich die Frau nicht mehr auf dem Markt. Ich schloß daraus, daß ihr Mann wieder gesund war. Nur während seiner Krankheit hatte sie sich, um ihn zu vertreten, frei bewegen können.

12

In meiner Klasse gab es eine kleine Bande von Sichuanesen, alles Söhne wohlhabender Grundbesitzer. Es war eine Bande von Nichtstuern, die dort nur die Zeit totschlugen, während sie auf ein ungewisses Diplom warteten. Was sie interessierte, waren die Kampfsportarten; das befriedigte ihre Machtgelüste. In einem etwas einfältigen Jungen, Hasenscharte genannt, hatten sie einen Prügelknaben gefunden. Einige Schüler aus einer höheren Klasse hatten den für das Matrizenabzugsgerät Zuständigen bestochen, um an die Prüfungsaufgaben zu gelangen, und waren auf die Idee gekommen, Hasenscharte hinzuschicken, um das gedruckte Blatt abzuholen. Im Glauben, es handle sich um einen einfachen Auftrag, war dieser auch brav hingegangen. Unglücklicherweise wurde die Schummelei von der Schulleitung entdeckt, die sofort die Aufgaben austauschte, ohne indes die Schuldigen zu finden. Aus ständiger Furcht, denunziert zu werden, wurde der Arme nun zum Ziel fortwährender Erpressung. Einmal zogen sie ihm nach dem Unterricht zum Spaß Hose und Unterhose aus und ließen ihn halb nackt im Klassenraum stehen. Er wäre dort bis zum Abend geblieben, hätte ich mir nicht ein Herz gefaßt und ihm zum großen Mißfallen seiner Peiniger eine Hose gebracht. Ich, der ich normalerweise wenig Aufmerksamkeit auf mich zog, hatte mir nun ihre feindseligen Blicke verdient. Doch ich bereute es nicht. Denn im Zuge der folgenden Schlägerei lernte ich Haolang kennen, der mich endlich aus meiner Einsamkeit befreite.

Haolang stammte aus der Mandschurei und hatte mit über neunzehn Jahren bereits eine lange Geschichte hinter sich. Nachdem er erst seine Mutter, dann seinen Vater verloren hatte, war er bei seinem Onkel aufgewachsen. Zwei Jahre vor Kriegsbeginn hatte er eine Anstellung in einer Werkzeugfabrik in Tianjin angetreten. Nach einem Streit mit dem Vorarbeiter verließ er die Fabrik, ohne zu wissen, wohin. Es folgten eine Reihe von Gelegenheitsarbeiten, bis er ins halbkriminelle Milieu abrutschte. Mit seinen damals sechzehn Jahren war er immerhin verständig genug, um zu erkennen, daß sein Leben nicht nur aus roher Gewalt bestand, sondern daß ihn ein unnachgiebiges Feuer innerlich verzehrte. Einem Aushang folgend besuchte er von fortschrittlichen Intellektuellen veranstaltete Abendkurse. Da überraschte ihn der Krieg. Als Eingezogener in einer der Künstlergruppen »Widerstand gegen die Japaner und Wohl des Vaterlands« lernte er erst das Wanderleben kennen und dann die Front. Zwar zu den Kleinen gehörend, aber von erfahrenen Künstlern umgeben, entdeckte er die Dichtung und sich selbst als Dichter. Leider wurden die von den Kommunisten dominierten und der Regierung immer weniger genehmen Gruppen knapp zwei Jahre später aufgelöst. So verschlug es ihn in dieses Gymnasium.

Als Mann aus dem Norden war er überdurchschnittlich groß. Mit seinem dunkelen, bronzefarbenen Teint imponierte er, düster und ruhig, schon durch seine bloße Erscheinung. Als ich nach dem Krieg einen amerikanischen Film sah, frappierte mich Haolangs Ähnlichkeit mit dem Schauspieler Marlon Brando. Bei besagter Schlägerei duckte ich mich, um meinen Unterleib vor meinen Gegnern zu schützen, und es hagelte Schläge auf meinen Kopf und meine Schultern. Haolang, der gerade vorbeikam, griff ein und schaffte es, mich zu befreien. Im Gerangel rutschte ihm ein Buch aus der Tasche und fiel ins Gras. Ich hob es auf, bevor ich mit meinem Retter wegging, und stellte fest, daß es sich um eine Gedichtsammlung von Whitman mit dem Titel *Grashalme* handelte. Wir lachten beide von Herzen über dieses Zusammentreffen zwischen dem Titel und der Stelle, wo ich das Buch aufgehoben hatte.

Nun begann ein begeisterter Austausch mit meinem neuen Freund, ein Austausch, den wir beide erlebten wie Wanderer in der Wüste eine plötzlich auftauchende Oase. Als wollten wir die verlorene Zeit aufholen und ein für allemal das Gespenst der Einsamkeit vertreiben, ließen wir in der ersten Zeit keine Gelegenheit aus, uns zu treffen. Wir schwänzten den Unterricht, vernachlässigten die Hausaufgaben, den Schlaf, selbst das Essen – Haolang wiederholte sogar ein Jahr, um mit mir in einer Klasse zu sein – und verglichen stundenlang unsere Erfahrungen und Erlebnisse, wobei jeder den anderen an seinen geheimsten Wünschen und Sehnsüchten teilhaben ließ. Durch und durch Dichter und Literaturliebhaber, brachte Haolang seine bereits umfassende, durch die Lektüre erworbene Bildung ein. Er eröffnete eine Welt, deren Glanz mich blendete und betörte. Bei aller Armseligkeit meiner

Kenntnisse steuerte wohl auch ich meinen Teil an Einsichten bei. Durch meine eher verborgene, eher »krankhafte« Sensibilität wie auch durch meine Erfahrung als Maler fühlte ich mich stärker befähigt, durch den äußeren Schein der Dinge hindurch die Spalten und Brüche zu erkennen, die sich zwischen ihnen auftaten.
Diese leidenschaftliche Freundschaft machte mir bewußt, daß eine unter außergewöhnlichen Umständen gelebte Freundschaft ebenso intensiv sein kann wie eine Liebe. Ich verglich denn auch meine Begegnungen mit Haolang und mit Yumei. Yumei hatte an den tiefsten Grund meines Wesens gerührt, doch glichen die Tränen der Sehnsucht oder der Dankbarkeit, die sie hervorrief, einer sanft und vertrauensvoll aus heimatlicher Erde entsprungenen Quelle. Unter dem Blick der Geliebten hatten sich alle Dinge der Welt den Sinnen erschlossen, waren durch ein diffuses, aber doch einheitliches Licht miteinander verbunden und dadurch vereint. Die Begegnung mit meinem Freund hingegen brach über mich herein, löste heftige Erschütterungen in mir aus und riß mich über immer neue Grenzen hinaus ins Unbekannte. Die vage gespürte physische Anziehung war nicht der Hauptmagnet, nicht das, wonach es uns am dringendsten hungerte und dürstete. Was er mir eröffnete, war eine ungeahnte, unergründliche Welt, die Welt des Geistes. Neben der rohen Natur gab es also eine andere Wirklichkeit, die der Zeichen. Die überschwenglichen Worte des jungen Dichters wie auch das, was er schrieb, ließen mich begreifen, daß dem denkenden und schöpferischen Menschen nichts verschlossen bleibt, sondern alles unbegrenzt offensteht. In Gesellschaft des Freundes bewegte ich mich in meinem im wahr-

sten Sinne des Wortes aufgebrochenen Inneren nun auf einen ebenfalls aufgebrochenen Horizont zu.
Haolang kannte sowohl die klassische als auch die moderne chinesische Literatur. Er hatte auch Verbindung zu einer Gruppe junger Dichter aufgenommen, die sich – nach der von Hu Feng entdeckten und geförderten Generation der Julidichter – in der Nähe von Kunming, der Hauptstadt der Provinz Yunnan, wohin die meisten angesehenen Universitäten verlagert worden waren, gerade durchzusetzen begann. Vor allem mit Mu Dan, den er für den besten hielt. Auch mir war diese moderne Literatur nicht unbekannt, denn die großen Autoren, angefangen natürlich mit Lu Xun, hatte ich alle gelesen. Durch meinen Freund lernte ich weitere, weniger bekannte Werke kennen, die die chinesische Wirklichkeit wie eine schier unerschöpfliche Fundgrube an Träumen und Tragödien durchforschten. Doch da ich einen Hang zu radikaleren Fragen oder umwerfenderen Entdeckungen hatte, stellten mich diese Beschreibungen mit ihren bis zum Überdruß wiederholten Geschichten erlittenen Unrechts und widrigen Geschicks nicht zufrieden. Ich wußte bereits, daß das menschliche Herz schreckliche Leidenschaften birgt, denen gegenüber sich die Sprache der Literatur bisher zu zaghaft gezeigt hatte.
Auch Haolangs Interesse verschob sich in eine andere Richtung. Er verschlang systematisch alles, was an westlicher Literatur erschien. Zumal die Zeit dafür besonders günstig war. Die westliche Literatur war zwar in China keineswegs unbekannt. In den zwanziger und dreißiger Jahren war reichlich übersetzt worden, mit aller Gewalt sozusagen, in großem Durcheinander und auf unter-

schiedliche Art und Weise; denn viele Übersetzer gingen nicht vom Original, sondern von englischen oder japanischen Übersetzungen aus. Immerhin war die Bewegung in Gang gekommen. Gab doch Lu Xun bereits 1925 mit dem ganzen Gewicht seiner Autorität einem jungen Leser den Rat, entschlossen »möglichst wenig chinesische und möglichst viele ausländische Bücher« zu lesen. Doch in den vierziger Jahren, den Jahren des Umsturzes und des intensiven Bedürfnisses nach Öffnung, herrschten noch weit günstigere Bedingungen für die Einführung der Literatur, die von anderswo herkam. Auf Grund des Krieges gab es eine massive Konzentration von Intellektuellen und Verlegern in den Großstädten des Südwestens, Chongqing, Kunming, Guiyang, Guilin ... Hinzu kam die Tatsache, daß sich viele Schriftsteller wegen der immer strengeren politischen Zensur und der zeitweiligen Erschöpfung ihrer kreativen Energie der Übersetzungstätigkeit widmeten, wozu sie auch durch die aktive Präsenz der Alliierten ermuntert wurden. Denn die Russen und Engländer und später die Amerikaner brachten außer Tonnen von Material und Lebensmitteln auch ihre reichhaltigen Taschenbuchreihen mit.
Wir stürzten uns auf alles, was erschien, Gedichte und Romane, Theaterstücke und Essays, und lasen jeden Autor, einschließlich der nord- und mitteleuropäischen. Damals lag mir der Gedanke, daß ich später einmal eine besondere Verbindung zu Frankreich haben würde, noch völlig fern. Und doch übten zwei französische Schriftsteller dieses Jahrhunderts einen entscheidenden Einfluß auf uns wie auf die gesamte chinesische Jugend aus: Romain Rolland und André Gide. Durchgesetzt hatten sie sich dank zweier

unvergleichlicher Übersetzer, Fu Lei und Sheng Chenghua, die beide in Frankreich studiert und mit diesen Autoren in Verbindung gestanden hatten. Wie geheimnisvoll ist die menschliche Sprache! Wer behauptet, die Kulturen ließen sich nicht untereinander vermitteln, müßte sich doch immer wieder wundern, daß eine bestimmte gesprochene oder geschriebene Sprache von ihrem Ausgangsort aus dennoch die Hindernisse zu überwinden, das andere Ende der Welt zu erreichen vermag und dort verstanden wird. Je mehr menschliche Wahrheit Sprache enthält, desto leichter wird sie verstanden. Brauchten wir am andern Ende der Welt doch nur eines jener auf einfachem Papier gedruckten Bücher aufzuschlagen, um sogleich in eine andere, rasch vertraute Welt einzutauchen! Wir lebten damals in äußerster Not. Es gab die Krankheiten. Es gab die Bombardierungen. Unser Leben hing nur noch an einem Faden. Und doch, wieviel Reiz bekam es durch die Vorstellungskraft! Sonnentage brachten unweigerlich Fliegeralarm. Die dröhnenden feindlichen Flugzeuge, die Richtung Hauptstadt jagten, säten den Tod. Wir scherten uns nicht darum. Da keinerlei Unterricht mehr stattfand, suchten wir Schutz in den Höhlen der Felswände. Es war für uns ein unverhofftes Glück. Von Humus- und Harzgeruch umweht, ließen wir stundenlang den Wind in den Büchern blättern, dic wir in der Hand hielten. Wir waren in Gesellschaft von Johann Christof, von Prometheus und vom verlorenen Sohn. Wir berauschten uns an *Uns nährt die Erde*. Sind diese Werke Höhepunkte der Literatur? Diese Frage interessierte uns nicht. Sie sprachen uns unmittelbar an. Die stürmische Geschichte von Johann Christof, der sich durch drei Kulturen, die deutsche, die französische und die italienische, zu vervollkommnen sucht, begeisterte uns mit all den darin enthaltenen Dramen, da wir ja gerade selbst alle nach Verwandlung strebten. Wir wußten, daß an dem Punkt, an dem die chinesische Kultur nach ihrem langen Dialog mit Indien und dem Islam angelangt war, der Westen der nicht nur entscheidende, sondern der unausweichliche Gesprächspartner war. Gide seinerseits spricht zu einem Chinesen wie der verlorene Sohn, der sich bei seiner Rückkehr seinem jüngeren Bruder anvertraut. Er fordert ihn auf, aus sich selbst seine Kraft zu schöpfen, das innere Feuer wiederzufinden und es zu wagen, sich von den Zwängen der familiären und gesellschaftlichen Tradition zu befreien, unter denen ja jeder idealistische Chinese in diesem alten, im Niedergang befindlichen Lande litt.

Um da herauszufinden, mußte dieses alte Land in der Folgezeit leider viele heftige Erschütterungen und Qualen durchleben. Keiner der beiden hervorragenden Übersetzer sollte alt genug werden, um sagen zu können »Ich habe beschlossen, glücklich zu sein« oder um die »späte Gelassenheit eines Helden« zu rühmen. Kaum ein viertel Jahrhundert später, als während der Kulturrevolution die grausame Kampagne gegen die bourgeoise westliche Tendenz ihren Höhepunkt erreicht, muß Fu Lei mit ansehen, wie seine Bücher und Manuskripte zerstreut oder verbrannt werden. Sein Haus wird beschlagnahmt, er und seine Frau müssen in einem einzigen winzigen Zimmer leben. Als »Volksfeind« wird er Tag und Nacht vor die Roten Garden geschleppt und muß endlose Verhöre und körperliche Mißhandlungen erdulden. Am Ende beschließt das Ehepaar, gemeinsam zu sterben, damit nicht einer allein zurückbleibt. Sheng Chenghua wird in ein Arbeitslager geschickt. Trotz seiner schwächlichen Gesundheit wird er zu allen Arbeiten gezwungen. Zuerst zum Bau des Lagers, dann zur Feldarbeit, wo der Sechzigjährige den ganzen Tag mit den Beinen im Schlammwasser der Reisfelder steht, brutal den Angriffen der Insekten ausgeliefert. Eines Tages bricht er unter sengender Sonne mitten im Feld zusammen und sinkt mit dem Kopf ins Wasser, ohne ein Wort.

13

Verlockung des Westens, genauer gesagt, Europas. Selbst die entsetzliche Tragödie, die sich dort abspielte, konnte uns nicht daran hindern, Europa zu idealisieren, es als ein von den Göttern gesegnetes Stück Erde zu betrachten. Wir machten uns mit dem Rhein und der Donau, mit den Alpen und den Pyrenäen vertraut. Und allein der Name Mittelmeer ließ eine ganze Fülle von Mythen und Legenden aufsteigen. Ja, bei Baudelaires »Parfum exotique« dachten wir nicht an irgendeine exotische Insel, sondern an das äußerste westliche Ende des alten Kontinents Eurasien. Dieses Zauberwort weckte in mir die Erinnerung an eine ganze Reihe früher Sinneseindrücke aus meiner Kindheit, als ich noch im Lu-Gebirge wohnte, das von westlichen Missionaren »kolonisiert« worden war. Diese Vergangenheit wurde wieder lebendig und ganz und gar gegenwärtig.

Unter allen Wohlgerüchen, als Ouvertüre sozusagen, der Geruch der Bücher. So wie er sich mir eingeprägt hatte, als der englische Missionar seine dunkle Holztruhe öffnete, eine lange niedrige Truhe, die an der Wand in seinem Wohnzimmer stand und mit ihrem flachen Deckel und den darauf liegenden Kissen als Sitzgelegenheit diente. Es war der – durch den Sandelholzduft der Truhe noch verstärkte – Geruch jener mit Alterspatina überzogenen, leicht muffigen Papierbacksteine, die die Ozeane überquert hatten. Auf Bitten des Missionars kam mein Vater an jenem Tag, um ihm einige Kalligraphien mit passenden Spruchpaaren für ein Gemeindefest zu bringen. Während mein Vater die vorgeschlagenen Spruchpaare übersetzte und ausführlich erläuterte, hatte ich reichlich Muße, mich in die faszinierende Welt jener Bücher zu vertiefen, mit ihren in horizontalen Zeilen angeordneten Texten und ihren Bildern in kräftigen, bunten Farben. Manche von ihnen stellten menschliche Gestalten derart realistisch dar, daß sie fast unheimlich wirkten. Solchen Realismus hatte die chinesische Malerei von jeher abgelehnt. Man vermied es sogar, die Figuren mit dem Finger zu berühren, aus Angst, sie könnten aus dem Buch herausspringen ...

Doch mehr als der Inhalt, der mir vollkommen entging, beeindruckte mich vom ersten Moment an die materielle Beschaffenheit der Bücher. Diese so unterschiedlich dikken Bände, die schwer in der Hand lagen und mich die ganze Festigkeit ihres Leibes spüren ließen, standen in eigenartigem Kontrast zu dem weichen und leichten chinesischen Buch mit seinem feinen, fast durchscheinenden Papier, mit dem irisierenden Glanz der alten Tusche und ihrem unbeschreiblichen Duft, einer Mischung aus frischen Kräutern und getrockneten Zweigen. Hat das chinesische Buch eine pflanzliche Grundlage, so hat das westliche in meinen Augen entweder eine mineralische oder eine animalische. Einige Bücher mit dicken Pappdeckeln und aus hartem Papier, auf dem das Weiß manchmal durch bräunliche alte Flecken unterbrochen war, erinnerten mich an »Traumsteine« – Steine aus Marmor oder Jade, deren verschlungene Adern imaginäre Landschaften heraufbeschwören –, magische Steine, die man Blatt um Blatt aufschlagen konnte. Andere dagegen, in Leder gebunden, waren biegsamer, aber dennoch widerstandsfähig und rauh. Es war, als streichelte man das Fell eines nach Moschus riechenden Tieres, einen Hirsch oder ein Wildschwein.

Wie selbstverständlich vermischte sich damals, in meiner Erinnerung, der Geruch des Buches mit dem Körpergeruch der Menschen aus dem Westen. Ein Geruch, der die Nasenflügel jedes Chinesen in Unruhe versetzt, wenn er in einer der engen Straßen chinesischer Städte Menschen aus dem Westen begegnet. Es ist ein schwer zu beschreibender Geruch, der den westlichen Menschen nicht bewußt ist und den man schon nach kurzer Zeit nicht mehr wahrnimmt, sobald man unter ihnen lebt. Im wesentlichen rührt er von der Ernährung mit Milchprodukten her. Allerdings hat die Formulierung »es riecht nach Milch«, die manche Chinesen dafür verwenden, nicht unbedingt einen pejorativen Beigeschmack, sondern ist eher eine physiologische Feststellung. Dieses alte Bauernvolk, das seit jeher Schweine und Geflügel hält, hat der tierischen Milch nie Beachtung geschenkt. Das chinesische Kind kennt außer der Muttermilch nur Sojamilch. Und wenn ein Chinese zum erstenmal Kuh- oder Ziegenmilch kostet, verspürt er deshalb unweigerlich Ekel oder sogar Brechreiz. Mir dagegen war der mit dem Milchgeruch zusammenhängende westliche Körpergeruch durchaus nicht unangenehm. Denn meine erste Kostprobe hatte ich an einem strahlenden Sommertag auf einem Pfad im Lu-Gebirge bekommen, als wir einer Gruppe junger Frauen mit bloßen Schultern begegneten – der lebendigen Inkarnation jener Aktbilder aus dem Louvre –, die in einem kleinen See am Fuß eines Wasserfalls baden wollten.

Zu jener Zeit nahm mich mein Vater oft mit nach Guling, wo er Arzneipflanzen kaufte und verkaufte. An der Hauptstraße gab es zahlreiche Verwaltungsgebäude, Hotels, Restaurants und Läden, chinesische wie auch westliche. Eines Tages strömte aus dem Kellerfenster eines dieser Läden ein geradezu umwerfend betäubender Duft. Ich war damals noch außerstande, den Geruch von Butter und Vanille oder das Aroma von Sahne und Mousse au chocolat zu unterscheiden. Zitternd vor Erregung erkannte ich nur den Grundbestandteil der ausströmenden Düfte: die Milch. Die helle, blitzsaubere Fassade des Ladens bestätigte es mir; es war eine neu eröffnete westliche Konditorei. Von nun an blieb ich jedesmal, während mein Vater mit den chinesischen Apothekern verhandelte, beharrlich vor dem Kellerfenster stehen. Ich war hingerissen! Eingehüllt in den wiedergefundenen warmen Duft, hatte ich nur noch Augen für die leuchtenden Dinge in den Schaufenstern. Wie konnte ich anders als verwirrt sein? Wie den Unterschied übersehen zwischen dem, woran ich gewöhnt war, und dem, was fremd war und mein Verlangen erregte? Die Farbe zum Beispiel. Die chinesischen Backwaren mit ihrer Getreide- oder Gemüsegrundlage haben eine matte, pastellfarbene Oberfläche. Manche behalten, in Dampf gegart, sogar die natürliche Farbe des verwendeten Mehls. Andere in Sesamöl oder Schweineschmalz gebackene Kuchen oder Gebäckstücke sind mit einer tiefdunkelbraunen Kruste überzogen, als wären sie in Sojasauce gebraten. Unter den westlichen Backwaren gibt es zwar auch pastellfarbene, doch so, wie sie in den Schaufenstern ausgestellt sind, beeindrucken sie vor allem durch ihren goldenen Glanz, mit seinen bisweilen so prächtigen Nuancen, wie sie wohl nur durch das Backen mit Milch, Butter oder Sahne fabriziert werden können. Es gibt auch Kuchen, die mit Früchten in bunten Farben belegt sind. Die zarten, runden Früchte bilden einen harmonischen Kontrast zu den schön geformten oder ausgestanzten Schiffchen, in denen sie liegen. Ja, auch die Form der westlichen Backwaren weckt andere Assoziationen. Der weichen, rundlichen, wie natürlich gewachsenen Form der chinesischen Kuchen stehen hier Teilchen mit klaren geometrischen Konturen gegenüber, Miniaturen irgendwelcher Skulpturen oder architektonischen Konstruktionen. Und am Beispiel der jungen Frauen, die im Inneren bedienten und deren Busenansatz mit der zarten Furche in der Mitte wie eine Nachbildung der hellen, leicht eingekerbten Brötchen wirkte, stellte ich schließlich fest, wie sehr das Gebäck mit ihren Körpern übereinstimmte, mit der Farbe ihres Haars, ihrer Augen und mit ihrer milchigen, ins Rosige spielenden, unmerklich blau geäderten Haut. Alles, bis hin zu ihrem wohlgestalteten Körper, fand in diesen appetitlichen Produkten sein Echo. Es war, als projizierten die Menschen aus dem Westen, die Erfinder dieser Kuchen, sich voll und ganz in sie hinein, als suchten sie darin die genaue Widerspiegelung ihres Bildes. Unaufhörlich aßen und genossen sie gewissermaßen ihr eigenes Bild. Auch mir fehlte es durchaus nicht an Lust, davon zu kosten.

Das in mir bohrende Verlangen konnte meinem Vater

nicht lange verborgen bleiben. Er, der niemals einen schikken Laden betrat, beschloß eines Tages, als er seine Pflanzen gut verkauft hatte, seinem Sohn einen von den weniger teuren Kuchen zu spendieren. Es war ein Hörnchen mit Buttercremefüllung. Unendlich dankbar nahm ich das Geschenk entgegen. Gierig, wenn auch behutsam, umschloß mein Mund die runde Kegelöffnung, meine Zähne bissen in die mürbe Kruste, bevor meine Zunge endlich in der weichen, lang erträumten Creme versank. Den exotischen Geschmack, den ich wahrnahm, hätte ich in meiner Muttersprache, die dafür keine Worte hatte, nicht beschreiben können; trotzdem entdeckte ich mit Genugtuung, daß dieser Geschmack tatsächlich dem entsprach, was ich mir so intensiv vorgestellt hatte. Letztlich liegt die Befriedigung jedes Verlangens im Verlangen selbst. Nun, im Alter von neunzehn Jahren, hatte ich nicht mehr die unverfälschte Erlebnisfähigkeit meiner Kindheit, doch diese harmlose Erfahrung meiner ersten Berührung mit dem Westen hatte mich darauf vorbereitet, alles aufzunehmen, was von weiter her kam.

Später sollte ich Maler werden, um dem Land, das mich genährt hatte, Ausdruck zu geben; dabei begegnete ich der westlichen Malerei. Ich machte mich mit Gauguin und Monet, Rembrandt und Vermeer, Giorgione und Tintoretto vertraut, all den großen Meistern, die Form durch Farbe dargestellt haben. Ich begriff – mit dem merkwürdigen Gefühl, schon lange begriffen zu haben –, daß dort, wo der Ferne Osten durch immer weitergehende Vereinfachung das geschmacks- und geruchsfreie Wesen zu erreichen sucht, in dem sich das innerste Selbst wieder mit dem Innersten des Universums vereint, der Ferne Westen in der Überfülle des Körperlichen die Materie preist und das Sichtbare verherrlicht – und darin zugleich seinen eigenen verborgensten und verrücktesten Traum.

14

Die Werke von Romain Rolland und André Gide – *Johann Christof, Ludwig van Beethoven, Die Pastoral-Symphonie* – hatten unser Verlangen nach der klassischen Musik des Westens geweckt. Waren uns die Literatur und die Malerei durch Übersetzung und Reproduktion mehr oder minder zugänglich, so war uns die Musik noch weitgehend unbekannt, bis auf das, was wir hier und da zufällig durch amerikanische Filme oder alte Platten mitbekommen hatten. Als auf einem Plakat ein Symphoniekonzert – mit der *Pastorale* auf dem Programm – im Nationalen Konservatorium in einer dreißig Kilometer entfernten Stadt angekündigt wurde, packte uns das Fieber. Einen ganzen Tag mußten wir wandern, um dorthin zu gelangen.
Dieses erste Konzert unseres Lebens wurde um so denkwürdiger, als es durch das unerwartete – oder wundersam passende – Hereinbrechen der Außenwelt geprägt war. Mitten im dritten Satz der *Pastorale* heulte, den Gewitterdonner der Paukenschläge übertönend, die Alarmsirene auf. Der Dirigent brach die Aufführung nicht ab, denn auf den ersten Alarm mußte noch ein zweiter folgen, der das unmittelbar bevorstehende Herannahen der japanischen Flugzeuge ankündigte. Letztlich hatten die Zuhörer zwischen dem ersten und dem zweiten Alarm noch Zeit, den

dritten Satz bis zum Ende zu hören und dann geordnet die Schutzräume aufzusuchen. Als das Konzert zwei Stunden später fortgesetzt wurde, lauschten alle voller Andacht mit beglücktem Lächeln der ruhigen Melodie des vierten Satzes.

Nach dem Konzert wanderten wir, mit einer Laterne ausgerüstet, die ganze Nacht durch zurück ins Gymnasium. Geschlafen hätten wir ohnehin nicht mehr, so erregt waren wir. Von der chinesischen Musik in ihrer verhaltenen, innigen, häufig klagenden Art waren wir an derart souveräne, derart erobernde Klänge kaum gewöhnt. Diese Musik begleitet die Natur nicht; sie zerreißt ihr die Haut, durchbohrt ihr das Fleisch, um selbst zu ihrem Pulsschlag zu werden. Was diese Symphonie heraufbeschwört, sind gewiß die Weiden und Kornfelder im fernen Europa. Doch wie nah war sie den klopfenden Herzen der beiden einsamen Wanderer in der chinesischen Nacht! Von Mondlicht überflutet, vom Quaken der Frösche erfüllt, breiteten sich Kreis um Kreis im Gleichmaß unserer Schritte die Reisfeldterrassen in gewaltiger rhythmischer Entfaltung vor uns aus. Wird für den endlich erwachten Menschen nicht jede Erde, und sei sie noch so alt, auf immer und ewig jungfräulich sein?

Zwei Monate mußten wir warten, bis ein weiteres Konzert angekündigt wurde: ein amerikanisches Orchester mit einem chinesischen Solisten. Um keinen Preis hätten wir es versäumen wollen. Auf dem Programm standen zwei Werke von Dvořák: das *Violoncellokonzert* und die Symphonie *Aus der neuen Welt*. Gleich mit den ersten Tönen des Konzerts begann der Zauber zu wirken. Beim ersten Mal war ich beeindruckt gewesen; ich hatte mich von Beethovens Musik mitreißen lassen. Diesmal war ich bis ins Innerste getroffen. Mit Beginn des langsamen Satzes wurde ich, von Freundeshand geführt, in diese Musik hineingezogen, die aufstieg, aufbrauste, um etwas anderes zu werden, aber unaufhörlich, jedesmal auf anderen Umwegen, wieder zu sich selbst zurückkehrte. Seltsamerweise war diese so ferne, so fremde Musik mir vom ersten Moment an nah, so nah wie manche alten chinesischen Stücke. Wenn es einen Unterschied gab, dann zweifellos den, daß es in dem langsamen Satz, der dort gespielt wurde, vor jeder Wiederkehr des Motivs gleichsam ein schreckliches Entreißen gab, eine untröstliche Klage. Und die Vorstellung des Entreißens und der Wiederkehr ließ in mir das Bild eines Reisenden entstehen, der nach langer Abwesenheit in seine Heimat zurückkehrt, wie es oft in der chinesischen Dichtung beschrieben wird. Je näher der Reisende seinem Dorf kommt, desto schwerer werden seine Schritte aus Furcht vor dem, was er vorfinden wird: ein Unglück oder einen Todesfall, die sich während seiner Abwesenheit ereignet haben. Doch kaum begegnet er jemandem, der aus dem Dorf kommt und ihn unaufgefordert beruhigt, schon werden seine Schritte wieder leichter, beschwingter. Er fühlt sich von höchster Kraft getragen, weil er erwartet wird, weil er jetzt den Daheimgebliebenen, die nicht wissen, was ihm widerfahren ist, Erleichterung bringen kann. Solange die Musik dauerte, schien das Dorf in Reichweite. Beim Zuhören ließ ich mich von der Woge der Emotionen tragen in dem Gefühl, jeden Augenblick meine Lieben, die auf mich warteten, wiederzusehen: meine Mutter, meine Schwester, die Geliebte ...

Während des Konzerts war ich von dem Musiker und seinem Instrument fasziniert. Es war das erste Mal, daß ich ein Cello sah. Zu Anfang verblüffte mich das Mißverhältnis zwischen der eindrucksvollen Größe dieses Instruments und dem Solisten, einem jungen blassen und schmächtigen Chinesen – schlecht ernährt wie alle jungen Chinesen zu der Zeit –, der nicht groß genug schien, um es zu beherrschen. Doch als er zu spielen begann, legte er eine solche Inbrunst in sein Spiel, daß man eine eventuelle Disharmonie gar nicht mehr bemerkte, wie ein Zauberer in Trance, dessen Bewegungen, selbst wenn es ihnen an Anmut fehlte, als natürlich, ja als unerläßlich erschienen. Nach einem pathetischen Ringen, bei dem er den gewölbten Bauch des Instruments zwischen seinen Beinen zusammenpreßte und mit dem rechten Arm umfaßte, ihm abwechselnd Gewalt antat und es liebkoste, bildete er schließlich eine Einheit mit dem Cello, diesem geheimnisvollen, ebenso anziehenden wie undurchdringlichen Wesen. So sehr, daß man nun fürchtete, der Musiker könne sich nicht mehr von ihm lösen. Und die ständige Wiederkehr des Themas verstärkte diese Befürchtung noch. Irgendwann fragte ich mich, ob der Musiker, gefangen von seinem Spiel und unter dem Zwang, es fortzusetzen, die Partitur vergessen hatte. Doch da das Orchester unerschütterlich weiterspielte, war ich beruhigt. Im goldenen Licht dieses Spätnachmittags betrachtete ich fasziniert den lebenden Block dort auf der Bühne, einen Block aus zwei solidarischen und doch feindseligen Wesen, die in einem inneren Hin und Her verfangen waren, in dem Glanz und Elend, Schmerz und Ekstase einander bald gegenüberstanden, bald sich vermischten.

Da das Thema abermals entschlossen wiederkehrte, wiegte ich mich plötzlich in der verrückten Illusion, es werde nie mehr aufhören und ich würde endgültig in den mütterlichen Urgrund hinabsinken, wo die weiblichen Wesen versammelt waren. Doch schon ging der Satz zu Ende. Ein plötzliches Entreißen, wie ich es beim abschiedslosen Fortgang der Geliebten erlebt hatte. Und der gleiche würgende Geschmack nach Tränen und Asche, nur daß ich mich diesmal durch die Gegenwart des Freundes an meiner Seite und die neue, in mir aufgekeimte Überzeugung weniger allein fühlte. Ich ertappte mich dabei, wie ich den geliebten Wesen, die nach und nach meinem Blick entschwanden, zuflüsterte: »Alles ist verloren, alles ist wiedergefunden. Ich kann euch nicht berühren, aber ich werde euch wiederfinden, auf andere Weise. Auf andere Weise werden wir sein. Ja, das Versprechen von heute abend, von diesem Abend des 30. Mai 1943, werde ich nicht vergessen.«
In dieser Nacht, auf dem Heimweg, erzählte ich dem Freund zum erstenmal ausführlich von der Geliebten. Mit solcher Deutlichkeit, daß es war, als wäre sie da und ginge neben uns. Seit unserer Begegnung hatten wir, ganz von unserer Freundschaft und Entdeckungslust erfüllt, kaum Muße gehabt, das Thema Frauen anzusprechen. Ich wußte nur, daß Haolang in dieser Hinsicht umfassende Erfahrungen hatte. Besonders aus seiner Zeit in der Künstlergruppe »Widerstand gegen die Japaner und Wohl des Vaterlands«, wo die Jugendlichen ein freies Leben führten. Auf dem Gymnasium hatte er zwei oder drei leichte, aber enttäuschende Eroberungen machen können. Ich dagegen war arm an Erfahrung, aber reich an Phantasie. Bei unserer Wanderung durch die nächtliche Dunkelheit konnte

ich in meinen Vertraulichkeiten sehr weit gehen. Von den Bemerkungen, mit denen mein Dichterfreund mein Erzählen begleitete, hat sich mir besonders die folgende eingeprägt: »Es ist wunderbar, daß dieses alte degenerierte Land noch solche Gestalten hervorzubringen vermag! Vielleicht hatten ein Dante oder ein Goethe recht, wenn sie dachten, das Weibliche ist unsere Rettung.«

15

Durch Dvořáks Musik wirkte der ferne Westen weniger fern, so daß die russische Erde uns fast nah erschien. Diese Erde, dieses Land, das wegen der Entscheidungsschlachten, die dort stattfanden, gegenwärtiger war denn je. Voller Eifer stürzten wir uns von neuem auf die russische Literatur, die wir schon ein wenig aus den Übersetzungen der zwanziger und dreißiger Jahre kannten. In den vierziger Jahren erschienen nach und nach neue Übersetzungen von besserer Qualität. Beim Lesen dieser Werke machten wir uns das Schicksal eines so schwer an seinen Ketten und Befreiungswünschen, Qualen und Träumen tragenden Landes zu eigen. Wir lernten den ungeheuren, je nach Jahreszeit völlig verödeten oder glutheißen, Raum zu lieben. Wir liebten sogar Sibirien, jenes Land der Verdammten, das ein Tolstoi als Ort der Auferstehung sehen wollte. Dort wo wir waren, im heißen Tonerdeland im tiefsten Inneren Chinas, dachten wir mit unvorstellbarer Sehnsucht an jene ferne, von so vielen geliebten Personen bevölkerte Landschaft, ohne zu ahnen, daß wir eines Tages, nur durch einen Fluß von ihr getrennt, an ihren Grenzen stehen würden.

Vorerst brach mit dem Ausdruck »russische Seele« oder »slawische Seele«, wie ihn Dostojewski gern verwandte, eine Sturzflut von Fragen über uns herein. Wer sind wir? Was ist dieses alte, sterbenskranke Land namens China? Wo ist seine Seele? Was ist sein Schicksal? Und welches ist unser eigener schöpferischer Weg? Werden wir uns nicht verlieren, wenn wir den Blick anderswo hinwenden? Oder sind wir bereits verloren und mit uns jede innere Stimme und jeder echte Wert? Mich beunruhigten diese Fragen weniger als meinen Freund, da ich ohnehin eher an das Abenteuer der einzelnen Seele und an das Umherschweifen glaubte. Er in seinem Bestreben, die Sprache der Dichtung zu erneuern, fühlte sich stärker betroffen. Nach tagelangem Nachdenken verkündete er in entschlossenem Ton seine Position: »Nein, man darf nicht zu lange nach Ausflüchten suchen. Ich persönlich stelle mich entschieden hinter Lu Xun. Eine Seele hat man, oder man hat sie nicht. Und wenn man sie hat, verliert man sie nicht. Oder wir verlieren sie gerade dann, wenn wir auf die Idee kommen, sie zu suchen. Wenn wir wiedergeboren werden sollen, dann werden wir wiedergeboren. Wenn wir verschwinden sollen, dann wollen wir akzeptieren, zu Asche zu werden, aus der vielleicht etwas anderes entsteht, was wir nicht kennen. Im Augenblick kommt das Heil anderswoher, aus dem Ausland. Und in erster Linie aus dem Westen. Dort sind Fragen formuliert und Werke geschaffen worden, die wir nicht zustande gebracht haben, an denen wir aber nicht vorbeikommen. Wohlgemerkt, nicht den Westen als solchen nehmen wir uns blind zum Vorbild. Sein maßloser Individualismus und sein ausgeprägter Machtwille trennen den westlichen Menschen vom lebendigen Universum und von der übrigen Welt, die er einzig und allein als Eroberungsobjekt betrachtet. In all den katastrophalen Kriegen und den erdrückenden Besatzungen, die uns seit über einem Jahrhundert pausenlos auferlegt worden sind, haben wir am eigenen Leib darunter gelitten. Und sie selbst, wenn sie nach der Unterwerfung der ganzen Welt nichts mehr zu erobern haben oder wenn ihre eigenen Interessen auf dem Spiel stehen, zerfleischen sich wütend gegenseitig. Sieh nur, wie dieses schöne Europa in ein Ruinenfeld verwandelt worden ist! Nein, ich rede von den wahrhaft schöpferischen Menschen, von denen, die das Wahre zu enthüllen suchen. Ihre Schreie, ihre Gesänge reißen in ihrer – für uns wirklich unerhörten – Freiheit unseren Horizont auf. Ja, wir brauchen durchaus jenes ferne Andere, um uns wachrütteln zu lassen, um uns von dem degenerierten, verrotteten Teil unserer Wurzeln loszureißen. Wie sollen wir ohne die Auffrischung durch neues Blut, durch neue Einsichten zu dem wahren Leben gelangen, aus dem allein wir wirklich die Urteilskraft schöpfen können, um aus dem ganzen Gerümpel unseres Erbes die Werte herauszufinden, die wir bewahren müssen? Es ist merkwürdig, gerade jetzt, nachdem ich all die westlichen Werke gelesen habe, fange ich an, in unserer eigenen Kultur klarer zu sehen. Ich erkenne darin an die hundert große Schöpfer, die nicht austauschbar, die unentbehrlich sind und die wir niemals aufgeben werden. Du wirst sagen, eine Kultur von fünftausend Jahren, was ist das schon. Es reicht, um eine Seele zu bilden, wenn es denn eine gibt.« Wie um den allzu feierlichen Ton seiner Rede zu durchbrechen, deutete er lächelnd eine Armbewegung an und sagte: »Solange wir täglich das Tai-chi-chuan praktizieren, werden wir uns nicht verlieren. Wie der Meister sagt: ›Mitten in der Großen Leere können wir den lebendigen Atem schöpfen, der Erde und Himmel, Hier und Anderswo und, warum nicht, Vergangenheit und Zukunft verbindet.‹«

Einen Tag nach dieser Erklärung zeigte mir der inspirierte Dichter die Verse, die er gerade verfaßt hatte:

Wenn dich die Sehnsucht überkommt
Schieb sie fort an den fernsten Horizont
Wildgans, die die Wolken durchteilt
Trägst du in dir die stille Zeit
Gefrorenes Schilf, verdorrte Bäume
Niedergebeugt von Wind und Sturm
Wildgans, nicht länger aufzuhalten
Endlich frei zu Flug oder Tod ...
Zwischen Heimaterde und fremdem Himmel
Dein einziges Reich: dein eigener Schrei!

Dieses Gedicht lernte ich auswendig und habe es nie vergessen. Mit diesen Versen, das wußte ich, hatte mein Freund seinen Weg gefunden. Und ich begriff, daß auch für mich die Stunde der Entscheidung nahte. Den letzten Anstoß gaben die Reproduktionen impressionistischer Bilder in der erstmals in China eingetroffenen amerikanischen Zeitschrift *Life*. Wie empfänglich war ich bereits für die außergewöhnliche Meisterschaft eines Monet, eines Cézanne, eines Gauguin, doch wie nah fühlte ich mich erst van Gogh, seiner fragmentierten Darstellung der Formen, seiner kühnen Alchemie der Farben und seiner persönlichen Vision, mitten aus der erlebten Zeit heraus! Es war, als fordere er mich auf. Diese Welt hier unten, wie provisorisch sie auch sein mag, verlangt nach ihrem Ausdruck. Trotz meiner Mittellosigkeit werde ich ihr durch die Malerei zum Ausdruck verhelfen. Ich brauche nicht anderswo zu suchen. Ist dies Berufung? Nein, Schicksal.

16

Während wir uns unseren persönlichen kreativen Beschäftigungen widmeten, verschlimmerte sich die Situation des Landes von Tag zu Tag. Der Krieg schien sich endlos hinzuziehen, und es herrschte große Not, während einige sich in schamloser Weise bereicherten. Korruption gab es auf allen Ebenen. Über die Straßen nach Indien und Birma, die während des Krieges unter gewaltigen Opfern gebaut worden waren, damit China Verbindung mit der Außenwelt halten konnte, importierten diese Profiteure lebensnotwendige Güter, verkauften sie auf dem Schwarzmarkt und erwarben unverschämte Reichtümer. In den Tanzlokalen floß der Champagner in Strömen, während das einfache Volk und die in die Provinzhauptstadt drängenden Flüchtlinge hungerten. Angesichts der in der Bevölkerung grummelnden Unzufriedenheit wußte sich die Regierung nicht anders zu helfen als durch die Verstärkung der polizeilichen Repression. Skandale wurden in den Zeitungen ausgebreitet. Auch ich wurde Zeuge empörender Szenen. So besaß ein hoher Minister, der gewaltige Reichtümer angehäuft hatte, in unserer Nähe eine Villa. In deren Nebengebäuden war eine Wache untergebracht, die für die Sicherheit zuständig war. Nach dem Beispiel ihrer Vorgesetzten begingen die Wachsoldaten immer

häufiger illegale Übergriffe gegenüber der Bevölkerung. Angesichts eines drohenden Aufruhrs sah sich der Kommandant schließlich gezwungen, einen der Soldaten einer exemplarischen Bestrafung zu unterziehen. Diese bestand in öffentlichen Stockschlägen. Zwischen zwei Reihen von Soldaten liegt der »Verurteilte« bäuchlings auf dem Boden. Aus jeder Reihe tritt ein Soldat vor, der ihn mit einem langen Stock, wie die Kulis sie zum Lastentragen verwenden, aufs Gesäß schlägt. Der Kommandant befiehlt: »Los! Feste, feste!«; denn beim Schlagen eines Kameraden versuchen sie zuerst, es sachte angehen zu lassen. Nach einer bestimmten Zahl von Schlägen treten die beiden Ausführenden ins Glied zurück und werden durch zwei andere ersetzt. Anfangs erträgt der »Sündenbock« die Stockschläge stoisch und versucht, Schmerzensschreie zu unterdrükken. Man hört nur sein dumpfes Stöhnen. Doch da die Aktion sich in die Länge zieht, überfällt ihn plötzlich die Gewißheit, daß sein Vorgesetzter die Absicht hat, ihn umzubringen. Nun schreit er laut und bittet flehentlich: »Haben Sie Mitleid, Herr Kommandant! Schonen Sie mein Leben, Kommandant!« Nach einer Weile werden seine Schreie schwächer; er ist fast ohnmächtig. Man hebt ihn auf und schleift ihn einmal um den Platz herum. Er kommt wieder zu sich, und die Folter beginnt von vorn. Das Gesäß mit blutigen Striemen überzogen, die Eingeweide sicherlich zerquetscht, ist er am Ende dem Tode nah; in eine Matte gerollt, trägt man ihn fort.
Dieses Bestrafungsspektakel beschwichtigte die öffentliche Meinung keineswegs, sondern löste eine Protestdemonstration aus, der sich auch die Studenten anschlossen. Man forderte, daß dem Kommandanten wegen seines ille-

galen Vorgehens, das aus der »feudalen Barbarei« herrühre, der Prozeß gemacht werde. Der Minister jedoch verließ lediglich seine Villa und verlegte die Wache anderswohin. Er konnte es verschmerzen, auf diese Villa zu verzichten, da er in einem kurz zuvor eröffneten und den Privilegierten vorbehaltenen Thermalbad eine andere gekauft hatte.

Wieder einmal war die chinesische Jugend wach, diese trotz allem leidenschaftlich idealistische und um das Schicksal ihres Landes besorgte Jugend, die seit Beginn des Jahrhunderts jedesmal auf Vorposten stand, wenn dem Land Unterdrückung oder Tod drohte, die zu Beginn dieses Krieges nicht gezögert hatte, sich massenhaft an allen Aktionen des Widerstands zu beteiligen. Da viele dieser Jugendlichen sich zur Sache der Revolution bekannten, hatten sie die Demarkationslinien überschritten und sich nach Yan'an oder in andere, von der kommunistischen Armee besetzte Zonen begeben. In diesen dunklen Jahren brach der Lavastrom der Revolution von neuem hervor und entfachte auf seinem Weg heimlich, aber sicher alle Herzen.

In den Teehäusern und auf den Straßen konnte man die Anwesenheit junger Kommunisten und anderer neu zu ihrer Sache bekehrten jungen Leute beobachten. Sie fielen auf durch ihre maßvolle, würdige Haltung sowie durch das klare, gelassene und entschlossene Bewußtsein, das aus ihren Blicken strahlte – daran erkannte sie im übrigen auch die Geheimpolizei. Ihre Haltung und ihre Sprechweise hoben sich deutlich von der Vulgarität und Dekadenz der Umgebung ab. An diesen Gegensatz mußte ich denken, als ich nach dem Krieg einen amerikanischen

Film über das Leben Christi sah, bei dem mich eine Szene besonders beeindruckte: das Auftreten der ersten Christen, deren leidenschaftlich reine Gesichter in eigenartigem Kontrast zu den fetten, verlebten Gesichtern der Römer standen. Später hatte ich Gelegenheit, alte Fotos zu sehen, die chinesische Christen am Ende des 19. Jahrhunderts zeigten, deren Blick sich noch ergreifender von der Welt um sie herum abhob.

Unter diesen nach Gerechtigkeit dürstenden jungen Leuten, die zum Opfer bereit waren – und später tatsächlich auch geopfert wurden –, zirkulierten verbotene Bücher. Sie fielen bald auch Haolang in die Hände. Wir beide begannen, sie zu lesen: die Werke von Marx, Engels und Lenin sowie von Mao Zedong, Liu Shaoqi und Ai Siqi, dem offiziellen Philosophen der kommunistischen Partei, sowie literarische Zeitschriften. Eines Tages eröffnete mir Haolang, als er sich an seine Erfahrungen zu Beginn des Krieges erinnerte: »Wir werden Revolutionäre sein. Wir arbeiten an der Seite der Kommunisten oder treten, wenn nötig, in ihre Reihen ein. Nicht, daß ich ihre Doktrin übernehme – bis auf einige historische Analysen, die mir richtig erscheinen –, aber wir haben keine andere Wahl. Sie sind heute die einzige wirksame revolutionäre Kraft. Können wir uns in dieser Zeit ausschließlich um unsere persönliche Vervollkommnung kümmern, wo doch überall so viel Elend und Ungerechtigkeit herrschen, wo man etwas tun muß, um China zu retten?« Zwar stimmte ich voll und ganz jedem Handeln gegen Ungerechtigkeit zu und war bereit, mich daran zu beteiligen, doch der Gedanke, mich in eine als unerbittlich geltende Disziplin einbinden zu lassen, die absoluten Gehorsam und die Aufgabe allen individuellen Denkens erforderte, war mir zutiefst zuwider. Und darüber hinaus hielt ich, auch in diesem Fall, weder den Menschen für ein vorherbestimmbares Wesen, noch betrachtete ich die Erde als Selbstzweck. Es gab doch auch das Böse, das allgegenwärtig war und das ich nicht aus meiner Vorstellung zu tilgen vermochte. Wie konnte denn eine Gruppe von Menschen, wie zahlreich auch immer, sich anmaßen, auf derart rationale Weise eine »ideale Gesellschaft« aufzubauen, für sich selbst und vor allem anstelle der anderen? Instinktiv dem taoistischen Denken nahestehend, akzeptierte ich eher die Vorstellung von der Erschaffung oder ständigen Verwandlung des Universums, in dem die Erde nur ein vorübergehender Aufenthaltsort ist. Haolang jedoch war der Meinung, zur Zeit käme es vor allem anderen darauf an, die alte Ordnung zerstören zu helfen; denn wenn das Joch erst abgeworfen sei, habe man es mit einer anderen Gesamtsituation zu tun und könne dann versuchen, sich anders zu entfalten. Ich wandte ein, daß eine so starke, so tiefverwurzelte und überall verzweigte revolutionäre Organisation sich nach der Eroberung der Macht nicht von selbst zurückziehen würde. Meine Argumente verunsicherten ihn zwar ein wenig, aber dennoch bereitete er sich darauf vor, sich gegebenenfalls zu engagieren. Um den physischen Anforderungen, einschließlich der Folter, gewachsen zu sein, ging er sogar so weit, einen Arzt, der ihm den Blinddarm herausnehmen sollte, aufzufordern, nicht oder nur in geringem Maße Betäubungsmittel anzuwenden.

Sommer 1944. Haolang und ich beendeten – wegen des Krieges mit großer Verzögerung – das Gymnasium. Wir fragten uns gerade, was wir tun, wohin wir gehen sollten, als das Schicksal anklopfte. Meine Mutter hatte einen Brief von Yumei erhalten, in dem sie den sehnlichen Wunsch äußerte, mich wiederzusehen. Nach ihrer dramatischen Flucht hatte sie eine Zeitlang mit dem Fliegeroffizier in Chongqing gelebt, sich dann aber von ihm getrennt. Jetzt lebte sie in N., einer Hafenstadt, wo sie einer Gruppe der Sichuan-Oper angehörte. Ohne Zögern beschlossen wir, uns zu Fuß auf den Weg durch die riesige Provinz zu machen, um zu ihr zu gelangen. Wir ahnten nicht, daß wir uns damit auf das wahre Abenteuer unseres Lebens einließen.

17

Doch zunächst lockte uns die Großstadt. Zu lange hatten wir sie entbehrt. Chongqing (»doppelte Feier«), dieser Name klang uns in den Ohren wie ein populärer Schlager, den man, ohne die Worte richtig zu kennen, in Augenblikken der Muße vor sich hin summt. Gierig und aufgeregt stürzten wir uns mitten hinein in das Gewimmel von Menschen und Fahrzeugen aller Art. Keine Unannehmlichkeit der Stadt schreckte uns. Wir ergötzten uns an ihrem Lärm, an ihrem Staub, an ihrer Glutofenhitze Ende August und an den intensiven Gerüchen der scharf gewürzten Speisen an den Straßenständen. Selbst den Gestank aus den Fäkalienwagen fanden wir noch angenehm.
Die Stadt ist herrlich gelegen. Von zwei Flüssen umrahmt – der Jialing im Norden und dem Jangtse im Süden –, ragt Chongqing hoch über ihnen auf, eine Halbinsel aus mehreren oben abgeflachten Hügeln und einem gewaltigen Felsvorsprung an ihrem Ende, wo die beiden Ströme zusammenfließen. Oben auf den Kuppen und seitlich an den schräg abfallenden Berghängen breitet sich in mehreren Schichten ein ganzes Gewirr von niedrigen alten Häusern und hohen Gebäuden aus, als hätte sich eine Vielzahl von Muscheln an den Felsen festgesetzt. Unzählige Stufen verbinden die Straßen und Gassen untereinander. Alleen

ziehen sich über die Höhen und laufen an Kreuzungen zusammen, mit Geschäften, Restaurants, Theatern und Kinos, Tanzlokalen, Teehäusern und amerikanischen Bars in Hülle und Fülle. Mancherorts sind mit vielen Bäumen und künstlichen Felsgrotten öffentliche Parks angelegt, deren Terrassen großartige Ausblicke bieten, wie sie nur die chinesische Rollbildmalerei darzustellen vermag.

Beiderseits des Vorgebirges fließen, von Westen nach Osten, hier die smaragdgrüne Jialing, trotz ihres schnellen Laufs eher anmutig, feminin, dort der Jangtse, breit und rotgefärbt von all dem Schlamm, den er seit den Hochebenen des fernen Tibet mit sich führt. An der Spitze der Halbinsel vermischen beide Flüsse in tosenden bunten Wirbeln ihre Wasser zu einem einzigen majestätischen Strom, der in seinem weiteren Verlauf alles mitreißt, mit einem Ärmelaufschlag die Terrassenfelder wegwischt, mit einem Schulterruck die Bergkette durchbricht, die sich flußabwärts zieht, soweit das Auge reicht.

Im warmen Abendlicht lädt ein lebhaftes, buntes Bild den Spaziergänger zum Verweilen ein. Wohin man sich auch wendet, nach Norden, nach Süden, zum anderen Ufer der beiden Flüsse, bilden Hügel über Hügel in unterschiedlichsten Formen, einer schöner als der andere und doch über die Wasser wie aufeinander abgestimmt, gerade durch ihren Kontrast ein Panorama von kühner Harmonie. Im Norden Hügel mit hohen dunklen Bäumen und spitz aufragenden Felsen, an die sich einige unzugängliche Tempel schmiegen; heiterer dagegen die Hügel im Süden in ihrem zarten, durch rosa Dunstschleier noch lieblicher wirkenden Grün und dem Schmuck ihrer blühenden Gärten und malerischen Häuser. Bewegung in dieses vielleicht etwas statisch anmutende Bild bringen die beiden unablässig dahinströmenden Flüsse und vor allem die emsige menschliche Geschäftigkeit, die sie in Gang halten. Von Ufer zu Ufer oder von weiter her begegnen sich unzählige Schiffe aller Art und Größe, mächtige Dampfer oder mit den Wellen kämpfende Sampans, die einander ausweichen, so gut sie können, um schließlich doch ihr Ziel zu erreichen. Der Hafen liegt nicht weit von der Spitze der Halbinsel entfernt. Es herrscht ein ständiges Hin und Her; Menschen, mit Bündeln oder Waren beladen, gehen an Bord oder kommen an Land. Wenn es dunkel wird, hört man oben auf der Höhe nur noch die Rufe der Menschen und das Rauschen der Wellen. Umgeben von den diesseits und jenseits des Flusses aufleuchtenden Lichtern kommt man sich vor wie eine Gottheit, die von der Milchstraße aus die Welt dort unten betrachtet.

Damals, 1944, sieben Jahre nach Kriegsbeginn, wucherte die Stadt wie ein Auswuchs und nahm monströse Dimensionen an. Trotz ihrer Armut, trotz des Zustroms an Flüchtlingen hielt die vielfach zerstörte und vielfach wieder aufgebaute Stadt eine Fassade des Wohlstands aufrecht, dessen Nutznießer eine Schicht von Neureichen war. In den Vergnügungsvierteln waren Restaurants und Teehäuser Tag und Nacht überfüllt. Unter widerlich süßlicher, vulgärer Musik fielen Gäste mit weingeröteten, aufgedunsenen Gesichtern über die üppig aufgetischten Gerichte her und suchten einen Augenblick Vergessen. In der Menge sah man amerikanische Soldaten auf Urlaub, einen Kopf größer als alle anderen, von Bar zu Bar ziehen. Was uns sofort anzog, waren die amerikanischen Filme. Erregt streiften wir durch die Straßen des Zentrums mit ihren Kinos. Ohne uns durch die endlosen Schlangen entmutigen zu lassen, liefen wir von einem Kino zum anderen. Waren wir schließlich im Saal, was für ein Sprung in eine andere, fremde Welt! Ein anderer Lebensrhythmus, eine überschäumende physische Kraft ging von der Natur und den Menschen aus. Wir mußten einfach beeindruckt sein, sowohl von der Vitalität, von der direkten, frontalen Art, mit der diese Menschen das Leben angingen und ihrer überschüssigen Energie freien Lauf ließen, als auch von dem unbekümmerten Vertrauen und dem für einen Chinesen in dieser Kriegszeit fast unerträglichen materiellen Überfluß. Wir lernten eine Welt mit einer anderen Umgebung kennen, einer anderen Form von Architektur. Die Bewohner dieser Welt hatten ein anderes Verhältnis zu den Landschaften, auch ein anderes Verhältnis zueinander. In ihrer fortwährenden unbändigen Betriebsamkeit hatten sie andere Bedürfnisse, andere Befriedigungen, andere Gelüste, andere Vergnügungen. Die Filmstars, ob weiblich oder männlich, waren zu gelackt, zu sehr geschminkt, um echt zu sein. Als wären sie nicht von dieser Welt, als kämen sie von einem anderen Planeten.

Entstand das Fremdheitsgefühl einerseits durch die räumliche Distanz, so gab es doch ebenso eine zeitliche Distanz. Die Chinesen lebten in einem bestimmten Jahrhundert, die Amerikaner in einem anderen, und so leicht überspringt man keine Jahrhunderte, wechselt man nicht Sitten und Gewohnheiten. Die Liebesszenen mit Frauen, die rückhaltlos ihre Reize zeigten, und die langen Küsse durchdrangen schmerzhaft das schützende Schamgefühl der Chinesen. Im Dunkeln erlebten die Zuschauer den Schock zunächst mit Verlegenheit und Staunen, dann mit hingerissener Begeisterung; sie spürten das Blut in ihren Adern wallen und verborgene trübe Phantasien in sich aufsteigen. Die Filmgeschichten waren oft melodramatisch. Uns war das egal. Durch die Dekors und die Personen gelang es uns, die amerikanischen Romane, die wir gelesen hatten, in der Phantasie nachzuschaffen, die Romane von Nathaniel Hawthorne, von Jack London, von John Steinbeck …

Im Stadtzentrum gab es außer den Kinos auch zahlreiche Theater. Im Unterschied zum herkömmlichen Theater, das neben dem Dialog auch Gesang, Pantomime und Akrobatik einschließt, handelte es sich um gesprochenes, also westliches Theater. Im modernen Theater gibt es keine Masken, keine Accessoires und auch das gesamte Repertoire der symbolischen Gesten nicht mehr, die es dem Schauspieler erlauben, auf einer fast leeren Bühne Raum und Zeit an sich zu ziehen und sich über sie hinwegzusetzen. Das Stück läuft in einem realistischen Dekor innerhalb einer bestimmten Zeitspanne ab. Die Handlung gewinnt dadurch an Intensität, und das angesprochene Thema ist näher, gegenwärtiger. Man spielte einige ausländische – englische und russische –, vor allem aber chinesische Autoren. Durch die Begeisterung des Publikums ermutigt, war eine ganze Generation von Dramaturgen von Schaffensdrang ergriffen. Und bei der außerordentlichen Dichte von Talenten auf engem Raum war der Zeitpunkt sehr günstig. Denn der Krieg hatte eine große Zahl von Schriftstellern, Künstlern und Schauspielern aus ganz China in einigen Städten des Hinterlands zusammenströmen lassen: in Kunming, Guiyang und vor allem in Chonqing. Die überwiegende Mehrzahl unter ihnen, um nicht zu sagen alle, waren links oder »fortschrittlich«; ihr Ziel war nicht die Unterhaltung. Die einen griffen direkt die aktuellen Probleme auf, andere sprachen die großen Themen an, und alle waren sich bewußt, einen außergewöhnlichen Moment mitzuerleben und die Wiedergeburt der chinesischen Kultur vorzubereiten.

Dieses gärende künstlerische Leben stand in eigentümlichem Gegensatz zu der strengen Kontrolle durch die Zensur und zu dem umfassenden Überwachungs- und Unterdrückungsnetz der Geheimpolizei. Chongqing war die Hauptstadt der kriegführenden nationalistischen Regierung, der legalen Regierung Chinas. Obwohl diese einen Widerstandskrieg gegen die Japaner führte, zog sie ein massives Truppenaufgebot um die Region Yan'an zusammen, wo sich die Kommunisten nach dem Langen Marsch niedergelassen hatten. Zu Beginn des Krieges hatten sich Nationalisten und Kommunisten eine Zeitlang im Namen der nationalen Einheit gegenüber den ausländischen Invasoren zusammengeschlossen. Diese Atempause hatte es den Kommunisten ermöglicht, sich in den von den Japanern besetzten Gebieten auszubreiten. Da der Regierungschef die Gefahr witterte, hatte er sich für den Bruch entschieden, hielt aber gleichzeitig zum Schein an der Einheit fest. So duldete er paradoxerweise in der Hauptstadt die Anwesenheit einer kommunistischen Delegation, die während all dieser Jahre eine rege Aktivität entfaltete. Sie gab eine Zeitung heraus, eröffnete eine Buchhandlung und baute ein ganzes Netz von Untergrundzellen auf. Sie knüpfte enge Beziehungen zu den Intellektuellen, den Künstlerkreisen und den amerikanischen Journalisten, die ihnen viele Sympathien entgegenbrachten. Diese Sympathien sicherten den Kommunisten ein internationales Ansehen und dadurch einen gewissen Schutz. So ergab sich eine paradoxe Situation: Obwohl die Regierung die absolute Macht besaß, mußte sie bei der Bekämpfung der Kommunisten mit List und Tücke vorgehen. Der Geheimpolizei wurde ein erhebliches Budget zugewiesen. Sie verfügte über Verhörzentren, Sammellager, hochentwickelte Waffen und zahllose Beamte. Diese überwachten und verfolgten Tag und Nacht die Verdächtigen, nahmen sie fest, sobald die Umstände es erlaubten, schickten sie in die Lager oder ließen sie verschwinden. Doch sie waren außerstande, dadurch die Bestrebungen derjenigen zu bremsen, die von Veränderung und Erneuerung träumten. Trotz des herrschenden dumpfen Terrors versuchten die Anhänger der revolutionären Sache, mit Geduld bewaffnet und von Ungeduld verzehrt, im Verborgenen mit anderen zu kommunizieren. Ohne sich je gesehen zu haben, erkannten sie sich an sicheren Zeichen. Die Blicke, die sie wechselten, das verständnisinnige Lächeln schienen immer zu sagen: »Aha, du bist einer von uns!« Und jeder ließ sich sogleich von der weitverzweigten Untergrundbewegung mitreißen. Viel später, sehr viel später, wurde mir bewußt, daß diese kurzen Jahre vor Kriegsende eine kostbare Zeit der Freiheit gewesen waren. In der Geschichte Chinas, unter der Kaiserherrschaft, hatte es übrigens immer wieder solche Momente einer – natürlich relativen – Freiheit gegeben, wenn eine Dynastie zu Ende ging und bevor sich eine neue Ordnung durchgesetzt hatte. In solchen Übergangszeiten treten allerorten tüchtige Männer und ungewöhnliche Helden hervor. Sie ziehen durch das weite Reich, begegnen anderen Menschen ihres Schlages und leben zusammen als unzertrennliche Gefährten, die alles miteinander teilen. Wie diese Gestalten aus den alten volkstümlichen Romanen genossen die Revolutionäre der vierziger Jahre ihr Untergrundleben, allen Gefahren zum Trotz: geheime Treffen, heimliche Botschaften, stumme Umarmungen; und ihre Emotionen wurden durch die Repression nur noch verstärkt, wie bei Liebenden, die eine verbotene Liebe leben. Die drohende Strafe steigerte nur den Wonneschauder.

Diesen Schauder, unter dem Terror zu leben, spürten auch wir, wenn wir in die fortschrittlichen Buchhandlungen oder in den von den Kommunisten geführten Laden *Xinhua*, »Neues China«, gingen. Die Wohnungen gegenüber diesen Buchhandlungen wurden systematisch von der Geheimpolizei angemietet. In den Läden mischten sich Polizisten unter die Kunden, die sie dann beim Hinausgehen verfolgten. Man erkannte sie mühelos an ihrer zerstreuten Art, in Büchern zu blättern, und an ihrem Schnüfflerblick. Viele Leser waren sich der Gefahr bewußt. Sie kamen trotzdem, so groß waren ihr Lesehunger und ihr Bedürfnis, Gleichgesinnte zu sehen. War es noch relativ ungefährlich, solange man sich damit begnügte, an Ort und Stelle zu lesen, so wuchs die Gefahr, wenn man etwas kaufte. Denn ein »rotes« Buch reichte der Geheimpolizei durchaus als Beweisstück. Trotz des Risikos verließen wir beide eines Tages *Xinhua*, jeder mit einem Buch.

Sobald wir draußen waren, entfernten wir uns mit zügigem Schritt. Haolang ermahnte mich leise, mich ja nicht umzudrehen. Als wir in eine belebte Straße einbogen,

blieben wir kurz vor einem Kinoplakat stehen und stellten tatsächlich fest, daß uns ein *tewu** folgte.
»Dem werd' ich's zeigen!«, sagte Haolang im Weitergehen.
»Paß auf, er ist sicher bewaffnet.«
»Ich pass' schon auf«, und aufgeräumt fügte er hinzu: »Ach, das erinnert mich an die schöne Zeit damals in der Künstlergruppe. Da hatten wir auch schon mit diesen Typen zu tun.«
»Komm hier in diese Gasse«, sagte er verwegen. »Hier ist's gut. Ich stelle mich hinter die große Tür da. Du gehst weiter, schneller, als wenn nichts wäre.«
Zu spät, um zu protestieren. Trotz meiner weichen Knie versuchte ich, meinen Schritt zu beschleunigen. Der berühmte Chonqinger Nebel, der seit Anfang September über der Stadt hing, machte die ohnehin schon dunkle Gasse noch finsterer.
Einen Moment später hörte ich einen erstickten Schrei und das Geräusch eines fallenden Körpers. Ich hatte kaum Zeit, mich umzudrehen, da kam mein Freund schon angelaufen. Schnell rannten wir aus der Gasse, sprangen ein paar Stufen in eine andere Straße hinunter und verschwanden in der Menge. Zwei verspätete Schüsse, durch den Nebel und den Fahrzeuglärm gedämpft, ertönten als Salut zu unserer Rettung.
»Ein Faustschlag in die Nieren, ein Schlag gegen die Kiefer, ein Fußtritt in den Unterleib, das ist alles.« Haolang zitierte die Regel der Kriegskunst wie einen Haiku und lachte laut los.
Am nächsten Tag verließen wir diese geliebte und verfluchte große Stadt.

* Geheimpolizist

18

Nach Chonqing tauchten wir ein ins tiefste Innere Sichuans. Unsere Wanderung dauerte am Ende über einen Monat. Mit wenig Geld ausgestattet – unsere staatlichen Stipendien waren am Ende unserer Schulzeit nicht mehr verlängert worden –, mußten wir oft an einem Ort bleiben und als Gegenleistung für Unterkunft und Verpflegung kleine Arbeiten übernehmen. Bis auf einige Strecken per Bus oder Schiff, wenn es die Umstände erforderten, bewegten wir uns ausschließlich zu Fuß fort. Doch nichts konnte uns entmutigen. Die Vorfreude auf das baldige Wiedersehen mit Yumei und die schrittweise Entdeckung dieser riesigen Provinz waren für uns eine geradezu initiatorische Erfahrung. Unser ganzes Leben sollten wir uns daran erinnern, daß diese Jahre hier, wie schon in Chonqing, trotz der Last der finstersten Tradition und der vom Regime ausgeübten Kontrolle für China wie auch für uns selbst letztlich die Zeit der größten Ungewißheit und doch zugleich des größten Aufbruchs waren.

Abgesehen vom Lu-Gebirge meiner Kindheit kannte ich von der chinesischen Landschaft nur die angrenzenden Regionen der Großstädte. Mein Freund dagegen war nahezu überall in China herumgekommen. Die gelben Lößebenen im Norden waren ihm ebenso vertraut wie die Re-

gionen am unteren Jangtse mit all ihren Seen und Kanälen. Doch dieses Land im Inneren mit seinem Kontinentalklima und seinen kontrastreichen Landschaften beeindruckte ihn trotzdem durch sein stolze Schönheit. Dieses Stück Erde präsentiert sich auch im kleinsten Winkel in seiner ganzen sinnlichen Pracht. Die tiefen Talmulden mit ihrer weichen, blutroten Tonerde und ihren sich kreuzenden Pfaden vermitteln die Vorstellung vom offenen Schoß eines Urgrunds. In Schleifen winden sich Wege die Hänge hinauf, schlängeln sich durch die terrassierten Felder oder erklimmen die bald mit dichter Vegetation bedeckten, bald von großen, ins Leere vorspringenden Felsblöcken flankierten Gipfel. Oben über den Felsen genießt man im Schatten üppig belaubter Bäume behaglich einen Rundblick über das Tal mit seinen buntgemischten Farben und steil aufragenden Formen, die oft ein aus dem glitzernden Wasser der Reisfelder aufsteigender Dunst umhüllt.
Diese Provinz, die seit jeher als vom Himmel begünstigt galt, hat während der langen Kriegsjahre das halbe, dorthin geflohene China ernährt. Die Produkte dieser fruchtbaren Erde erstaunen in ihrer Vielfalt und Üppigkeit. Neben den außergewöhnlich saftigen Früchten wie den Orangen, Pampelmusen und Mandarinen, den Pfirsichen, Kakifrüchten und Pflaumen, den Jujuben und dem Zukkerrohr gibt es Gemüse in lebhaften Farben, mit intensiven Gerüchen. Häufig bieten sie einen Anblick schamloser Sinnlichkeit. Die blattlosen Bambussprossen, die Riesenrüben voller Wurzelhärchen ähneln einem erigierten männlichen Glied. Die Kohlköpfe mit den jade- oder smaragdgrünen langen, glatten Blatthüllen erinnern an die fleischigen Arme wohlhabender Frauen, während man

bei den Auberginen und Kürbissen mit ihren runden, leuchtenden Formen unweigerlich an die bronzefarbenen Schenkel der Wäscherinnen denken muß, die man an der Biegung eines Wasserlaufs hocken sieht.

Dieser natürliche Reichtum machte die Not, in der die meisten Bauern als Opfer eines ungerechten Grundbesitzsystems lebten, um so unerträglicher, auch wenn sie im Vergleich zu vielen anderen Regionen Chinas noch im Vorteil waren. Der Krieg hatte sie in gewisser Weise begünstigt, die landwirtschaftlichen Produkte waren zu unendlich kostbaren Lebensmitteln geworden; aber selbst die Privilegiertesten unter ihnen genossen nur einen ganz geringen Wohlstand. Doch ungeachtet ihrer Lebensbedingungen hielten sich alle an die Tradition der Gastfreundschaft. Ohne weiteres teilten sie ihre Mahlzeit mit den ehrlichen Reisenden, die an ihre Tür klopften. Wer bereit war, ihnen bei der Arbeit zu helfen, zumal während der Erntezeit, dem boten sie einen Winkel zum Schlafen an.

Wieder einmal stellte ich fest, wie sehr die Menschen von den gehaltvollen Produkten geprägt waren, mit denen sie sich ernährten. Selten waren die Bauern grobschlächtig. Das Pikieren der Reispflanzen, das große Geduld und Sorgfalt erfordert, hatte einen hart arbeitenden, aber feinsinnigen Menschenschlag hervorgebracht. Ihre Mundart war reich, rhythmisch und in der einschmeichelnden Intonation und der Bildhaftigkeit ihrer Ausdrucksweise so saftig und pikant wie die gebratenen Pfefferschoten, die es als Beilage zu ihren Mahlzeiten gab.

Unvergeßlich blieb uns insbesondere jene Familie, bei der wir um heißes Wasser baten. Ein alter Bauer kam, als er

uns an der Tür klopfen hörte, mit einer langen Pfeife in der Hand und öffnete.
»Lao-fu (alter Vater), können wir ein wenig heißes Wasser bekommen?« fragte Haolang. Wie um ihn über unsere Absichten zu beruhigen, zeigte er dabei auf unsere Tasche, die an dem einzigen Baum lehnte: »Wir machen gerade eine kleine Rast, dort im Schatten.«
Durch die erschöpfte, aber lächelnde Miene der beiden Reisenden tatsächlich beruhigt, antwortete der alte Bauer freundlich: »Mein Sohn und meine Schwiegertochter sind auf dem Feld. Ich werde meiner Enkelin sagen, daß sie Wasser kocht und es euch bringt.« Und sogleich rief er nach drinnen: »Große Schwester, mach ein bißchen Wasser heiß!«
Als er, gefolgt von seiner Enkelin – einem jungen Mädchen von fünfzehn, sechzehn Jahren – mit einem Topf heißem Wasser dazukam, wie wir gerade aus unserer Tasche etwas zum Essen für unser Mittagsmahl auspackten, lud er uns spontan ein: »Hier ist es heiß. Kommt doch herein. Wir haben schon gegessen; ihr könnt euch an den Tisch setzen.«
Als wir gerade anfangen wollten zu essen – wir hatten nichts weiter als ein paar *mantou** und kalte *shaobing*** –, lief das Mädchen in die Küche und brachte gleich darauf einen mit Eiern gebratenen Reis, unter den sie noch ein paar Erbsen und eine Prise Schnittlauch gemischt hatte. Der Reis verströmte einen köstlichen Duft, den die Harmonie der angenehmen Farben noch verstärkte. Gerührt

* in Dampf gegarte Brötchen
** Sesamkuchen

über den heftigen Appetit, mit dem die beiden Fremden den Reis verschlangen, verschwand sie abermals und kam mit einem Teller in Salz und Nelkenpfeffer eingelegter Gemüse zurück, den berühmten *paocai* aus Sichuan. Dank eines besonderen Verfahrens behalten diese eingelegten Gemüse ihre Frische und ihre ursprüngliche Farbe. Jeder Mundvoll gebratener Reis mit diesen wundervoll knackigen Kohl- oder Rübenstücken hatte einen feinen, leicht erdigen Geschmack. Gekrönt wurde das Mahl durch eine Tofusuppe. Dieses improvisierte, absolut bescheidene Mahl, blieb uns unvergeßlich.

Während wir aßen, überwand der Hausherr seine Zurückhaltung und fragte uns: »Was macht ihr?«

»Wir sind Studenten. Wir sind gerade mit der Schule fertig.«

»Ihr seid also *dushuren**. Sehr schön, sehr schön. ›Bücher bergen ein goldenes Haus.‹«

Dann fuhr er lächelnd fort: »Bücher bergen Jadeschönheit.« Der Alte schöpfte damit aus dem reichen Repertoire an Sprichwörtern, auf die sich das Wissen des Volkes gründet. Die beiden zitierten Sprichwörter besagten, daß das Studium denen, die es erfolgreich abschließen, Reichtum und eine schöne Ehefrau beschert.

»Nichts ist weniger sicher! Ihr seht ja, wir leben wie zwei Landstreicher.«

»Das wird schon noch kommen. In unserer Familie hat man immer gehofft, daß jemand studieren könnte. Aber das Leben ist so hart; es gibt so viel Arbeit. Und wovon soll

* »Menschen, die lesen können« – eine im Chinesischen geläufige Umschreibung für Intellektuelle oder Gelehrte – A. d. Ü.

man das bezahlen? Mein Großvater konnte nicht lesen, mein Vater nicht, ich ebensowenig und mein Sohn auch nicht.«

In seinen Augen erahnten wir den Schimmer eines Bedauerns, als trauere er einem anderen möglichen Leben nach. Nach einer Pause fragte er: »Wohin wollt ihr?«

Ich antwortete ihm, ohne zu sehr in die Einzelheiten zu gehen, wir seien auf dem Weg nach N., um jemanden zu treffen, der dort an einem Theater arbeite.

»Das ist aber sehr weit. Na schön, na schön. Wie man so sagt: ›Zehntausend *li* zu laufen ist wie zehntausend Bücher zu lesen.‹ Ach, das Theater! Nach dem großen Regen haben unsere Dörfer ein Wandertheater kommen lassen. Vor zwei Jahren hatten wir eine furchtbare Trockenheit; wir haben alle unsere Speicher geleert und wären fast verhungert. In dem Jahr ging es wieder los mit der Trockenheit. Wir haben die Mönche Gebete sagen lassen. Wir haben wer weiß wie viele Bittgebete abgehalten. Einige Männer haben stundenlang in der Sonne ausgeharrt und sich verneigt. Sie haben den Kopf auf den aufgeplatzten, mit toten Heuschrecken übersäten Boden geschlagen, haben alle zusammen den Himmel angefleht und sich mit Schilfrohr den Oberkörper blutig geschlagen. Schließlich kam der Regen; ein schöner Regen, ein reichlicher Regen. Danach haben wir die Truppe spielen lassen. Besser kann man dem Regengott nicht danken. Am nächsten Tag haben sie die Bühne schnell wieder abgebaut und sind weitergezogen. Es sind eigenartige Menschen, sie führen kein normales Leben. Aber sie bringen unseren Dörfern viel Freude ...«

Wieder glaubten wir in seinen Augen den Schimmer eines Bedauerns zu erahnen. Doch die Sehnsucht nach einem anderen Leben hatte er längst begraben. Vom Lande stammend, bleibt er dem Land treu, diesem Land, das seine Ahnen von Generation zu Generation vererbt haben, um die Kontinuität menschlicher Anwesenheit aufrechtzuerhalten und um in den Hundstagen dem Vorüberziehenden heißes Wasser und gebratenen Reis anbieten zu können.

Wir beschlossen, einige Tage bei der Familie zu bleiben. Arbeit gab es zum Herbstbeginn genug. Haolang war ganz in seinem Element; die körperliche Betätigung machte ihm nichts aus. Mit nacktem Oberkörper stürzte er sich ins gemeinsame Tun. Ich dagegen hatte meine liebe Not. Ich hielt die schwere Arbeit nicht lange durch und verbrachte den Rest des Tages damit, zusammen mit dem jungen Mädchen und ihren kleinen Brüdern Gras für die Schweine zu schneiden. Abends nach dem Essen, nach vollendetem Tagwerk, setzten wir uns alle um einen riesigen Zuber mit heißem Wasser, um uns unter munterem Geplauder und Gelächter die Füße zu waschen. Lange blieben wir so sitzen, gossen nur von Zeit zu Zeit heißes Wasser nach, um das Bad warm zu halten.

Wir, die beiden Saisonhelfer auf Durchreise, schliefen in einem kleinen Raum neben dem Schweinestall. Wir brauchten lange, um uns an den unerträglichen, ekelerregenden Gestank, der von dort kam, zu gewöhnen. Zum Glück lag der Raum zum hinteren Hof hinaus, von wo immer mal wieder der frische Duft von luftgetrocknetem Gemüse und von Früchten hereinwehte. Diese Gemüse und Früchte hatte das junge Mädchen sorgfältig in großen flachen Körben ausgebreitet; Auberginen, Mais, Lotuswurzeln, Jujuben, Pflaumen ... Tatsächlich war dieser Hinterhof der heimliche Garten des jungen Mädchens, das oft hierherkam, um die Schweine zu versorgen. Da unser Raum wirklich zu stickig und unser Lager von Flöhen verseucht war, beschlossen wir bald, nachts im Hof im Freien zu schlafen.

Schließlich kam der Tag, da wir uns wieder auf den Weg machen mußten. Dic Familie ließ uns nur ungern ziehen. Nach ungefähr einer Stunde Marsch hörten wir ein *shange**, gesungen von einer hohen Frauenstimme. Aus dieser Stimme, einer langen, wehmütigen Klage, glaubten wir alle verborgene Sensibilität und alle Frustration der chinesischen Frau herauszuhören, deren Los es war, ihr Leben als Bäuerin in ihrem abgeschiedenen Tal zu verbringen oder es als Städterin hinter den verschlossenen Türen eines Hauses zu fristen. Hatte uns schon dieser zu Herzen gehende Gesang tief berührt, waren wir erst recht erschüttert, als wir aufsahen und oben auf einem Hügel die Gestalt des jungen Mädchens erblickten. Wir wußten, daß wir es waren, die durch unsere exotische Anwesenheit die Sehnsucht nach einem fernen Anderswo in ihr wachgerufen hatten.

* Berglied

19

Wenn wir auch weitaus am liebsten bei den Bauern übernachteten, konnten wir doch die Ortschaften nicht immer umgehen. Dort suchten wir statt der meist schmutzigen und schäbigen Herbergen soweit möglich Schulen oder Tempel auf. Wir rollten unsere regendicht verpackten Decken aus und begnügten uns zum Schlafen mit einer harten Unterlage, zusammengeschobenen Tischen oder ausgehängten Türen. Wir gaben wenig aus. Für das Abendessen kauften wir dicke, gut sättigende Kuchen und warteten in einer Ecke des Restaurants auf das Ende der Tischzeit; denn dann hatte der Kellner Zeit und servierte uns gern, gegen ein Trinkgeld, eine Suppe. Es war einfach heißes Wasser, in die große Pfanne gegossen, in der die Gerichte zubereitet worden waren, mit ein wenig Schnittlauch oder Gemüse. Später am Abend konnten wir auf die berühmten, von Straßenhändlern verkauften *dandan mian* zurückgreifen – dünne Nudeln, die in zahlreichen Geschmacksrichtungen unmittelbar vor den Augen des Kunden zubereitet wurden. Manchmal erlebten wir die angenehme Überraschung, von Privatleuten eingeladen zu werden. Denn in den Teehäusern hatte ich die Angewohnheit, mein Heft herauszuziehen und die Menschen um mich herum zu skizzieren. Dabei kam es vor, daß wir

angesprochen wurden, und Haolang mit seinem Konversationstalent machte sofort Bekanntschaften.
In den Teehäusern blieben wir so lange wie möglich. So konnten wir uns ausruhen und eines unserer Hauptprobleme lösen: den Durst. Das Wasser ist nirgends trinkbar, außer an den Quellen. Ein Wanderer ist also ständig auf der Suche nach abgekochtem Wasser. Ein Teehaus hat den Vorteil, daß man nur einen Tee zu bestellen braucht, um stundenlang ungestört auf einer Chaiselongue liegen zu können. Der Kellner geht mit einem riesigen Wasserkessel zwischen den Tischen umher und schenkt nach, sobald man die Teekanne leer getrunken hat. Mit vollendeter Kunstfertigkeit gießt er einem das heiße Wasser, über die Schulter hinweg, in langem Strahl direkt in die Kanne oder sogar in die Tasse, ohne dabei jemals etwas zu verspritzen oder überlaufen zu lassen.
Außerhalb der Ortschaften in der freien Natur stellt der Durst den Wanderer auf eine harte Probe. In dieser Provinz im Landesinneren mit ihrem Kontinentalklima läßt die Sonne erbarmungslos alles glühendheiß werden. Hinzu kommt die körperliche Anstrengung. Die Wege klettern launisch bald zu hochgelegenen Feldern hinauf, bald führen sie in tiefe Täler hinab. (Fragt man einen Bauern nach der Entfernung von einem Dorf zum anderen, antwortet er immer: soundso viel *li* hin, soundso viel *li* zurück. Denn er kalkuliert die Beschaffenheit des Geländes mit ein, ein *li* bergauf zählt doppelt!) Ist man in einer Wüste natürlicherweise auf Durst gefaßt, überfällt er einen hier mit aller Wucht, ohne jede Vorwarnung. Durch das Schwitzen und Trocknen und erneute Schwitzen fühlt man sich plötzlich gänzlich entwässert. Alles in dieser Re-

gion neigt zum Extrem: totales Schwitzen und totaler Durst.
Aber auch totale Befriedigung. Die Natur scheint dem völlig erschöpften Wanderer zuzuzwinkern, wenn sie auf allen Höhen *huanggo*-Bäume wachsen läßt, Bäume mit dichtem Laub und ausladenden Zweigen, die großzügig wohltuenden Schatten spenden. Unter diesen Bäumen, wo ein leichter Wind Kühlung bringt, findet man mit Sicherheit gut sortierte Händler, die jede Menge Früchte, Orangen, Wassermelonen und Zuckerrohr anbieten. Und vor allem heißen Chrysanthementee, der den Trinkenden erst noch mehr zum Schwitzen bringt, dann aber seinen Durst vollständig löscht.
Allerdings ist das Wetter im Übergang zur Regenzeit keineswegs einheitlich und hält für den Wanderer zauberhafte Überraschungen bereit. Unversehens bezieht sich der weißglühende Himmel mit Wolken. In der blendenden Helligkeit werden die vielfältigen Grüntöne in der schwerer werdenden Luft immer leichter und durchscheinender. Auf einmal verharrt alles in Erwartung. Das Tal hält den Atem an und lauscht dem Gesang des *dujuan* (einer Art Taube), der über das ganze Land hin zu ertönen beginnt. Dann fällt der Regen. Ein ergiebiger Guß, der sich gleichmäßig auf alles und alle verteilt und auch die dankbaren Wanderer von Kopf bis Fuß überschüttet. Ein smaragdgrüner Schimmer liegt über dem Land, und tausend und abertausend Blumen erblühen, rot und violett, mit gleichem Namen wie der Vogel, *dujuan*. Denn diese leuchtendroten Blumen sind der Legende nach das beim Singen ausgespiene Blut des *dujuan* – einer Reinkarnation der Seele des Kaisers Wang, eines Herrschers aus alter Zeit,

der in alle Ewigkeit nach der Seele seiner verstorbenen Liebsten sucht. Hier, wo die Legende zu Hause ist, klingt es durch das ganze Land, wenn die Jahreszeit zwischen Wehmut und Erwartung schwankt, wie ein Echo aus einer anderen Welt.

Damals standen wir gerade ganz und gar unter dem Einfluß der Lektüre Gides. Am eigenen Leibe erfuhren wir, was der Schriftsteller mit einem Lieblingsausdruck als den »gelöschten Durst« bezeichnete. Später las ich Rimbaud. Statt von seinen bekanntesten Gedichten war ich sofort von der *Komödie des Durstes* gepackt. Beim Lesen von Rimbaud kam mir auch wieder der Gedanke, der mich in den Tälern Sichuans nicht losgelassen hatte: Wenn der Mensch ein immer durstiges Tier ist, vermag die Natur als Wasserspenderin sein Verlangen zu stillen. Es ist anzunehmen, daß die Schöpfung keine Wünsche hervorbringt, die sie nicht befriedigen kann. Also hat der Mensch Durst, weil es Wasser gibt. Gewiß ist der Mensch frei in seinen Wünschen, aber er kann nur wünschen, was die unergründliche Wirklichkeit bereits in sich birgt. Selbst wenn er das Unendliche begehrt, dann nur, weil das Unendliche existiert und für ihn vorgesehen ist. Alles geschieht, als sei das, was der Mensch am meisten begehrt, schon im voraus im Begehren enthalten; vermöchte er es sonst zu begehren? Wieder einmal, wie damals, als ich in meiner Kindheit das westliche Gebäck gekostet hatte, war ich davon überzeugt, daß die Erfüllung des menschlichen Begehrens im Begehren selbst liegt.

Diese bedingte Freiheit des menschlichen Begehrens bedeutet keineswegs eine Schmälerung oder Einschränkung der menschlichen Existenz, sondern erhöht und erweitert sie. Sie stellt sie in den Mittelpunkt eines umfassenden Geheimnisses. Und sie macht das menschliche Erleben weniger trügerisch. Durch diese – vielleicht naive – Überzeugung gestärkt, sagte ich mir, während ich an der Seite des Freundes Yumei entgegenwanderte, wenn mein Schicksal auf Erden das Umherschweifen war, dann wollte ich es wenigstens in eine leidenschaftliche Suche verwandeln, deren Ziel mir zwangsläufig eines Tages offenbar werden würde.

Bei Haolang weckte der Durst eine alte Leidenschaft, die während der Gymnasiumsjahre geschlummert hatte: den Alkohol. Es gab zahlreiche abseits gelegene Fabriken, die Alkohol aus Sorghum oder aus Reis herstellten und mit ihrem zehn Meilen weit verströmten Gärgeruch alle Alkoholliebhaber anzogen. Um Haolang Gesellschaft zu leisten, wenn er mit Genuß einen Krug leerte, frönte auch ich ein wenig dem in der Kehle brennenden Getränk.

Als wir eines Tages aus einer der Fabriken herauskamen, überfielen mich heftige Leibschmerzen. Ich konnte keinen Schritt mehr gehen und blieb zusammengekrümmt am Fuße eines Baumes liegen. Haolang lief in einen nahegelegenen Ort und trieb eine Sänfte mit Trägern auf. Man brachte mich in einen größeren Ort, wo es ein Hotel gab. Es war ein lautes Hotel in traditionellem Stil. Das Zimmer mit den Holzwänden aus feinem Schnitzwerk und eingesetzten Scheiben schützte nur schlecht gegen den Stimmenlärm und die Musik aus dem Vestibül oder den Nebenzimmern. Zunächst mußten wir uns auch gegen das unentwegte Hereinkommen des Etagenkellners wehren, der in bester Absicht warme Handtücher und Tee, kleine Gerichte und Kuchen brachte und nebenbei auch diskret

Prostituierte anbot. Durch das Abschließen der Tür bekam das Zimmer schließlich seine Funktion als Zimmer wieder. Obwohl ich in einem fort litt, ließ ich keinen Arzt holen, denn ich wußte aus Erfahrung, daß die Medizin gegen dieses Übel, das aus mir selbst kam, nichts auszurichten vermochte und daß mir nichts weiter übrig blieb, als es durch Geduld und Ausdauer zu überwinden. Um mein Leiden ein wenig zu lindern, hielt Haolang eine ganze Weile schweigend meine Hand. Dann wurde auch er müde und legte sich neben mich. Als ich die kräftige Muskulatur und die ruhige Atmung meines Freundes spürte, beruhigte ich mich allmählich. Dieser Mensch, der neben mir schlief, war mit einem robusten Körper ausgestattet. Wie die chinesischen Bauern konnte er das Wasser aus den Reisfeldern trinken, ohne krank zu werden, und alle Mücken- oder Wanzenstiche ertragen, ohne daß es ihm das geringste ausmachte. Mit seinem kräftigen und zugleich geschmeidigen Körper schien er mir das ganze böse Blut und alle bitteren Säfte aus meinem kränklichen Leib zu ziehen, so daß mir nur noch der Rest des Alkoholrausches blieb, der Rausch im Reinzustand. Als Mitternacht vorüber war, verspürte ich, an den schlafenden Körper meines Gefährten geschmiegt, ein selten gekanntes Gefühl der Erleichterung und des Wohlbefindens.

20

Nicht trinkfest zu sein, was für eine Schwäche! Damit war man von der wahren chinesischen Realität abgeschnitten. Das mußte ich schließlich zugeben. Ist denn diese Realität nicht von Reiswein durchtränkt, jenem gelben Getränk, das man zum Trinken erwärmt und von dem umnebelt man anderswohin entschwebt; oder auch von Sorghumwein, jenem starken Saft, der den Körper durchdringt wie ein gewaltiger, Mark und Bein erschütternder Gongschlag. Ein berauschender Trank, der wie ein nie versiegender Quell das gewöhnliche Leben durch alle Schichten hindurch bewässert. Und gibt es seit dem Altertum unter Tausenden von Dichtern auch nur einen einzigen, der nicht den Wein gepriesen und seine Wirkung besungen hätte? Zum Glück war der Freund da, um unsere Ehre zu retten und sich den unerwartetsten Begegnungen zu stellen.

Als wir eines Tages in einem Marktflecken in einer dunklen Tavernenecke hockten, sahen wir eine ebenso beeindruckende wie beunruhigende Gestalt hereinkommen. Offenbar handelte es sich um einen jener kleinen Chefs von Geheimgesellschaften, die sich als Lokaltyrannen gerierten. Er wählte den Tisch in der Mitte, um sich niederzulassen. Dem Kellner, der alles stehen und liegen ließ und sich eifrig um ihn bemühte, warf er im Befehlston einige Wortbrocken hin. Sogleich brachte der Kellner mehrere Krüge Alkohol und jede Menge kleine Leckereien: knusprige Vogelmägen, eingelegtes Gekröse, geröstete Erdnüsse, tausendjährige Eier ...

Das Stimmengewirr im Raum verstummte. Man hörte nur noch das Plätschern der Flüssigkeit, die der Mann in seine Trinkschale goß und unter wohligem »ah, ah ...« mit seinen dicken Lippen ausschlürfte.

»Will mir denn niemand Gesellschaft leisten?«

Keiner rührte sich. Man kannte den Ruf dieses Mannes als Trinker und wußte um die Demütigung, die er unweigerlich dem bereiten würde, der es nicht mit ihm aufzunehmen vermochte.

»Memmen seid ihr alle!« Dann trank er weiter.

»Hier gibt es wirklich nur Weicheier!« Er brüllte vor Lachen; dann schlug er vor Wut auf den Tisch und schrie: »Gleich werde ich böse!«

Als sein Blick auf uns fiel, fragte er: »Wen haben wir denn da?«

Haolang stand auf und trat zu ihm. Etwas überrascht von der Größe des jungen Mannes, der offensichtlich nicht aus dieser Provinz stammte, fragte er:

»Woher kommst du?«

»Ich komme aus dem Land jenseits der Großen Mauer.«

War der Mann, für den die Mandschurei zu einer anderen Welt gehörte, von dieser fernen Herkunft beeindruckt? Oder war dieser kleine Tyrann, der die Herrschaft über sein Gebiet behaupten wollte, nur in seiner Empfindlichkeit getroffen? Jedenfalls schenkte er ein Schale voll Alkohol und reichte sie Haolang: »Trink das!«

Haolang leerte die Schale in einem Zug. Diese Geste entlockte dem anderen ein »Gut so«. Er schenkte die leere Schale wieder voll und trank selbst.
Die Zecherei dauerte lange. Haolang ließ keine Schwäche erkennen, auch seine Gesichtsfarbe veränderte sich nicht. Da die Chinesen ein alkoholliebendes Volk, aber schnell berauscht sind, bewundert man es seit jeher als ein Zeichen von Männlichkeit, wenn jemand viel trinken kann, ohne betrunken zu werden. Der Mann begriff allmählich, daß er in dem Fremden aus der Mandschurei einen ebenbürtigen Rivalen gefunden hatte. Unvermittelt fragte er:
»Was machst du so?«
»Ich habe gerade die Schule abgeschlossen.«
»Und später?«
»Ich will Dichter werden.«
Diese unerwartete Antwort brachte den Mann ein wenig aus dem Konzept. Um zu demonstrieren, daß er etwas davon verstand, fing er an, einen jener Vierzeiler aus der Tang-Zeit herunterzuleiern, die alle Chinesen auswendig kennen. Daraufhin befahl er: »Trag uns etwas vor!«
Nun geriet der Dichter leicht aus der Fassung; denn darauf war er nicht vorbereitet. Nach kurzem Zögern legte er mit einer Tirade langer Verse los, die Qu Yuan vor über zweitausend Jahren geschrieben hatte. Unter der Wirkung des Alkohols verfiel er immer mehr in einen Singsang, der die Zuhörer durch seinen starken nördlichen Akzent beeindruckte. Schließlich kam er zu den Versen:

Suchend irrt mein Blick über den Horizont:
Die heiß ersehnte Rückkehr, wann kommt sie, wann?
Der Vogel, der fliegt fort, zurück zu seinem Nest;

Und sterbend kehrt der Fuchs heim in seinen Bau.
Ich aber, treu und redlich, bin fern in fremdem Land;
Wann kann ich das vergessen, wann, bei Tag, bei Nacht?

Damit entlockte er seinem Tischgenossen ein schallendes »Hao! (Bravo!)«. Dieser umarmte ihn und zog einen Zettel mit geheimnisvollen Zeichen aus der Tasche. Den reichte er ihm und erklärte: »Das gibt dir Herr Bao, es wird dich schützen.«
Diesen zerknitterten Zettel, diesen gekrakelten Talisman mit der Unterschrift des Herrn Bao, wollten die beiden Beschenkten zuerst wegwerfen ... Wir waren natürlich nicht darauf gefaßt, daß er uns irgendwann auf unserer Wanderung als Ausweis nützlich sein würde – nämlich als uns der Polizeichef, mit zwei Rekruteuren im Gefolge, festnehmen wollte. Auf unseren Blick und unseren Akzent hin hatte er uns ohne Umschweife gefragt: »Ihr zwei, was treibt ihr da?« – »Nichts. Sie sehen doch, wir wandern.« Diese einfache, wahre Antwort hatte in den Ohren des Fragenden sicher zu frech geklungen. Zunächst hatte er nichts gesagt. Er hatte sich damit begnügt, auf die Erde zu spucken und fluchen: »Dann wandere doch, du Mutterfikker!« Dann kam er in Begleitung von zwei Rekruteuren, um die beiden »Vagabunden« von der Straße zu holen. Die Waffe in der Hand, schickten sich die drei Vertreter der Staatsgewalt an, uns auf der Stelle kahlzuscheren. Hätten wir nicht rechtzeitig den Talisman vorgezeigt, wären wir mit dem Strick um den Hals zur Armee gebracht worden, dieser heruntergekommenen Armee, die damals nur noch aus gewaltsam rekrutierten, armen Leuten bestand.

Wir erfuhren also am eigenen Leibe, was wir schon wußten: Dieses von den Bauern so fleißig bearbeitete Land, diese freigebige, üppige Natur war von finsteren Mächten besetzt. Hinter den an sich schon grausamen Beamten waren verborgene Kräfte am Werk: Geheimpolizei, Geheimgesellschaften … Die ehrlichen Menschen mußten durch die Maschen schlüpfen, um nicht in ihren Netzen hängenzubleiben. Man darf niemals die »Tiger an den Barthaaren kitzeln«, heißt es. Doch was tun, wenn an der Brücke vor dem kleinen Tempel der Erdgötter eine Gruppe von Taugenichtsen der lokalen Miliz die vereinsamte alte Grundbesitzerin auszurauben versuchte, die weder Bank, Tresor, noch andere Versteckmethoden kannte und ihre mageren Ersparnisse in ihr abgetragenes Kleid eingenäht hatte? Als Haolang eingriff, hielten sie ihn fest und zückten einen Dolch, um ihm eine Blutspur übers Gesicht zu ziehen. Er wußte sich nicht anders zu helfen, als abermals den Zaubernamen auszusprechen: »Vorsicht! Herr Bao wird nicht erfreut sein, wenn ich ihn wiedersehe!«
So waren wir, die beiden Eindringlinge in dieser grausamen, undurchsichtigen Welt, zwar wieder frei, aber nicht sehr stolz. Daß wir nicht verunstaltet worden waren, hatten wir jenem Herrn Bao zu verdanken, der wahrscheinlich, ohne mit der Wimper zu zucken, mehr als einmal Unschuldige verunstaltet, entjungfert oder zu Tode gepeitscht hatte. Wer war da noch unschuldig? Gab es noch irgend jemanden, der nicht besudelt war? Jener andere Trinker vielleicht?
Als wir in einer armseligen Schenke Wein bestellten, hatten wir im Dunkeln einige Tische weiter einen recht großen Mann mittleren Alters bemerkt, der uns durch seine

Magerkeit auffiel. Er hatte einen starren, stechenden Blick, was durch den Wein noch verstärkt wurde. Haolang leerte mühelos seinen Krug und bestellte noch einen. Bei der Gelegenheit verlangte auch der Mann noch einen zweiten Krug. »Da haben wir's, jetzt geht es um die Wette!« dachte ich beunruhigt. Doch als der zweite Krug bis zur Hälfte geleert war, lächelten sich mein Freund und der Mann zu meiner Erleichterung verständnisinnig zu. Da in diesem Augenblick der Kellner gerade einen Teller eingelegtes Gekröse brachte, machte Haolang eine einladende Geste in Richtung des Mannes. Es war eine Geste konventioneller Höflichkeit, ohne daß der andere gezwungen gewesen wäre, sie anzunehmen. Doch er ließ es sich nicht zweimal sagen und kam zu uns.

Ihm genügte ein Blick, sich unserer guten Absichten zu vergewissern. Er hatte sogleich in meinem Schultersack das Zeichenheft erspäht und vor allem in dem von Haolang die Bücher, eine Gedichtsammlung von Jessenin und einen Band mit Erzählungen von Tschechow. Nach einigen Schalen Wein wagte er es, leicht berauscht, sich uns anzuvertrauen.

Er war Grundschullehrer gewesen. Zu Anfang des Krieges hatte er sich der revolutionären Sache angeschlossen und war nach Yan'an aufgebrochen. Doch noch bevor er sein Ziel erreichte, wurde er festgenommen und in ein Lager gebracht. Nach dreijähriger Internierung und Umerziehung ließ man ihn, weil man seinen Fall als weniger schwerwiegend betrachtete, wieder frei. Zurück in Chongqing arbeitete er als Kassierer, mußte sich jedoch regelmäßig bei der Geheimpolizei melden und über seine Aktivitäten Bericht erstatten. Durch Beziehungen gelang es ihm,

der polizeilichen Überwachung zu entkommen. Auf dem Lande versteckt, lebte er von Gelegenheitsarbeiten und, wie früher mein Vater, von Unterricht und Schreiben, war aber ständig in der Gefahr, entdeckt zu werden.
Eines Tages wurde er mit einer Blinddarmentzündung in eines jener primitiven abgelegenen Landkrankenhäuser eingeliefert. Die Operation ging schief, und man hielt ihn für tot. Doch in der Leichenhalle wurde er auf sein schwaches Wimmern hin im letzten Moment gerettet. Die Ärzte des Krankenhauses nahmen ihn auf. Seitdem arbeitete er dort als Krankenpfleger. Er verbrachte seine Tage damit, sich das körperliche Elend der kleinen Leute aufzuladen: brandiges Fleisch zu verbinden, den Unrat wegzuschaffen, von tollwütigen Hunden gebissenen Bauern zu helfen, vergewaltigte kleine Mädchen mit infizierter Vagina zu pflegen und ohrenbetäubende Schreie oder stumme Klagen zu ertragen.
Um Verzagtheit und Einsamkeit zu bekämpfen, gab es für ihn nur ein Mittel – das Trinken. »Das beugt Krankheiten vor und hilft gegen Schlaflosigkeit.« Er hüstelte, und seine Augen glänzten noch fiebriger: »Ich glaube, ich habe eine Tuberkulose im Anfangsstadium.«
Er faßte sich wieder, sah seinen beiden Gesprächspartnern in die Augen und sagte mit fester Stimme: »Der Kampf wird hart, aber die Befreiung ist nah. Alles übrige ist nicht mehr wichtig. Wir werden das alles hinwegfegen. Alles wird neu, ihr werdet sehen.«
Beim Abschied nahm der Dichter die beiden Bücher aus seinem Schultersack und schenkte sie dem Mann, der den Tod nicht mehr fürchtete, nachdem er ihm durch ein Wunder entkommen war.

Für mich war am erfreulichsten die Begegnung mit dem alten Einsiedler-Maler. Ich saß gerade unter einem *huanggo* und zeichnete die Landschaft, als ich eine klare Stimme hinter mir hörte: »Junger Mann, ich sehe, du bist Maler. Wenn ihr wollt, kommt doch beide auf einen Tee zu mir.« Ich drehte mich um und glaubte den taoistischen Mönch aus meiner Kindheit wiederzusehen: das gleiche Gesicht, ruhig und unerschütterlich, hätte nicht ein leicht ironisch gefärbtes freundliches Lächeln es aufgehellt. Wir folgten ihm in seine Behausung, eine durch Wildgras geschützte Strohhütte mit einem Gemüsegarten dahinter. Der Alte zeigte uns seine wunderbare Sammlung alter chinesischer Malerei, wie auch seine eigenen Werke, einige ätherisch leicht, andere vibrierend vor Kraft, die von einer außerordentlichen Kunst im Umgang mit Pinsel und Tusche zeugten, ganz in der reinen chinesischen Tradition gemalt und doch eigentümlich erneuert. Er eröffnete uns, daß er selbst in seiner Jugend – zu Anfang des Jahrhunderts – dank des Reichtums seiner Familie lange durch Japan und Europa gereist war. In den zwanziger, dreißiger Jahren hatte er einen gewissen Ruf als Maler im gesamten Jangtse-Tal genossen. Er kannte alle großen Künstler seiner Generation. Aber vor einem Jahrzehnt hatte er auf das gesellschaftliche Leben verzichtet und sich in diesen entlegenen Winkel zurückgezogen, um sich ganz und gar seiner Kunst zu widmen.

21

Per Schiff erreichten wir am Ende unserer Reise N., eine Hafenstadt an einem großen Nebenfluß des Jangtse. Es war eine blühende Stadt mit lebhafter Geschäftigkeit. Das Schiff brauchte über eine Stunde, um sich zwischen den unzähligen Sampans und Booten, die den Hafen verstopften, einen Weg zu bahnen, bevor es anlegen konnte. Das Hafenviertel, das von Menschen mit klangvollen Stimmen und flinken Bewegungen wimmelte, bot trotz des hektischen Treibens eine lockere und liebenswürdige Atmosphäre. Händler, Fahrer und Gaukler wetteiferten miteinander in saftigen Ausdrücken, die alle zum Lachen brachten. Überall gab es Teehäuser, Schenken, Restaurants und Läden, die von Waren überquollen. In der Luft hingen Gerüche nach Öl, Wein, Salz, Reis, eingelegtem Gemüse und Gewürzen aller Art.

Hinter dem Hafenviertel kam man in die eigentliche Stadt. Sie hatte viele Straßen, und die größten waren für eine Provinzstadt ungewöhnlich breit. Sehr alte Häuser standen unmittelbar neben modernen Gebäuden. Man sagte den beiden Neuankömmlingen, das Theater befinde sich an der zentralen Kreuzung. Da es schon Spätnachmittag war, kümmerten wir uns erst einmal um eine Bleibe. Glücklicherweise fanden wir auch bald ein Gästehaus des

YMCA. Nach fast einem Monat des Umherziehens unter harten Bedingungen erschien uns dieser ruhige, saubere Ort wie ein unverhofftes Paradies und als ein gutes Omen. Das Zimmer war karg, mit zwei einfachen Betten und einem Nachtschränkchen dazwischen, auf dem zwei Bibeln lagen. Der Anblick der weißen Bettücher machte uns klar, daß wir dringend ein Bad nötig hatten.
Frisch gesäubert begaben wir uns ins Theater. Auf einem riesigen Plakat lasen wir die Ankündigung des Abendprogramms: *Die weiße Schlange*, mit Yumei in der Hauptrolle. Um sie nicht bei ihren Vorbereitungen zu stören, beschlossen wir, erst nach der Vorstellung zu ihr zu gehen. Bis dahin setzten wir uns in ein Teehaus in der Nähe. Wie zu erwarten, war dies ein Treffpunkt von Schauspielern und Theaterliebhabern. Es herrschte eine ungewöhnliche Atmosphäre, eine Mischung aus natürlicher Freundlichkeit und Aufregung. In dem allgemeinen Stimmengewirr erhoben sich hier fröhliches Gelächter, dort einige Takte eines bekannten Liedes, weiter hinten wurde leise eine Melodie auf einem *erhu** gespielt.
Sobald die Gesichter deutlicher zu erkennen waren, fiel uns, unübersehbar, eine Person von eindrucksvoller Korpulenz ins Auge, die in einem Winkel des großen Raumes neben einem Holzpfeiler thronte. Den tief in einen Korbsessel versunkenen Körper überragte ein großer eckiger, nur in der unteren Hälfte durch ein Doppelkinn leicht abgerundeter Kopf. Der Mann saß da, sparsam in seinen Gesten, fast regungslos. Trotzdem vermittelte er den Eindruck äußerster Beweglichkeit, und das vor allem durch

* chinesische Geige

sein ausdrucksvolles Gesicht. Zunächst etwas verschlafen, wie nach einer langen Siesta, begann er sich zu regen, als der Kellner ihm ein heißes Tuch brachte. Er lehnte den Kopf zurück, legte sich das Tuch aufs Gesicht und drückte es mit seinen dicken Fingern in alle Vertiefungen hinein, damit der Dampf besser eindringen konnte. Eine ganze Weile seufzte er vor Wohlbehagen; dann legte er das Tuch weg und nahm wieder seine ursprüngliche Sitzhaltung ein. Der Kellner, der seine Gewohnheiten kannte, brachte Wein und Speisen. Wenn man sah, wie der Mann sich konzentrierte, um langsam und ohne Hast mit allen Zähnen zu kauen, was er vom Teller aufgeklaubt hatte, wie er mit den Augen blinzelte, um jeden Bissen noch mehr zu genießen, als hätte er die Ewigkeit vor sich, konnte man den Blick nicht mehr von ihm losreißen. Zu guter Letzt spülte er alles mit reichlich Wein hinunter, das Glas jedesmal bis zum Rand gefüllt. Nach einer Weile brachte ihm der Kellner unaufgefordert den Tee, dazu Obst und Gebäck. Er nahm einen Apfel, umfaßte ihn mit der ganzen Hand, hielt ihn sich unter die Nase und schnupperte ostentativ daran. Mit genüßlichem Zartgefühl rieb er ihn an seiner Backe, bis der Biß in die Frucht unvermeidlich wurde. Entschlossen biß er ein Stück ab, zerkaute es mit giererfüllter Langsamkeit und schluckte es hinunter. Dann ein weiterer Biß in den Apfel ... Während er seine Kiefer mit aller Kraft betätigte und die weit geöffneten Augen zwei von undefinierbarem Staunen erfüllte Kreise bildeten, grunzte er vor sich hin, unterbrochen von »Hei, hei! ... Ho, ho! ...«, als wären in ihm zwei Komparsen gleichzeitig in Aktion: der eine ganz mit dem Genießen beschäftigt, während der andere, ihm zuschauend, Laute der An-

erkennung von sich gab. Als der Apfel endlich verspeist war, trank er einen Schluck Tee. Seufzer. Stille.
In diesem Augenblick traten die Leute zu ihm und sprachen ihn an. Es begann mit scheinbar harmlosen Unterhaltungen. Doch schon hatte sich sein ganzes Mienenspiel in Bewegung gesetzt. Seine Augäpfel rollten wie Kugeln in ihren Höhlen; seine dicke Nase war plattgedrückt oder aufgestellt; sein Kinn zuckte, wenn er lachte, ein unterdrücktes Lachen, das nie herausplatzte, sondern sich in einem stoßweisen Glucksen fortsetzte. Alles, selbst seine Ohren, die nach Belieben wie zwei Fächer wedelten, war an dem Gesamtausdruck beteiligt. Auch ohne die mit leiser Stimme gesprochenen Worte zu verstehen, erriet man von weitem seine Gefühle – Verwunderung, Schrecken, Jammer, Traurigkeit oder Freude, Mitleid, Kummer oder Wut. Es war nie offene Freude, wegen der hängenden Mundwinkel und auch wegen der riesigen Brauen, die sich auf beiden Seiten herunterzogen. Diese vier parallelen Schrägstreifen in seinem Gesicht unterstrichen eine abgrundtiefe Desillusioniertheit und unüberwindlichen Spott. Dadurch ergab sich eine ständige Diskrepanz zwischen all den lebendigen Empfindungen, die er mit einer so suggestiven Mimik zur Schau stellte, und dem durchgängigen Ausdruck eines geprügelten Hundes. Dieser Kontrast hatte eine unfehlbar komische Wirkung. Außerdem löste alles, was der Mann sagte, unwillkürlich Gelächter aus. Offensichtlich war er einer jener Komiker, deren Aufgabe im Theater es ist, Schläge einzustecken und dadurch allen Hohn und Spott auf sich zu ziehen. Selbst außerhalb des Theaters konnte er nicht darauf verzichten, seine Macht auszuspielen. Allein schon mit der melodi-

schen, eingängigen Intonation seines Sichuan-Dialekts hielt er die Zuhörer in Atem …
In einer anderen Ecke des Raums hatten mehrere Personen, darunter einige schöne Frauen, um einen Mann von seltener Vornehmheit Platz genommen. Er trug ein schlichtes türkisblaues Gewand, geschmückt mit einem langen weißen Seidenschal, der ihm über die Schultern fiel. Seine Erscheinung hatte etwas Unwirkliches, als wäre er einem alten Stich entstiegen. Von seinem feinen, edlen Gesicht mit den schönen Mandelaugen, die von Zeit zu Zeit ein Lächeln erhellte, ging ein unerklärlicher Charme aus, in dem sich Männliches und Weibliches vereinten. Er sprach ruhig, ohne je die Stimme zu heben. Irgendwann sah man ihn mit den Fingern einen Rhythmus auf den Tisch klopfen, dann summte er eine Melodie. Offenbar erzählte oder erläuterte er gerade ein Stück. Als er eine Pause machte, goß er sich Tee in seine Tasse und führte sie an die Lippen. Alle seine Bewegungen zeigten Eleganz und Anmut. Zu meiner Verwunderung kamen mir seine Gesten vertraut vor. Aber ja, der vierte Onkel mit den geschickten Händen! Goß er sich nicht genauso den Tee ein und hielt so die Tasse? Alles auf der Welt ist im Wandel, sagte ich mir, doch es bleiben diese Gesten, die – einem nie versiegenden Wasserlauf gleich – seit dem Altertum immer wieder weitergegeben werden.
Da sich der Raum mehr und mehr belebte und zu einem echten Theatersaal wurde, machten wir uns einen Spaß daraus, den Hereinkommenden eine Rolle zuzuschreiben. Alle wurden nach Typen eingeteilt, Schauspieler wie Zuschauer; letztere identifizierten sich durch Nachahmung mit diesem oder jenem Schauspieler, den sie am meisten

bewunderten. Einem brauchten wir gar keine Rolle zuzuweisen, einem Mann um die Siebzig mit ergrautem Haar und Kinnbärtchen. Noch vor dem Teehaus bemerkte er, daß seine Schnürsenkel offen waren. Statt sich hinunterzubeugen, um sie zuzubinden, hob er den Fuß bis zu seinen Händen hoch, so daß er wie ein Kranich auf einem Bein stand, und nahm sich dann alle Zeit, derer es bedurfte, um sich die Schuhe zuzuschnüren. Als das Werk vollbracht war, vollführte er mit außerordentlicher Leichtigkeit einen Luftsprung und landete wieder auf dem Boden in der Haltung eines Generals, der sich mit einer unsichtbaren Waffe in der Hand zu einem seltsamen Kampf anschickt. Menschen liefen in großer Zahl herbei und applaudierten stürmisch. Mit zusammengelegten Händen grüßte er in die Runde. Es war ein ehemaliger *wusheng* (ein auf Kriegerrollen spezialisierter Schauspieler-Akrobat), der regelmäßig diesen Ort seiner Jugend aufsuchte und die Jungen ermunterte. Sein Eintritt in den Raum elektrisierte die Atmosphäre und kündigte, als Vorspiel gewissermaßen, die Vorführung an, die bald im Theater nebenan beginnen sollte.

Als, durch einen kurzen Orchestertusch angekündigt, die Heldin gemessenen Schritts die Bühne betrat, erreichte meine Erregung ihren Höhepunkt. Mit der Geliebten ist alles ein Wunder, sagte ich mir, oder alles ist Illusion.
In der warmen Atmosphäre des Theaters und der gekonnt eingesetzten Beleuchtung wirkt alles überaus wirklich und unwirklich zugleich. Ist man hier? Ist man anderswo? Ist man irgendwo in einem von Menschen geträumten fiktiven Raum? Sind gar die Tränen und Schmerzen nur Zu-

taten, um einen Leerlauf zu beleben, bevor alles in Schlaf und Vergessen versinkt?
Ein Wunder – das war das einzige Wort, das aller Atem, der mich in diesem Augenblick belebte, zu flüstern vermochte. Ein Wunder, meine erste Begegnung mit Yumei an einer Wegbiegung im Garten. Ein Wunder, dieses Wiederfinden. Mit meinem Freund hatte ich einen langen, beschwerlichen Weg zurückgelegt, an dessen Ende nun auf einmal, wie von langer Hand vorbereitet, alles so leicht wurde. Gleich am Abend unserer Ankunft diese Vorführung. Da war sie, war unleugbar da, zum Greifen nah und doch außer Reichweite. Wie sehr sie selbst, wie sehr eine andere!
Das gewöhnlich so laute Publikum hörte still zu, geläutert gleichsam durch die Gestalt dieser Heldin, die doch a priori unrein war: eine Schlange. Dieses Wesen, das aus der dunklen Tiefe des Alls kommt und durch aufrichtiges Begehren und beharrliche Geduld zu einem menschlichen Wesen wird, zu einer Frau, deren Schönheit um so mehr fasziniert, als sie animalischen Ursprungs ist. Sie lernt die Liebe kennen, eine ganz und gar menschliche und doch so große Liebe, daß sie alle tyrannischen und unheilvollen Mächte überwindet.
Eine der unheilvollen Mächte ist der mit Zauberkraft begabte Mönch Fahai, dem sich auch Xuxian, der Geliebte der weißen Schlange, unterwirft. Von allen verraten, selbst von ihrem Liebsten verlassen, muß die Schlange aus ihrer unwandelbaren Liebe ungeahnte Kräfte schöpfen, um ihren irdischen Schicksalsweg fortzusetzen. Es ist herzzerreißend, wie diese anfangs so niedere, dem Erdboden nahe, zum Zertreten bestimmte Bestie sich zu so großer

Würde erhebt, daß der Adel ihrer Seele den des Menschen übertrifft, wodurch das Drama in seiner Überwindung der Naturhaftigkeit einen übernatürlichen Glanz erhält. Sie findet nur noch einen reinen Raum vor sich, der allein durch die Kraft ihres Begehrens bewegt wird und den keine menschliche Gestalt mehr wird ausfüllen können …
Yumei war nach den Regeln des Theaters über und über geschminkt und trug einen reichverzierten Kopfschmuck. Doch wie vertraut war mir in diesem bemalten Gesicht, das das chinesische Ideal weiblicher Schönheit darstellte, jeder einzelne ihrer Züge, die ich mir in all diesen Jahren der Abwesenheit oft und oft in meinen Träumen vorgestellt hatte: das vollkommene Oval, die zierliche Nase, die sensiblen, sinnlichen Lippen, der tiefe, klare Blick. Die einzigen Veränderungen, die man an ihr ausmachen konnte, waren eine reifere Stimme und eine souveränere Haltung. Dieses früher so von Fragen umgetriebene Wesen hatte sich durch eifriges Bemühen zu einer echten Künstlerin entwickelt, die nun fähig war, alle dunklen Leidenschaften auszudrücken.

Ganz von ihrer Rolle eingenommen, konnte Yumei meine Gegenwart nicht bemerken. Ich war froh, daß ich im Dunkeln saß und mich meinerseits völlig selbstvergessen von der Geschichte in Bann ziehen lassen konnte. Erst am Ende des Stückes wandte ich mich Haolang zu. Starr vor Erregung saß er da, wie hypnotisiert.

Nach der Vorführung gingen wir hinter die Bühne. Aus einigem Abstand sahen wir die Schauspielerin im Profil, wie sie noch dort stand und mit jemandem sprach.

»Yumei!«

Sie drehte sich um und zeigte nur eine leichte Überra-

schung, als hätte sie mich erwartet: »Ah, da bist du ja!« Dann sah sie meinen Gefährten an: »Das ist Haolang. O Tianyi, dein Zeichentalent hat sich aber sehr entwickelt! Die Zeichnung, die du mir geschickt hast, gleicht ihm aufs Haar!«
Ein fröhliches Lachen krönte den ersten Augenblick unserer Begegnung zu dritt.
Bis Yumei mit dem Abschminken fertig war, warteten wir im Teehaus auf sie. Ich konnte kein Wort herausbringen, so überwältigt war ich von einem Gefühl der Dankbarkeit gegenüber dem Schicksal, das es mir gewährt hatte, Yumei leibhaftig wiederzusehen, frei und unabhängig. Die Geliebte wiederzufinden, bedeutete für mich, wieder auf heimatlichem Boden zu stehen, von neuem die bloßen Füße auf die weiche, warme, vertraute Tonerde zu setzen, mit ihrem Geruch nach Humus und Moos.
Endlich war sie wieder da und saß mir gegenüber. Mit fast dreiundzwanzig Jahren war sie eine erwachsene junge Frau. In ihren schönen, von langen Wimpern beschatteten Augen mischte sich der Ausdruck lächelnden Erstaunens nicht mehr mit Melancholie, sondern nach dem Vorbild der Heldinnen, die sie verkörperte, mit Ernst und Entschlossenheit. Durch das Theater geformt, zeigte sie noch mehr Anmut in ihren Bewegungen.
»Wo übernachtet ihr?« erkundigte sich Yumei.
»Wir haben ein Zimmer beim YMCA gefunden.«
»Es ist schön dort. Das Haus wird von einer Gruppe junger Leute geführt, die sehr sympathisch sind; ich habe einmal am Neujahrsfest für sie gesungen. Wann seid ihr angekommen?«
»Heute nachmittag.«

»Warum seid ihr nicht gleich zu mir gekommen?«
»Wir wollten dich nicht stören. Wir haben solange hier gesessen.«
Und ich erzählte von den Personen, die wir vor der Vorführung gesehen hatten. Als ich den dicken Komiker erwähnte, erklärte Yumei: »Das ist ein außergewöhnlicher Mensch. Unter seiner sauertöpfischen Miene ist er voller Wärme und Mitleid. Er hat mich übrigens unter seine Fittiche genommen. In seiner Jugend hat er unter einer unglücklichen Liebe gelitten. Er und seine Geliebte wollten sich mit einem Sturz aus der Höhe gemeinsam das Leben nehmen. Er sprang als erster und landete unten mit einem gebrochenen Bein, seine Partnerin dagegen blieb verschreckt oben stehen. Damit endete ihre Liebe, und er ist zum Krüppel geworden. Nach dieser Tragödie hat er beschlossen, sich nicht mehr um sein eigenes Unglück zu kümmern und das Leben zu genießen, wie es kommt. Am Anfang seiner Karriere hielten ihn die Leute, wenn sie ihn auf der Bühne fürchterlich hinken sahen, für einen Clown. Aber durch seine Persönlichkeit und sein außergewöhnliches Talent hat er sich schließlich als Komiker ersten Ranges durchgesetzt. Jetzt spielt er kaum noch. Wenn er auf der Bühne steht, kommen die Leute von weit her, um ihm zu applaudieren.«
Unter dem Drang all dessen, was wir uns zu erzählen hatten, stürzten wir uns in eine lebhafte Unterhaltung. Als Mitternacht vorbei war, zeigte Yumei Anzeichen von Müdigkeit. Wir verabschiedeten uns.
»Ihr bleibt doch eine Weile hier, nicht wahr?«
»Wir haben keine Pläne«, antwortete ich. »Wir bleiben, bis du genug von uns hast.«

»Ja, wenn ich genug von euch habe, jage ich euch fort.«
Dann setzte sie lächelnd hinzu:
»Ich werde euch jagen wie ein Jäger. Ich werde euch verfolgen, bis ich euch wieder eingefangen habe!«

22

Von diesem Tag an stürzten wir uns ganz hinein in das Theaterleben. Sehr bald fühlten wir uns unter diesen völlig für ihre Kunst lebenden Schauspielern wie die Fische im Wasser; schließlich waren wir Leute ihres Schlages. Wir bemühten uns nach besten Kräften an allem teilzunehmen, jeder mit dem ihm eigenen Talent. Ich versuchte, die großen Plakate mit der Programmankündigung zu verbessern, und interessierte mich auch für alles, was mit dem Bühnenbild zusammenhing. Haolang machte es sich zur Aufgabe, einen Präsentationstext für jedes neue Programm zu verfassen. Dabei begnügte er sich nicht mit einem Resümee des Stücks, sondern versuchte auch jedesmal, es in seinen historischen Kontext einzuordnen. Manchmal analysierte er sogar das Stück und dessen Hauptrollen.

Uns Neuankömmlinge reizte es, Neuerungen vorzuschlagen, zumal das Theater als Reformtheater bezeichnet wurde. Der Theaterdirektor stammte aus einer großen einheimischen Familie, die durch den Salz- und Ölhandel reich geworden war. Von Jugend an theaterbegeistert, war er in den dreißiger Jahren nach Shanghai gegangen und hatte sich mit allen Formen des traditionellen Theaters vertraut gemacht, vor allem denen der Peking- und der

Shanghai-Oper. Paradoxerweise hatte der Krieg besonders günstige Bedingungen geschaffen. Seine Heimatstadt wurde zu einem großen Handelszentrum mit wachsender Bevölkerung und Öffnung zur Außenwelt. Gleichzeitig erlebte das Theater durch die Konzentration von Theaterleuten in der Hauptstadt eine echte Erneuerung. Unser Theaterfan beschloß deshalb, in seiner eigenen Stadt ein Theater zu gründen, mit der ausdrücklichen Absicht, das gesungene Sichuan-Theater zu reformieren. Die wichtigsten Reformmaßnahmen bestanden darin, das Repertoire zu entrümpeln, allen unnützen alten Plunder hinauszuwerfen, mit dem das Bühnenbild und das Spiel der Schauspieler überladen waren, und durch eine Verdichtung und stärkere Dramatisierung der Handlung die Dauer jedes Stücks zu verkürzen. Mit einem Profi an seiner Seite steckte dieser Mäzen sein ganzes Vermögen ins Theater. Er ließ einen neuen Saal bauen und stellte der Truppe seinen riesigen herrschaftlichen Wohnsitz zur Verfügung. Er engagierte auch unbekannte Schauspieler, sofern sie eindeutig Talent zeigten, und besetzte die weiblichen Rollen mit Frauen. So hatte er auch Vertrauen in Yumei gesetzt, die er in Chongqing bei zwielichtigen Aufführungen entdeckt hatte. Ohne Scheu, das Feingefühl der Puristen zu verletzen, unterstützte er jede neue Idee und erwarb sich schließlich großes Ansehen. Die Künstler aus Chongqing kamen, um sich Rat zu holen, und aus der ganzen Umgebung strömten die Leute in Massen zu den Vorführungen. Zum erstenmal integrierte ich mich für eine gewisse Zeit in eine Gruppe, in eine in jeder Hinsicht außergewöhnliche, lebendige und bunte Gemeinschaft, die sich aus starken und unterschiedlichen Persönlichkeiten zusammensetzte. Mir wurde bewußt, daß in der traditionellen chinesischen Gesellschaft die Theaterleute, ebenso wie die Eremiten-Gelehrten, zu den freiesten, aber auch ärmsten Menschen zählen. Ganz wie die Eremiten-Gelehrten, die lediglich ihren Pinsel haben, um die dreifache Kunst Dichtung – Kalligraphie – Malerei zu praktizieren, besitzen sie zur Ausübung ihrer Kunst nur ihren eigenen Körper und einige dürftige Accessoires. Einen voll und ganz genutzten Körper allerdings, der Gesang, Mimik, Tanz und Akrobatik beherrscht. Dieser Körper ist ihr einziges Hab und Gut. Je ärmer sie sind, desto freier sind sie, und ihr Zusammenleben ist durch Solidarität und Miteinanderteilen bestimmt.

Neben den Eremiten-Gelehrten sind sie die eigentlichen Bewahrer der chinesischen Kultur, einmal natürlich durch die Vermittlung auf der Bühne, zum anderen aber auch im gewöhnlichen Leben, im kleinsten Wort, in der geringsten Geste. Denn tatsächlich gibt es für diese Künstler keinerlei Trennung zwischen Theater und Leben. Instinktiv und durch Disziplin beherrschen sie alles Nötige, um sich auf der Bühne zu bewegen und um die Anforderungen des Alltags zu meistern.

Die meisten von ihnen haben keine oder nur eine geringe Ausbildung. Ihre Sprache ist volkstümlich, niemals vulgär; im Gegenteil, sie wirkt manchmal sogar gebildet. Denn ihr reiches Theaterrepertoire, das sich auf die klassische Sprache gründet, liefert diesen Künstlern passende Wörter und Wendungen in einer rhythmisierten und stilisierten Sprechweise, die die modernen Chinesen verloren haben.

Der gleiche Sinn für Rhythmus und Stil regelte auch jede

ihrer alltäglichsten Handlungen. Es war eine Lust, sie gehen, sich begrüßen, sich setzen, essen und trinken oder sogar Lasten heben zu sehen. Als wären sie ständig von einem unsichtbaren Orchester begleitet, das sie ein für allemal verinnerlicht hatten. So daß alles, was sie berührten, eine Präsenz und ein ungeahntes Fluidum bekam, das nur sie allein hervorzulocken vermochten. Und selbst die Art und Weise, wie sie ein Kleidungsstück zuknöpften, eine Schleife banden, eine Pfeife anzündeten, hatte etwas Rituelles, als dürfe im Leben nichts vernachlässigt werden und als habe jedes Detail seine Bedeutung.
In dieser dynamischen Atmosphäre, die allem eine Würde verlieh und es erlaubte, jeder Widrigkeit wirkungsvoll entgegenzutreten, schämte ich mich manchmal meiner eigenen, meist pessimistischen Haltung. Gelegentlich ertappte ich mich vor dem großen Spiegel hinter der Bühne und sah meine Stirn von einer düsteren Miene verbarrikadiert, dazu meinen Körper ohne wirklichen Schwung, leicht vornüber gebeugt, wie in sich zusammengeschrumpft.

23

Yumei hatte in einem hinteren Winkel des Hauses ein ziemlich geräumiges, auf einen kleinen Garten hinausgehendes Zimmer zu ihrer Verfügung, das durch einen Paravent in zwei Hälften geteilt war. Dorthin gingen wir an den vorstellungsfreien Tagen.

Ein Zimmer – einen Raum für sich. Hatte ich das in meinem unsteten Leben je erlebt? Würde ich es jemals erleben? Gewiß, das Paradies, wenn es denn eines gibt, wird keine trennenden Wände haben. Doch dem schutzbedürftigen Menschen gelingt es bisweilen, für eine Gnadenfrist mit vier Wänden einen auserwählten Raum zu schaffen, der dem Aufenthaltsort der Götter gleicht. Yumeis Zimmer, solch ein Raum für sich, verwandelt bei aller Schlichtheit alles, was in ihm ist, in erwartete Anwesenheit und alles, was von außen kommt, in ein unverhofftes Geschenk. Der ovale Spiegel mit dem Silberrand, die Schale aus durchbrochenem Porzellan, der gelbe Regenschirm, die Opernlibretti in buntem Durcheinander neben der Schale für die Räucherstäbchen … Mit den Zufällen des Lebens dort angesammelt, entfalten alle diese Dinge ein Eigenleben durch die lebendige Ausstrahlung derjenigen, die sie zusammenbrachte. Sie ziehen sich gegenseitig an und bilden ein Kraftfeld, in dem kein einziges

Element mehr fehlen darf. Sie überlassen sich ihrem eigenen Schweigen oder besser dem beständigen Raunen, der leisen Antwort auf den Gesang, der sich traurig oder freudig erhebt. Gesang der Erwartung. Begrüßungsgesang. Zur Begrüßung all dessen, was der Tag so mit sich bringt. Den kurzen Morgenstrahl, der, von Vogelgezwitscher begleitet, täglich aufs neue die Unschuld der Welt verkündet. Den trägen Nachmittagsstrahl, der sich in die Länge zieht wie ein abgewickelter Seidenstrang, wie der aus Flur und Hof hereindringende Widerhall des belanglosen Geplauders, in dem dort unter Teegeschlürfe und Melonenkerngeknabber die ewige menschliche Erinnerung heruntergebetet wird. Später, unmerklich angerührt durch das langsame Heraufziehen der Dämmerung, schwankt man drinnen im Zimmer wie eh und je zwischen dem Vertrauen auf das Versprechen einer inneren Ruhe und der Verzweiflung angesichts des Vergehens der Zeit. Doch dann ertönt aus dem Halbdunkel die geliebte Stimme: »Es ist noch gar nicht spät. Kommt, wir unternehmen noch was!«

Bei schönem Wetter machten wir Ausflüge in die Umgebung. Oft zog ich los, um Landschaften zu malen, die Yumei gut kannte. Unterdessen gingen meine beiden Freunde spazieren. Eines Abends nach der Vorstellung schlug Yumei vor: »Heute nacht scheint der Mond so schön. Kommt, wir gehen in den Wald!« Von dem Wald hatte sie schon manches Mal gesprochen, sich bisher aber nie entschlossen, ihn uns zu zeigen. Der Wald lag einige *li* außerhalb der Stadt. Nach einem Fußmarsch von einer Stunde kamen wir dort an. Einem Pfad folgend, gelangten wir an einen von Schilf und Bäumen umstandenen kleinen Weiher. Vom ersten Augenblick an erinnerte mich dieser Ort an jenen anderen Waldwinkel nahe dem Landgut der Familie der Geliebten, wo sie und ich unvergeßliche Momente erlebt hatten.

Als Haolang ins Wasser sprang, um zu schwimmen, fing Yumei an zu sprechen: »Ist dieses Leben nicht ein Geheimnis, das unser Verstehen übersteigt? Wir lebten in tiefster Finsternis, alles wurde uns verweigert. Ein blindes Schicksal führte uns, ohne daß wir wußten, warum wir wanderten und wohin. Jetzt wird uns eine lichte Nacht gewährt, und alles wird uns geschenkt. Ich bin da, du bist da, wir sind da. Nichts ist verloren, alles ist wiedergefunden. Ja, wir finden uns wieder, und diesmal werden wir uns nicht mehr verlieren, nicht wahr?«

Auf diese Frage war mein ganzes Wesen nur ein grenzenloses Ja, so sehr waren dies die Worte, die ich hören wollte oder selbst gern ausgesprochen hätte. Ich war so ergriffen, daß kein Laut aus meiner Kehle kam. Doch um so beredter war die zustimmende Bewegung meines Körpers.

Die Geliebte fuhr fort: »Als ich in Chonqing allein war, habe ich den Abgrund der Verlassenheit und Verzweiflung erlebt. Ich habe ein Engagement in einem kleinen Theater angenommen und kleine Rollen gesungen. Um nicht gänzlich unterzugehen, redete ich nachts mit den Personen, die ich spielte, Personen, deren Schicksal meinem eigenen glich. Eines Tages kam Herr L. vorbei und wurde auf mich aufmerksam. Er hat mir vertraut, obwohl ich keine richtige Ausbildung hatte. Dank der Geduld und der Begeisterung aller Mitglieder der Truppe habe ich mich nach und nach entwickelt und in dieser Kunstform eine Erfüllung gefunden.

Du weißt ja, ich habe meine Familie verloren. In dieser

Truppe habe ich eine neue gefunden. Eine richtige Familie zu haben, ist für jeden ein Glück; man ist in einem warmen Gewächshaus und fühlt sich nie allein. Aber eine Familie besteht aus Menschen desselben Clans, man ist unter den Seinen. Und man weiß, daß man nicht ewig unter den Seinen leben kann. Eine tiefe Sehnsucht treibt mich um. Im Innersten weiß ich, daß etwas anderes, nein, jemand von anderswoher, mich ruft. Eines Tages hatte ich die klare Erkenntnis, daß dieser andere niemand anders sein kann als du, Tianyi. Wer bist du? Ein vom Himmel gefallener Engel? Ein Mensch, der dem gleichen Boden entsprossen ist wie ich? Auf jeden Fall ein Wesen, das unendlich ich selbst und unendlich ein anderer ist. Und vor allem bist du zu einem bestimmten Zeitpunkt in meinem Leben auf dem Gut meiner Familie erschienen, mit einem Gesicht, einem Blick, einer Stimme, einer Sensibilität wie niemand sonst in meinem Umkreis. Eine Verbindung wurde zwischen uns geknüpft, eine Blutsverbindung, die wir beide spürten, aber weder uns selbst, geschweige denn jemand anders erklären konnten. Ich verspürte ein zwingendes Bedürfnis, dich zu rufen. Ich habe aufs Geratewohl an deine Mutter geschrieben, ohne jede Sicherheit, daß der Brief ankommen würde. Wundersamerweise hast du mein Rufen gehört und bist mit Haolang gekommen. Ich weiß nicht, was aus uns werden wird, aber ich weiß, diese Verbindung zwischen uns, die in einem entscheidenden Moment in unser beider Leben entstanden ist, ist von nun an besiegelt.«

Sie konnte nicht mehr weitersprechen. Aber sie hatte gesagt, was sie zu sagen hatte, diese Worte konnten in keinem anderen Augenblick gesagt werden als in dieser Nacht, an diesem Weiher. Wie durch ein Geständnis erleichtert, schien sie plötzlich beruhigt. Im hellen Schein, der durch die Zweige sickerte, kristallisierte der Augenblick zu einem Jadestein, auf dem eine Tauspur glitzerte.

24

Seit unserer Ankunft war der Herbst vergangen, dann der Winter. Nun, im zweiten Monat des Mondkalenders, streckte schon der Frühling seine Nase aus den Zweigspitzen hervor, eine schüchterne Andeutung zarten Grüns, die erste Regung einer Knospe. Unser Trio durchlebte die Erfahrung absoluter Gemeinsamkeit. Dabei kamen uns allerdings außergewöhnliche Bedingungen zugute: ein kreatives Milieu, die Welt des Theaters, und auch eine günstige Zeit. Wie wir schon in Chongqing und bei unserer Wanderung durch Sichuan festgestellt hatten, lebten wir in einem historischen Augenblick, in dem die alte Ordnung erfolglos versuchte, ihren Gesetzen um jeden Preis Geltung zu verschaffen, und in dem unter Ausnutzung einer gewissen Anarchie alle Freiheiten möglich waren. Zumal man spürte, daß der Krieg sich dem Ende näherte. Wie die Jahreszeit war dies eine Zeit voll von Tod und von Versprechen einer unbekannten Geburt. Was auf nationaler Ebene vor sich ging, das erlebte das Trio im eigenen Leben. Eines Tages im Februar – wie könnte ich es vergessen? – machten wir einen Ausflug. Wir verbrachten den Nachmittag damit, eine Porzellanfabrik zu besichtigen und den Handwerkern zuzusehen, wie sie, mit Leib und Seele bei der Arbeit, mit dem Fuß die Drehscheibe antrieben und mit beiden Händen die weiche, geschmeidige Masse formten. Einen ganzen Nachmittag lang bewunderten wir ihre geschickten und liebevollen, unendlich feinfühligen und genauen Bewegungen. Bewegungen, die seit eh und je von Generation zu Generation übermittelt wurden, von jenem ersten Augenblick an, als der Chinese, auf einem bestimmten Boden seßhaft geworden, die Zauberkraft entdeckte, zu modellieren und das Material zu brennen, um es in Gebrauchsgegenstände für die Menschen zu verwandeln. Einen ganzen Nachmittag lang also sahen wir den Bronzegießern und Porzellanmodellierern zu. Ein wortkarger, aber bewegungsreicher Menschenschlag, wenig begabt fürs Reden, aber mit Talent in den Händen und Füßen. Händen und Füßen, aus dem Ton entstanden, in der Farbe des Tons.

Mit ihren hunderttausendmal wiederholten Gesten setzen diese Handwerker eine Kreisbewegung fort, die genau der Rotation des Universums entspricht. Eine Bewegung, die, scheinbar monoton, sich doch immer wieder unmerklich anders erneuert. So muß auch das Universum selbst durch eine aus sich heraus entstandene Notwendigkeit seinen Anfang genommen haben; und so wird es vermutlich auch enden.

Doch wie betörend und vollkommen auch immer er sein mag, dieser Kreis im Raum, den die Hände beschreiben, zusammen mit dem auf der Drehscheibe liegenden Ton, mehr noch fasziniert mich ein anderer Kreis, der mich – unsichtbar – wie eine Offenbarung trifft. Haben doch diese Hände, aus dem Urton entstanden und selbst nichts anderes als Ton, eines Tages begonnen, diesen Ton zu kneten, zu formen und daraus etwas anderes zu schaffen, was es vorher nicht gab, ein wahres Sinnbild des Lebens. Woher rührte dieses Geheimnis? Wie konnte dieser leblose Ton so geschickte Hände aus sich heruntertreiben und vor allem sie dazu antreiben, einen Traumzustand zu erstreben, der über ihn hinausgeht? Es sei denn, der Ton war nicht nur Ton, sondern hatte unbewußt aus einem Urhumus genügend Kraft des Verlangens bewahrt, das keine Ruhe gibt, solange es keine Erfüllung findet?

Diese Hände also, diese menschlichen Hände, die den Ton, aus dem sie entstanden, als Mittel benutzen, ohne zu wissen, daß auch sie selbst nur Mittel sind für den Ton. Ein geheimnisvoller Kreislauf, ein Zauberkreis, der unaufhörlich in sich selbst kreist. Und plötzlich erscheint aus dem Kreisen die Form; erst zögernd, zitternd, dann sich entschieden behauptend, als trete sie aus ihrem Daseinswillen tatsächlich ins Dasein hervor. Denn vom ersten Moment an ist schon alles vorhanden, wie der Fötus eines Kindes im Mutterleib. Ein Körper von Anfang an, kein allmähliches Zusammenfügen von Einzelteilen, ein Körper, der das Tageslicht einfängt, der zwischen Anmut und Festigkeit sein Gleichgewicht sucht und sich schließlich halb freudig, halb erschrocken für eine bestimmte Form entscheidet. Sieht man, wie sich diese Form aus dem Tonklumpen bildet, glaubt man, dem Wunder der Entstehung des Lebens oder dem Erscheinen des Menschen auf Erden beizuwohnen. Heißt es nicht in der chinesischen Mythologie, der Schöpfer hat Wasser und Ton gemischt, um Mann und Frau zu erschaffen?

Auf dem Rückweg wanderte das Trio, ein wenig müde, aber begeistert von den erfüllten, gemeinsam erlebten Stunden, in gleichmäßigem Tempo dahin. Auf einem Pfad durch ein kleines Tal ging ich mit der Vase, die wir gekauft hatten, in der Hand vorneweg. Irgendwann konnte ich der Lust nicht widerstehen, sie in beide Hände zu nehmen, um die Form zu spüren und den zarten Glanz zu empfinden. Mein priesterlicher Anblick, als trüge ich eine Opfergabe an der Spitze einer Prozession, amüsierte meine hinter mir gehenden Gefährten. Ich mußte selbst lachen, malte mir aber schon aus, an welchem Platz im Zimmer der Geliebten ich die Vase aufstellen und wie ich regelmäßig die Blumen wechseln würde. Zuerst natürlich Winterkirschzweige, die in dieser Jahreszeit gerade in voller Blüte standen. Der Winterkirschbaum, der in der Winterkälte blüht, symbolisiert in seiner edlen Gestalt und seiner zarten, vom Schnee noch betonten Farbe die unwandelbare Reinheit. Er ist das Sinnbild für Yumei; bedeutet ihr Name doch »Jadewinterkirsche«! In diesem Jahr hatte es keinen Schnee gegeben. Wenn jetzt im Februar der Wind wehte, fröstelte man noch. Doch in diesem völlig geschützten Tal regte sich kein Hauch, durchsichtig war die Luft. Alle Dinge ringsum, seit langem kahl, die Hügel, die Bäume, selbst der Boden, wirkten wundersam klar, glatt und leuchtend. Wie Porzellan! dachte ich. Ja, dieses kleine Tal ist selbst eine Opferschale, gerade richtig gebrannt. Als warte es auf irgendeinen vorüberkommenden Gott, der sich herabbeugen würde, um die Opfergabe zu empfangen.

Genau in diesem Augenblick ertönt hoch oben ein Vogelschrei. Unvergleichlich laut und deutlich, mit erschrekkender Entschlossenheit. Als hätte der Vogel sein Leben lang darauf gewartet, mit aller Kraft seines Körpers diesen einzigen Schrei auszustoßen. Diesen Schrei, der von sehr hoch oben senkrecht herabfährt auf meinen Kopf wie ein

Blitz. Ruckartig drehe ich mich um und sage zu meinen Freunden: »Hört ihr den ...« Ich beende den Satz nicht, denn ich sehe. Ich sehe und bleibe stehen, wie angenagelt, vernichtet. Ist mir der niederfahrende Blitz in den Schädel eingeschlagen, so zerspringt mir bei dem, was ich sehe, das Herz. Was sehe ich? Oh, fast nichts. Eine flüchtige Geste. Haolang hält Yumeis Hand in der seinen, ihre Finger sind ineinander verschränkt. Unter meinem Blick trennen sich die beiden Hände abrupt, ohne daß die Gesichter aufhören zu lächeln. Ach, hätten sich doch ihre Hände nicht voneinander gelöst und meine beiden Freunde wären in Unschuld weitergegangen! Doch ihre Hände haben sich abrupt getrennt, und ich hatte das Gefühl, ein zärtliches Beisammensein zu stören. Plötzlich fühle ich mich fehl am Platz, bin ausgeschlossen, ausgeschlossen aus allem, was mein Traum war. Ein Ausschluß, den die Antwort meiner beiden Freunde noch verstärkt: »Was hörst du denn?« ...

In der Nacht, dem Zucken und Zittern meines Körpers ausgeliefert, finde ich keine Sekunde Ruhe, um wieder zu mir zu kommen. Ich spüre nur, wie um mich her die Welt einstürzt und mir der innerste Grund meines Seins entzogen wird. Alles zerfällt. Die Schwerkraft im Weltall scheint aufgehoben, die Sterne fallen ohne Ende, und mit ihnen fällt mein Körper. In schwindelerregendem Sturz. Einen Moment lang klammere ich mich an den Bettrand, dann sinke ich in Ohnmacht.

Doch tags darauf und an den folgenden Tagen fällt meinen Freunden meine Veränderung nicht auf. Das Blut, das in meinem Kopf pocht, läßt meine Augen hervortreten, verdeckt aber meine Blässe ein wenig. Ein entsetzliches Gefühl treibt mich um. Mein Bedürfnis nach Reinheit und Unschuld verleitet mich zu dem Wunsch, es hätte uns drei nie gegeben und unsere Begegnung hätte niemals stattgefunden. Doch da ich nicht leugnen kann, was offensichtlich ist, fange ich an zu wünschen, die beiden anderen sollten verschwinden, und sei es um den Preis meiner Selbstzerstörung. Mit einem Wort, ich bin von einer unbezwingbaren Mordlust besessen. Eines Nachmittags erschrecke ich vor mir selbst. Ich ertappe mich dabei, wie ich vor einem Geschäft mit Scheren und Messern stehenbleibe und – fasziniert von der matten Farbe des Stahls, der den Geruch des Nichts zu verströmen scheint, und vom gnadenlosen Glanz der Klingen – mit Wohlgefallen die ganze Vielfalt dieser effizienten Werkzeuge betrachte. Da die haßerfüllte Gewalt mich in der Zange hat, begreife ich: Wenn ich nicht das Nichtwiedergutzumachende begehen will, bleibt mir nichts anderes übrig, als zu fliehen. Doch etwas hält mich zurück. Obwohl ich der sicheren Überzeugung bin, daß meine beiden Freunde ein Verhältnis miteinander haben, kann ich den Zweifel, der über allem schwebt, nicht beiseite schieben und möchte alles ans Licht zerren.

Was hält mich während der folgenden Tage aufrecht, so daß ich weiter zum Schein leben, aufstehen, essen und sogar lachen kann, wenn die anderen lachen? Ich weiß es nicht. Vielleicht eine bestimmte Kraft, die aus meiner Lust entsteht, mich selbst zu analysieren und mich so zu sehen, wie ich wirklich bin. Instinktiv, wenn nicht aus Erfahrung, wußte ich schon immer, daß die Zwei nicht meine Bestimmung ist. Daß es mir nicht vergönnt sein wird, das Leben zu zweit kennenzulernen. Dieses dauerhafte Gegenüber eines anderen ist mir wesensfremd. Doch wie sehr habe ich statt dessen an die Kraft der Drei geglaubt! Und nicht nur daran geglaubt, ich habe die Fülle des Lebens zu dritt wirklich kennengelernt, und ich kann mir kein Leben vorstellen, das vollkommener ist, das mehr dem entspricht, wovon ich neben Haolang und Yumei träume. Jetzt bin ich auf mich als Einzelwesen zurückgeworfen, ohne meinesgleichen, auf mein Schicksal des ewig Ausgeschlossenen, gezwungen, vom Rand aus Stückchen von Leben zu stehlen und von den Leidenschaften der anderen zu leben. Ja, in diesen grauenvollen Tagen machen mich sinnenbetörende Bilder von Yumei verrückt, einst heimlich geraubt, und lösen, weil sich meine Phantasie aus ihnen speist, ein Gefühl von Abscheu und Unwürdigkeit in mir aus. Von neuem sehe ich mich auf die jämmerliche Rolle des Diebes, des Voyeurs, des ewigen heimlichen Beobachters zurückgeworfen.

Zumal, was bleibt mir anderes, als heimlich zu beobachten? Obwohl ich fürchte, Zeuge der grausamen Wahrheit zu werden, brenne ich doch darauf, die Gewißheit dieser Wahrheit zu erlangen, und müßte ich auch – dem Nachtfalter vor der Flamme gleich – daran zugrunde gehen.

So begannen für mich die schrecklichen Tage, da ich versuchte – trotz aller Wut über meine Engherzigkeit, meine Erniedrigung –, Beweise für mein Unglück zu erhaschen. Im Teehaus, wo wir gewöhnlich unsere freie Zeit verbrachten, konnte ich es mir, wenn ich allein hinaus mußte, nicht verkneifen, sobald ich draußen war, durch die Scheibe und das Hin und Her der Gäste hindurch das Verhalten meiner beiden Freunde zu beobachten. Alles brach mir das Herz: die Art, wie die beiden in stillschweigendem Einverständ-

nis einander ansahen, sich anlächelten und alles um sich herum vergaßen. Ich sah, wie sie, überrascht von ihrer eigenen Kühnheit, sich ihres Leichtsinns bewußt, dennoch außerstande waren, den Wogen der Lust zu widerstehen, die wie über den gebrochenen Deich zu branden schienen.
Gewöhnlich gingen wir schon lange vor der Vorstellung ins Theater. Noch kurz zuvor hatte keiner von uns dreien auf die Bewegungen der beiden anderen geachtet. Doch jetzt, in diesen Tagen des unerträglichen Verdachts, bemerkte ich zweimal die vorübergehende Abwesenheit der beiden anderen. Wieder stellte ich mir vor, wie sie sich in irgendeinem stillen Winkel umarmten. Und unweigerlich packten mich beunruhigende Bilder.
Doch das alles bedeutete noch keine Gewißheit. Manchmal hatte ich in der höchsten Anspannung eine Anwandlung von Zärtlichkeit und war mit der engen Verbindung der beiden anderen einverstanden; dann vermischte sich mein Schmerz mit verständnisvoller Nachsicht und heimlichem Entzücken. Ihr Glück nistete sich in mir ein wie ein eigenes Glück. An die Zerrissenheit gewöhnt, erlebte ich abermals die Spaltung meines Körpers in zwei Teile. Während sich der eine leidend auflehnte, gefiel sich der andere in wohlwollendem Genießen.
Würde diese Qual jemals enden? Würde ich eines Tages die Wahrheit erfahren? Doch eines Tages kam die Erlösung. Die beiden Freunde schlugen vor, zu dritt auszugehen; ich stimmte zu. Unter dem Vorwand, ich müsse noch im YMCA vorbei, um etwas zu holen, ließ ich sie einen Moment allein. Kaum draußen, machte ich mutig wieder kehrt. Ohne allzu große Überraschung, als hätte ich es erwartet, als wäre ich der Regisseur und die beiden anderen

wären nur gelehrige Schauspieler, sah ich die Szene: Haolang und Yumei halten sich an den Händen, drücken sich aneinander, und Yumei legt ihren Kopf in Haolangs Schulterhöhle, verbirgt ihn darin, alles ohne jede Vulgarität in anrührender Zartheit. Diese Szene in ihrer ganzen Anmut prägt sich mir ein für alle Ewigkeit.
Ich fand nicht den Mut, zu den beiden zurückzugehen. Immerhin brachte ich noch die Kraft auf, einen Zettel zu schreiben, den ich für meinen Freund im Zimmer des YMCA zurückließ: »Ich gehe fort. Such mich nicht. Lebt wohl, du und Yumei.«

25

Ich wanderte blind drauflos und kam an eine Brücke. Eine schmale, recht lange Brücke ohne seitliche Begrenzung, die einen Fluß mit starker Strömung überspannte. Ich spürte, ich würde sie nicht überqueren können, so sehr zog es mich an, das schillernde Wasser, das ohne Unterlaß dahinfloß, ohne das geringste Bedauern. Es zog mich, ja, es sog mich förmlich hinein in seine Wirbel. Wie gut wäre es, sich dem Leben nicht mehr zu stellen, sich endlich fallen, sich mitreißen zu lassen von diesem Wasser, das zu wissen schien, wohin es floß!
Ich setzte mich an den Brückenrand, ließ die Beine ins Leere hängen, gewiegt vom Glucksen der Strömung, die die Brückensteine blank wusch. Mechanisch glitt mein Blick über den fahlen Horizont einer teilnahmslosen Erde. Unterdessen war es, als murmelte unter meinen Füßen der von tausend Augen funkelnde Fluß: »Nur eine Bewegung und alle Last von Furcht und Schande fällt von dir ab. Deine Seele schweift wieder umher, ist wieder frei.« Frei, wirklich? Eine Stimme erhob sich, es war eine Wäscherin, die beim Scheuern ihrer Wäsche sang:

Kalt, eiskalt ist das Wasser,
Doch hell der Frühling, hell

Kalt, eiskalt ist das Wasser,
Doch weich mein Laken weiß ...

Da erst dachte ich an meine Mutter, diese Mutter, die noch auf Erden weilte und deren Leben nur resignierte Geduld und unablässiges Warten war. Mir wurde meine unglaubliche Gedankenlosigkeit bewußt. Seit meiner Ankunft in der Stadt N. hatte ich ihr insgesamt nur zwei Briefe geschrieben. Wenn ich verschwand, würde ich ganz sicher meine Mutter mit mir nehmen. Wie sollte ich dann vor meinen Vater treten?

In meiner völligen Verzweiflung sagte ich mir, wenn mein Vater von dort, wo er war, weiter über mich und meine Mutter wachte, müßte er mir in dieser Schicksalsstunde ein Zeichen geben. Ja, ein Zeichen. War das Lied der Wäscherin nicht schon ein Zeichen? Ist die Vorsehung nicht gerade die Chance, im rechten Moment das Zeichen zu erkennen?

Mein Vater hatte vielleicht nie aufgehört, mir Zeichen zu geben. In meinem inneren Ohr erklang seine asthmatische Stimme: »Mach keine Dummheiten. Mach deiner Mutter keinen Kummer; sie wird untröstlich sein, selbst noch in einem anderen Leben.«

»Verlassen wir kurz den ausgetretenen Pfad. Komm hier lang.«

Mein Vater wendet sich mir zu. Wir sind dabei, den Berg Lu zu besteigen. »Es ist beschwerlicher und gefährlicher – nur keinen falschen Tritt! –, aber unter diesen überhängenden Felsen müssen die besten Pflanzen wachsen. Als ich anfing, im Lu-Gebirge Pflanzen zu suchen, fand ich sie erst nicht.

Eines Tages traf ich unter einem Baum zwei alte Bergbewohner. Sie haben mich gelehrt, wie man sie findet. Deshalb hat Konfuzius ganz recht, wenn er sagt: ›Unter drei Menschen, die du zufällig triffst, gibt es mindestens einen, der dein Meister sein kann.‹« Verloren auf dieser Brücke über dem Wasser, dachte ich bei dem Wort Meister, daß ich nie in meinem Leben einen Meister gehabt hatte. Außer meinem Vater. Ich dachte an meinen Vater, der mich gelehrt hatte, den Pinsel zu halten, ihn in die Tusche zu tauchen und das erste Schriftzeichen zu malen. Bei dieser Erinnerung schob sich über sein Bild das des alten Malers und Kalligraphen, den ich zusammen mit Haolang getroffen hatte.

Erlebte ich gerade eine jene Szenen, die sich in der chinesischen Geschichte so oft wiederholten? Ein junger Mann auf der Suche nach der Wahrheit begegnet an einer einsamen Wegbiegung oder in einem dunklen Tal scheinbar zufällig einem Alten, der in Wirklichkeit dort auf ihn gewartet hat. Wenn der junge Mann nicht sehen kann, verfehlt er seinen Weg. Kann er aber sehen, beginnt damit sein wahres Leben. Bevor der Alte so geheimnisvoll, wie er aufgetaucht ist, wieder verschwindet, übermittelt er durch Gesten oder Worte eine entscheidende Botschaft. So nimmt das Zeichen des Vaters seinen Fortgang; durch dieses Zeichen hat China seit so vielen tausend Jahren überlebt.

Gibt es in diesem Augenblick einen anderen möglichen Vater als den alten Kalligraphen, der mir, einfach so, ein Zeichen gegeben hat? Er wird meine Hand nehmen, einen dicken, tuschegetränkten Pinsel hineinlegen und mich lehren, das wahre Zeichen des Lebens zu malen. Das ist das einzige, was ich kann. Ein einziger Pinsel genügt, ein

Leben neu zu beginnen, so wie ein dünnes Brett jemanden vor dem Ertrinken rettet.
Dem verlorenen Sohn gleich ging ich den Weg, den ich mit Haolang gekommen war, um Yumei wiederzufinden, noch einmal zurück.

26

Den Weg zur Behausung des alten Malers zu finden, war alles andere als leicht. Es war auch ein schmerzlicher Weg, denn alles erinnerte mich an die so hoffnungsfrohe Wanderung mit Haolang. Während der ganzen Zeit des Suchens grübelte ich darüber nach, mit welchen bescheidenen und zugleich wohlgesetzten Worten ich den Eremiten dazu bewegen könnte, mich als Schüler anzunehmen. Eines Tages stand ich endlich vor der Tür der Einsiedelei und klopfte mit pochendem Herzen. Zu meiner ungeheuren Überraschung zeigte der Meister, als er mir öffnete, keinerlei Erstaunen. »Gut, daß du zurückkommst, ich habe dich erwartet«, sagte er.

Kurze Zeit später teilte er mir ohne Umschweife mit: »Was ich dich lehren kann, ist die große alte Tradition. Du bist jung, du lebst in einer Zeit, die allen Einflüssen offensteht, manche kommen von sehr weit her. Aber es wäre bedauerlich, wenn du nicht die lebendigen Schätze der Vergangenheit kennenlerntest, deren Wert erwiesen ist. Zunächst also eigne dir an, was die Tradition zu bieten hat. Auf welche Weise? Nun, auf dem Weg, dem du bereits gefolgt bist: Du beginnst mit der Kalligraphie, fährst fort mit dem Zeichnen, bis du die Kunst der Linienführung beherrschst, wagst dich dann an die Kunst der Tuschemalerei, um schließlich zu einer organischen Komposition zu gelangen, in der das Volle die Substanz der Dinge verkörpert und das Leere den belebenden Atem strömen läßt, so daß sich wie in der Schöpfung selbst das Endliche mit dem Unendlichen verbindet.« Später, nachdem er mich in die Kunst der Linienführung und der organischen Komposition eingeführt hatte, sagte der Meister: »Die chinesische Malerei gründet sich auf ein scheinbares Paradox: Sie beugt sich demütig den Gesetzen der Wirklichkeit in allen Erscheinungsformen des sichtbaren Lebens, und gleichzeitig zielt sie von vornherein auf die Vision. Tatsächlich ist das gar kein Widerspruch. Denn die wahre Wirklichkeit beschränkt sich nicht auf den farbigen Aspekt des Außen, sie ist Vision. Diese entsteht keineswegs aus dem Traum oder aus der Phantasie des Malers, sie geht aus der großen universellen Verwandlung hervor, die durch den Atem, der Geist ist, in Bewegung gesetzt wird. Durch den Geist-Atem bewegt, kann sie vom Menschen nur mit dem geistigen Blick erfaßt werden. Das nannten die Alten das dritte Auge oder das Auge der Weisheit. Wie erlangt man diesen Blick? Es gibt keinen anderen Weg als den, den die Zen-Meister vorgegeben haben, das heißt die vier Etappen des Sehens: sehen – nicht mehr sehen – sich ins Nichtsehen versenken – erneut sehen. Bei diesem erneuten Sehen aber sieht man die Dinge nicht mehr außerhalb seiner selbst; sie sind wesentlicher Bestandteil des eigenen Selbst, so daß das Bild, das aus dem erneuten Sehen entsteht, nur noch die lückenlose Projektion des befruchteten und verwandelten Inneren ist. Zur Vision also muß man gelangen. Du hängst noch zu sehr an den Dingen. Du klammerst dich an sie. Aber die belebten Dinge sind niemals starr, isoliert.

Sie haben teil an der universellen Verwandlung allen Lebens. In der Zeit des Malens leben sie weiter, so wie auch du weiterlebst. Laß dich beim Malen auf deine Zeit und auf ihre Zeit ein, bis deine Zeit und ihre Zeit sich vermischen. Sei geduldig und arbeite mit der gebührenden Langsamkeit.«

Doch mein Leben bei dem Meister bestand nicht ausschließlich aus strengen Lektionen. Mit Wanderungen und Zeichenübungen draußen in der Landschaft war es für mich ein fortwährendes Fest. Wachen Auges und mit offenen Sinnen genossen wir in jedem Augenblick den Austausch mit dem unerschöpflichen Reichtum der Natur. Auf geheimen Pfaden führte der Meister seinen Schüler an entlegene Orte, wo das China der Träume noch fortbestand. Meist in ein Tal mit abschüssigem Gelände, übersät mit schroffen Felsen, das für die Landwirtschaft wenig geeignet war. Und doch fanden sich zwischen den Felsen winzige Felder, eingefaßte Edelsteine, die die Landschaft durch ihre immer wieder wechselnden Farben belebten. Diese Felder wurden von Einsiedler-Bauern bewirtschaftet, bei denen wir gelegentlich einkehrten, um einen neuen Wein zu kosten oder einen Teller frisch geerntetes Gemüse zu probieren. Dann wanderten wir weiter, so tief wie möglich ins Tal hinein zu einem rauschenden Wasserfall, wo wie als Nachhall Pirole flöteten und Turteltauben gurrten. Wo wir durch eine Barriere aus Brombeerranken und Lianen in ein Reich gelangten, in dem wir uns erwartet fühlten: auf halber Höhe des Berges, durch die Stämme des Hochwalds geschützt, ein runder Hügel aus glatten Steinen in Stufenform. Von niemandem beachtet, setzten wir uns und schauten, umgeben von Gräsern und Kräutern mit würzigem Duft, von uralten Kiefern, die zu singen anfingen, wenn der Wind hindurchfuhr, von Felsen vor allem, die, teils vornehm und streng ihre rhythmisch gefalteten Wände aufstellten, teils wild zerklüftet oder sanft geschwungen in gefährlicher Balance mit der Leere spielten. Weiter weg enthüllte der Berg gegenüber in unablässig leuchtendem Grün unter tausend Facetten seine eine Gestalt. Endlich entschlossen wir uns zu zeichnen, manchmal mit dem Pinsel, doch weitaus häufiger einfach mit einem gespitzten Schilf- oder Bambusrohr. Denn weniger die naturalistische Genauigkeit war es, was der Meister von mir verlangte, als vielmehr das Erfassen des inneren Antriebs, der Kraftlinien, die die Dinge belebten. Haben die Chinesen denn nicht zu allen Zeiten durch die Dinge und in der Übereinstimmung mit ihnen – den Felsen, den Bäumen, den Bergen, den Wasserläufen – ihren inneren Zustand zum Ausdruck gebracht, ihr sinnliches Trachten wie ihr geistiges Streben? Unter der Obhut des Meisters lernte ich also, die Dinge in ihrem Werden zu sehen, hinter ihrer festen Form das unsichtbare dynamische Fließen zu erspüren. In seltenen Momenten zweifelte ich nicht daran, daß sich meine inneren Impulse in vollkommenem Einklang mit dem Pulsschlag des Universums befanden.

Nach einer Weile intensiver täglicher Arbeit fühlte ich ein neues Wesen in mir auftauchen und heranwachsen. Als ich kurz nachrechnete, stellte ich fest, daß seit meiner Ankunft erst drei Monate vergangen waren, während ich, die Zeit vergessend, überzeugt war, drei, wenn nicht dreißig Jahre unter dem Dach der Einsiedelei gelebt zu haben.

Eines Tages rief mich der Meister zu sich. Halb ernst, halb fröhlich sagte er: »Ich weiß, daß du dir gelegentlich Fragen stellst. Und ich weiß auch, was du dich fragst: Was soll man heute tun? Wie gut ich dich verstehe! Auch ich habe mich das in der Mitte meines Lebens gefragt. Mit über fünfunddreißig Jahren habe ich nach einigen raschen Erfolgen mit dem verdienten Geld eine Reise nach Japan und Europa unternommen. Das war zu Anfang des Jahrhunderts. Die großen anerkannten Meister waren damals die Maler, die sich im neunzehnten Jahrhundert durchgesetzt hatten: Delacroix, Ingres, Millet, Corot, Courbet und andere. Man entdeckte gerade gewisse Impressionisten, ohne schon ihre Bedeutung ermessen zu können. Bei aller Bewunderung ihres Reichtums und ihrer Vollendung war ich durch die westliche Malerei mit ihrer so andersartigen Technik und Sehweise zutiefst verwirrt und verstört. Sie war für mich ein außergewöhnliches, aber mir fremdes Phänomen. Selbstverständlich habe ich den Louvre besucht. Ich habe Werke von einigen großen Künstlern der Vergangenheit gesehen, vor allem die italienischen Meister der Renaissance. Sie waren zu einem neuen Ideal erwacht und hatten sich begeistert all den sich bietenden Möglichkeiten gewidmet, sich aber gleichwohl einem handwerklichen Anspruch unterzogen. Diese Künstler des vierzehnten, fünfzehnten und sechzehnten Jahrhunderts verwiesen mich zurück auf unsere eigenen Meister des achten, neunten, zehnten und elften Jahrhunderts. Ich begriff damals, daß ich, statt mich in irgendeinem künstlichen Synkretismus zu versuchen und dabei lediglich ein Nachahmer oder Opportunist zu sein, vielmehr zu unseren eigenen Quellen zurückkehren mußte, solange unsere

Tradition noch lebendig war, um sie zu erneuern. Kurz gesagt, zu meiner Zeit war der Moment zur Begegnung mit einer anderen Tradition noch nicht gekommen. Doch die lebendige Tradition ist keine Zwangsjacke, sie ist kein Sichverschließen in sich selbst; sie ist Freiheit. Sie bereitet auf die wahre Begegnung mit dem Andersartigen vor, auf eine Auseinandersetzung mit ihm, ohne daß man sich selbst dabei verliert. Haben denn nicht unsere Meister gerade zwischen dem achten und dem elften Jahrhundert die indische Kunst aufgenommen? Aus der Stärke ihrer eigenen lebendigen Tradition heraus konnten sie den Einfluß von außen assimilieren, ohne sich selbst zu verleugnen. Je genauer sie den besten Teil ihrer eigenen Tradition kannten, desto eher waren sie imstande, das Beste der anderen zu erkennen. Das ist es, worauf ich hinauswill, denn du, du kannst der Auseinandersetzung mit dem Anderen nicht ausweichen. Ich spüre, daß nach diesem Krieg eine tiefe Begegnung zwischen China und dem Westen unausweichlich ist, zumal auch der Westen sich befreit hat; er nimmt selbst Einflüsse aus Asien auf. Du mußt dich also darauf vorbereiten, dich mit einer anderen großen Kunst auseinanderzusetzen und dabei zu einer echten eigenen Schöpfung zu gelangen. Dafür wäre es gut, wenn du vorher das große Abenteuer nacherlebtest, durch das unsere alten Meister gegangen sind. Nach der Assimilierung der indischen Kunst haben sie schließlich ihre eigenen Formen geschaffen.«

Ein fast jungenhaftes Lächeln leuchtete in den Augen des Meisters auf, und er sagte: »Vielleicht wird dir eine außergewöhnliche Chance geboten; es liegt an dir, ob du sie zu ergreifen vermagst. Vor einigen Tagen habe ich einen langen Brief von meinem Freund, Professor C., erhalten. Er ist Maler, hat in Frankreich studiert und unterrichtet an der Ecole des Beaux-Arts. In seinem Brief beschreibt er, wie er auf den Spuren einiger anderer Forscher im äußersten Nordwesten – diesem großen Nordwesten, der im Moment durch den Krieg einen Aufschwung erlebt – die Grotten von Dunhuang entdeckt hat. In diesen Grotten sind unzählige Fresken unbeschädigt erhalten, die das ganze Abenteuer der chinesischen Malerei in der Vergangenheit veranschaulichen und seiner Meinung nach geeignet sind, die Künstler von heute zu inspirieren und die moderne chinesische Malerei zu erneuern.«

Es war das erste Mal, daß ich den Namen Dunhuang hörte. Der Meister gab mir eine kurze Erklärung. Dunhuang liegt im äußersten Westen Chinas, in der heutigen Provinz Gansu, an der alten Seidenstraße. Ungefähr vom fünften Jahrhundert an fungierte diese blühende Stadt als Ort des Austauschs zwischen China und der Außenwelt und als Zwischenstation für die buddhistischen Pilger. Ringsum wurden damals Klöster gegründet. Nicht weit von dort wurden in die Felswände am Fuß eines langgezogenen Hügels über dreihundert Grotten gehauen. In ihnen haben Künstler – vom Buddhismus inspiriert oder beeinflußt durch die Begegnung mit anderen künstlerischen Traditionen, vor allem der indischen und persischen – mehrere Jahrhunderte lang Fresken gemalt, die zur Erbauung der Reisenden religiöse Szenen oder Szenen aus dem täglichen Leben darstellten.

Um das fünfzehnte Jahrhundert verlor die Straße ihre Bedeutung, und die von der Wüste eroberte Stadt verödete und wurde schließlich vollständig verlassen. Nur wenige

Mönche blieben zurück. Erst gegen Ende des neunzehnten Jahrhunderts entdeckten westliche Sinologen Manuskripte, die die Mönche eingemauert hatten, um sie vor Plünderung zu bewahren. Sie nahmen große Mengen mit, ließen die Fresken jedoch unangetastet, die seither unbeschädigt erhalten geblieben sind. Heute, sagte der Meister, wo wir Chinesen durch den Feind gezwungen sind, uns in diesen Regionen des Westens zu sammeln, entdecken wir diese vergrabenen Schätze wieder.

Der Meister konnte mich Professor C. empfehlen, der für sein Projekt, die Fresken zu kopieren, geeignete Mitarbeiter suchte. Einem solchen Angebot konnte ich nicht widerstehen; zum erstenmal in meinem Leben schlug ich mit der Annahme dieses Angebots endlich einen konkreten Weg ein, der mich irgendwohin führen sollte.

Am Tag meines Aufbruchs begleitete mich der Meister bis an die Wegkreuzung. Dort blieb er stehen und sagte: »Das Beste, was ich dir geben konnte, habe ich dir gegeben. Von jetzt an folge dem WEG, deinem Weg, und vergiß mich. Mach dir nicht die Mühe, mir zu schreiben. Ich werde ohnehin nicht antworten. Außerdem werde ich bald nicht mehr da sein.« Diese harten Worte sagte er nicht in strengem Ton, sondern mit stiller Freundlichkeit, die sein ganzes Gesicht erstrahlen ließ, so daß es wie verwandelt schien. Dann drehte sich der Alte um und entfernte sich in Richtung seiner Einsiedelei. Sein Gewand wehte im Wind, und sein Schritt war leicht. Auf einmal fühlte ich mich in jenen Augenblick meiner Kindheit versetzt, als ich den taoistischen Mönch zum letzten Mal davongehen sah.

Der Weg der Entsagung und der Loslösung ist ein harter Weg. Er bedeutet Entbehrung und Verzicht auf unmittelbare, vordergründige Freuden. Doch so wird die Fackel der chinesischen Spiritualität weitergereicht: Ein Meister beeinflußt seinen Schüler, gibt ihm alles und verschwindet dann, damit der Schüler er selbst wird. Lange sah ich dem Meister nach, doch er wandte sich nicht mehr um. Schließlich verschwand seine zierliche Gestalt ganz und gar. Ich spürte, wie mir die Tränen in die Augen stiegen und übers Gesicht liefen. Wieder stand ich allein und verloren an der Wegkreuzung. Nach einer Weile raffte ich mich auf, wohl wissend, daß ich entschlossen vorwärtsgehen mußte, zumal mir der Meister den Weg gewiesen hatte. Mit einem Empfehlungsschreiben ausgestattet, begab ich mich nach Chongqing, um Professor C. aufzusuchen. Dieser engagierte mich sogleich, und alles ging sehr schnell. Es war Anfang Mai, und die Abreise nach Dunhuang war für Anfang Juni geplant. Ich hatte also nur noch einen Monat Zeit, um zum Besitz der Familie Lu zu fahren und meine Mutter wiederzusehen.

Nach der Freude des Wiedersehens hielt ich es für meine Pflicht, meiner Mutter, die durch Arbeit und aufgestauten Kummer vorzeitig gealtert war, zu erklären, daß ich bald wieder fort müsse. Was blieb ihr anderes, als es resigniert zu akzeptieren? Ihr ganzes Leben hatte aus Zustimmung und Warten bestanden, Warten auf diesen unsteten, ungreifbaren einzigen Sohn. Immerhin tröstete sie sich mit dem Gedanken, daß ich endlich mit einer richtigen Arbeit beschäftigt war, die außerdem noch bezahlt wurde. Ich wagte kaum, ihr zu sagen, daß Dunhuang mehrere tausend *li* weit entfernt war. Statt dessen erklärte ich ihr, von dort seien die ersten Anhänger des Buddhismus nach

China gekommen, und es gebe dort noch Sutra-Manuskripte von unschätzbarem Wert. Als einfache Frau aus dem Volk begeisterte sich meine Mutter an der Vorstellung, daß ihr Sohn an den Ursprungsort des chinesischen Buddhismus ging. Im Zusammenhang mit den Sutras beklagte sie sich, sie finge an, früher gelernte Verse und Passagen aus den Litaneien zu vergessen. Aus Mitleid und gewissermaßen um mich loszukaufen, bot ich ihr an, die Sutras nach ihrem Diktat aufzuschreiben und sie ihr dann sorgfältig zu kopieren. Während des Monats, den ich bei meiner Mutter verbrachte, fertigte ich mit aller Ehrfurcht, derer ich innerlich fähig war, Kalligraphien der Verse in einem prächtig gebundenen Heft an.

Während dieser Stunden des Kopierens bemerkte ich, daß meine Mutter die Gewohnheit angenommen hatte, Selbstgespräche zu führen. Beunruhigt stellte ich fest, daß ihr nachlassendes Gedächtnis bisweilen Zustände geistiger Verwirrung hervorrief. Sie vergaß die Gegenwart und versetzte sich in einen Augenblick der Vergangenheit. Eines Tages sah sie mich beim Schreiben mit ihrem unschuldigen Blick von früher an und sagte: »Geh nach draußen und spiel mit Xiaomei (der Name meiner kleinen Schwester). Gib acht auf die Skorpione. Ich hole Arzneien für Papa.« Ein andermal fragte sie plötzlich in die Stille hinein: »Ist Papa noch nicht da?«

Eine weitere Prüfung stand mir noch bevor: die schmerzliche Wiederbegegnung mit dem Landgut von Yumeis Familie. Der kleinste Winkel erinnerte mich an unschuldige, leuchtende Momente der Vergangenheit, die ich in ihrer Gesellschaft verbracht hatte. Ohne meinen neuen Entschluß, mich auf die künstlerische Tätigkeit einzulassen, hätte mich der Kummer überwältigt. Zu Anfang wagte ich kaum, auf dem Gut herumzugehen, aus Angst, die Wunde wieder aufzureißen und unablässig mein Herz bluten zu spüren. Aber nach und nach beruhigte mich die ständige Gegenwart meiner Mutter. Nichts ahnend von dem Drama, das sich ereignet hatte, sprach sie oft mit unendlicher Zuneigung von Yumei. In ihrer Erinnerung war Yumei einfach ihre Tochter, und schließlich genoß auch ich die Reinheit der Erinnerung. Ich wußte, was ich hier mit der Geliebten erfahren hatte, war nicht dem Gesetz der Zeit unterworfen. Diese Erinnerung hatte ein für allemal ihre Form gefunden, wie ein einzigartiger Diamant. Weder ich noch die Geliebte hätten seinen Glanz zu trüben vermocht.

27

Anfang Juni 1945. Mit sonnenverbranntem Gesicht, die Haare gelb vom Sand, hockte ich oben auf einem Lastwagen und rollte auf einer Buckelpiste nach Westen in unbekannte Landstriche mitten in der Wüste Gobi, fernab vom gewohnten China. Von Chongqing aus waren wir über Chengdu, Xi'an und Lanzhou gefahren. Lanzhou, die Hauptstadt der Provinz Gansu, am Gelben Fluß gelegen, kündigte mit ihren zahllosen Moscheen bereits ein geschichtsträchtiges Anderswo an. Dann fuhr der Lastwagen durch einen über tausend Kilometer langen Korridor, in dem sich wie Perlen lauter alte Garnisonsstädte aneinanderreihten, die heutzutage nichts Ruhmreiches mehr an sich haben, bis auf die schönen Namen, die sie tragen: Himmlische Wasser, Weinquelle, Purpurgold, Jadepforte ... Dieser Korridor, der die schmale Provinz Gansu, den Beginn der Seidenstraße, vom einen bis zum anderen Ende durchzieht, wird im Süden von der Bergkette Qilian begrenzt. Im Norden unterbrechen Hügel und Oasen und einige Überreste von Zitadellen und Festungen die Eintönigkeit der Wüste. Das von Professor C. geleitete Team, zu dem ich gehörte, bestand lediglich aus drei Malern, einem Historiker und einem Spezialisten für Volksliteratur. Wir übernachteten in Verwaltungsstationen, die Unterkunft und Verpflegung boten, oder kampierten im Freien. Im noch warmen Sand liegend, betrachtete ich den Sternenhimmel in seinem fast unerträglichen Glanz, sehr fern, sehr nah, wie ich ihn noch nie gesehen hatte – bis auf ein einziges Mal vor langer Zeit, in jener Nacht, als mein Vater und ich uns auf den Höhen des Lu-Gebirges verirrt hatten. Genau wie in jener Nacht empfand ich mit dem Erschauern zugleich ein innerstes, körperliches Einverständnis mit dem Kosmos. Beim Anblick der Sternschnuppen, die ungebunden ihre Bahn zogen und dann im bodenlosen Schwarzblau untergingen, wurde mir abermals der eigentümliche Weg meiner Seele bewußt, ihr Umherschweifen. Und mich überfiel unaussprechliche Sehnsucht. Ein von einem besonders roten Stern herabschießender Strahl brachte mein Herz zum Bluten, und die schlecht verheilte Wunde öffnete sich wieder. Verloren in dieser entvölkerten Unendlichkeit, in der nichts Wurzeln geschlagen hat, werde ich heimgesucht von ganzen Scharen von Gesichtern; Insekten gleich, die nachts, wenn die Hitze nachläßt, aus dem Sand kriechen, kommen sie in langem Zug auf mich zu. Mitten unter geliebten Wesen zeichnet sich trotz aller Anstrengungen, es wegzuschieben, das quälende Bild des Freundes und der Geliebten ab.

Nach einer beschwerlichen Reise von fast einem Monat erreichte das kleine Team Dunhuang, einen mittelgroßen Marktflecken, dem es gelang, mitten in der Wüste zu überdauern. Der verschlafene Ort lebte in der Erinnerung an seine vergangenen ruhmreichen Tage, als sich hier vor vielen Jahrhunderten die Wege von unzähligen Nomaden, Reisenden, Kaufleuten und Pilgern gekreuzt hatten. Wir fanden Aufnahme bei dem lokalen Verwalter und blieben zwei Tage, um uns auszuruhen. Dann fuhren wir, von Soldaten begleitet, zu den dreißig Kilometer entfernten Grotten.

Mitten in der Wüste, zwischen Sanddünen und Felsplatten, eine wenig gepflegte Oase mit einem fast ausgetrockneten Fluß an einem langgestreckten Hügel, der sich dort wie eine Mauer oder ein Wandschirm erhob. Überall, entlang der Vorderseite dieses Hügels, unmittelbar in den Felsen hineingehauen, Grotten in eindrucksvoller Zahl, auf drei oder vier Ebenen übereinander, dazwischen serpentinenförmige Pfade und Stufen: mit seiner Alterspatina, die alle Unregelmäßigkeiten überdeckt hatte, bot das Ganze einen organischen Anblick und erinnerte an ein riesiges, uraltes Tier, das sich eine längere Ruhepause gönnte.

Wir begruben uns hinein in diesen lebendigen, gleichsam aus allen Poren atmenden Körper, aufs Geratewohl betraten irgendeine Grotte und standen da, stumm vor Staunen. Wir fühlten uns eingehüllt, aufgesogen von dem, was ringsum lebendig wurde: Farben und Formen, die innige oder erhabene Szenen darstellten und sich über Wände und Decken zogen, die meisten über tausend Jahre alt und noch in aller Frische erhalten.

Dunhuang sollte später weltweit bekannt werden, doch damals, Mitte der vierziger Jahre, hatten die Chinesen es gerade erst wieder entdeckt. Da waren wir nun, einige wenige Menschen, materiell völlig mittellos, in diesem abgelegenen, von aller Welt vergessenen Nest. Abgesehen vom böig vorbeipfeifenden Sand waren wir von absoluter Stille

umgeben. Das Echo unserer Stimmen und die flackernden Flammen der dicken Kerzen, die wir in der Hand hielten, waren die einzigen Lebenszeichen. Und doch erstand das Leben, erwachte es wieder. Wunder des Augenblicks. Die Zeit war tot; und plötzlich erblühte sie aufs neue und entfaltete vor uns in aller Pracht, was sie an Erinnerungen und Versprechen enthielt. Im Inneren dieses geschlossenen Raumes öffnete sich ein anderer jenseitger Raum, einst von Scharen frommer Verehrer belebt, die vor ihrem Verschwinden diesen geheimen Schutzwinkeln alle ihre Schätze anvertraut hatten: ihre Leiden wie ihre Freuden, ihre Erfahrungen wie ihre Träume, ihre Lieben, ihre Wahrheit, in schwärmerischer wie gelassener Verherrlichung zugleich. Ein nie gehörter Gesang erhob sich aus dem Raum, trug den Besucher, zog und schob ihn vorwärts in eine andere und wieder andere Grotte. Aber nach drei oder vier Grotten trauten wir uns nicht mehr weiter, so heftig war die Erschütterung. Für den ersten Vormittag war es genug. Und ich hatte keinen Zweifel, daß für mich der erste Tag eines neuen Lebens begonnen hatte.
Wenn der Besucher sich mit der Gesamtheit der Grotten vertraut zu machen beginnt und ein umfassenderes Bild von ihnen bekommt, sieht er wirklich Fläche um Fläche die gesamte Entwicklung der chinesischen Malerei vor seinen Augen vorüberziehen, gewiß nicht von Anbeginn – keineswegs –, aber doch von dem Moment an, als sich die Maler nach ihrer Begegnung mit einer von anderswoher kommenden Kunst ihrer Stärke bewußt wurden und ihre Produktion in eine eigene, unabhängige Kunst verwandelten, und das für die Dauer von fast tausend Jahren, etwa vom vierten Jahrhundert an. Geschützt vor allen Umwäl-

zungen und Dynastiewechseln war dieser, in idealem Abstand von der großen Straße gelegene Winkel Verbindungspunkt zwischen China und den kleinen angrenzenden Königreichen, durch die sowohl die Waren hindurchzogen, die China exportierte, als auch die, die aus Indien und später aus Persien kamen.

Eine überraschende Entdeckung: an diesem Ort, am äußersten Rande Chinas, am Ende dieses endlos langen, wüstenartigen Korridors, durch den der Wind von fernher blies und wilde Reiterstämme wieder und wieder hereingestürmt waren, spürte ich zum erstenmal den Atem Chinas, dieses riesigen Körpers. Mochte dieser »wilde Westen« noch so sehr an der Peripherie des alten Landes liegen, war er nicht dennoch über fast zweitausend Jahre zu seinem neuralgischen Punkt geworden? Es ist nicht übertrieben zu sagen, daß diese klaffende Öffnung dem seßhaften, so fest in seinem Boden verwurzelten China nie Ruhe gelassen und es schließlich gezwungen hat, sich auf das militärische Abenteuer und dann auf das Abenteuer überhaupt einzulassen.

Wilde Schlachten mitten in der Wüste; unzählige Tote, ohne Begräbnis zurückgelassen, ausgetrocknet vom Durst oder trunken von Wein, Hungers gestorben oder von würzigem Braten satt ... Das monolithische China, unveränderlich? Nichts ist weniger wahr. Schon im Inneren Chinas hat es Wechselwirkungen zwischen dem vom Gelben Fluß durchflossenen Norden und dem vom Jangtse durchquerten Süden gegeben. Das war bekannt. Mit diesem »wilden Westen« jedoch setzte sich das Reich der Mitte, im Norden durch die Große Mauer, im Süden durch den Himalaja geschützt, den Pfeilen einer gnadenlosen Sonne

und den Peitschenschlägen so bedrohlicher wie ungreifbarer Kräfte von anderswo aus.
Seit dem Beginn des Kaiserreichs also war diese Grenzregion Schauplatz unaufhörlicher Expeditionen und der Einrichtung von Garnisonen, um die periodischen Einfälle der Nachbarvölker, dieser mit allen Kriegskünsten vertrauten furchterregenden Reiter, abzuwehren. Siege und schwere Niederlagen wechselten einander ab. Später, in Zeiten relativen Friedens, überließen die kämpfenden Armeen langen Karawanenzügen das Feld. Neben den Waren transportierten diese in ihrem Gepäck die Fermente einer Religion, des Buddhismus, der, wenngleich in seinem eigenen Land im Niedergang begriffen, in China eine gewaltige neue Blüte erlebte. In Dunhuang nahm das spirituelle Abenteuer die Form eines außergewöhnlichen künstlerischen Abenteuers an. Wunder des Ortes: von der Begeisterung der Frommen und der Pilger getragen, hatte eine Kunst dort Zeit gehabt zu reifen und sich von Stufe zu Stufe zu entwickeln. Von ihrer eigenen Tradition durchdrungen, begegneten die chinesischen Künstler hier der durch den Buddhismus befruchteten Kunst Indiens mit ihrem Reichtum an exotischen und phantastischen Bildern. Kühne formale Erfindungen waren ihre Antwort und ihr glühender Glaube bestimmte die Motive.
Durch diese neue Ausdrucksmöglichkeit konnten sie ihren Phantasien freien Lauf lassen, ihren Leiden wie ihren Freuden, ihren sinnlichen Träumen wie ihrer Reue, ihrem Bedürfnis nach Trost wie nach Verherrlichung. Aus ihrem fieberhaften Schaffen entstand ein ganzes wucherndes Universum aus Szenen und Legenden in unendlichen Variationen; Szenen aus dem Leben Buddhas und der Heili-

gen, Szenen mit fliegenden Engeln, Festtags- und Alltagsszenen, Jagd- und Reiterszenen ...
Je tiefer ich in dieses Universum eindrang, desto mehr begriff ich die einzelnen Elemente, jene Elemente, die es den chinesischen Künstlern ermöglicht hatten, sich von ihrem angestammten Boden loszureißen und schwindelerregende Sprünge in der Malkunst zu vollbringen. Verglichen mit der ältesten Malerei, der Malerei der Han-Zeit, und ihrer Erdverbundenheit, nahm der Raum hier, aufgebrochen und luftig, eine himmlische Dimension an, was sich in den prächtigen fliegenden Apsaras widerspiegelte, aber auch in den vielfältigen sitzenden oder stehenden Figuren, die von einem unsichtbaren Aufwärtssog erfaßt zu sein schienen. Die erzählenden Bilder, die, frei vom Bemühen um Chronologie, ihre Episoden um ein sich ebenfalls bewegendes Zentrum anordneten, durchbrachen die Ordnung von Raum und Zeit. Mit Leichtigkeit nahmen selbst in den eher alltäglichen Szenen Gestalten von Bauern, die das Feld bearbeiteten, von Handwerkern, die Werkzeuge herstellten, den Raum ein, als hätten sie außerhalb ihres begrenzten Feldes oder ihrer engen Werkstatt das Unendliche vor sich. Noch deutlicher zu beobachten waren diese Öffnung des gemalten Raums und die souveräne Kühnheit der Komposition, die dem Leeren seine volle Rolle als strukturierendes Element überließ, in der Behandlung der Landschaft; beides hatte zweifellos zur Herausbildung einer außergewöhnlichen Sicht der Landschaft in der klassischen chinesischen Malerei beigetragen.
Eingetaucht in den schwebenden Raum der Fresken, in dieses vor Kraft und Begeisterung sprühende Universum, spürte ich, wie mein eigenes Wesen unter dem starren

Skelett zerbarst und mein Herz in tausend Stücke sprang, in tausend Möglichkeiten des Schaffens und Lebens. Zu viele Möglichkeiten vielleicht. Ich ahnte durchaus, daß ich noch lange brauchen würde, bis ich in mir ein anderes Gravitationszentrum fände. Unterdessen ließ ich mich beim Durchwandern der Grotten widerstandslos von den dargebotenen Formen und Farben überfluten. Um nicht in allzu große Verwirrung zu geraten, bemühte ich mich, ihrer historischen Chronologie zu folgen. Die in Blaßrosa oder in dunklem Ocker gemalten Fresken der ersten Periode hatten sich in den Farben verändert und nur noch – wie eingekerbt wirkende – geschwärzte Konturen hinterlassen. Die dadurch in ihrer ganzen Kühnheit enthüllten Pinselstriche erinnerten an Baumstämme gegen Ende des Winters, die, aufs Wesentliche reduziert und nicht weiter reduzierbar, bereit sind, beim ersten lauen Lüftchen Knospen zu treiben. Dann folgte die Malerei der Tang-Zeit mit ihren erbaulichen, prächtigen Gestalten, die ebenso streng und ebenso rund waren wie die Kruppen der Ehrenpferde aus jener Zeit. Als ich zur späteren Malerei aus der Zeit der Song- und der Yuan-Dynastien gelangte, wurde ich ruhiger, je mehr auch sie sich beruhigte. Eine Malerei, die sich auf eine hochentwickelte Zeichentechnik und auf eine genaue Farbenlehre gründete. Jede Farbfläche hatte ihr Eigenleben, das Blau, das Grün, das Violett, das Braun … Völlig davon durchdrungen, abstrahierte ich vom Inhalt der Werke und öffnete mich ganz und gar diesem Reich der Farben. Wenn ich mich einem Fresko näherte, fühlte ich mich nach und nach mit ihm verschmelzen und löste mich in den bunten Wellen auf, so sehr besitzen diese Farben etwas wie einen natürlichen Sinn für Maß. Sie rivalisieren nicht untereinander; jede ist sich ihres eigenen Wertes bewußt, aber dabei gleichzeitig bestrebt, auf die anderen Farben in ihrer Umgebung und auf die Harmonie des Ganzen zu antworten, ein wenig wie die auf den Bildern dargestellten herausgeputzten Hofdamen oder die in Anbetung verharrenden Frommen. Diese Gestalten, die ihre kostbarsten Kleider tragen, scheinen sich sowohl ihrer Würde als auch ihrer Pflicht zur Zurückhaltung bewußt, als wären sie bereit, jeden Augenblick beiseite zu treten, um den herannahenden Gottheiten den Weg freizugeben.

28

Schließlich begannen wir mit dem Kopieren der Fresken. Fresken von zugänglichen Ausmaßen behängten wir mit großen Stoff- oder Papierbahnen und pausten die Umrisse der Figuren durch. Dann nahmen wir den Stoff oder das Papier ab und trugen die Farben auf. Wer heute an Farbfotos gewöhnt ist, mag versucht sein, diese primitiven, altertümlichen Verfahren zu belächeln. Doch die so angefertigten Kopien gaben die Frische der Originalwerke wieder. Bei ihrer späteren Ausstellung in den Großstädten Chinas wurden sie zu einer wahren Offenbarung. Während der Arbeit des Kopierens taucht der Kopist buchstäblich in den Raum des Freskos ein und wird von der belebenden Bewegung der Linien und Farben überflutet. Er erlebt die Entstehung des Originals nach, übernimmt den Rhythmus der Bewegungen, spürt den Herzschlag des ursprünglichen Schöpfers, dessen Zögern wie dessen Verzückung. Diese langwierige und geduldige Arbeit war für meine Gefährten und mich eine überaus fruchtbare, einzigartige Erfahrung.

Den ganzen Tag über in den Grotten – Gräber und Wiegen zugleich – war ich mit Leib und Seele bei der Arbeit und vergaß alles um mich herum. Ich bewegte mich außerhalb der Zeit, in dem Bereich, wo Lebende und Tote sich vermischen. Meine Augen sahen nur noch ein Gewimmel von Formen und Farben; meine Hände führten nur noch eine Folge immer vertrauter werdender Bewegungen aus. Vollendung und Neubeginn folgten nahtlos aufeinander. Das Universum war ein bruchloses Kontinuum. War ich denn nicht bereit zu glauben, Leben sei dieses pulsierende Strömen, und mein ganzes Leben werde im Einklang mit dem endlich beruhigten Rhythmus meines Blutes dahinfließen?

Draußen schien es, als fordere auch der Raum, soweit Auge und Gedächtnis reichten, die Menschen zur Selbstaufgabe auf. Man fügte sich in seine Gleichgültigkeit und seine Trägheit, die Grundelemente, aus denen er bestand, sieht man von den Bäumen ab, die ein wenig Schatten spenden, und dem manchmal austrocknenden Wasserlauf, dem im Wind pfeifenden Sandhügel weiter weg und schließlich der holprigen Wüste, die sich, zur Ruhe gekommen, endlos hinzieht, bis zur äußersten Grenze der verschneiten Berge. Einer reinen Linie aus weißem Mineral, die kein Gewittergrollen und kein flammender Sonnenuntergang stört ...

Doch meine Vorahnung in der Wüstennacht war richtig gewesen: Man mag noch so sehr im Exil und allein sein, man wird doch durch unfreiwillig gewobene Bande gehalten. Das nennt man Schicksal. Während dieser ganzen Zeit – eine Ewigkeit? ein Augenblick? –, da ich glaubte, von allen vergessen, von allen verlassen zu sein, überstürzten sich zu bestimmten, wie im voraus festgelegten Zeitpunkten die Ereignisse. Einige betrafen die Welt, andere lenkten unerbittlich den weiteren Fortgang meines Lebens.

Am 15. August 1945, kaum zwei Monate nach meiner Ankunft in Dunhuang, war der Krieg zu Ende. In unseren Winkel drangen nur schwache Echos vom Freudentaumel der Menschen. Am nächsten Tag begab sich das ganze Team in die Stadt, wo um gebratene Hammel herum ein Fest gefeiert wurde. Im Lärm der Feuerwerkskörper und unter den Klängen von Gesängen und Tänzen der Uiguren ließen wir immer wieder neu gefüllte Weinkrüge von Hand zu Hand gehen. Nach dem scharf gewürzten Fleisch und den Gemüsekuchen löschten wir unseren Durst mit großen safttriefenden Früchten, Wassermelonen, Honigmelonen, Weintrauben. Auf dem Rückweg fiel mir auf, daß während meines Lebens in Dunhuang das, was ich am meisten fürchtete – die Magenschmerzen –, nicht eingetreten war. Hieß das, meine Natur harmonierte letzten Endes nur mit Regionen, die extremen Durst auslösen und gleichzeitig über wunderbare Mittel verfügen, ihn zu löschen?

Doch die Freude wich bald der Sorge. Noch vor Jahresende wurde die riesige Masse der in den Westen geflohenen Bevölkerung in die Schrecken der Rückkehr gestürzt. Es herrschte ein extremer Mangel an Transportmitteln, Anarchie machte sich auf allen verstopften Landstraßen breit, und auch auf dem einzigen Wasserweg war bald kein Vorwärtskommen mehr. In dem ganzen Tohuwabohu kam es zu zahllosen Unfällen. Nur die Privilegierten und Gutbetuchten konnten unter akzeptablen Bedingungen reisen. Unterdessen hatte die Regierung ganz andere Sorgen. Sie mußte sich den weitaus schwierigeren Problemen stellen, die sich aus der Bedrohung durch die Kommunisten ergaben. Nach dem Widerstand gegen die Japaner hatten diese jetzt ganze Regionen im Norden Chinas besetzt, die sie »befreite Gebiete« nannten. Trotz aller Bezeugungen guten Willens von beiden Seiten, trotz der angeblichen Friedensgespräche wurde das Land in einen Bürgerkrieg gezogen.

Anfang 1946 erfuhr ich durch einen Brief meiner Mutter, daß sie sich bei der Familie Guo in Chonqing aufhielt. Das Institut, an dem Herr Guo arbeitete, wartete auf die Rückkehr nach Nanking. Schon bevor ich den Brief meiner Mutter öffnete, zuckte ich zusammen, als ich die Handschrift auf dem Umschlag sah. Es war Yumeis Schrift. Sie hatte den Brief nach Diktat meiner Mutter geschrieben, allerdings am Ende selbst einige zurückhaltende Zeilen hinzugefügt, in denen sie mir mitteilte, auch sie lebe in Chongqing, wo sich ihre Truppe zur Zeit aufhalte, weil viele Theater geschlossen seien. Haolang sei hinauf gegangen. Unschwer begriff ich, daß mit dem Ausdruck »hinauf« die »befreite Zone« der Kommunisten gemeint war.
Bald darauf teilte mir ein zweiter, ebenfalls von Yumei geschriebener Brief meiner Mutter mit, sie habe nach der Abreise der Familie Guo beschlossen, in Chonqing zu bleiben, und wohne jetzt bei Yumei. Diese Nachricht beruhigte mich über alles erhoffte Maß hinaus. Ich dachte sogar: »Das paßt mir gut.« Das Arbeitsprogramm des Teams würde voraussichtlich nicht vor Anfang 1948 abgeschlossen sein. Gleichzeitig sprach Professor C. davon, mir ein Stipendium für einen zweijährigen Studienaufenthalt in Frankreich zu verschaffen.
»Das paßt mir gut.« Mein Leben lang habe ich mir vorgeworfen, in meinem tiefsten Inneren diesen mir seither

verhaßten egoistischen Satz gemurmelt zu haben. Hätte ich mehr auf Rufe und Zeichen geachtet, wäre ich vielleicht weniger von Blindheit geschlagen gewesen und hätte später weniger zu bereuen gehabt. Dabei wollte ich ja nur einen kleinen Aufschub. Doch die Tatsache bleibt. Während die Menschen vornübergebeugt kleinliche Berechnungen anstellen und auf Monate und Jahre hinaus Pläne schmieden, grinst im stillen hinter ihrem Rücken höhnisch das Schicksal. Sein Kalender ist nicht der der Menschen, es hat seine eigenen Perspektiven, seine eigenen Wertmaßstäbe; es pfeift auf die menschlichen Termine, die allzu unmittelbaren, allzu offensichtlichen Interessen unterliegen. Mitten im Wandern reißt das Schicksal die Menschen von ihren unsicheren Pfaden und setzt sie auf einen Weg, den sie nicht vorhersehen können, von dem sie nicht wissen, wie weit er ist, noch, wohin er führt.

1947 walzte ein brennend heißer Sommer den ganzen Westen Chinas nieder. Chongqing verwandelte sich in eine Gluthölle. Ein Telegramm, das ich mit Verspätung erhielt, teilte mir mit, meine Mutter sei schwer krank. In aller Eile verließ ich Dunhuang und fuhr in einem rukkelnden Bus durch Städte, deren Namen mich noch vor kurzem bezaubert hatten und mir jetzt nur noch ein ironisches Echo zurückwarfen: Jadepforte, Purpurgold, Weinquelle. In dieser letzten Stadt gelang es mir, ein Militärflugzeug nach Lanzhou zu bekommen. In Lanzhou, der Hauptstadt von Gansu, konnte ich endlich ein Telegramm nach Chonqing schicken, zwei Wochen, nachdem ich das erste erhalten hatte. Die Antwort: »Mutter verstorben. Ohne Leiden. Sei tapfer. Ich kümmere mich um alles. Yumei.« Die Reise in Staub und Hitze von Lanzhou nach

Chonqing wurde für mich zu einem langen Abstieg in die Hölle. Die ganze Fahrt über quälte mich das Gefühl meiner Unwürdigkeit, plagte mich unablässig mein Gewissen. Durch mein Versagen hatte ich schon zum Tod meines Vaters beigetragen. Wieviel mehr erst zu dem meiner Mutter, dem letzten Menschen, der mich liebte – um nicht zu sagen, der mich noch auf Erden hielt! Wollte ich mich ein wenig von der drückenden Last befreien? Jedenfalls gelangte ich über alles Zermartern schließlich zu der Überzeugung, meine Mutter habe sicher gespürt, weil Yumei ja da war, um sie abzulösen, daß es Zeit für sie sei, zum Vater zu gehen, oder sie habe sich entschlossen, zum Himmel des Westens aufzubrechen, zum buddhistischen Paradies, wo der Vater schon weilte und von dem ihr Sohn auch nicht mehr weit entfernt war. Lag Dunhuang nicht auf dem Weg dorthin? Bei diesem Gedanken fiel mir eine der Szenen wieder ein, die ich in Dunhuang gemalt hatte: Sie erzählte, wie Mulian, der glühende Buddhist, in die Hölle hinabgestiegen war und tausend Prüfungen bestanden hatte, um die Seele seiner verstorbenen Mutter zu erlösen. Würde mir noch so viel Leben, noch ein Rest von Leben bleiben, um es ihm gleichzutun?

29

In Chonqing fand ich von meiner Mutter nur noch ein Kästchen Asche. Kann es denn sein, daß ich dieses liebe Gesicht nie mehr wiedersehe, dieses von allen Prüfungen gezeichnete und dennoch so überaus beruhigende Gesicht? Werde ich mich hinfort an alle Züge dieses Gesichts erinnern können, nachdem ich es in den letzten Jahren zu oft im Stich gelassen habe, beschäftigt, wie ich war, dem nachzulaufen, was mich selbst interessierte? In einem anderen Kästchen fand ich alle meine Briefe, ihr bloßer Anblick verursachte mir unerträgliche Pein. In großem zeitlichem Abstand und oft in aller Eile geschrieben, ohne die Konzentration, die wahrhaft herzliche Worte erfordern. Wie schön wäre es, könnte ich noch einmal mit meiner Mutter sprechen! Einmal richtig, lange, ohne Zurückhaltung, ohne falsche Scham, einfach so, wie ein klares fließendes Wasser, alles sagen, was mir durch Kopf und Herz geht. Selbst der Tod wäre dann leicht. Warum haben die Menschen so große Schwierigkeiten und Nöte, miteinander zu reden? Sie reden mehr in Abwesenheit als in Anwesenheit. Ein ganzes Leben von zurückgehaltenen Worten bis zur letzten Abwesenheit, bis kein Nachholen mehr möglich ist. Solange meine Mutter am Leben war, solange ich sicher war, wann immer ich wollte, ihre zarte, gekrümmte Gestalt in der dunklen Küche wiederzusehen, fühlte ich mich, selbst wenn ich von den Ereignissen gebeutelt wurde, irgendwo fest verwurzelt. Nach meiner Schwester, nach meinem Vater war mir nun auch die letzte noch verbliebene Wurzel, die tiefste, die dauerhafteste, die lebenswichtigste, brutal entrissen worden. Vor mir eine entleerte Welt, ein klaffendes Nichts. Das Universum selbst erwies sich als wurzellos. Alle Sterne kreisten, wie die vielen, vielen Menschen, die sich ringsum zu schaffen machten, ohne Unterlaß, ohne Ziel, alle diese Sterne hielt nichts anderes als an eine blinde Gravitationskraft von grenzenloser Nichtigkeit. Mehr denn je suchte das Bild der fallenden Sternschnuppe mich heim, als einzige greifbare Wirklichkeit.

Ein wenig gelindert wurde mein Schmerz durch die Anwesenheit von Yumei, eine schmerzliche Anwesenheit allerdings. Ohne die Zuneigung meiner Mutter fühlte auch sie sich verwaist. Sie war bereits überzeugt, daß sie Haolang nicht mehr wiedersehen würde. Die Aussicht, daß auch ich sie verlassen mußte, stürzte sie in Verzweiflung.

Ohne dessen selbst sicher zu sein, versuchte ich ihr einzureden, Haolang werde eines Tages wiederkommen. Andererseits erklärte ich ihr, wie lebensnotwendig es für mich sei, die sich bietende Gelegenheit zu ergreifen und nach Frankreich zu gehen. Es würde nur eine Abwesenheit von zwei Jahren sein, so lange, wie ein staatliches Stipendium dauerte. Unterdessen zögerte ich meine Abreise möglichst lange hinaus. Fast drei Monate eines reinen, eigenartigen Glücks, trotz oder jenseits des zwiespältigen Dramas, das wir in der Ungewißheit dieser Nachkriegszeit mit all ihren Umwälzungen durchlebt hatten.

Durch das Zusammensein, durch das viele Miteinanderreden oder Miteinanderschweigen fanden wir unsere frühere Unschuld wieder. Die Worte kamen aus tiefstem Herzen, vor allem die Geliebte sprach viele Fragen und Einsichten aus: »Was ist Leben? Was ist das Leben hier auf Erden? Ist das Geschenk des Lebens nicht ganz einfach, muß es nicht ganz einfach sein? Man legt ein Samenkorn in den Boden, und bald darauf keimt es. Nimm diese Zweige dort vor dem Fenster, wie einfach sind sie! Sie sind da, immer zusammen, das ist alles. Ja, wir verlangen im Grunde wenig: zusammenzubleiben. Aber offenbar ist das zuviel verlangt. Seltsam diese Welt, seltsam die Menschen. Und plötzlich sind wir allein. Jeder allein.«
Dann faßte sie sich ein Herz und stieß in einem Zug hervor: »Glaubst du mir? Eines Tages wirst du mir glauben. Du bist der, den ich auf der Welt am meisten liebe. Du bist meine Unschuld, du bist mein Traum. Oft habe ich in meiner Finsternis von dir geträumt, mich nach dir gesehnt wie nach einer ewigen Kindheit. Ich bin deine Schwester, ich bin deine Geliebte. Doch in diesem Leben werden wir kein Paar sein. Nicht jetzt. Später vielleicht, später sicher. Wenn wir tausend Tode überlebt haben, werde ich zu dir kommen, wie man in seine Heimat zurückkehrt ... Du bist zu früh in mein Leben getreten oder zu spät auf die Welt gekommen. Nach unserer ersten Trennung kamst du mit Haolang zu mir. Oh, wie habe ich unsere Freundschaft gemocht, sie ist edler als die Liebe. Hätten wir nicht alle drei in Freundschaft zusammenbleiben können? Wir waren wohl nicht geduldig genug. Wenn die Zeit uns gehörte, würde es uns gelingen. Statt dessen sind Haolang und ich, durch eine blinde Kraft getrieben, ganz ohne jede

Absicht, ein Paar geworden, obwohl wir wußten, daß du damit ausgeschlossen würdest, daß es einem Sichverschließen und Absterben gleichkäme. Wir brauchen dich beide, es ist, als ob du uns trägst. Wenn du wüßtest, wie unglücklich wir waren, als du fortgegangen bist. Nicht nur, weil uns Schuldgefühle quälten. Uns wurde bewußt, daß unser Schicksal mit deinem verbunden ist, daß wir uns ohne dich nicht verwirklichen würden. Eins steht fest: ich kann weder auf ihn noch auf dich verzichten. Zwinge mich nicht zu wählen. Was für eine schreckliche Egoistin ich bin!« Sie mußte lachen und weinen zugleich.
Während der letzten Tage, im Wissen, daß die Zeit abgelaufen war, kam die Geliebte noch einmal in aller Offenheit auf das Gefühl zurück, das sie umtrieb und ihr keine Ruhe ließ: »Du bist für mich eine Heimaterde, denn mit dir, durch dich wurde ich zum wahren Leben geboren. Er dagegen ist der Fremde, der von weither kommt, der uns durch seinen ganz anderen Ursprung befruchtet und uns gerade dadurch unsere wahre Natur erkennen läßt. Du und er, alle beide seid ihr mir unentbehrlich geworden. Ihr seid in mein Schicksal getreten; ihr seid mein Schicksal, ohne daß ich wüßte, warum. Ich weiß nur: ohne euch wäre mein Leben langweilig, flatterhaft, bedeutungslos; mit euch dagegen wird alles licht, erhält alles seinen Sinn. Leben zu dritt, drei in einem, das ist also für die Menschen ein unerfüllbarer Traum … Ist es ungeheuerlich, was ich da sage? Ich habe es gesagt, du hast es gehört. Was wird aus der Welt? Werden wir uns wiedersehen? Doch wo du auch sein wirst, bewahre, was ich dir gesagt habe, als unseren gemeinsamen Schatz!«
Wir stehen da, aneinandergeschmiegt wie blutsverwandte

junge Geschwister oder wie ein durch Zärtlichkeit vereintes altes Paar, ein Ebenbild von Fuxi und Nügua, den beiden mythischen Gestalten, Bruder und Schwester und Ehepaar zugleich, die nach der alten Legende am Ursprung des chinesischen Volkes stehen. Beide werden dargestellt mit menschlichem Kopf und Körper, aber mit einem Fischschwanz. Dank ihrer immer verbundenen Fischschwänze haben sie die Sintflut überlebt.
Es ist das erstemal, daß ich Yumei in meinen Armen halte. Ein eigenartiges Gefühl, so ganz aus der Nähe und nach Belieben dieses mir so vertraute und dennoch unbekannte Gesichts zu betrachten. Das seidige Haar mit dem bläulichen Schimmer; der Schönheitsfleck, eine schwarze Perle an der feinen Rundung ihres Halses; die Wimpern, der einen Ausruf oder eine Klage ankündigende Augenaufschlag; ihr schräger Blick, wenn sie sich umwendet, ein Blick, in dem Erstaunen aufblitzt. Alle diese Elemente treten ungewöhnlich deutlich hervor; sie sind so stark vergrößert, daß sie mich an die Formen einer unermeßlichen Landschaft denken lassen, von der ich, der Betrachter, ein Teil bin.
Bei dieser Nähe zur Geliebten spüre ich, daß es nur einer kleinen Bewegung von mir bedürfte, um mich gänzlich mit ihr zu vereinen. Wenn ich meine Hände vorschiebe, wird sie unter meinen Liebkosungen nachgeben und sich wortlos öffnen, um mich ganz in sich aufzunehmen. Solange noch Zeit ist, ist es wahrscheinlich die einzige Gelegenheit für mich, die so sehr begehrte Bewegung auszuführen, diese Bewegung, um derentwillen ich zweifellos auf die Welt gekommen bin. Doch ich führe sie nicht aus, noch nicht, denn ich weiß genau, wenn noch Zeit ist, dann

ist jetzt nicht der rechte Moment. Ist so nicht mein ganzes Leben? Nie zur rechten Zeit, immer zur Unzeit? Es vollzieht sich niemals in einer sichtbaren, vorhersehbaren Gegenwart. Es wird unaufhörlich verschoben, auf eine hypothetische zukünftige Verwirklichung. Hypothetisch? Nicht ganz. Davon bin ich zutiefst überzeugt. Von jeher ohne Geld und Gut, habe ich zwar gelernt, mir keiner Sache sicher zu sein, und doch habe ich die naive, unausrottbare Überzeugung, daß alles, was durch mich gesät wurde, wenn auch nur im Geist oder durch das Begehren, seinen Weg bis zu Ende gehen wird, unaufhaltsam, unabhängig von meinem Willen, um sich irgendwann zu entfalten, in einer vielleicht nahen, vielleicht fernen Zukunft – vielleicht in einem anderen Leben? –, wenn ich es nicht mehr erwarte. Meine Aufgabe wird wohl eher sein, diese Momente erkennen zu lernen. Andernfalls wird alles trotzdem geschehen, auch ohne mich.

Langsam lasse ich mich von der Körperwärme der Geliebten, vom Duft ihres Haares durchdringen, als wollte ich reichen Vorrat für den Rest meines Lebens sammeln. Ich nehme das Gesicht der Geliebten in beide Hände und betrachte es ausführlich, dieses durch das Leiden und das goldene Oktoberlicht ganz durchscheinend gewordene Gesicht. Ich flüstere: »Yumei, Yumei, laß uns die schwere Prüfung der Trennung annehmen. Wir werden uns wiederfinden. Wir haben uns doch schon wiedergefunden, für immer.«

30

Ende 1947 begab ich mich nach Nanking, um mich dort auf den Wettbewerb für ein Stipendium vorzubereiten. Da ich der einzige Kandidat für das Fachgebiet Wandmalerei und von dem Professor, der zum Auswahlkomitee gehörte, besonders empfohlen worden war, handelte es sich bei dem Wettbewerb nur um eine Formalität. Dennoch lag mir daran, dem Professor Ehre zu machen, weshalb ich gewissenhaft das gesamte geforderte Programm durcharbeitete.

Ich fuhr die berühmten, über mehrere hundert Kilometer sich hinziehenden Jangtse-Schluchten hinunter, eine Strecke, die ich bereits neun Jahre früher von Sichuan aus zurückgelegt hatte. Damals war ich noch ein Kind gewesen, gänzlich unbekümmert und unbewußt. Ich erinnerte mich nur, daß ich, erdrückt von dem grandiosen Anblick, lauthals geschrien hatte; aber im ohrenbetäubenden Donnern der Wellen, die gegen die senkrecht bis zum Himmel ragenden Steilwände schlugen, war meine Stimme untergegangen. Inzwischen war ich ein junger Mann, der fast zuviel erlebt und vor der Zeit die ganze Wucht des Schicksals kennengelernt hatte. Diesmal, flußabwärts, war die Fahrt weitaus schwindelerregender und gefahrvoller. Von der Strömung getrieben, mußte das Schiff pausenlos dre-

hen und wenden, um den Riffen auszuweichen. Gelegentlich erblickte man in den Wirbeln zerbrochene Wrackteile von Sampans.
Wie alle auf Deck sich drängenden Passagiere schaute ich – halb fasziniert, halb verängstigt – auf diesen tobenden Fluß. Ich konnte mich nicht von dem Gedanken freimachen, daß der Fluß ein Bild meines Schicksals war. Was konnte ich anderes tun, als mich von dieser blinden Strömung mitreißen, davontragen zu lassen, bis zum endgültigen Zerschellen? Doch konnte ich deshalb aufhören, mir Fragen zu stellen? War diese tosende Strömung, die sich ohne Bedauern ins Nichts stürzte, nicht ein eindrucksvoller Hinweis auf den gewaltigen allgemeinen Untergang? Wenn alles nur Untergang und Verderben ist, warum dann das Leben dem Nichts vorziehen? Wozu dann all das Träumen und Sehnen, all das Leiden und Sichmühen? Das ununterbrochene Strömen des Wassers, das Tag und Nacht dahinrauschte, rief ein Bild hervor, das mich häufig in meinen Alpträumen heimsuchte, das Bild eines jungen schwerverletzten Klassenkameraden. Druck- und Wundverbände hatten seine Blutung nicht stoppen können. Da machte jemand eine Bemerkung, die ich nie vergessen habe: »Er wird sein ganzes Blut verlieren und sterben.« Tatsächlich verlor er sein Leben auf dem Transport unter glühender Sonne in eine weit entfernte Poliklinik.
Als ich sah, wie die Leute um mich her kreischten und lachten oder mit ihrem Reden den Lärm der brausenden Wellen zu ihren Füßen zu übertönen versuchten, erfaßte mich Panik. Ich hätte sie gern geschüttelt und geschrien: »Gefahr!« Sie wähnten sich wohl in Sicherheit. Sahen sie denn nicht, daß die Zeit sie zum Narren hielt und – zuver-

lässiger als die Riesentermiten – Stück für Stück den trügerischen Grund forttrug? Und ich, sah ich denn klarer als die anderen? Was bedeutete diese rasende Flucht des Flusses und der Zeit in eine Richtung? Was hatten die Alten begriffen und gesagt, daß sich nun alle Welt so in Sicherheit wiegte? Würde ich jemals die Geliebte wiedersehen, so wie ich sie gekannt, wie ich sie geträumt hatte? Würde ich gar meine Eltern wiedersehen, trotz oder jenseits von allem?

Eine Gruppe von Universitätsangehörigen war auf dem Rückweg nach Peking. Da man auf einem Schiff leicht ins Gespräch kommt, sprach ich sie an und wurde bei ihnen meine Fragen los. Meine ziemlich verstörte Miene begegnete einem ernsten Gesicht, das sich zu einem Lächeln öffnete: »Eine hochinteressante Frage, eine ganz wesentliche Frage sogar ...« Es war Professor F., ein berühmter Fachmann für chinesisches Denken, dem sich einige mit furchtsamem Respekt näherten. Ich war in meiner Naivität ohne übermäßige Verlegenheit auf ihn zugegangen, denn ich wollte ja nur zuhören.

»Ja, der Fluß als Symbol der Zeit; was bedeutet das? Nun, wie soll ich die Frage beantworten?« Seine Stirn zog sich in Falten. »Man muß wohl von dem WEG sprechen, nicht wahr? Zufällig fahren wir morgen durch die Gegend, aus der unser verehrter Laozi stammt. Er steht, wie Sie wissen, am Anfang des Taoismus und hat die Vorstellung vom Weg entwickelt, von der unaufhaltsamen Bewegung des Universums, die durch den Uratem ausgelöst wird. Bis morgen also. Wir reden noch darüber.«

»Der Weg also ...«, fuhr der Gelehrte am nächsten Tag fort, als hätte es keine Unterbrechung durch die Nacht gegeben. »Zweifelsohne wurde Laozi zu seiner Vision vom Weg durch diesen so gewaltig fruchtbaren, parallel zur Milchstraße fließenden Strom inspiriert. (Sehen Sie, wie er sich jetzt ausbreitet! Wunderbar, nicht wahr?) Genau wie der Fluß hat auch der Weg eine Beziehung zur Zeit. Man spricht vom ›Fließen der Zeit‹, und der Weg bestätigt: ›Kein Hin ohne Zurück.‹ Betrachtet man allerdings den Fluß einfach so, könnte man meinen, er stürze geradewegs in seinen Untergang, wohingegen der Weg der Taoisten in einer Kreisbewegung verläuft. Manch einer mag deshalb denken, es bestehe ein Widerspruch zwischen dem, was die Realität zeigt, und der Vorstellung, die man daraus schöpft. Dabei wird eine besondere Eigenart der chinesischen Geographie außer acht gelassen. China stellt als Kontinent eine in sich geschlossene Einheit dar. Mit seinen hohen Bergen im Westen und seinen weiten Meeren im Osten ist das Land so geneigt, daß alle seine Flüsse, insbesondere die beiden wichtigsten, der Gelbe Fluß und der Jangtse, gleichermaßen von Westen nach Osten fließen. Diese beiden Flüsse, der eine rauh und männlich, Wiege des Konfuzianismus, der andere üppig und weiblich, Wiege des Taoismus, vermitteln, da sie beide im selben Gebiet entspringen und in dieselbe Richtung fließen, den Chinesen den Eindruck, die zeitliche Ordnung habe Ursprung und Ziel.

Wie ist es vorstellbar, daß die Unumkehrbarkeit dieser gebieterischen Ordnung, der Zeit, durchbrochen werden kann? Hier kommen die dem Weg innewohnenden Momente der Leere ins Spiel. Da auch sie Atem sind, geben sie dem Weg seinen Rhythmus, seine Bewegung des Ein- und Ausatmens, und ermöglichen ihm vor allem die Verwandlung der Dinge und die Rückkehr zum Ursprung, zur Quelle des Uratems. Im Zusammenhang mit dem Fluß erscheinen die Momente der Leere in Form von Wolken. Als Teil des Wegs hat der Fluß, wie es ihm gebührt, sowohl an der irdischen wie an der himmlischen Ordnung teil. Sein Wasser verdunstet, verdichtet sich zur Wolke, die als Regen wieder herabfällt und ihn speist. Durch diese Kreisbewegung in der Vertikalen durchbricht der Fluß, indem er die Verbindung zwischen Himmel und Erde gewährleistet, die Zwangsläufigkeit seines eigenen rasenden Laufs. Ebenso stellt er an seinen beiden Enden die gleiche Kreisbewegung zwischen Meer und Gebirge her, zwischen Yin und Yang. Die beiden Seinsformen treten durch den Fluß in den Prozeß ihres wechselnden Entstehens und Vergehens. Das Meer verdunstet in den Himmel und fällt als Regen wieder auf das Gebirge herab, welches unablässig die Quelle speist. Und so wird das Ende zum neuen Anfang.

Die Zeit verläuft demnach in konzentrischen Kreisen oder in Spiralen, wenn Sie so wollen. Aber wohlgemerkt, dieser Kreis ist nicht das sich um sich selbst, um das immer Gleiche drehende Rad des indischen Denkens, auch nicht die sogenannte ewige Wiederkehr. Die zu Regen kondensierte Wolke ist nicht mehr das Wasser des Flusses, und der Regen fällt nicht wieder auf dasselbe Wasser. Denn der Kreis entsteht nur im Durchgang durch die Leere und durch den Wandel. Ja, die Vorstellung von Verwandlung und Umgestaltung ist wesentlich für das chinesische Denken. Darin liegt die Gesetzmäßigkeit des Weges. Die Rückkehr, von der Laozi spricht, bedeutet letztlich durchaus Wiederaufnahme von allem, aber vor allem Umwandlung in etwas anderes, so daß es zwar ständig zu einer Rückkehr kommt, doch je häufiger es dazu kommt, desto häufiger ergibt sich die Möglichkeit zur Verwandlung, so unerschöpflich ist die Bewegung des Uratems. Das mag spitzfindig oder paradox klingen, aber so ist es ...« Hinter seiner Brille konnte man ein Lächeln erahnen, das seine Befriedigung darüber verriet, den Kreis seiner verbalen Darlegung vollendet zu haben.

Ich verbeugte mich, dankbar für seine Erläuterung, die mir in vieler Hinsicht unklar blieb. Immerhin behielt ich, daß sie besagte, nichts vom wahren Leben gehe verloren, und was nicht verloren gehe, münde in eine ebenso kontinuierliche wie unbekannte Zukunft. An diese Erläuterung erinnerte ich mich später, als ich in Frankreich Gelegenheit hatte, *Auf der Suche nach der verlorenen Zeit* zu lesen. Anders als Proust hätte ich geschrieben »Auf der Suche nach der kommenden Zeit«. Das Gesetz der Zeit, zumindest für mich in meinem Erleben mit der Geliebten, lag nicht im Erfüllten, im Vollendeten, sondern im Aufgeschobenen, Unvollendeten. Ich mußte durch die Leere und durch die Veränderung hindurch.

In Nanking bestand ich die Prüfung. Die erfolgreichen Kandidaten wurden sogleich von der Regierung übernommen. Wir konnten an Vorbereitungskursen sowie an Intensivkursen in Französisch teilnehmen. Es war mir unmöglich, nach Nanchang, meinem Geburtsort, zurückzukehren, um die Asche meiner Mutter im Grab meines Vaters zu bestatten. Ich packte das Kästchen in eine Ecke meines Koffers, mit dem festen Vorsatz, sie bei meiner Rückkehr nach Nanchang zu bringen.

Bevor ich das Schiff nach Frankreich bestieg, hatte ich die Freude, in der von Hu Feng geleiteten Zeitschrift *Hoffnung* einige Gedichte von Haolang zu lesen, die heimlich von »dort oben« geschickt worden waren. Ich nahm es als gutes Omen. Doch konnte man deshalb in bezug auf das Schicksal des Freundes noch keineswegs beruhigt sein. Fast zwei Jahre schon waren seit Beginn des Bürgerkriegs vergangen, und er tobte im gesamten Norden Chinas.

Zweiter Teil

BERICHT ÜBER EINEN UMWEG

1

Im April 1948 landete ich zusammen mit einem Dutzend anderer Stipendiaten mit klopfendem Herzen in Paris. Ich war überrascht von der Farblosigkeit der Pariser Straßen, die so gar nicht dieser glanzvollen Stadt entsprach, wie ich sie mir vorgestellt hatte. Die meisten Häuser rund um den Bahnhof zeigten ein mattes, jahrzehntelang von Staub und Rauch geschwärztes Grau. Der Jahreszeit entsprechend war es noch kühl; die Passanten, in dieser ersten Nachkriegszeit noch in alte, dunkle Kleidung eingemummt, schauten gleichgültig und mürrisch drein. Natürlich wußte ich, daß es die Seine mit den berühmten Sehenswürdigkeiten gab, an denen sich die Touristen begeisterten. Doch noch nie konnte ich mich der gängigen Meinung anschließen. Angesichts dessen, was alle Welt sieht, zweifle ich an meiner eigenen Sicht. Den Charme von Paris entdeckte ich später auf meine Weise.

Ein paar Chinesen, die vor dem Krieg zum Studium nach Frankreich gekommen waren und dort die harten Jahre der deutschen Besatzung miterlebt hatten, nahmen uns Neuankömmlinge auf dem Bahnhof in Empfang. Bevor sie uns in unsere Hotels im Quartier Latin brachten, führten sie uns in eine düstere Gasse direkt neben dem Bahnhof. Durch diese Gasse gelangte man in eine Reihe noch dunklerer und engerer Sackgassen mit holprigem Pflaster, wo niedrige Häuser mit abgebröckelten namenlosen Fassaden Feuchtigkeit ausschwitzten. Dort gab es eine Menge chinesischer Läden und Restaurants. In einem nicht ganz so schlecht beleuchteten Restaurant feierten wir, die Neuen und die Alten, mit einem Essen unser erstes Zusammentreffen.

Die lebhafte Unterhaltung und die nach der abstoßenden Verpflegung auf dem Schiff so appetitanregenden Düfte der Nudelsuppen und der bunten, würzigen Gerichte vertrieben den ranzigen Fettgeruch, der in den Rissen der Wände saß, und verbreiteten eine flüchtige Illusion von wiedergefundenem Heimatland.

Ja, später werde ich diese Stadt lieben lernen, in der ich nun eine Weile leben soll, und dieses Land im Herzen Westeuropas. Aber der Weg dahin – das ahne ich, das weiß ich – führt durch das Fegefeuer, wenn nicht durch die Hölle.

Seit jeher umgetrieben vom Phänomen des Bösen, das unerbittlich auf den Tod hinausläuft, glaubte ich die Hölle gut zu kennen. Doch wie ich nach und nach entdeckte, gibt es noch eine andere, eine subtilere Hölle, wo Leid und Tod nicht offensichtlich sind. Solange ich noch in China lebte, war mir das kaum bewußt. Die Welt, in der ich lebte, war mir vertraut, ich kannte Sprache und Gewohnheiten bis in alle Einzelheiten. Mein Gesicht fiel in der Menge nicht auf; es ging in der Masse unter, die mich seit meiner Geburt wie eine Welle trug. In Paris empfand ich zum erstenmal – durch meinen Ausländerstatus noch verstärkt – mein Anderssein. Ich stand einer Welt gegenüber, in der ich wie ein neugeborenes Kind mit Mühe und Ungeschick das erste Stammeln lernte.

Nicht, daß ich Angst gehabt hätte vor einer Überprüfung meiner Papiere. In der Hinsicht war alles in Ordnung. Nein, ich hatte das physische Bewußtsein eines sehr viel radikaleren Mangels, eines Mangels an Daseinsberechtigung. Nichts schien mehr meine Identität zu garantieren, noch meine Anwesenheit zu rechtfertigen. Nicht ausgeschlossen fühlte ich mich, sondern – viel schlimmer noch – getrennt. Getrennt von den anderen, getrennt von mir selbst, getrennt von allem. Ich war hierhergekommen, um Malerei zu studieren. Ich wurde mit einem Metier konfrontiert, das man nicht lernen kann: mit dem Leben.

Zunächst bekam ich mit einer Hölle zu tun, die sich freundlich gab. Zu freundlich, um wirklich freundlich zu sein; das war zu erwarten gewesen. Zu freundlich, als daß man sich hätte einfügen können; das mag überraschen. Eine seltsame Hölle in der Tat, die einen anzieht wie eine Falle und dann doch nicht einläßt. In jener Zeit war in Frankreich der berühmte Satz »Die Hölle, das sind die anderen« in aller Munde. Doch ich mußte leidvoll erfahren, daß meine Hölle das Gegenteil war, nämlich daß ich für mich selbst immer der andere und somit von nirgendwo war.

In dieser Zeit, Ende der vierziger Jahre, gierten viele Leute aus den wohlhabenderen Schichten wie auch die von wildem Lebenshunger gepackte Jugend nach Festen und seichten Vergnügungen, als wollten sie die dunklen Jahre kompensieren.

Da nach dem Krieg noch keine Unmengen von chinesischen Künstlern neu nach Paris gekommen waren, hatte ich die Ehre, als »Rarität« zum Essen in einen jener Salons eingeladen zu werden, die sich etwas auf ihre Aufgeschlossenheit zugute hielten. Ich wurde den Gästen vorgestellt, hatte Anspruch auf manches vielversprechende »Sehr erfreut«, »Es ist mir eine Ehre« und schätzte mich glücklich, endlich die Pariser Gesellschaft kennenzulernen. Doch schon waren die anderen wieder anderweitig beschäftigt. Nach einer Weile konnte ich mich des deutlichen Eindrucks nicht erwehren, daß man mich als Teil des Dekors betrachtete, so wie die Ming-Vase, die eine Ecke des Salons schmückte.

Bei Tisch gelang es mir, einen Augenblick die Aufmerksamkeit meiner Nachbarn zu fesseln und sogar Antworten zu ernten wie »Hochinteressant« oder »Sehr spannend«. Sobald ich aber das Gespräch fortsetzen wollte und das angesprochene Thema zu vertiefen suchte, bemerkte ich bald unterdrücktes Gähnen und Blickwechsel zwischen meinen Gesprächspartnern, die sich offenbar über meine plumpe Ernsthaftigkeit mokierten. Da erinnerte ich mich an eine der goldenen Regeln der französischen Sprache: keine Wiederholungen. Schon gar nicht in der gesellschaftlichen Konversation, wo es auf Brillanz und Leichtigkeit ankommt. Wo vor allem Bonmots abgeschossen werden und vernichtende Geistesblitze ins Schwarze treffen!

Erschöpft von dem wirbelnden Gerede war ich kurz davor einzunicken, als das Gespräch wieder auf China kam. Doch ich brauchte mich nicht sonderlich anzustrengen, denn mehrere Gäste wußten besser als ich, was ein Chinese ist oder sein soll. Einer von ihnen erklärte sogar ohne Umschweife, nachdem er mir einen Moment zugehört hatte: »Seltsam, Sie sind nicht sehr chinesisch!« Andere Feingeister, die sich für Kenner hielten, verkündeten in meiner Gegenwart, was chinesisches Denken, chinesische Dichtung und chinesische Kunst sei. Nachdem ich ihnen zugehört hatte, begriff ich schließlich, was sie von einem Chinesen erwarteten. Er sollte ein frei schwebendes, geistiges Wesen sein, unberührt von inneren Qualen und bar aller Fragen und Zweifel, mit glattem, flachem Gesicht, selig lächelnd, jedenfalls kein Mensch aus Fleisch und Blut. Seine Sprache sollte gewandt und natürlich sein, ohne größere Angestrengtheit, ohne konstruierte Formen, eher naiv und schlicht, und seine Äußerungen sollten sich auf einige liebenswürdige Weisheiten beschränken. Ein ursprüngliches Wesen also, dazu bestimmt, in seiner angeborenen Schlichtheit zu verharren, verdammt zu einem Leben ohne Leidenschaften und ohne riskantere geistige Abenteuer, die ihn zu weiteren Metamorphosen führen könnten.

Als der Abend endlich vorüber und ich wieder an der frischen Luft war, schwor ich mir, das würde mir nicht noch einmal passieren. Doch gleichzeitig sagte ich mir immer wieder, ich müsse mich jetzt bemühen, ein Chinese zu werden und mich der Vorstellung anzupassen, die man sich von einem Chinesen machte.

2

Bis ein neu angekommener und nicht sonderlich vom Glück begünstigter Ausländer sich in den Pariser Milieus mit größerer Selbstverständlichkeit bewegen konnte, hielt er sich an andere Ausländer. Die zahlreichen Ausländer unterschiedlichster Herkunft bildeten eine Welt für sich. Sie verständigten sich untereinander in einem unbeholfenen Französisch, unterstützten sich gegenseitig, so gut sie konnten, gaben Tips für den Umgang mit den Behörden und nannten Adressen von billigen Restaurants, überließen einander ihre schäbigen Unterkünfte und verschafften sich auf diese Weise die Illusion, ganz da und verwurzelt zu sein.

Sie wärmten sich aneinander, wie die schlecht behausten, ungewaschenen Künstler vom Montparnasse, die, im Winter in ihren armseligen Ateliers vor einem bleichgesichtigen Modell um einen qualmenden, bullernden Kohleofen gedrängt, dennoch glücklich waren, im Paradies der Kunst zu sein. Nach der Arbeit hockten sie in den Cafés herum und begrüßten einander unter vielen Zurufen und Umarmungen. Mit einer freundschaftlichen Geste, einem geteilten Croissant, einem freundlichen Wort über ein Bild machte man sich Mut, munterte sich gegenseitig auf und schützte sich so gegen die Verzweiflung. Die Selbstmör-

der waren diskret; sie gingen ohne Vorankündigung und waren vornehm genug, die Familie nicht zu stören. Vielleicht sind das die notwendigen Bedingungen für die Entstehung eines Modigliani oder eines van Gogh.
Als Künstler landete auch ich in Montparnasse, in einem kleinen, behelfsmäßigen Atelier am Ende eines dunklen Flures. Neben ein paar Kursen in Wandmalerei an der Ecole des Beaux-Arts besuchte ich vor allem einige der Akademien im Viertel. Um mich als Künstler zu stilisieren, hatte ich mir eine Pfeife gekauft und mir einen Bart stehen lassen. Doch bald wollte ich mich der ständigen Unruhe und den wirren, künstlichen Einflüssen entziehen und nutzte die erstbeste Gelegenheit, das Viertel zu verlassen. Ein chinesischer Bildhauer, der nach China zurückging, hatte mir seine Wohnung angeboten, zu der ein größeres Atelier gehörte. Die Wohnung lag im Osten von Paris in der Rue de B. Diese ansteigende Straße mit dem holprigen Pflaster, das anderen Mühe machte, war mir angenehm; sie entsprach meiner inneren Neigung ebenso wie die Straßen in Chongqing. Trotzdem verbrachte ich auch nach meinem Umzug die meiste Zeit in Montparnasse, wo ich das eine oder andere Landschaftsbild in Tusche, Aquarell oder Öl verkaufen konnte. Aus Sparsamkeitsgründen ging ich immer zu Fuß nach Hause. Diese langen Wanderungen durch Paris, abends oder nachts, machten mich mit der großen Stadt vertraut, wenn sie mir auch nicht die Lebensangst nahmen, die diese in mir auslöste. Allmählich fühlte ich mich so sehr mit ihr verbunden, daß ich mir ein Leben anderswo gar nicht mehr vorstellen konnte. Sie übte die gleiche Anziehungskraft auf mich aus wie eine jener großen Aristokratenfa-

milien mit ihrem vergangenen Ruhm und ihren uneingestandenen Verbrechen. Ich hatte nun keinen Zweifel mehr, daß auch in meinen Adern das parfum- und giftgesättigte Blut des glanzvollen Geschlechts strömte, und fühlte mich den anderen Familienangehörigen gleich, die ja bei allem Wissen um die dunklen Hinterlassenschaften, welche Generationen in den Winkeln des Familienbesitzes, in verborgenen Nebengemächern, alten Betten, verschlossenen Truhen und an anderen geheimen Orten angehäuft hatten, doch keineswegs daran dachten, die Familie zu verlassen.

Auch ich, der assimilierte Ausländer, würde nicht fortgehen. Während dieser Zeit, als ich kaum genug Geld hatte, um mein Atelier einzurichten und mir meine Arbeitsutensilien zu kaufen, war an Reisen nicht zu denken, weder an Reisen ins Ausland noch innerhalb Frankreichs. Ich machte höchstens ein paar Ausflüge auf den Spuren Monets oder van Goghs nach Chatou oder Bougival, wo mich schon eine Reihe funkelnder Pappeln, ein Treidelpfad voller duftender bunter Gräser und die Spiegelung der vorüberziehenden Wolken im Wasser der Seine in Begeisterung versetzten. Wie ein eingesperrtes Wild, das für einen Augenblick aus dem Käfig in seine Welt zurückkehrt, war ich dort wieder im Vollbesitz meiner sonst ständig gefesselten Fähigkeiten. Mit wachem Auge und flinker Hand vor der Leinwand sitzend sah ich, wie aus meinen Pinselstrichen mit der verdünnten Tusche und den bedachtsam gesetzten Farbakzenten erlebte Szenen auftauchten … In der übrigen Zeit fühlte ich mich im Netz der labyrinthischen Stadt gefangen. Auf meinem täglichen Weg stieß ich gelegentlich auf irgendeinen riesigen Bahnhof und ließ mich von seinem weit aufgesperrten Maul einsaugen. Mit Behagen atmete ich den hektischen Abfahrtsdampf ein, bis das letzte Räderrattern die stets lächerlichen Abschiedsgesten davontrug. Dann war der Bahnhof nur noch eine öde Landschaft in gespenstisch grünlichem Licht. Ich blieb noch eine Weile unter denen, die niemals abreisen, den Clochards, den Obdachlosen, denen, die herumlungern auf der Suche nach einem unverhofften Glück, Menschen, die dort angespült wurden wie Algen oder Muscheln am Strand von der Flut.

Manchmal indes, wenn ich heimwärts einen Umweg am Fluß entlangging, fand ich die unbeschreibliche Sanftheit des mütterlichen Armes wieder: dort, wo die beiden Flußarme die Insel umschließen, auf der seit Anbeginn das Herz der Stadt schlägt. Und auch mein Herz begann zu klopfen, wenn ich, von Brücke zu Brücke dem Lauf des Wassers folgend, auf einmal das architektonische Ensemble der Kathedrale und der vielfältigen Palais vor mir sah, deren dichtes Gedränge ich längst nicht mehr zu entschlüsseln versuchte. Diese über die Jahrhunderte dort aufgehäuften Steine zogen mich in ihren Bann. Ihre scheinbare Unordnung gehorcht einer geheimen Anordnung, majestätisch wie ein königliches Gefolge. Man könnte keinen Stein wegnehmen oder hinzufügen, ohne die Schönheit des Ganzen zu zerstören. Geheimnisvoll fügen sich diese großen menschlichen Schöpfungen aneinander und bieten sich, wiewohl ohne vorausschauenden Gesamtplan aus den Erfordernissen eines Augenblicks entstanden, der Nachwelt dar, als wären sie ein aus zwingender Notwendigkeit hervorgebrachtes, einheitliches Ensemble, auch wenn es nur noch Ruinen sind. So steht diese harmonische

Ansammlung nun da, von der Insel wie in der offenen Hand getragen, und erscheint in ihrem Spiel mit dem Licht des Himmels und der Spiegelung des Wassers erstaunlich beweglich. Was sie belebt, von innen wie von außen, ist nichts anderes als die Atmosphäre der Zeit. Der wechselnden Tages- und Jahreszeit in Verbindung mit einer anderen, in den Steinen abgelagerten, tiefer verborgenen Zeit, jener Zeit, die die Menschen in Freude und Leid durchlebten, seit die Steine dort stehen. Färbt sich die Atmosphäre im Lauf des Tages von blaßrosa bis seidengrau, kleidet sie sich bei Sonnenuntergang in Purpur. Von den Steinen reflektiert, funkelt das Licht lila oder lilien-, gladiolen- oder rosenfarben. Es scheint, als ströme es zum steinernen Herzen hin, das sich abwechselnd weitet und zusammenzieht und vom Flußwasser sanft gereinigt wird, wenn die Dunkelheit kommt.

Vom lebendigen Zentrum fort ging ich am Fluß entlang Richtung Osten. Ein Schleppkahn, der auf dem Wasser dahinglitt, erinnerte mich daran, daß ich gegen den Strom lief. Es war mir nicht unlieb, in dieser Stunde des sich neigenden Tages den Fluß aufwärts zu wandern, auf sein fernes Anfangsversprechen zu. Dort wo sich der Horizont zuerst verdunkelte, fingen plötzlich einige Wolken, zwischen Bleiben und Verschwinden zögernd, von Westen her den Widerschein eines letzten Strahls der sinkenden Sonne ein, so flüchtig wie ein Augenzwinkern oder ein Wink mit der Hand.

Weiter aufwärts war der Fluß öde, längs der Böschungen roch es nach Algen und Öl. Sand- und Schrotthaufen ließen alles noch trostloser erscheinen. Ich ging schneller, um die aufsteigende Melancholie zu verdrängen, diese Melancholie, die mich nie verlassen hatte und in ihrer finsteren Art stets auf günstige Momente lauerte, um sich wieder bemerkbar zu machen. In diesem Moment tauchte ein Bild auf und blieb, das Bild von Haolang und Yumei, an die ich oft dachte, nie jedoch mit solcher Deutlichkeit. Ich erstarrte. Es drängte mich, in den Fluß zu springen und wie ein blinder Lachs flußaufwärts zu schwimmen, nach Osten, immer weiter nach Osten, dahin, woher ich gekommen war. Ich hatte keine Kraft mehr weiterzugehen, so bog ich in Höhe einer Brücke nach links ab, wo sich im Dunkel einer Straße gegen den Himmel mit den ersten Sternen eine stille Kirche abhob. Vergessen von den Menschen, selbst nicht mehr wissend, wozu sie gebaut worden war, stand sie da und wartete auf den, der unerwartet sie aufzusuchen käme …

An anderen Tagen verließ ich die allzu geraden großen Verkehrsadern und bog, allein auf meine Orientierung vertrauend, in unbekannte, enge Gassen ein. Anonyme Straßen mit vom Alltag verbrauchten, verschlissenen Leben. Vergilbte Papierwarenhandlungen, veraltete Kurzwarenläden, Geschäfte, die kurz vor Ladenschluß mit Chlorwasser gewischt wurden und aus denen es nach blutigem Fleisch, feuchtem Brot oder saurer Milch stank. Wie ein streunender Hund lief ich instinktiv auf die Orte zu, aus denen Licht, Lärm und vor allem Gerüche drangen. Gerüche nach gebratenem Fleisch, eingelegtem Gemüse und scharfen Gewürzen, dazu Stimmen mit breitem Akzent und schrillem Frauenlachen. Bald war ich mitten in einem Viertel, das wie aus dem Vergessen aufgetaucht und doch erstaunlich real war. Fast wähnte ich mich in China, wo auch zu später Stunde noch Leben und Treiben auf den Straßen herrscht. Plötzlich zog es mir das Herz zusammen, als ich eine Frau ihr Kind rufen hörte; es klang wie die lang vergessenen Rufe meiner Mutter, wenn sie mich bei Einbruch der Dunkelheit von der Straße hereinrief.

3

Seit ich im Viertel um die Rue de B. wohnte, entdeckte ich nach und nach, wie viele einsame Menschen es in der großen Stadt gab. Sie sind jedoch zu sehr darauf bedacht, nicht aufzufallen, als daß ihre Einsamkeit ihnen anzusehen wäre; man braucht Zeit und eine sichere Erfahrung, um sie zu erkennen. Da ich selbst es in dieser Hinsicht zu einer gewissen Meisterschaft gebracht hatte, witterte ich sie aus zehn Meilen Entfernung. Es war schon fast ein tröstlicher Gedanke, nicht der einzige meiner Spezies, sondern von einer Menge meinesgleichen umgeben zu sein. Manchmal mußte ich innerlich lachen: ein Einsamer, der sich nicht allein fühlt, das ist ja der Gipfel!
Da war die Nachbarin im Zimmer nebenan, die ihren Tag stets mit einer lautstarken Rülpsveranstaltung begann. Sie hustete und spuckte lange und ausgiebig. Ob sie ein Bronchienleiden hat, ob sie raucht oder trinkt? Ob ihre über Nacht verstopfte Kehle sich Erleichterung verschaffen muß? Jedenfalls hatte sie dieses tägliche Ritual eingeführt, dem sie sich in dem Glauben, niemand höre sie, hemmungslos hingab, bis sie eine Art schmerzliche Ekstase erreichte. Sie hustete zornig und spuckte grimmig, bald gleichmäßig, bald abgehackt, dann immer schneller, fast in Rage, als wollte sie sich alles, was sie an Groll und

Frustrationen angestaut hatte, aus dem Leib husten. Doch da das Ganze sich in die Länge zog, ging nicht alles mit der gleichen Heftigkeit vonstatten. Sie verstand es, ihr Husten und Spucken von Zeit zu Zeit durch gedämpftere, nahezu zarte Töne zu modulieren, die sie in einen lautstarken Anfall einfließen ließ. Als wäre das ihre Art und Weise zu singen, der ihr eigene Gesang; vor allem gegen Ende, wenn der unwiderstehliche Drang nachließ und in Schluckaufs, in Schnaufen und schließlich in seltener werdende Seufzer überging, leise und klagend wie ein Wiegenlied. Dann Stille. Endlich hat sie sich beruhigt, sagte ich mir, und, o Wunder der inneren Anteilnahme, auch ich fühlte mich vollkommen beruhigt.

Beruhigt hatte sich die Frau jedenfalls, wenn sie ihr Zimmer verließ. Wenn ich ihr auf dem Treppenabsatz oder auf der Straße begegnete, war ich jedesmal erstaunt über den Unterschied zwischen dem, was ich von ihr hörte, und dem, was von ihr zu sehen war. Wie sollte ich auch dieses stumme, zurückhaltende, alterslose Wesen, das ich vor mir sah, mit dem Bild derjenigen zusammenbringen, die kurz zuvor solche Wutausbrüche gehabt hatte? Sie war eine alte, von der Arbeit verschlissene Putzfrau. Ihr ganzes Leben war so stark durch Selbstverleugnung geprägt, daß sie zum Beispiel beim Fleischer bereitwillig die in der Schlange hinter ihr Wartenden vorließ. Etwas abseits stehend, paßte sie den Moment ab, wo es die Fleischersfrau am wenigsten störte, und sagte: »Das Stück Pastete hätt' ich gern.« Oder: »Nur ein Stückchen Leberpastete.« Ich konnte mir gut vorstellen, wie sie in ihrem Zimmer das Stück Pastete auswickelte, auf einen Teller legte, es behutsam zerschnitt und es unter Selbstgesprächen so langsam wie möglich verspeiste, gar nicht so sehr, um länger etwas davon zu haben, sondern damit ihr der Tag nicht so lang wurde.

Oder der Armenier, ein fliegender Händler, der je nach dem, was passierte und wohin es ihn verschlug, kreuz und quer durch den ganzen eurasischen Kontinent gezogen war. Jetzt hatte er sein Arbeitsgerät, einen zweirädrigen Karren, in einer dunklen Ecke im Hof stehen, wie ein an den Strand geworfenes Wrack. Wenn er morgens seine Waren – Erdnüsse, Pistazien, Nugat und andere Leckereien – an die Straßenecke schob, wo er sich aufstellte, versetzte mich das Knarren seines über das Hofpflaster holpernden Karrens unweigerlich in meine frühe Kindheit, als meine Eltern mich zum erstenmal mit ins Lu-Gebirge genommen hatten. Wir mußten einen Teil des Weges mit einem Maultierkarren zurücklegen, und der hatte damals beim Holpern durch die Wagenspuren noch viel lauter geknarrt. Doch ich hörte das Rumpeln gern; es verband sich mit dem Geruch nach Erde, mit der Kühle des Gebirges und dem Gefühl von Erleichterung, denn wir flohen vor der drückenden Hitze in der Stadt und vor der belastenden Atmosphäre in der Großfamilie.
»Ah, Sie sind Chinese! Ich kenne China gut, wissen Sie«, und schon ließ mich der Armenier nicht mehr los, bevor er mir nicht seine Reise durch China erzählt hatte. Sein China war der von den Uiguren bewohnte Teil Xinjiangs, den ich nicht kannte, obwohl ich in Dunhuang gewesen war. Doch das half mir wenig. Denn jedesmal, wenn ich dem Armenier begegnete, ergänzte er seinen ersten Bericht um einige weitere Einzelheiten. Außerdem war sein

Drang zum Erzählen unersättlich. Ich hatte die Ehre, seinen Bericht über China zu hören; liefen ihm jedoch ein Iraner, ein Libanese oder ein Grieche über den Weg, hatten sie Anspruch auf die Geschichte von seiner heldenhaften Durchquerung des Irans, des Libanons oder Griechenlands. Trotz seiner Redseligkeit und Zugänglichkeit war dieser schlichte Kontinentdurchquerer mit allem, was er erlebt hatte, insofern ein Einsamer, als er niemandem sein ganzes Leben erzählen konnte, und damit auch sich selber nicht. Es gelang ihm nie, dieses Leben, das aus einer Reihe von Rundreisen bestand, Stück für Stück zusammenzufügen. Er konnte nur jedesmal seinem jeweiligen Gegenüber einen Bruchteil liefern, so daß sein Leben verstümmelt war und er keine Möglichkeit hatte, die einzelnen Teile miteinander zu verknüpfen. Außerdem passierte ihm das gleiche wie Marco Polo. Man glaubte ihm nicht recht, was er erzählte.

»Erzähl uns was über Uruguay, du warst doch in Uruguay, nicht wahr?« wurde er eines Tages aufgefordert. Weil er nicht wußte, wo dieses Land lag, der Name ihn aber vage an den eines Volksstammes im Gebiet zwischen China und dem Iran erinnerte, antwortete er, ohne zu zögern: »Klar war ich da.« Und schon war sein Ruf als großer Reisender angekratzt! So ballten sich seine verschiedenartigen Erinnerungen in buntem Durcheinander in seinem Innern und erdrückten ihn. Letzten Endes schleppte er sein Leben mit sich wie ein Tier einen zu langen Schwanz voller Parasiten. Er erschöpfte sich damit, sie zu ernähren, ohne selber von ihnen genährt zu werden.

Sein früheres Leben nicht mit dem gegenwärtigen in Zusammenhang bringen zu können, es niemandem im ganzen erzählen zu können, nicht einmal sich selbst, das ist Einsamkeit. Manch einer erstickte daran. Ich wußte, ich selbst war einer von ihnen.

Auch der indische Geiger gehörte dazu. Er spielte in den Metro-Eingängen im Pariser Osten. »In den ärmeren Vierteln wird großzügiger gegeben«, sagte er, »und vor allem gibt man eher aus Mitgefühl als aus Mildtätigkeit.« Zumal er wunderbar die wehmütigen Weisen zu spielen verstand, für die das Ohr der kleinen Leute empfänglich ist.
Er bewohnte eine Mansarde, in der das Bett mehr als die Hälfte des Zimmers einnahm. Zum Glück gab es eine Dachluke. Schlank, wie er war, konnte er, wenn er auf einen Stuhl stieg, den Oberkörper hinausstrecken und im Freien Geige üben; das hatte immerhin den Vorteil, daß er seine Nachbarn nicht störte.
Er hatte ein leidenschaftliches, stets überschwengliches Wesen, eine ungestüme, stoßweise Art zu reden und dazu eine ausladende Gestik. Auf der Straße vermied ich es, mit ihm zu reden, weil er mit seinen Handbewegungen den Passanten in die Quere kam. Es konnte ihm passieren, daß er einer Dame im Vorbeigehen den Hut herunterriß. Doch wenn er seinen Buddhakopf an sein Instrument legte, ließ sein Spiel eine äußerste Zartheit erkennen.
Eines Tages nach einer langen intensiven Arbeitsphase fiel mir auf, daß ich den Musiker schon lange nicht mehr gesehen hatte, weder in der Metro noch in den Cafés im Viertel. Ich ging zu seiner Wohnung und erfuhr vom Concierge, das er von einem Auto überfahren worden war. Nach seinem Krankenhausaufenthalt hatte er seine Sachen abgeholt und war verschwunden, ohne eine Adresse zu hinterlassen.

Erst einige Monate später traf ich ihn eines Abends auf der Straße. Der Mann war kaum wiederzuerkennen. Er hatte nur noch ein Auge und lebte offenbar, seiner schmutzigen Kleidung nach zu schließen, mehr oder weniger als Clochard. Er erzählte mir, durch den Unfall habe er nicht nur sein linkes Auge verloren, sondern könne auch seinen linken Arm nicht mehr benutzen, und das ohne jede Entschädigung, denn der Fahrer sei spurlos verschwunden. Von Geigespielen konnte keine Rede mehr sein.
Da ich begriff, in welcher Not er lebte, wollte ich ihm ein wenig Geld geben. Der Musiker lehnte es ab, nahm aber die Einladung zum Essen in einem kleinen Restaurant an, in dem wir manchmal zusammen gewesen waren. Während des Essens, das schwierig war für uns beide, weil alles, worüber wir vorher mit Begeisterung geredet hatten, jetzt nichtig, lächerlich schien, wagte ich, ihn zu fragen, ob es nicht besser für ihn wäre, in seine Heimat zurückzukehren. »Man geht nicht zurück, ohne es zu etwas gebracht zu haben, sonst hätte man ja nicht wegzugehen brauchen«, antwortete der verletzte Mann, und sein noch verbliebenes Auge bekam einen schrecklichen Glanz, »wenn ich nach Hause gehe, schäme ich mich zu Tode.«
Ob er schließlich doch in sein fernes Land zurückgekehrt ist, wo er so gern eines Tages ein Mozart oder Brahms geworden wäre? Oder ob er in den Tiefen der Pariser Hölle dahingedämmert ist, wo er selbst in seiner völligen Anonymität immer noch ein Fremder geblieben wäre? Ich habe es nie erfahren, denn ich sah ihn nie wieder.

Im hintersten Winkel des Cafés, ganz im Dunkeln, saß ein Mann, schweigend und farblos, nicht mehr als ein blinzelndes Augenpaar hinter dicken Brillengläsern. Von seinem Platz aus überblickte er den ganzen Raum. Er saß also da und schaute zu, wie sich das Café belebte oder vor sich hin dämmerte. Die ganze Zeit über, während er dort im Dunkeln saß, tat er nichts weiter als zu schauen; sein Blick wurde zum Blick des Cafés, ähnlich der alten Lampe, die dort hing, halb brennend, halb erloschen, nützlich und nutzlos. Beobachtet er etwas? Denkt er an etwas? Nach seinem vagen, neutralen Gesichtsausdruck zu schließen, läßt er die Bilder eher auf sich zukommen, als daß er sie sucht. Wichtig für ihn ist, daß er betrachtet. Was denn wohl? Vielleicht das Leben der anderen, so wie er es auf gut Glück einfängt. Mit abwesendem oder zerstreutem Blick das Leben der anderen zu verfolgen, ist schließlich auch eine Art zu leben.
In diesem Café blieb ich für gewöhnlich auf dem Heimweg ein Weilchen hocken, wenn ich abends aus den Ateliers von Montparnasse oder anderswo herkam. Mir gefiel die zwanglose Atmosphäre dort. Nur eines störte mich, und das war der Blick des Mannes in der Ecke. Wohin ich mich auch setzte, ich fühlte seinen Blick in meinem Rücken. Nur die seltenen Male, wenn der Mann sich in eine Lektüre vertiefte, entkam ich seinem Blick. Dabei stellte ich fest, daß er in höchstem Maße kurzsichtig war; beim Lesen klebte er mit den Augen am Papier, und während er sich im Text vorwärtsbewegte, durchpflügte seine vorstehende Nase buchstäblich die Zeilen.
Als ich einmal länger geblieben war, verließ ich das Café gleichzeitig mit ihm. Ich ging ihm nach. Es bedurfte eini-

ger Geduld, hinter dem Unbekannten zurückzubleiben, denn er ging schleppenden Schritts und blieb in regelmäßigen Abständen vor jedem Papierkorb stehen. Systematisch durchblätterte er alle weggeworfenen Zeitungen und Zeitschriften und nahm mit, was ihn interessierte. Nach einer Weile hatte er den ganzen Arm voller Zeitungen. Schließlich langte er vor einem Haus mit blinder Fassade an; durch eine kleine Tür betrat er einen dunklen Flur, aus dem es modrig roch. Ich stellte mir mühelos vor, wie er, auf seinem Bett liegend, den ätzenden Geruch der Druckerschwärze schnüffelte, während er bis spät in die Nacht lauter komische, rührende, schmutzige oder einfach schreckliche Geschichten las.

Da ich in dem Mann einen echten Einsamen erkannt hatte, faßte ich Zuneigung zu ihm. Jeden Abend war es mir ein Trost, wenn ich feststellte, daß er im Café war. Es war fast das gleiche Gefühl wie früher, wenn ich in Nanking oder Chongqing aus der Schule kam und meine Mutter immer in derselben Küchenecke saß. Nach und nach wurde mir bewußt, daß auch er auf mich wartete. Es war unvermeidlich, daß wir uns schließlich ansprachen.

Der Mann war Junggeselle und hatte immer mit seiner Mutter zusammengelebt bis zu deren Tod. Er hatte sein Leben lang in einer Versicherungsgesellschaft gearbeitet. Als Angestellter auf unterster Stufe hatte er tagaus, tagein, jahraus, jahrein Akten kopiert, mit Berichten über Unfälle oder Konflikte aller Art. Galt es, Vertretungen oder Bereitschaftsdienste zu machen, erinnerte man sich an den Junggesellen, der jederzeit zur Verfügung stand, ging es jedoch um Beförderungen, vergaß man ihn. Nach einem langen Dienstleben schickte man ihn vorzeitig in den Ru-

hestand. Neben den Schreibfehlern, die ihm inzwischen infolge seiner sich verschlimmernden Kurzsichtigkeit unterliefen, störte seine Kollegen auch, wie er mit der Nase über die Akten fuhr und sie beschmierte. Er beklagte sich nicht und brauchte nur wenig zum Leben. Abgesehen von einer sehr geringen Miete gab er nur für sein Essen und den täglichen Kaffee etwas aus. Was Kleidung anging, trug er seine alten Jacketts auf, vor allem das, an dem seine Mutter den durchgescheuerten Ellbogen geflickt hatte. Er ging nicht mehr zum Arzt, nicht einmal zum Zahnarzt. Wenn er krank war, kramte er die alten Hausmittel seiner Mutter aus der Erinnerung hervor. Zahnschmerzen ertrug er, bis man ihm den verrotteten Zahn herausriß.
Ich war beeindruckt, mit welcher Ausdauer er körperliche Schmerzen ertrug. Diese Ausdauer rührte aus einer völligen Selbstvergessenheit, zweifellos eine Folge seiner Art und Weise, durch die anderen zu leben. Das hatte er trainiert, als er noch arbeitete: die anderen, das waren damals seine Kollegen, seine Vorgesetzten und vor allem die Opfer in den Akten gewesen. Jetzt waren es die Leute im Café, die er jeden Abend betrachtete, und auch die Leute aus den Zeitungen, die er vor dem Einschlafen verschlang. Fast erinnerte der Mann an jene taoistischen Heiligen, deren Devise lautet: »Wer Wissen sucht, mehrt täglich. Wer das Tao sucht, mindert täglich. Mindernd und mindernd gelangt er zur Tatlosigkeit.« Den Zustand der Tatlosigkeit hatte der Mann erreicht, ohne ihn recht zu suchen. Er war so darin verankert, daß die Leiden seines Körpers ihn nicht mehr betrafen. Er betrachtete sie wie ein beliebiges Vorkommnis, das jemand anderem widerfuhr. Ich war überzeugt, daß er im Augenblick seines Todes unendlich

ruhig sein würde, denn er war schon längst jenseits, auf der Seite des Vergessens. Dann würden sich die anderen, all jene, die ihn sein Leben lang ignoriert hatten, ein letztes Mal um ihn kümmern müssen. Irgendwo mußte man mit seiner fast bis auf ein Nichts geschrumpften sterblichen Hülle ja schließlich hin.

4

Da ich mit der chinesischen Methode der »drei Schichten und fünf Punkte« bereits vertraut war, studierte ich an der Ecole des Beaux-Arts fleißig die westliche Form der Porträtzeichnung. Schließlich faßte ich mir ein Herz und bot, wie viele andere auch, meine Kunst in den Cafés an. Dadurch konnte ich mein Stipendium, das sich mit den steigenden Lebenshaltungskosten als immer unzureichender erwies, erheblich aufbessern. Während dieser ganzen Zeit war ich fasziniert, um nicht zu sagen besessen, von Gesichtern. So sehr, daß ich auf der Straße den Körper der Menschen gar nicht mehr wahrnahm. Mein Blick begegnete nur noch einer Menge von Köpfen, die in der Luft schwebten, einander auswichen oder sich grüßten, mit Ticks oder Grimassen, manchmal auch mit einem Lächeln.

Was ist es denn eigentlich, dieses Etwas von geringem Umfang, das zweifellos Anrührendste, Ungewisseste, Ungreifbarste, was man auf der Welt finden kann? Manifestiert sich nicht die Bravour eines Malers in seiner Fähigkeit, ein Porträt zu schaffen? Was macht denn im Grunde ein Gesicht aus? Eine Hautfläche, nur wenige Quadratzentimeter groß, die einen Schädel und ein paar Knochen bedeckt, mit einer kleinen Anzahl von Öffnungen. Kaum mehr als nichts, ohne wirkliche Dichte oder Tiefe, und doch zeigt es den Menschen, macht aus jedem ein eigenes Wesen, denn es ist das Erkennungszeichen schlechthin. Es erlaubt den Menschen – wie könnte man das bestreiten – »ich« zu sagen, und damit auch »du« und »er«, und zu entdecken, daß er ein Herz oder eine Seele hat. Von Geburt an wird jedes Gesicht ein Leben lang durch tausend verdrängte Wünsche, verborgene Qualen, aufrechterhaltene Lügen, erstickte Schreie, hinuntergewürgte Schluchzer, geleugneten Kummer, verletzten Stolz, gebrochene Schwüre, gehätschelte Rachegelüste, in sich hineingefressene Wut, ausgelöffelte Schande, unterdrücktes Lachen, abgerissene Monologe, verratenes Vertrauen, zu schnelle, zu plötzliche Freuden oder zu früh erloschene Ekstasen geformt. Jede Falte ist Ausdruck davon, ebenso unverkennbar wie die Ringe in einem Baum. All dies verrät das Gesicht eines Menschen, ohne daß er es weiß, trotz seiner übermenschlichen täglichen Anstrengung, es zu verbergen. Das Gesicht ist das, was jeder von sich selbst am wenigsten gut kennt. Was jeder auf den Schultern trägt, damit die anderen ihn wiedererkennen, ihm einen Namen anheften, ihn ein wenig lieben oder heftig hassen können. Ist das alles? War das wirklich alles, was ich vor einem Gesicht empfand? Nein, das wußte ich genau. Damit das All aus dem Nichts, aus der formlosesten Materie nach so viel blindem Tasten schließlich ein immer wieder neues, jedesmal einzigartiges Gesicht zustandebringen konnte, mußte es irgendwo ein verborgenes Geheimnis gegeben haben. Damit das Gesicht zu diesem Sammelbecken werden konnte, in dem sich alle wichtigen Töne und Sinne konzentrieren, mußte zuerst ein unermeßliches Bedürfnis aufgekommen sein, zu sehen, zu hören, zu riechen und zu sprechen, und vor allem ein Bedürfnis, das alles unter einer einzigen Maske zu vereinen, ohne die das Sehen, Hören, Riechen und Sprechen nur Bruchstücke wären. Und zu dieser Maske gesellt sich gelegentlich die Schönheit – das, was man Schönheit nennt – und übt ihre Macht aus.

Eine Frau, von der ich zuerst nicht das Gesicht, sondern nur die Beine sah, gezwungenermaßen: ich saß in der Metro in einem ziemlich überfüllten Wagen. Von einem Klappsitz aus erblickte ich zwischen den stehenden Personen mir gegenüber ein Paar Beine in einem so wunderbaren Ausschnitt, daß sie für sich ein Ganzes bildeten. Mir war, als sähe ich zum erstenmal Frauenbeine von solch hinreißender Schönheit. Es ist wahr, sagte ich mir, in der Malerei ist alles eine Frage des Ausschnitts! Gingen die Alten in China nicht so weit, eine Blüte einzeln in ein Loch zu setzen, um ihre innere Schönheit zu erfassen?

Über mehrere Stationen hin hatte ich Muße, nicht nur zu beobachten, nein, mich von ihrer harmonisch gestalteten Kurve, ihrer ausgereiften, voll entwickelten Form in Bann ziehen zu lassen. Wenngleich ein Paar, waren die beiden Beine entgegen dem Anschein nicht symmetrisch, weder in ihrem Wuchs, noch in ihrer Haltung; sie waren komplementär, hielten ein Zwiegespräch, bei dem sie sich in Andeutungen verständigten und das kein indiskreter Blick zu stören vermochte.

Diese lebendige Einheit hatte trotz aller Perfektion der Proportionen etwas Übertriebenes, ja Unverschämtes, was sie noch faszinierender machte. Woran lag das? Vielleicht an einer leicht übertriebenen Länge, an der überdeutlichen Vertiefung neben dem Knöchel, an der allzu kühn vorspringenden Kniescheibe. Woran auch immer! Gerade diese winzigen Details sind das Zeichen des Genies. Das Unvollkommene im Vollkommenen, das Unvollendete in der Endgültigkeit, wie gut kennt der chinesische Kalligraph diese heimliche Alchimie! Jahrmillionen brauchte das Abenteuer des Lebens, um zu diesem Resultat zu gelangen. Auch die Frau hatte lebenslange Sorgfalt und Mühe gebraucht, um diese Anmut zu erreichen.

Ist also Schönheit etwas, dessen Bewahrerin die Frau wäre? Ein Gut, das sie ihr Leben lang pflegt, so gut sie kann? Tatsächlich ist die Schönheit ein undurchdringliches Geheimnis, das unendlich weit über die Gestalt der Frau hinausgeht, die nur eine Weile deren Last trägt. Sie trägt sie also oder erträgt sie, häufig ungeschickt, und die Welt weidet sich eifrig daran. Heißt es nicht in einem alten chinesischen Sprichwort: »Zu schöne Frauen haben ein tragisches Geschick«! Sie versucht, einen persönlichen Nutzen daraus zu ziehen, und verkennt, daß Ziel und Gesetze der Schönheit nicht menschlichen Ursprungs sind.

Mein Entzücken konnte nicht von Dauer sein. In der stikkigen Luft nahm ich es auf wie vom Himmel fallendes Manna. Doch traf es mich wie ein Schlag, als ich schließlich das Gesicht der Frau erblickte. Fast hätte ich gesagt, *das* Gesicht, denn von nun an würde ich alle Frauengesichter an diesem einen Gesicht messen. Dieses für immer verletzte Gesicht, das kein Blick mehr betrachtete. Dieses Gesicht, dem einst der Liebhaber ewige Treue geschworen und das nun keinerlei Schwüre mehr empfing. Was war passiert? Einer jener Autounfälle, wie sie zum modernen Leben gehören? In einer Sekunde die Mühe eines ganzen Lebens zunichte gemacht. Ihr Kopf paßte so wenig zu ihrem übrigen Körper, daß ein nichtsahnender Betrachter an eine Maskerade, an ein groteskes Maskenspiel hätte glauben können. Doch nichts war realer als die Frau, die dort saß in ihrer Ganzheit. War sie denn kein ganzer Mensch mehr, nicht einmal mehr für sich selbst? Mußte sie wirklich ein zweites Mal verletzt werden, nicht durch das Schicksal, sondern durch die Blicke der Menschen? Daß ich sie betrachtete, wenn auch diskret, war der Frau nicht entgangen. Aus ihren Augen, deren Schönheit man ahnte – wenn man sich darum bemühte –, schoß ein Zornesblitz mit einer Spur von Verachtung für diesen Ausländer, der sich anmaßte, sie zu taxieren. Konnte sie wissen, daß ihr Gesicht sein Herz sehr viel mehr ansprach als eine Mona Lisa, die ihm nichts sagte? Konnte sie wissen, daß dieser Ausländer, den sie unter anderen Umständen keines Blickes gewürdigt hätte, durch das Betrachten diese Nase und diese Lippen am Ende liebgewinnen würde wie kostbarste Güter? Er, dessen Metier es ja gerade war, wie durch einen Palimpsest die ursprüngliche Version aufzuspüren, in der die Schönheit noch kein simpler Besitz ist, den es zu bewahren und auf Hochglanzpapier festzuhalten gilt, sondern ein inneres Sichaufschwingen zur Schönheit, ein Elan, der per definitionem nicht zerstörbar ist. Sind die Menschen zu diesem Elan heute noch fähig?

5

Ich bin nach Holland gefahren. Ich habe in Amsterdam Rembrandt und in Den Haag Vermeer gesehen. Ich habe in ihnen zwei Höhepunkte der abendländischen Malerei erkannt: die Flamme der Leidenschaft bei dem einen und die Musik des Schweigens bei dem anderen.
Wie konnte sich das ereignen in diesem so kleinen, so flachen Land unter einem niedrigen Himmel in silbrigem Licht, das nahezu farblos wäre, blühten nicht jedes Jahr schon vom Vorfrühling an Tulpen in so leuchtenden Farben, daß man sie kaum ansehen kann? Sie verraten auf ihre Weise eine gezügelte, domestizierte Gewalt, genau wie dieses ruhige, ordentliche Land, das, wie ich ja wußte, das Ergebnis eines langen hartnäckigen Kampfes war. Eine unergiebige, vom Meer bedrohte Erde, ein zähes, durch die Not geschmiedetes Volk.
Auf dem Großen Damm, zu dem ich, neugierig auf alle Grenzen, unbedingt hinfahren mußte, sah ich das Resultat einer dumpfen Kraft, die sich auf nichts anderes stützen kann als auf sich selbst. »Wind und Wellen zum Trotz« – gibt es einen treffenderen Ausdruck zur Beschreibung dieses gigantischen Sperrwerks, das die Menschen, mitten in einem feindlichen Meer errichtet haben? Als ich dort war, ging ein unerhört heftiger Regen auf den Damm nie-

der, ein wahrhaft kosmisches Toben, in dem alles, Himmel, Erde und Meer, ununterscheidbar ertrank. Gegen Ende des Tages wartete ich in peitschendem Regen an einer Haltestelle ohne Unterstand auf den Bus; er fuhr vorbei, ohne mich zu sehen. Der nächste kam erst sehr viel später. Die Dunkelheit brach herein. Ich schaffte es, bis zu einem nahen Café zu laufen. Trübes Licht im Inneren. Niemand beachtete mich; die Gespräche in gedämpfter Lautstärke gingen weiter, nur hin und wieder von Gelächter unterbrochen. Naß bis auf die Knochen saß ich neben einer Heizung und versuchte, mein Zähneklappern mit einem Glühwein zu beruhigen. Als anonymer Chinese, der sich in diesen Hohen Norden verirrt hatte, wurde ich derart von der Empfindung meiner körperlichen Schwäche und einem Gefühl der Einsamkeit überwältigt, daß ich heimlich schluchzen mußte. Zwei Stunden später stieg ich in den nächsten Bus, noch nasser diesmal, wie ein Ertrunkener, den man gerade aus dem Wasser gezogen hat. Als ich dort stand, vor allen Leuten, tropfte ich so heftig, daß das Wasser bis zum Ende des Busses lief. Die Haare klebten mir im Gesicht, es war mir schrecklich peinlich, und ich suchte bei den Fahrgästen irgendein verständnisvolles Lächeln, das mich aus meiner Verlegenheit befreit hätte. Doch keiner verzog eine Miene; ich stieß nur auf undurchdringliche, stumme Gesichter. Obwohl ich lieber stehengeblieben wäre, weil es in den nassen Sachen unangenehm war zu sitzen, ließ ich mich auf einem Platz hinten im Bus nieder. Meine Zähne klapperten so laut, daß mein Vordermann sich umdrehte. Ein langes, sommersprossiges Gesicht mit durchdringendem, aber freundlichem Blick. Plötzlich dachte ich mit heftiger Verzweiflung an van

Gogh. Ich sah ihn dicht vor mir, einen entlaubten Baum mit knorrigem Stamm, wie auf einer seiner Zeichnungen. Er flüsterte mir ins Ohr: »Verzweifle nicht, quäle dich nicht, laß dich vom Schicksal bis ins Mark treffen, so kommt man dahin, etwas Bedeutendes zu schaffen. Das menschliche Leben ist unergründlich, aber es ist voller Sinn. Setz dir ein Ziel und geh geradewegs darauf zu, ohne dich lange zu fragen, ob du es erreichen wirst. Alles hat seine Zeit, nicht wahr? Das Leid hat seine Zeit und die Freude hat ihre Zeit, die Unruhe hat ihre Zeit und die Ruhe hat ihre Zeit. Und über allem gibt es das Leben mit seiner überschäumenden Kraft. Es gibt die Sternennacht von Arles. Und zwischen den niedrigen Häusern von Saintes-Maries-de-la-Mer lacht das Meer ...«

Das Leben mit seiner überschäumenden Kraft, wie gegenwärtig war es in den blühenden Gesichtern der Figuren, die Frans Hals mit einem Pinselstrich ohnegleichen festgehalten hat. Diese Figuren betrachtete ich am nächsten Tag in aller Ruhe in Haarlem. Doch angesichts der behenden, brillanten Kunst dieses Malers stellte ich mir eine Frage, die mir noch nie in den Sinn gekommen war: »Sind mir die Bilder, die ich in diesem Augenblick bewundere, in meinem derzeitigen Zustand irgendeine Hilfe? Erlösen sie mich von meiner Angst, von meinem Durst, von meiner Verletztheit, von meiner Einsamkeit?« Überflüssig zu sagen, daß mich angesichts dieser Frage ein Gefühl der Unwürdigkeit überkam. Was, ich wollte die Kunst unter dem Gesichtspunkt von Hilfe, Unterstützung und Trost beurteilen? Die Funktion der Kunst auf die einer Therapie reduzieren? Doch ich blieb dabei und beharrte auf meiner Frage. Und das Gefühl der Unwürdigkeit wich dem der

Befreiung. Auf einmal war ich ein Unbehagen los, das mich bedrückt hatte, seit ich die Museen im Westen besuchte. Unbehagen darüber, daß ich mangels eigener Kriterien beflissen den Handbüchern der Kunstgeschichte folgte und mich der von ihnen vorgegebenen Wertehierarchie unterwarf. Von nun an würde ich meinen eigenen Schlüssel haben. Vor jedem Werk würde ich meinen »krankhaften« Zustand in den Vordergrund stellen und mich jedesmal fragen, ob es mich heilt oder nicht, mich erfüllt oder nicht, mich aus dem eingefahrenen Widerwillen herausreißt und mich mit dem wahren Leben versöhnt. Ich würde in Zukunft leichten Schritts endlose, erstickend nach Bohnerwachs riechende Säle durchschreiten, in denen ich bisher Legionen von Malern bis zur Erschöpfung darin gefolgt war, wie sie in gewohnter Weise den Raum bis an die Ränder ausfüllten, Farben ausbreiteten bis zum Überdruß und ohne Ende das Bedürfnis nach Anekdoten und Illustrationen befriedigten. Ich würde mir den Luxus leisten, an einem alten Werk nicht das Mittelfeld mit der allzu erbaulichen Komposition zu bewundern, sondern statt dessen eine Predella, in der es der Künstler gewagt hat, sich seiner inneren Vision zu überlassen …

Aber Rembrandt? Wäre ich zu ihm gegangen, wenn das Handbuch nicht auf seine Bedeutung hingewiesen hätte? Ich erinnere mich nur, daß ich beim ersten Mal, als ich Bilder des Malers im Louvre sah, gedacht habe: »Endlich jemand, bei dem das Licht nicht beleuchtet; es strahlt, das ist alles.« Damals begriff ich, wie sehr ich durch die chinesische Malerei geprägt war. Denn in China sprachen die Alten kaum von Licht (sie suchten gewissermaßen die eigenschaftslose Substanz des reinen Raums), so daß mir bei den abendländischen Malern, die zuviel mit Lichteffekten spielten, physisch übel wurde. Bei Rembrandt sah ich allerdings, daß seine mystische Vision über das simple Helldunkel hinausging, daß sein Licht aus einem ursprünglichen, von unsichtbaren Gestalten bevölkerten Dunkel kam – und daß der Maler dieses Licht verinnerlicht hatte. Sehr früh muß er verstanden haben, daß die wahre Flamme aus dem tiefsten Inneren des Menschen kommt. Daß man in sich selbst ein sehr tiefes Loch graben muß, damit der menschliche Stoff hineinpaßt und sich dort verwandeln kann. Wie alt war er, als er das Porträt seiner Mutter, dann das seines Vater malte? Zweiundzwanzig? Dreiundzwanzig? In ihren durch und durch menschlichen Gesichtern konnte er bereits das Geheimnis jeden Lebens ergründen: die Leiden und Freuden, die Schrecken und Tröstungen, die friedlichen Ufer, die es bereithielt, die Abgründe, durch die es hindurchmußte ... In der Tat war ja sein eigenes, so seßhaftes, Wohlstand verheißendes Leben später von außergewöhnlichem Glück und vielfachem Leid, von spektakulären Erfolgen und unwiderruflicher Ablehnung durchwirkt. In den Augen der Welt hatte es wirklich den Anschein einer Katastrophe. Vom schöpferischen Gesichtspunkt aus war es vielleicht nötig, damit der Künstler zu dieser unvorstellbaren Gestalt wurde, damit er die arme Erde mit diesem Strahl aus ihrem tiefsten Grund zu erleuchten vermochte.

Je besser ich Rembrandt, seine Person und seine Werke, kennenlernte, sowohl die Bilder im Louvre als auch die, die ich nun in Amsterdam entdeckte, wo er so sehr präsent war, desto mehr ereignete sich zwischen mir und dem Maler etwas Unbekanntes, eine Art Verzauberung, so mäch-

tig, daß ich im ersten Moment zurückschreckte. Hatte ich mit meinem natürlichen Mißtrauen mich jemals in der Kunst oder im Leben in einem solchen Ausmaß von der Vision eines anderen vereinnahmen lassen? Ich war in der bloßen Absicht dorthin gekommen, das Werk eines großen Malers zu studieren, und da brach dieser Holländer mit seiner völlig andersartigen Physis und seinen völlig andersartigen Gewohnheiten über mich herein und überwältigte mich. Ich war ganz und gar nicht darauf gefaßt, mit dem Eintritt in die innere Welt Rembrandts in meine eigene einzudringen. Hinterrücks, aber mit Macht besetzten die Schöpfungen des Holländers das Feld meiner Vorstellungskraft und enthüllten mir die Bilder der Wünsche und Träume, die mein Unbewußtes bevölkerten. In den Augen Hendrickjes, seiner zweiten Lebensgefährtin, erkannte ich die unruhige Sanftmut und die melancholisch gefärbte Klarheit meiner Mutter wieder, so stark, daß ich jetzt, da sich ihr Bild in meiner Erinnerung immer mehr verwischte, nur noch in Gestalt dieser anderen an sie zu denken vermochte. Und konnte mein Begehren nach einer Frau besser verkörpert werden als durch Bathseba, diesen Körper, der aus jeder einzelnen Pore eine ruhige Sinnlichkeit verströmte und trotz der Schuldgefühle, die ihn überschatteten, demütig die Fülle seines Seins genoß? Selbst der Gedanke an meine kleine Schwester (die am Laternenfest über ihr ganzes Mondgesicht strahlte) verband sich jetzt mit dem kleinen Mädchen, das in der *Nachtwache* zwischen den Männern hindurchschlüpft …
Angesichts einer derartigen Inbesitznahme, die ich wie eine Selbstenteignung empfand, war meine spontane Verweigerung eine normale Reaktion. Doch sehr bald ließ ich

mich darauf ein und leistete keinen Widerstand mehr. Meine Intuition war zu wach, um nicht zu begreifen, daß die von dem großen Künstler ausgestreckte Hand die brüderlichste war, der ich im Westen begegnen konnte. Daß diese heilende Hand als eine der wenigen imstande war, mein Heimweh zu stillen und mein Gewissen zu beruhigen.

Von da an übernahm ich alle Blicke, die aus dem warmen Dunkel kamen. Alle wurden zu meinen, sofern sie auch nur einen Zipfel meiner verschütteten Sensibilität, meines erstickten Menschseins erhellten. Und natürlich auch der Blick des Künstlers selbst. Der Blick Sauls, der Blick des Christus, der des Evangelisten, der des Verschwörers, der des Lukrez im Moment nach seinem Selbstmord, der des blinden Homer. Und der Nicht-Blick des verlorenen Sohnes, von dem man nur den Nacken sieht. Der Nicht-Blick desjenigen, der, weil er sich nach einem größeren, absoluten Begehren umsieht, keinem Blick mehr begegnet, selbst nicht mehr Blick ist, der nicht weiß, daß das wahre Leben zu guter Letzt eine einfache Rückkehr ist, ein einfaches Gegenüber. War der verlorene Sohn nicht einer, der die ganz große Tour machen wollte, auf die Gefahr hin, den zerbrechlichen Kreis der menschlichen Liebe für immer zu zerstören? Doch während das Kind auf dem Bild schließlich zu seinem Vater zurückkehrt, bin ich zum Umherschweifen verdammt. Mein Leben lang wußte ich auf die Stimmen im Wind, die mir zuriefen: »Komm zurück, komm zurück, solange noch Zeit ist! ...«, nichts anderes zu antworten als: »Vorbei ... zu weit, zu spät ...«

Zu spät zweifellos, um Trost zu finden in der friedlichen Vision Vermeers. Zu spät, um auf die einfachen Dinge zurückzukommen, neben denen die Frauen vertrauensvoll warten in der Gewißheit, daß alle Nachrichten, die die Briefe bringen, gute Nachrichten sind und das an den Wänden sich brechende Nachmittagslicht jeden Gegenstand, jeden Blick in einen Diamanten verwandelt. Daß nichts im Leben sich auflöst oder verlorengeht und daß in dem Gesicht des jungen Mädchens mit den halbgeöffneten Lippen alle Farben ihres Turbans, ihres Halses, ihrer Augen – das Blau, das Gelb, das Weiß, das Braun – zusammenfließen zu dem leuchtenden Punkt des unzerstörten Traums: einer klingenden Perle. Daß ein umherschweifender Gott, der sich an den menschlichen Schatz erinnert, im stillen durch eine Gasse ihrer braven Stadt Delft geht, wo sich zwischen den roten Ziegelwänden die Farben der leichten Wolken und der hellen Fensterscheiben mit denen des Flieders verbinden, wo man ohne Hast Aufgaben erledigt, die ein Leben voll und ganz ausfüllen.

6

Ich fuhr nach Italien. Meine Finanzen erlaubten es mir nicht, mehr als einen kurzen Aufenthalt ins Auge zu fassen. Ich dachte, ich bekäme einen wesentlichen Überblick über die Renaissancemalerei, wenn ich Florenz und Rom besuchte, und geriet fast in Panik, als ich entdeckte, was für eine Fülle von Dingen es zu sehen gab und vor allem, wie viele Richtungen und Schulen sich durch die unterschiedlichen Regionen und durch die zeitliche Ausdehnung dieses Abenteuers in der Malerei entwickelt hatten. Mehr als drei Jahrhunderte fieberhaften Schaffens in einigen wenigen, über das Land verteilten großen Brennpunkten, die an Erfindungskraft miteinander wetteiferten. Etwas Vergleichbares sah ich nur in der chinesischen Geschichte zur Zeit der Tang- und der Song-Dynastie. Dort gab es zwischen dem achten und dem dreizehnten Jahrhundert sechshundert Jahre lang eine Zeit ununterbrochenen künstlerischen Schaffens, das die Malerei auf ihren Höhepunkt führte. Gestärkt durch meine eigene Tradition und meine Erfahrung in Dunhuang gelang es mir schließlich, dieser andersartigen Malerei gegenüberzutreten; andernfalls hätte ich mich durch sie erdrückt gefühlt.

Die Renaissancemalerei, was hatte ich von ihr zu erfassen vermocht? Konnte ich, der ich von so weit her kam, mich nach so vielen hundert Jahren wirklich in ihre Maler hineinversetzen und sehen, was sie bei allem, was sie damals umtrieb, gesehen hatten? Gewiß eine müßige Frage. Doch eins stand fest: Die Einzigartigkeit der abendländischen Malerei mag noch so sehr in die Augen springen, wenn man sich die Mühe macht, sie zu betrachten, trotzdem mußte ich erst nach Italien kommen, um den Traditionsbruch in seinem ganzen Ausmaß zu erkennen und um zu begreifen, wann und wo dieser Bruch Gestalt angenommen hatte. Wann genau? Und mit wem? Wer hat mir in der chronologischen Reihenfolge als erster den Eindruck vermittelt, daß der Umbruch wirklich begonnen hatte? Weniger die Großen der Vorrenaissance, Cimabue, Duccio, Fra Angelico oder Lorenzetti. In ihrer Malerei fühlte ich mich zu Hause. Ich kannte die buddhistische Kunst mit ihren Anbetungs- und erzählenden Szenen gut genug, um nicht auch hier in diesen Figuren die gleiche glühende Frömmigkeit, den gleichen nach innen gekehrten Blick des Leidens oder der Ekstase wiederzuerkennen. Je stärker Cimabues Fresken durch die Zeit verwischt und auf ihren Grundriß reduziert sind – zum Beispiel in der *Kreuzigung* in Assisi –, desto mehr erinnern die dargestellten bogenförmig gespannten Figuren an die der Wei in Dunhuang. Und Giotto? Auch er nicht. Gewiß, die große Dramaturgie ist bei ihm bereits in Bewegung geraten. Doch der kühn konstruierte Raum bleibt noch unbestimmt, mit dem Unbekannten verbunden.

Wer als erster aus der Reihe trat und stolz verkündete: »Nach uns wird die Malerei sich auf einer Theaterbühne mit fehlerfreier Perspektive abspielen!«, das war Masaccio, dieser Maler, mit dem ich mich vertraut machte, als ich ein Nachtlager in einem Kloster neben der Santa Maria del Carmine fand. Jeden Abend, bevor es zum Essen läutete, blieb ich eine Weile in der Kapelle, allein mit seinen Fresken. Dieses kühne Genie mit dem so kurzen Schicksal hatte zu seiner Zeit, als die Dinge reif waren, nur wenige Jahre gebraucht, um den Vorhang des alten Raums zu zerreißen und in den Vordergrund tatsächlich nicht mehr die mythischen Gestalten, sondern den Menschen selbst zu stellen: den zwar noch dem Heiligen zugeneigten Menschen, der sich jedoch seiner jungen Kraft schon sehr bewußt war und sich dargestellt sehen wollte. Ist es übertrieben zu sagen, mit Masaccio und denen, die nach ihm kamen, habe sich der abendländische Mensch erregt »in Szene gesetzt«? Auf objektivem Welthintergrund spielte nun der Mensch die Hauptrolle. Das Universum hatte zwar noch teil am Handeln des Menschen, war aber auf die Funktion des Dekors beschränkt. Und alles, was der Mensch mit ihm erlebt hatte, verwandelte sich in eine weit zurückreichende Sehnsucht. (Ach, mit welcher Sehnsucht verfolgte ich von nun an durch das ganze Abendland die Spur der Maler, die das verlorene Reich wieder neu zu erschaffen versuchten: Giorgione, Poussin, Lorrain, Turner, Cézanne, Gauguin ...) Beginn der Größe. Beginn der Einsamkeit. Später begriff ich, warum das Abendland so besessen war von dem Bild des Spiegels und dem Bild des Narziß. Nachdem er sich aus der Welt der Schöpfung losgerissen und sich zum einzigen Subjekt erhoben hatte, liebte es der Mensch, sich zu spiegeln. Schließlich war es nun seine einzige Möglichkeit, sich

selbst zu sehen. Im Spiegelbild bewunderte er sein eigenes Bild und vor allem das Bild seiner Macht, der Macht eines befreiten Geistes. Vor lauter Selbstbespiegelung und Selbsterhebung fand sein darin geübter Blick keine Ruhe, bevor nicht alles andere zum Objekt, genauer, zum Objekt der Eroberung geworden war. Da er kein anderes Subjekt mehr anerkannte, beraubte er sich für lange Zeit – freiwillig? unfreiwillig? – eines Gegenübers oder seinesgleichen. Konnte er da wirklich dem scharfen Bewußtsein von Tod und Einsamkeit entrinnen?
Noch nie hatte ich mich den chinesischen Malern der Song- und der Yuan-Zeit so nah gefühlt wie in den Museen von Florenz und Venedig. Sie glaubten an die Kraft der Leere, in der die lebenspendenden Atemströme fließen. Sie glaubten mit allen Fasern ihres Wesens daran, weil das ihrer Sicht des Kosmos entsprach. Wiederholte diese Kosmologie nicht jahrhundertelang – und hier klang mir alles in den Ohren, was mich der Meister gelehrt hatte –, daß die Schöpfung aus dem Uratem und dieser seinerseits aus der Urleere hervorgeht? Dieser Uratem teilt sich wiederum in die beiden Atemströme Yin und Yang und viele weitere und ermöglicht damit die Entstehung des Vielgestaltigen. Solchermaßen verbunden, sind das Eine und das Vielgestaltige ein- und dasselbe. Deshalb legten es die Maler nicht darauf an, die unendlichen Variationen des Geschaffenen nachzuahmen, sondern trachteten danach, an den Schöpfungsakten selbst teilzuhaben. All ihr Sinnen war darauf gerichtet, zwischen Yin und Yang, zwischen den Fünf Elementen, zwischen den Zehntausend Seinsformen des Lebendigen Raum für die Leere in ihrer Mitte zu eröffnen, weil nur sie den freien Fluß der Atem-

ströme gewährleisten, die zu Geist werden, wenn sie zu rhythmischer Resonanz gelangen. Daher nimmt es nicht wunder, wenn für nicht wenige Chinesen ein Meisterwerk der Malerei, das die zarte Schönheit eines Bambusblatts mit dem unendlichen Flug eines Kranichs vereint, nicht nur ein Gegenstand des Wohlgefallens, sondern weit mehr, der einzige unmittelbar zugängliche Ort des wahren Lebens ist. Als ich noch in China war, lachte ich über diese Leute, da ich der Kunst keineswegs eine solche Macht zuerkannte. Doch hier ertappte ich mich bei dem Gedanken, daß der Menschheit, wenn es diese Malerei nie gegeben hätte, ein Teil ihrer himmlischsten und reinsten Träume verlorengegangen wäre. Ich jedenfalls würde ersticken.

»Du hast recht«, sagte Mario. »Ich würde gern einen dieser Tizians gegen einen Guo Xi oder einen Mi Fu tauschen!«

Mario war ein Maler, der neben Hans, dem Deutschen, in den Museen Kopien malte und den ich in den Uffizien kennengelernt hatte. Er ließ sich durch das erdrückende Erbe nicht einschüchtern. Da er unter ihnen geboren war, konnte er die ausgestellten Werke ohne übertriebene Ehrfurcht erkunden, wie ein Kind, das seinen Großvater am Bart zieht. In den Augen dieses »Sohns der Familie« waren die Bilder, die seine Ahnen ihm vermacht hatten, nur dazu da, ihn am Leben zu erhalten. Hatte er nicht am laufenden Band Gemälde von Lippi und del Sarto kopiert in einer Weise, daß manche Kunden die Kopien in ihrer einladenden Frische schöner fanden als die Originale?

Hans hatte mehr Skrupel und stellte sich grundsätzlichere

Fragen: »Wie soll man denn nach all dem noch malen? Und warum überhaupt?« – »Das Leben geht weiter!«, antwortete Mario mit seinem gesunden Menschenverstand. »Man muß auch weiterhin Spaghetti essen!«, und er schleppte seine beiden Kollegen in die Straßen hinter den Museen, wo die Pasta köstlich und der Chianti so hell war wie das Lachen der Mädchen.
Während des Essens wurde Mario wieder ernst, und sein Gesicht war plötzlich schön und pathetisch, als er zu mir sagte: »Laß dich nicht verwirren. Mach nicht so ein Gesicht, als wüßtest du nicht mehr aus noch ein. Es gibt viel zu viele Bilder. Ich gebe dir einen Rat bei meinem Kopistenwort. Halte dich an einige wenige Maler, die dir etwas sagen, zwei, drei, vier, nicht mehr. Bleib ihnen auf den Fersen. Lerne jedes ihrer Werke kennen. Dann findest du einen inneren Zugang zu ihnen. Dann erfaßt du ihren Antrieb, ihre Motivationen und auch ihre Tricks. Glaub mir, auch wenn man selbst vielleicht kein Genie ist, kann man trotzdem ein Genie von innen kennenlernen. Wenn man das schafft, dann erscheint einem selbst ein Leonardo, selbst ein Michelangelo nicht mehr erdrückend. Dann unterhältst du dich mit ihnen, wie wir uns jetzt unterhalten, unter Freunden.«
Ganz sicher ein guter Rat. Wieso war ich nicht darauf gekommen? Wie hatte ich so schnell meine Erfahrung mit Rembrandt vergessen können und meinen Entschluß, mich nur noch an Künstler zu halten, die mich »heilten«?
Ich ging zu einigen Großen und suchte die Momente, wo sie sich von dem Bestreben freigemacht hatten, allzuviel anzuhäufen, allzuviel zeigen zu wollen. Dort entdeckte ich Räume, in denen es Lauschen und Austausch gab. Ist der

Blitz, der in Giorgiones *Gewitter* die blau und grün strahlende Atmosphäre zerreißt, ein Zeichen der Bedrohung oder des Einverständnisses? Hat es nicht den Anschein, als stelle seine leuchtende, wolkengesäumte, mit dem runden Körper der Frau korrespondierende Kurve in ihrer blitzschnellen Bewegung über der strengen Geometrie der Brücke und der Häuser, die die Bildmitte versperren, den unsichtbaren Kreislauf zwischen Himmel und Erde wieder her? Und der Engel, den Carpaccio auf dem Bild in den Gallerie dell'Accademia in Venedig in das Zimmer der heiligen Ursula führt, ist er ein Eindringling? Er wird die schlafende junge Frau inmitten ihrer vertrauten, geordneten, schützenden Gegenstände nicht wecken, nicht aufschrecken. Er wird keinen Schritt zuviel tun, nicht das geringste Wort aussprechen. Obwohl tatsächlich alles schon vollbracht ist, steht die Zeit still, gesammelt, erfüllt, ausgefüllt, wie das kleine runde Fenster oben unter der Decke ...

Das unabgeschlossene Universum Piero della Francescas mit seinen großen, ungeheuer plastischen Figuren wurde mir nach und nach vertraut. Diese stolzen, strengen Gestalten, in respektvollem Abstand zueinander, deren unbeweglicher Ausdruck die Dramatisierung noch verstärkt, erinnerten mich seltsamerweise an die Berge in den Rollbildern von Fan Kuan. Ein seltsamer Vergleich. Wäre der chinesische Maler bereit gewesen, aus seiner Zurückgezogenheit des elften Jahrhunderts herauszukommen und sich mit dem heiligen Hieronymus zu unterhalten, wie es der Fromme tut? Sicher gern, denn durch die ungewöhnliche Komposition dieses innigen Bildes – der Hintergrund wird größer gezeigt als die Personen, so

daß er den Eindruck vermittelt, sie zu tragen und zu durchdringen – hat es ganz den Anschein, als hätten der Baum, der Fels und die Hügel ringsum aktiv an der Unterhaltung teil.
Ein einziges Mal gab der Maler aus Arezzo seine Unerschütterlichkeit auf, nämlich, als er seine Mutter malte. Lange blieb ich in der Friedhofskapelle von Monterchi, einer kühlen Zuflucht in all dem sommerlichen Duft und Licht, vor der *Madonna del Parto* stehen. Eine einfache, menschliche Frau – so menschlich, daß sie schließlich einen Gott gebar? –, aufrecht in ihrer leidvollen Würde. Ihre Hand, auf den Bauch gelegt, auf die Stelle, wo das Kleid ein wenig geöffnet ist, deutet eine Geste des Gebens und zugleich des Schutzes an. Doch sie hat keine Wahl. Schon haben die Engel den Vorhang geöffnet. Sie muß geben, wie jede Mutter, und ihr fallendes blaues Kleid hat als Begrenzung nur noch das Himmelsgewölbe … Als der Wächter einen Moment nicht da war, nutzte ich die Gelegenheit, an das Fresko heranzutreten, und streichelte die Hand und das Kleid. Ich wußte, eines Tages würde ich – meine Mutter hatte kein Grab bekommen – mein eigenes Fresko malen. So würde ich alles wieder zusammenfügen.

7

Die Machtübernahme der Kommunisten, die sie selbst Befreiung nannten, kündigte eine radikal neue Ära in China an. Von den neuen Zeiten träumend hatten sich Männer und Frauen, darunter unzählige Jugendliche, in vorbildlicher Verzicht- und Opferbereitschaft den Revolutionären angeschlossen. Sie hatten alle Entbehrungen auf sich genommen, alle Leiden ertragen, alles gegeben, einschließlich ihres Lebens. Mehrere Millionen in die Armee eingetretener junger Bauern waren im Kampf gefallen. Umgeben von den Ruinen, die die langen Bürgerkriegsjahre und dazu die acht Jahre des Japanisch-Chinesischen Krieges hinterlassen hatten, war ein ganzes Volk dazu aufgerufen, unter Pauken und Trompeten eine von allen Seiten erstrebte neue Gesellschaft zu errichten.

Die ganze chinesische Geschichte hindurch hatte es nie an solchen lebendigen Kräften gefehlt. Jedesmal, wenn das Land infolge von Tyrannei, Korruption oder Invasion am Rande des Abgrunds stand, wenn aller Wahrheit Gewalt angetan und alle menschlichen Werte mit Füßen getreten wurden, hatten sie dieses alte Volk vor der völligen Vernichtung bewahrt und damit eine lange Reihe von Märtyrern gestellt, die sich wie ein goldener Faden durch einen endlosen Wandteppich aus Lachen und Weinen, Träumen und Kämpfen zieht. Die meisten dieser Märtyrer waren von der konfuzianischen Ethik beseelt, die die menschliche Würde so hoch stellte, daß sie dem Menschen sogar das Privileg und die Pflicht zuwies, an dem Werk von Himmel und Erde mitzuwirken. Andere waren vom Taoismus inspiriert, der zur Opposition gegen die Ordnung neigt, da sich der Mensch dieser Weltsicht zufolge nur nach dem Tao, dem Großen Weg des Kosmos, richten soll. Beide Denkrichtungen trafen sich zumindest in einer Grundvorstellung, der des einen und ungeteilten Atems – gleichbedeutend mit dem einen und ungeteilten Geist –, der das Universum bewegt.

Im zwanzigsten Jahrhundert hatte Sun Yat-sen mit Unterstützung einer ganzen Generation hochherziger Männer und Frauen die korrupte Mandschu-Dynastie gestürzt und 1912 die erste chinesische Republik gegründet. Doch da er früh starb, konnte er ebensowenig wie seine Nachfolger mit den Kräften des Feudalismus fertig werden, die in allen Provinzen Chinas herrschten und weiterhin am Werk waren. Mehr als zwanzig Jahre später war es einem anderen Mann, einem geborenen Revolutionär, gelungen, die wachsende Tatkraft der verantwortungsbewußten Menschen zu binden und zu kanalisieren. Nach Überwindung der anfänglichen Gegensätze und Konflikte hatte er sich sowohl mit seinem theoretischen Denken als auch mit seinem taktischen Genie gegenüber den zahlreichen anderen revolutionären Führern durchgesetzt. An der Spitze seiner Partei führte er lange Kämpfe und verhalf – um den Preis gewaltiger Opfer – der gemeinsamen Sache zum Sieg. Nach der Machtübernahme erschien dieser unangefochtene Führer anläßlich der Proklamation der neuen Republik im Gegensatz zu dem Bild des bewußt lässigen, bisweilen auch nachlässigen Menschen, das man von ihm kannte, in einen strengen hochgeschlossenen Anzug gezwängt, in ernster, feierlicher, geradezu kaiserlicher Haltung. Da es nicht so leicht war, sich von dem bewährten Vorbild des Ancien régime mit seinen Ritualen, seiner Sprache, seiner archetypischen Bilderwelt zu befreien, schlüpfte man sozusagen unbewußt in dessen vorgegebene Form ...

Ist es denn denkbar, daß sich Revolutionäre nach vollbrachter Revolution zurückziehen, statt für lange Zeit eine neue Ordnung durchzusetzen, die sich schließlich zwangsläufig selbst verhärtet und erstarrt? Ganz sicher nicht. Denn dann wären sie Weise und nicht durch und durch Männer der Tat mit dem Willen zur Macht. Unerbittlich wurde also eine neue Ordnung etabliert. Wie alle anderen sagte auch ich mir immer wieder, man müsse verstehen, daß es notwendig sei. Es ging ja schließlich um die Revolution, nicht wahr? Man mußte die »konterrevolutionären Überreste hinwegfegen«, »die Wurzeln des Feudalismus ausrotten«. Wie sehr hätte man sich damals gewünscht, das revolutionäre Genie an der Spitze hätte sich seinen selbstbewußten Stolz bewahrt und wäre locker und frei geblieben, frei gegenüber der Last der Geschichte wie gegenüber seiner eigenen Besessenheit. Und die eingeführte Ordnung wäre anders als die bisherigen. Offenbar war die menschliche Vorstellungskraft noch nicht reif dafür, sich etwas anderes auszudenken. Außerdem gab es ja auch die historische Realität. Neben dem alten kaiserlichen Vorbild gab es das modernere, »wissenschaftlichere« Beispiel, das seit Jahrzehnten von dem großen Bruder und

Nachbarn vorgeführt wurde. Doch in über dreißig Jahren des bewaffneten Kampfes und der organisatorischen Festigung war das System erstarrt und ließ ein leichtes und bewegliches Funktionieren kaum noch zu. Unerbittlich wurde also das Land in seiner ganzen kontinentalen Weite rasterartig mit Stützpunkten überzogen. Kein Dorf, das nicht in eine Produktionsbrigade verwandelt, kein Städter, der nicht in ein Wohnbereichskomitee eingegliedert wurde. Durch regelmäßige Versammlungen zur Kritik und Selbstkritik wurde jeder gedrängt, sich seiner »ideologischen Last« bewußt zu werden und sich zu entblößen. Alle Menschen im Land waren jetzt aufgefordert, ihre Hintergedanken aufzugeben und, allzeit bereit, der Sache zu dienen. War denn eine derart strenge Ordnung in einer Gesellschaft, die seit über einem Jahrhundert in Anarchie dahindämmerte, nicht vielleicht gerechtfertigt? Aber andererseits: Trug das zugrunde liegende Denken – ein zum Zeitpunkt eines extremen Rationalismus im Westen entstandener absoluter Kollektivismus – wirklich dem Rechnung, was der Mensch tut, dieses Wesen aus Fleisch und Blut, das von verborgenen Begierden getrieben wird und zu unvorhersehbaren Träumen neigt? Doch die Generation, die in diesem historischen Augenblick in China antrat, war aus freiem Willen zu jeder erforderlichen Anstrengung bereit, um das alte Land aus seiner Fäulnis herauszureißen.

Anfang 1950 kam ein ziemlich kurzer Brief von Haolang und Yumei, geschrieben in einer neuen, mehr oder weniger stereotypen Sprache. Doch das wichtigste war die Mitteilung, daß sie zusammen waren und in Shanghai lebten. Ich antwortete sofort. Ohne allzu ausführlich zu werden,

gab ich meiner Freude Ausdruck, sie wiederzusehen, sobald mein Aufenthalt in Paris zu Ende ginge.
War ich wirklich davon überzeugt? Dort wo ich lebte, am anderen Ende des großen eurasischen Kontinents, hatte ich das undeutliche Gefühl, als entfernte sich eine geschlossene, umfassende, immer unbekanntere Realität von mir wie ein die Wellen durchpflügendes Schiff mit den mir liebsten Menschen an Bord. Große Dinge begannen sich dort zu ereignen, wichtige, maßlose Dinge, ohne Beispiel in der Geschichte. Denn begeistert von der Aussicht auf ein Handeln von kontinentaler, wenn nicht planetarischer Tragweite, konnte sich derjenige, der an der Spitze dieser Realität stand, ein außergewöhnlicher Mann, nicht mit einer mittelmäßigen Routine zufriedengeben. Um den Visionen, die ihn umtrieben, näherzukommen, lancierte er ununterbrochen Bewegungen und Kampagnen – »Das bittere Wasser ausspucken«, »Drei Widersprüche«, »Fünf Widersprüche«, »Säuberung und Korrektur« … Mit seiner Vorliebe für gewaltige Zahlen trumpfte er auf: soundso viel Millionen Menschen in dieser Kampagne, soundso viel Prozent der Bevölkerung in jener …
Diese Massenbewegungen ließen sich aus der Logik der Revolution erklären, doch geistig gesehen stand der Führer vor einem Widerspruch, der im Laufe der Jahre sichtbar werden sollte. Bei seiner geringen Schulbildung waren seine Lektürekenntnisse eklektisch. Zwar kannte er durchaus die Größe bestimmter tradierter Wertvorstellungen der chinesischen Kultur, und in seinem tiefsten Inneren träumte er wohl von einer der Tang- und Song-Zeit ebenbürtigen Epoche, wo Genies an Glanz wetteifern und unsterbliche Werke hervorbringen würden! Doch anderer-

seits neigte er, als voluntaristischer Revolutionär, in seiner Vorstellung von der menschlichen Natur und der Schöpfung zu extremer Vereinfachung. Überzeugt von der Überlegenheit seiner Ideen und in dem Drang, der Leuchtturm der Menschheit zu werden, mußte er unweigerlich seinen eigenen, den schmalen Weg zu diesem einzigartigen Ziel durchsetzen und seine Unnachgiebigkeit hervorkehren, wodurch er unweigerlich den Geist aller anderen erstickte.

Monatelang, jahrelang verfolgte ich aufmerksam und mit Bangen, was in China auf ideologischer Ebene passierte. Ich wußte sehr wohl, daß seit 1942 – nach der Wang Shiwei-Affäre und im Zusammenhang mit der Rede von Yan'an über das literarische und künstlerische Schaffen – eine harte Kampagne stattgefunden hatte. 1952 begann die Kampagne gegen den Film *Das Leben des Wu Xun*; in Wirklichkeit zielte sie auf alle Künstler und Intellektuellen. Anfang 1954 war Hu Feng, der berühmte Literaturkritiker, an der Reihe, nachdem er es gewagt hatte, Vorbehalte gegen die Rede von Yan'an zu äußern. In seiner Kühnheit hatte Hu Feng diesmal einen langen Brief an den Vorsitzenden geschrieben, um ihm die Situation der Literatur im Land zu erläutern und ihm Bedingungen vorzuschlagen, die wirkliches literarisches Schaffen ermöglichen würden. Empfindlich getroffen, schritt der Adressat auf diesen Brief hin zur Tat. Alle Schriftsteller, Künstler und sonstigen Intellektuellen wurden aufgefordert, Artikel zu schreiben, um die Fehler des Schuldigen anzuprangern. Dann nahm die Kampagne eine radikalere Wendung; man zwang die Verwandten Hu Fengs, seine persönlichen Briefe bekanntzumachen. Man versuchte nachzuweisen, daß der Lieblingskritiker des großen Schriftstellers Lu Xun in Wirklichkeit seit den dreißiger Jahren ein Verräter war, ein Agent der nationalistischen Partei. Angesichts dieser erschreckenden Nachrichten war mir klar, daß Haolang nicht ungeschoren davonkommen würde. Da er Gedichte in den von Hu Feng herausgegebenen Zeitschriften veröffentlicht hatte, mußte er als zu seiner »Clique« gehörig betrachtet werden.

Ende 1954 zuckte ich zusammen, als ich einen Brief erhielt, auf dem ich Yumeis Schrift erkannte. Er war durch einen Mittelsmann aus Hongkong abgeschickt worden und teilte mir mit, man habe Haolang in ein Umerziehungslager in der Sumpfregion im Norden von Jiangxi, meiner Heimatprovinz, geschickt.

8

Nachdem ich diesen Brief erhalten hatte, irrte ich tagelang wie eine verlorene Seele durch die Straßen von Paris; ich litt mit dem Freund und der Geliebten unter dem Leid und der Schmach, die ihnen angetan wurden. Ich wußte auch, daß die schlimme Lage, in der sie sich befanden, lange anhalten konnte, da es weder einen Prozeß noch eine förmliche Verurteilung gegeben hatte.

Eines Morgens, als ich in meinem armseligen Zimmer erwachte, wurde mir schlagartig bewußt, daß China mir von nun an verschlossen war, daß ich nicht mehr würde zurückkehren können, nicht mehr zurückkehren würde. Ich war im Exil, unwiderruflich verurteilt.

Dieser Gedanke, der mir noch nie gekommen war, wirkte auf mich wie ein Erdbeben – wie wenn man unvermittelt erfährt, daß man von einer unheilbaren Krankheit befallen ist. Auf einmal zu wissen, man ist endgültig im Exil und kann nicht mehr zurück, auch das ist gewissermaßen ein angekündigter Tod. Ein ganzes Leben mit all seinen Erinnerungen und erst recht mit all seinen Versprechungen wird einem geraubt, wird unerreichbar. Nichts ist mehr, wie es war. Es gab einmal ein Vorher; jetzt gibt es nur noch ein Nachher. Man lebt scheinbar weiter, trotz allem; man simuliert unzählige, lästige alltägliche Handlungen, sogar ein Lächeln, wenn die Konventionen es erfordern. Doch der flüchtigste Blick in den Spiegel, die geringste Erinnerung an vergangenes Glück trifft einen ins Herz. Parallel zu dem Leben hier läuft im Hintergrund ein anderes Leben ab, das frühere Leben dort, in einer Umgebung, die immer verschwommener, immer ferner, immer unerreichbarer wird. Wenn man es erkennt, ist es bereits zu spät. Die Möglichkeit, diese andere Umgebung, dieses andere Leben zu erreichen, wenigstens ein letztes Mal, ist für immer versperrt.

Außer im Traum. Da streichelte ich liebevoll die faltige Wand der Steilhänge in den Jangtse-Schluchten, als wäre es der glatte Körper einer Frau. Und die Gesichter lieber Menschen, selbst solcher, die ich endgültig vergessen zu haben glaubte, schlichen sich tief in mein Inneres ein, ohne jede Vorankündigung, als wäre es das Natürlichste der Welt. Die Gesichter meines Vaters, meiner Schwester und vor allem meiner Mutter, deren Aschebehälter ich von meinem Bett aus im Regal stehen sah. Die Gesichter einiger anderer Familienmitglieder. Die Gesichter von Haolang und Yumei, getrennt oder zusammen. Eine ganze Weile glitten sie in nahezu regelmäßigen Abständen durch meine Träume, nicht als Gestalten aus meiner Vergangenheit, sondern in glücklichen oder tragischen Situationen meines gegenwärtigen Lebens: auf Spaziergängen durch Paris oder seine Vororte; bei lebhaften Gesprächen, teils auf chinesisch, teils auf französisch; bei einem tödlichen Unfall, wo ich zwischen den umstehenden Gaffern hindurch in den Opfern Haolang und Yumei erkenne … Diese glücklichen oder tragischen Momente enden damit, daß ich mitten in der Nacht völlig verstört aufwache. Ein-

mal jedoch hatte ich an der Wirklichkeit der Situation keinen Zweifel mehr. Die beiden Menschen, die mich heimsuchten, riefen mich von einem Hotel aus an. Sie sagten mir, sie seien gerade in Paris eingetroffen, und baten mich, zu ihnen zu kommen. Im Ohr noch den nördlichen Akzent des Freundes: »Vergiß dein Zeichenheft nicht!« und die fröhliche Stimme der Geliebten: »Laß uns nicht zu lange warten. Wir haben Hunger!«, stand ich auf und zog mich an. Im Hinausgehen griff ich in die Jakkentasche, in die ich meiner Erinnerung nach den Zettel mit der notierten Hoteladresse gesteckt hatte: er war nicht da.
Wie sollte man im fremden Land überleben? Dank eines verständnisvollen Verantwortlichen war mein Stipendium für eine gewisse Zeit verlängert worden; doch die war nun um. Ich hatte kein Diplom, keinen festen Beruf. Ich war zwar Maler, aber da ich keinerlei Vertrag mit irgendeiner Galerie hatte, gelang es mir nur selten, Bilder zu verkaufen. Dabei schafften es einige meiner Landsleute durchaus, sich mit einer souverän gemeisterten Kombination malerischer Techniken rasch durchzusetzen. Ich dagegen hatte mir entschieden zuviel vorgenommen. Ich wollte die große Tour machen; das war ein Programm für zwei oder drei Leben. Hätte ich anders gekonnt? Ich schleppte ein zu belastetes Leben mit mir herum, voll von wirren Erinnerungen, die ich zu verdauen hatte, voll von dunkler Bedeutung, die ich erhellen zu müssen meinte. In der Kunst hatte ich die Lehre meines Meisters befolgt und die Erfahrung von Dunhuang gemacht; ich hatte Frankreich, Holland und Italien bereist. Konnte ich so leicht über Bord werfen, was ich gesehen und aufgenommen hatte, und mich davon freimachen, als wäre es nichts? Würde mir ein

solches Vergessen den langen Umweg ersparen? Ich war nun einmal dieser Chinese im zwanzigsten Jahrhundert, von jeher hin- und hergeworfen und herausgefordert; herausgefordert durch China, durch den Westen, durch das Leben. Ich brauchte einen verdammt guten Magen, um das alles zu verdauen, ich, der Schwächling mit den gepeinigten Eingeweiden! Am Ende war ich vielleicht gar kein Maler, sondern ein ewig Fragender, ein Unangepaßter, der sich vorübergehend an das Leben klammerte, an ein paar erfundene Formen, ein paar zusammengemischte Farben, ein paar instinktive Gesten. Vielleicht würde ich eines Tages alles abschütteln, was mich belastete, und leicht und lässig, möglicherweise sogar modern werden. Bei all meiner Sympathie für Cézanne, für Kandinsky, für Klee könnte ich mich dann in diesem Abendland mit seinen raschen Wechseln, das nur auf Neuheit setzte, ohne allzu große Mühe unter meine Zeitgenossen mischen, auch wenn viele ihrer Versuche mir keineswegs neu erschienen, sondern mir den Eindruck vermittelten, Teil dessen zu sein, was die Alten mir bereits hinterlassen hatten. Doch wie auch immer, über sie würde vielleicht auch ich schließlich den Zugang zu einer wahren Metamorphose finden. Noch indes war ich nicht soweit, noch nicht. Ich mußte Eile mit Weile verbinden, sehr langsam vorgehen, selbst wenn ich darüber verhungern sollte.

9

Vom Porträtmalen in den Cafés und dem Verkauf von Landschaftsbildern an einige Privatleute konnte ich nicht mehr leben. Ich mußte meine Essensausgaben reduzieren. Es gab Tage, wo ich nur ein Stück Brot kaute mit einem Glas Wein dazu. Das Hungergefühl machte mich schwindelig und begann mir zuzusetzen, sowohl körperlich als auch geistig. Würde ich meinen eigenen körperlichen Verfall miterleben müssen? Und vor allem, würde ich meiner elementaren Bedürfnisse wegen die innere Würde verlieren? In dem Lokal, wo ich trotz meiner zitternden Finger zu zeichnen versuchte, wurde mir das Klappern der erst vollen, dann leeren Teller von Tag zu Tag unerträglicher, und nur mit großer Mühe unterdrückte ich den Impuls, die Menschen mit den satten Gesichtern anzusprechen, die nicht einen Moment daran dachten zu teilen. Eines Tages steckte ein Gast nach dem Bezahlen sein Portemonnaie nicht richtig weg. Als er an mir vorbeiging, fielen ein paar Geldscheine heraus. Fasziniert zögerte ich einen kurzen Moment, bevor ich ihn darauf aufmerksam machte …

Eine Zeitlang ließ ich mich von einem koreanischen Freund zur Arbeit in den Markthallen überreden, wo wir Gemüse- und Obstkisten von den Lastwagen abluden.

Lange Nächte voller Hektik und Schinderei, Geschrei und Gelächter, wo Klagen nicht angebracht war, Schulter sich an Schulter rieb und Schweiß mit Schweiß sich mischte. Man stärkte sich an der kraftvollen männlichen Wärme, unbeeinträchtigt durch die Anwesenheit einiger weniger Frauen, auch sie offen und robust. Bis man sich endlich im ersten Morgengrauen erschöpft vor einer dampfenden Fleischbouillon an den Tisch fallen ließ …

Später fand ich eine für mich geeignetere Arbeit als Reinigungskraft in einer Mensa, wo ich gelegentlich aß; eine von denen, die nach dem Krieg nicht renoviert worden waren. Die Reinigungstechnik dort war primitiv und unzulänglich; gearbeitet wurde eher manuell als mit Maschinen.

Wir waren ein Dutzend, die dort arbeiteten, alle unterschiedlicher Nationalität: Ungarn, Polen, Tunesier, Franzosen … Es herrschten eine betont laute und lustige Atmosphäre und ein derber, scherzhafter Ton. Da ich den Studentenjargon erst mühsam lernte, beteiligte ich mich kaum. Einer der beiden Franzosen aus der Gruppe, mit blassem Gesicht und Brille, bekundete mir seine Sympathie. Er versuchte, mir die offensichtlich über meine physischen Kräfte gehenden Anstrengungen zu ersparen. Er war Kommunist und machte keinen Hehl daraus. Trotz seiner etwas schwerfälligen Ernsthaftigkeit unterhielt ich mich gern mit ihm, zumal er sich für viele Dinge ehrlich interessierte. Ein Thema allerdings versuchte ich nach einem ersten kurzen Meinungsaustausch zu meiden: das kommunistische Regime in China. Er bewunderte es grenzenlos und sah darin die neue Hoffnung der Menschheit. Bei diesem Thema hörte er mir kaum zu, auch wenn er sonst höchst aufmerksam, fast unterwürfig war, wenn ich ihm etwas erzählte. Er war sich sicher, daß er darüber besser Bescheid wußte als ich, weil er die *Humanité* las, die häufig Artikel über China veröffentlichte. Er versuchte sogar, mich zu überzeugen mit dem Argument, für den Sieg einer solchen Revolution seien Opfer unerläßlich. Beim Reden wirkte sein blasses Gesicht noch ausgezehrter, seine Backen röteten sich, und seine Augen hinter den Brillengläsern begannen zu glänzen, wie die eines schüchternen Liebhabers.

Wie war es möglich, daß ein so klarsichtiger, so sehr um die Menschheitsprobleme besorgter Mensch sich von so viel blinder Leidenschaft den Blick trüben ließ? Es war also nicht weit vom allzu leidenschaftlichen Anhänger formaler Gerechtigkeit zum Rechtfertiger und schließlich zum Richter.

Die leidenschaftliche Blässe des Kommunisten färbte schließlich auf mich ab. Eines Tages fiel mir in einem Spiegel mein geradezu leichenblasses Gesicht auf. Schuld daran war, das wußte ich, weniger die schwere Arbeit als das einseitige, manchmal verdorbene Essen, das man uns reichlich servierte, bevor die Studenten kamen. Ich würgte es nur mit Mühe hinunter, denn ich wußte ja, unter welchen hygienischen Bedingungen es zubereitet wurde, und war angewidert von dem ekelhaften Geruch, der in dem riesigen, unfreundlichen Raum in Wände, Tische, Geräte, Kleidung und Haare einsickerte, der Gestank von all den seit Jahrzehnten servierten Mahlzeiten und mehr schlecht als recht beseitigten Abfällen, der den ätzenden Geruch des Chlorwassers noch ätzender machte. Nach einiger Zeit hatte ich ständig einen Blähbauch und mehr oder minder heftige Schmerzen. Ich sagte mir immer wieder: »In Paris krank zu werden, wäre schrecklich. Nur nicht krank werden! Nur das nicht!«

Doch mir blieb keine Wahl. Eines Nachts im Winter 1954 bekam ich hohes Fieber und heftige Leibschmerzen. Da am nächsten Tag Sonntag war, holte ein hilfsbereiter Nachbar einen Notarzt. Als dieser hereinkam, glaubte ich, einen bösen Engel zu sehen. Der Mann hatte ein rohes Gesicht mit verschwommenen Zügen, das sich permanent zu einem blasierten Grinsen verzerrte. Ich erinnere mich noch genau an unser erstes Gespräch, voll von Mißachtung, wenn nicht Verachtung.
»Sie sind Vietnamese?«
»Ich komme aus China.«
»Ach, das kommt aufs gleiche raus … Ich kenne Indochina gut, wissen Sie. Ich habe lange dort gelebt.«
»…«
»Also, was fehlt Ihnen?«
»Ich habe Fieber und starke Magenschmerzen.«
»Kein Wunder, bei dem schlecht geheizten Zimmer! Machen Sie sich frei, ich werde Sie abhorchen.«
Als er meine entblößte Brust sah, sagte er:
»Nicht viel auf den Rippen, was! Sie müssen essen, junger Mann.«
Während er mich dann abhörte, stellte er die ungehörige Frage:
»Sie haben ein schönes Seidenhemd, wo haben Sie das her?«
»Das habe ich aus China mitgebracht.« (Es war ein Geschenk der Geliebten.)

»Kein Wunder, so was findet man hier nicht. Haben Sie Schüttelfrost?«
»Ja. Vielleicht wegen der Kälte.«
»Das ist Malaria, todsicher. Die haben sie doch schon gehabt, oder?«
»Ja, aber ich war geheilt. Ich habe schon seit vielen Jahren keine Anfälle mehr gehabt.«
»Dieser Scheißdreck geht nie weg; alle Indochinesen schleppen das mit sich rum.«
»Ich versichere Ihnen ...«
»Glauben Sie mir, junger Mann, das ist eine neue Malaria-Attacke. Sie müssen Chinin einnehmen. Das kann Ihnen nicht schaden, aber es reißt Sie raus.«
Bevor er sich verabschiedete, gab er mir noch den guten Rat: »Essen Sie mehr, und heizen Sie besser!« Dann sagte er, wie von einem plötzlich Zwang getrieben: »Kennen Sie den Satz von Rilke ›Wenn Menschen, die sich hassen, im selben Bett schlafen müssen ...‹?« Ohne die Antwort abzuwarten, verschwand er aus der Tür.
Obwohl ich Zweifel hatte, sagte ich mir in meiner Niedergeschlagenheit, schaden könne es mir ja schließlich nicht. Ich entschloß mich also, Chinin zu schlucken, in den starken Dosen, die der Arzt mir verschrieben hatte. Die Folge: Meine Leibschmerzen verschlimmerten sich, statt zu verschwinden; mein Zahnfleisch schwoll an, und ich bekam Abszesse im Mund. Ich konnte nichts mehr essen, selbst das Trinken wurde zur Qual. Ein zweiter Arzt aus dem Notdienst wies mich ins Krankenhaus ein.
Der riesige Gemeinschaftssaal war wegen der großen Zahl von Kälteopfern in jenem Jahr bereits überfüllt, und für mich wurde ein zusätzliches Bett hineingestellt, am Ende

einer Reihe dicht an der Tür. Alle, die kamen und gingen, mußten an meinem Bettende vorbei.
Unversehens fand ich mich auf höhere Anordnung in einer Welt wieder, wo alle leidenden Menschen nicht mehr sich selbst gehören, sondern nur noch dem Unbekannten ausgelieferte, ungewaschene, übelriechende Körper sind. Ich mußte mich meinem geliehenen Körper stellen, den ich nur schlecht kannte. Selbst so einfache Gesten wie das Thermometer unterzustecken oder ein Zäpfchen einzuführen, erfolgten unsicher und ungeschickt. Und als ich bei weit geöffnetem Mund Medikamente auf meine Abszesse auftragen mußte, entsetzte mich der Anblick meines Halses und der Zungenunterseite, diese Anhäufung aus weichem, violettfarbenem Fleisch, das der verzerrende, angeschlagene Spiegel zeigte, als wäre es das Bild der Hölle.
Der Tag des Kranken ist durch ständiges Kommen und Gehen von Krankenschwestern, Ärzten, Rollbetten, die Patienten zum Röntgen bringen, Essenswagen und Familienbesuchen zerhackt. Gegen Abend, nach dem Essen und vor dem Schlafengehen, gibt es eine kurze Ruhepause, wenn die Krankenschwestern Schichtwechsel haben. Diesen Augenblick der Freiheit nutzen die noch Kräftigen, um das Bett zu verlassen und sich zu treffen. Selbst die Schwerkranken hinter den Scheiben am Ende des Saales kommen aus ihren Isolierräumen wie Fische aus einem Aquarium.
Vor der von allen gefürchteten Nacht hat jeder das Bedürfnis, sich noch ein wenig mit den anderen zu unterhalten. Das kleinste verständnisvolle Lächeln, das geringste Wort der Ermutigung wird als unverhofftes Geschenk aufge-

nommen. Da das Draußen zur unerreichbaren, geradezu unwirklichen Ferne geworden ist, deren Existenz allein durch die Engel in Weiß bestätigt wird, kommt es ihnen vor, als könnten sie nur noch untereinander Trost finden, in ihrem gemeinsamen Leid.

Nachts ist jeder vollauf damit beschäftigt, unter Aufbietung aller Kräfte ohne allzu große Schäden über die Tiefe des Abgrunds hinwegzukommen, und zählt die Minuten, die Stunden bis zum ersten Morgenschimmer, um seinen eigenen Dämon zu besiegen und auch das Stöhnen der anderen zu überstehen. Stöhnen und Röcheln. Denn der Tod schlägt mit Vorliebe nachts zu, wenn das Opfer wehrlos und hilflos ist. Mitten in der Nacht kommen die Pfleger, holen die Gestorbenen und bringen sie in die Leichenhalle, Clochards mit erfrorenen Beinen, Schwerkranke, die es plötzlich dahingerafft hat. Und wenn sie die Leichen an meinem Kopfende vorbeischieben, streifen die Pfleger mein Bett.

Zermürbt von der Krankheit sah ich unerwartet den Besucher von einst wieder erscheinen. Zu erschöpft durch die pausenlosen Schmerzen, zu sehr gepeinigt von der Angst vor der Verschlimmerung, war ich nicht imstande, der Präsenz dieses immerhin einzig Treuen, der von weither und gleichzeitig aus meinem Inneren kam, zu widerstehen. In der Rolle des Trösters, ermutigte er mich mit seinem bannenden Blick, unbedingt aus dem Abgrund herauszukommen. Gelang es mir, mich mit meiner wie von glühender Lava verbrannten Haut bis nach oben zu hieven, tat er wie früher, als wolle er mir helfen, und ließ mich, scheinbar aus Versehen, wieder fallen …

Der einzige Lichtschimmer in dieser Finsternis außer dem

phosphoreszierenden Blick des Besuchers war eine Nachtlampe mit blauem Licht über einem Isolierraum, wo ein an Leukämie leidender junger Mann lag. Tagsüber wachte bei ihm seine Mutter, die nur diesen einzigen Sohn hatte. Bei dem Gedanken an diesen jungen Mann fühlte ich mich privilegiert. Ich konnte wenigstens verschwinden, ohne daß es jemand erfuhr, ohne irgend jemandem Kummer zu bereiten. War ich nicht der einzige Ausländer in diesem großen Saal? Schon an diesem Ort der Verdammnis hatte ich keinen Namen mehr – man nannte mich einfach den Chinesen –, und auch in der Leichenhalle würde meine Leiche wieder nur ein Element außer der Reihe sein, das an seinen unbekannten Herkunftsort zurückzuschicken wäre. Bei diesem Gedanken mußte ich ebenso schaurig grinsen wie der Besucher und fiel am frühen Morgen in einen Alptraum.

In allen folgenden Nächten klammerte ich mich an den blauen Lichtschein und versuchte so, meine Angst zu beherrschen. Ich nahm Anteil an dem Leiden des anderen, der nun ein Gesicht hatte. Der junge Mann mit den fiebrigen Augen und den eingefallenen Wangen war inzwischen mein Gefährte geworden. Durch eine Reihe von Andeutungen hatte er mir zu verstehen gegeben, am meisten bedauere er, dieses Leben verlassen zu müssen, ohne eine Frau kennengelernt zu haben. Wie sollte ich ihn trösten? Konnte ich ihm sagen, daß jeder Mann, weil er von einer Mutter geboren wurde, die Frau bereits kennt? Und daß seine Mutter, wenn sie es erführe – sie würde es nicht erfahren –, ihn sicher gern wieder in sich hineingenommen und ihn mit ihrem Körper gewärmt hätte, damit er neu geboren würde. Nacht für Nacht zwang ich mich, wenn ich schon selbst nicht getröstet wurde, wenigstens zum Tröster zu werden. So hat mir der junge Mann, bevor er verschwand, auf seine Weise ein Lebenszeichen gegeben. Ein Zeichen zum Leben.

10

Im fahlen Grau des Pariser Nachmittags schleppte ich meinen ausgemergelten Körper eine Straße mit aussätzigen Mauern entlang, Mauern, ähnlich den gebrauchten Matratzen, die nächtens aufs Trottoir geworfen werden, mit verschiedensten Sekreten befleckt und in der Mitte durchgelegen von fiebrigen oder fiebernden, leblosen oder erregten Körpern, im Stich gelassenen oder lange betrauerten Leichen. Und weiter schob ich mich, an anderen, noch blinderen, noch stummeren Mauern entlang, unabänderlich grauen Mauern, von jenem hoffnungslosen Grau, das auf keiner Farbpalette vorkommt, die Farbe des Augenblicks, da sich die wirklichen Dinge entschließen, endlich in der unsichtbaren Welle des Nichts aufzugehen. In meinem Zimmer mit den schwitzenden Wänden, deren Risse mit vergilbtem Zeitungspapier ausgestopft waren, atmete ich den Geruch von feuchtem Holz und ranzigem Öl, hörte ich das Kreischen und Klopfen von Säge und Hammer, dazwischen von Zeit zu Zeit Kindergeschrei und das Scharren der Ratten.

Das Zimmer, doch eigentlich zum Schutz geschaffen, damit man es warm hat, wurde nun zum vorrangigen Spiegel der menschlichen Einsamkeit in einer Welt ohne Echo, zum Spiegel eines Menschseins, das sich an diese Erde klammerte, an die Erde, die nährte, aber als winziger Punkt im All keinerlei Licht spendete. So war ich darauf angewiesen, aus mir selbst meine düstere Klarheit zu schöpfen. Mein Schicksal, das wußte ich, würde es sein umherzuirren. Solange ich in China war, hatte ich die Illusion, in einem Land, in einer Sprache verwurzelt zu sein, mitzuschwimmen in einem Strom des Lebens, das weiterging, koste es, was es wolle. Jetzt war ich wurzellos, in diesem Abendland, das mich anzog und sich mir gleichzeitig verschloß. So wie sich das Gesicht der Beamten auf der Präfektur verschloß, die mir mit Nichtverlängerung meiner Aufenthaltsgenehmigung und Ausweisung drohten, weil ich mittellos war. Mein Leben war nicht mehr nur eine Randexistenz; es war illegal.

Illegal. Ohne Recht auf Leben. War Europa, das Ziel so vieler meiner Träume, eine Zuflucht für mich? Angst überfiel mich, kroch mir unter die Haut, kaum daß ich, mit dem Rücken an der Wand, diesen Kontinent ins Auge faßte. Hatte doch dieser von der Natur so verwöhnte Kontinent mit all seinem Erkenntnisstreben und seiner so überreichen schöpferischen Kraft dennoch keine ausreichend dicke Kruste zu bilden vermocht, um die Ungeheuer zu ersticken und um zu verhindern, daß sich in seinem Inneren ein Abgrund des Schreckens auftat. Wenn Verblendung sich breitmacht, wendet sich der bei vielen seiner Bewohner vorhandene Macht- und Herrschaftswille, sofern er sich nicht an fernen Völkern austoben kann, gegen sie selbst. Kriege bis zum Äußersten, in denen alle dazu getrieben werden, sich gegenseitig umzubringen, organisierte Gemetzel. Alles technische Genie in den Dienst der kalten Vernichtung eines ganzen Volkes gestellt, das, zu

Asche verbrannt, nur Berge von Ringen, Eheringen, Goldzähnen, Brillen hinterläßt, die man vorher jedem einzelnen seiner Angehörigen geraubt hat ...
Es war die Zeit des Kalten Krieges. Bei dem geringsten neuen Konflikt, das wußte ich, würde ich unter vielen anderen das ausersehene Opferlamm sein, und unter meinen Füßen würde augenblicklich die Falle klaffen, die Falle des gewaltsamen Todes. Wie die welken Blätter ohne Zweige und Wurzeln würde ich zertreten, hinweggefegt, verbrannt werden ...
So sah ich mich, in meinem Zimmer gespiegelt, vollkommen allein, ohne irgendeinen Menschen auf dieser Erde. Meine Malerfreunde litten zwar auch unter dem Exil, stellten sich aber nicht so viele Fragen. Es waren Argentinier, Ungarn, Österreicher, Spanier, Libanesen. Andere kamen aus Japan, Korea, Indonesien. »Der beste Weg, ein Land kennen und lieben zu lernen, ist es, seine Frauen kennenzulernen«, sagte einer von ihnen. Die Frauen? Ich war einigen wenigen begegnet, sporadisch, ohne im entferntesten an eine dauerhafte Beziehung zu denken, denn ich war überzeugt, bei keiner die stille, vertrauensvolle Wärme der Heimat finden zu können. In den Ateliers und Cafés ringsum war das Anbändeln mit Frauen nicht sonderlich schwer und allenfalls den Launen der Jahreszeit unterworfen. Im Frühling und im Sommer herrschte eine leicht exaltierte Erregtheit. Bei Wind und Kälte dagegen verspürte man auf den leergefegten Straßen vor allem ein Bedürfnis nach Wärme. Man suchte Zuflucht in den verräucherten Cafés, trank zusammen einen Café crème zu einigen weich gewordenen Croissants und ging dann zu dem einen oder der anderen nach Hause in ungemachte,

miefige Betten. Das Fleisch war traurig und das Reden bibbernd. Andererseits, warum sollte man sich nicht zu einer der kollektiven Orgien mitschleppen lassen bei irgendeinem erfolgreichen Maler, wo mit obligatorischer Verkleidung oder Nacktheit ein grausames, eitles Spiel getrieben und das jämmerlich geschrumpfte Begehren zusehends vergällt und verdorben wurde …

Eines Tages drängte sich mir, ohne daß ich darauf gefaßt war oder darauf geachtet hatte, mit verwirrender Selbstverständlichkeit ein weibliches Gesicht auf. In dieser Pariser Hölle gab es also offenbar einen Menschen, der mich anlächelte. Es geschah anläßlich eines Konzerts des Cellisten Pierre Fournier.

Ich kannte seinen Namen, weil ich eine seiner Platten bei einem österreichischen Bildhauer gehört hatte; auf dem Programm stand unter anderem das *Violoncellokonzert* von Dvořák, das mich seinerzeit so beeindruckt hatte. Als ich in dieser Zeit der Entbehrungen, der Müdigkeit und der Zukunftsangst auf einem Plakat den Namen des Cellisten las, spürte ich plötzlich einen ausgesprochen nostalgischen Hunger, wie Kranke, die nach langem Leiden in einem Moment der Ruhe oder der Besserung Verlangen nach einer harmlosen, in der Kindheit geliebten Kleinigkeit haben: nach einer heißen Schokolade, einem Traubensaft, kandierten Maronen oder, wie ich, nach Sojamilch, mariniertem Bambus und kandierten Lotuskernen.

Ersatzweise hatte ich Verlangen, physisches Verlangen, nach diesem ernsten und sinnlichen, bedächtigen und zarten Celloklang. Mit Sicherheit würde mich dieser Klang in meiner Angst und Verwirrung besser beruhigen als jedes

Schlafmittel. Mich hungerte danach wie nach einem lebenswichtigen Stoff. Er würde das ständige Loch in meinem Magen füllen, das keines jener faden Lebensmittel, die ich Tag für Tag pflichtschuldig hinunterschlang, zu stopfen vermochte. Bei meiner Geldnot war ein Konzertbesuch ein Luxus. Ich versuchte, die Ausgabe mit der Vorstellung zu rechtfertigen, ich ginge schließlich dorthin wie zu einer Therapie. Andere suchen statt dessen Erleichterung im Alkohol und im Tabak oder gehen zu Wahrsagern.
Ich stand in der Warteschlange, ziemlich weit weg vom Kassenschalter, als eine junge Frau auf mich zukam mit einer Karte in der Hand. »Monsieur, möchten Sie eine Karte? Ich habe eine übrig.« Ich zögerte einen Moment, denn der Preis für die Karte lag über dem, was ich zu zahlen vorgehabt hatte, doch schon antwortete ich: »Ja.«
Als ich zu meinem Platz ging, war ich froh, dicht an der Bühne zu sitzen; ich würde in noch engeren Kontakt mit dem Musiker und seinem Instrument kommen können. Die junge Frau saß neben mir. Ich nickte ihr zu, dann verschanzte sich jeder hinter diskretem Schweigen im Warten auf den Beginn des Konzerts.
In der Pause während des Beifalls sagte meine Nachbarin spontan: »Wie schön!«
»Ja, was für ein meisterhaft reines Spiel!«
»Sind Sie Musiker?«
»Nein … und Sie?«
»Ich bin Klarinettistin.«
»Sie beurteilen das Konzert also aus professioneller Sicht!«
Da ich meine Antwort zu banal fand, fügte ich noch hinzu: »Klarinette und Cello, das muß ähnlich klingen.«

»Völlig richtig.« Aus Höflichkeit wollte ich die Unterhaltung nicht weiter in die Länge ziehen. Ich vertiefte mich in das Programm, das meine Nachbarin mir geliehen hatte, und war froh über die Erläuterungen zur Einordnung der gehörten Stücke: eine Suite von Bach, eine Sonate von Schubert und eine von Brahms.

Nach dem Konzert gingen wir ein Stück Wegs zusammen. Beim Abschied gab sie mir einen Prospekt mit der Ankündigung eines Kammermusikkonzerts, bei dem sie mitwirken würde.

Wenn ich während des langen Heimwegs zufällig meine Hand in die Tasche steckte und das zusammengefaltete Stück Papier berührte, spürte ich in den Fingerspitzen eine innige Zartheit, ein Entzücken, ein derartiges Wonnegefühl, daß es mich durchfuhr wie ein Feuerblitz. Schlichter gesagt, ich fühlte mich wie ein Spieler, der einen Lotteriegewinn gezogen hat und ihn von Zeit zu Zeit streichelt, um sich zu vergewissern, daß er noch da ist. In dieser Dunkelheit von Paris, in dieser Dunkelheit der Welt war ich nicht mehr allein; ich war nicht mehr jenes verlorene Wesen, von allem abgeschnitten, ohne Familie, ohne Identität. Und alles nur wegen dieses leicht zerknitterten Stück Papiers! In finsterster Nacht genügt ein Streichholzfunke, eine flackernde Flamme, ein Glühwürmchen, um das ganze Universum offenzuhalten.

Am Abend versuchte ich, mir das Gesicht der Frau wieder in Erinnerung zu rufen. Zu Anfang traten ihr Lächeln und ihr Blick hervor. Doch je mehr ich mich bemühte, desto verschwommener wurde das Gesicht. Ich war nicht mehr sicher, ob ich sie auf der Straße wiedererkennen würde. Angst überfiel mich, Angst, sie könne sich in nichts auflösen.

Ich stand auf und betastete meine Jacke; das Papier war da. Mein Leben kam mir vor wie eine ununterbrochene Folge von Vorwegnahmen, künftigen Verwirklichungen. Nach so vielem Scheitern glich ich allmählich einem Menschen, der allein durch eine verlassene Gegend wandert und sich nicht umzusehen wagt aus Angst vor Gespenstern, die ihn womöglich verfolgen. Was mich bedrückte, war nicht die Sehnsucht nach der Vergangenheit, die jeder in der Phantasie neu zu erschaffen versucht. Ich mochte mich selbst nicht, es war mir zuwider, mich zu spiegeln. Wie ich es auch vermied, meine Briefe an meine Mutter zu lesen, und nicht versuchte, mich an der Erinnerung zu erfreuen, denn ich wußte, daß ich dabei vor Scham und Pein zugrunde gehen würde. Trotz dieses unausrottbaren Pessimismus kauerte ein ebenso unausrottbares Vertrauen im Dunkel meines innersten Begehrens, dem ich nicht näher auf den Grund ging. Ich war überzeugt, mein Leben würde sich, wenngleich aufgeschoben, dennoch erfüllen, unabhängig von meinem Wissen und Wollen.

Ich ging in das Konzert. Ich sah die Klarinettistin wieder – sie begleitete das Lied *Der Hirt auf dem Felsen* von Schubert; sie war anders, als ich sie in Erinnerung hatte. Aber durch die Bestätigung ihres Vorhandenseins war sie realer; das golden schimmernde hellbraune Haar; die leicht kurzsichtigen Augen, die ihr in ihrer Mischung aus schüchterner Zurückhaltung und naivem Staunen einen gewissen Charme verliehen; die feine, gerade Nase; die eher blassen, doch bei jeder Gemütsbewegung zart errötenden Wangen; die dünnen, sensiblen Lippen, wie geschaffen, um Töne zu modulieren; der schlanke, nur scheinbar zerbrechlich wirkende Körper, denn man spürte, daß ihn ein tiefer, beherrschter Atem bewegte. Sie war wirklich da; ich würde sie nicht aus den Augen verlieren; ich würde ihr nahekommen. Als ich hinter die Bühne ging, um sie zu begrüßen, empfing sie mich mit einem natürlichen Lächeln, als hätte sie mich erwartet. Von da an besuchte ich alle ihre Konzerte und begleitete sie anschließend nach Hause.

11

»Du kommst von so weit her … aber ich frage dich nicht, wer du bist.«

Auf diese spontanen, so lächelnd vertrauensvollen Worte von Véronique gründete sich unsere zärtliche Freundschaft. Hätte sie mich gefragt »Wer bist du?«, hätte ich ihr keine Antwort zu geben vermocht. Doch sie hatte mir von vornherein ihr Vertrauen geschenkt. Warum? Hatte es ihr genügt, daß ich in einem Cellokonzert war? Daß ich, von so weit gekommen, in der Lage war, ihr bei einem Stück von Brahms zu begegnen? Ich nahm ihre Gegenwart, ihr Gesicht, ihren Körper wie ein Geschenk auf; geduldige Sanftmut und zugleich gespannte, fast schmerzhafte Willenskraft gingen von ihr aus. Hatte denn nicht gerade eine solche Gegenwart die Kraft, alles zu verändern? Die bis dahin so bedrückende Welt, die mich umgab, öffnete sich, zeigte sich von Sinn und Resonanz erfüllt, als erblickte ich sie durch Véronique zum ersten Mal. Zumal meine Freundin und ich nicht immer zusammen waren. Jedesmal wenn ihre Gestalt sich mir näherte oder sich von mir entfernte, überkam mich das Gefühl von etwas Neuem, wie bei einer ungewöhnlichen Begegnung.

Véronique war Mitglied eines Provinzorchesters in der Stadt L. Hin und wieder kam es vor, daß sie in Frankreich oder im Ausland auf Tournee ging. Sie hatte ein Unabhängigkeitsbedürfnis, das ich zu respektieren lernte, wenn auch nicht, ohne darunter zu leiden. Vor allem zu Anfang unserer Beziehung, wenn sie sich nach einem Spaziergang oder einem Konzert vor ihrer Haustür verabschiedete: »Laß mich, ich muß wieder zu mir finden.« Oder: »Wir sehen uns in zwei Tagen. Ich muß üben, ich bin im Moment nicht mit mir zufrieden.« Ich lernte zu warten und schließlich sogar, aus dem Warten eine Tugend zu machen. In der Spannung zwischen Angst und Lust bemühte ich mich zu arbeiten, oft mit Erfolg. Manchmal – unverhoffte Belohnung – kam sie ohne Vorankündigung nach der Rückkehr von einer Tournee schnurstracks zu mir: »Da bin ich! Mach mir eine Nudelsuppe. Ich habe jetzt einen chinesischen Magen!«

Später, als sie merkte, daß mich ihr erstes Herumprobieren beim Entziffern neuer Partituren überhaupt nicht störte, kam sie häufiger zum Üben in mein Atelier. Während im Raum nebenan die Töne ihrer Klarinette erklangen, arbeitete ich an meinen Bildern. Wie könnte ich diese Stunden des Miteinanderwetteiferns und der wechselseitigen Offenbarungen vergessen? Durch Véronique ermutigt, widmete ich mich von neuem der Tusche. Dieses Material mit dem »samtenen Geschmack«, wie sie sich ausdrückte, faszinierte sie. Mit der nach Belieben eingedickten oder verdünnten Tusche konnte ich Szenen realisieren, die nicht durch Licht belebt waren, sondern durch eine unvermutete innere Essenz. Ich glaube, von dem Zeitpunkt an begann ich, meine innere Stimme zu hören, meinen eigenen Weg zu finden. Auf meinen Bildern entstanden Tag für Tag, durch die Erinnerung geläutert, erlebte Landschaften. In ihnen fand Véronique mich instinktiv wieder. Oder besser, sie fand das ferne Land, aus dem ich kam, und war immer stärker berührt von den Einzelheiten meiner Vergangenheit, die ich ihr nach und nach vermittelte.

Eines Tages sagte Véronique angesichts einer Reihe besonders heiterer Bilder: »Oh, darf ich sie behalten? Sie beruhigen mich, sie trösten mich.« Dieser an sich harmlose Satz verwunderte mich. Hatte sie denn Ruhe und Trost nötig? Neben meinem verworrenen Leben kam ihr Leben mir glatt und geradlinig vor, wie die einteiligen Kleider, die ihr so gut standen. Ihr Leben war doch auf ein einziges Ziel ausgerichtet: die Musik. Es sei denn, das Leben mit den Tönen und für die Töne setzte sie unter Spannung. Oder ein heimlicher Kummer? Was weiß man von jemandem, dessen Nähe man zu teilen versucht? Wie gelingt es dem anderen, seinem Leben Ausdruck zu geben? Und wie gelingt es einem selbst zu hören, was der andere sagt? Habe ich es in meinem dringenden und recht egoistischen Bedürfnis, mich anzuvertrauen, verstanden, Véronique zuzuhören? Auf jeden Fall war sie zurückhaltend genug, nicht allzusehr ihr Herz auszuschütten. »Ich frage dich nicht, wer du bist«, hatte sie gesagt. Trotzdem kannte sie nach einer Weile mein Leben wohl besser als ich das ihre. Es bedurfte eines Zufalls, damit sie von einer schmerzlichen Phase in ihrem Leben erzählte. Ich werde den Nachmittag nicht vergessen, als in einem Moment der Entspannung ein paar Worte von mir eine Vergangenheit in ihr aufrührten, über die sie bis dahin geschwiegen hatte. Ich erzählte ihr die Legende von Boya, einem der größten Musiker des chinesischen Altertums. Boya lernte bei dem großen Meister Chenglian die Kunst der Laute. Mit seiner außergewöhnlichen Begabung beherrschte er sie nach drei Jahren. Doch der Meister kritisierte, er klebe noch zu sehr am Instrument. Weil er sich nicht davon lösen könne, behindere er den authentischen Ausdruck seiner Gefühle. Eines Tages unternahmen der Meister und sein Schüler eine Seereise. Sie legten an einer Insel an. Plötzlich war der Meister verschwunden. Statt um Hilfe zu rufen, begann Boya, allein inmitten von Vogelgeschrei und Wellenrauschen, zu spielen, um seinen Schrecken und seine Not auszudrücken. Dabei vergaß er völlig sein Instrument und fand so den wahren Klang. »Das ist ja unglaublich, was du mir da erzählst. Das habe ich selbst erlebt!« Bewegt und mit Tränen in den Augen berichtete mir meine Freundin dann, wie sie mit neunzehn Jahren, drei Jahre, nachdem sie mit dem Studium der Klarinette begonnen hatte, an Tuberkulose erkrankt war. Ein Schicksalsschlag: ihr ganzer Traum brach zusammen, und jahrelang siechte sie in Erwartung des Todes in einem Sanatorium dahin. Es war am Ende des Krieges. Sie hatte noch kaum gelebt und kannte nur Armut. Was sie schließlich rettete, war natürlich das Wunder der Medizin, aber für sie selbst war es vor allem die Melodie aus Herzleid und Sehnsucht, die sie unaufhörlich innerlich gespielt hatte, gegen die Entbehrung, gegen Verlassenheit und Verzweiflung. Nachdem ihr die Klarinette genommen war, hatte sie ihren leidenden Körper in ein Musikinstrument verwandelt und konnte so in Gedanken nach allen Regeln der Kunst weiter musizieren, noch dazu um vieles echter und inniger. Als sie dann nach überstandener Krankheit die Klarinette wieder in der Hand hielt, hatte sie gar nicht den Eindruck, pausiert zu

haben; ja mehr noch, sie machte die berauschende Erfahrung, das Instrument bereits zu beherrschen. Es kam also für sie nicht mehr in Frage, ihr Musikstudium aufzugeben, trotz gegenteiliger Meinung ihrer Eltern sowie einiger Ärzte, die alle fürchteten, sie würde ihre Lungen überanstrengen.
Vielleicht hatte Véronique diese Vergangenheit, diesen Bruch in ihrem Leben vergessen wollen. Doch sie hätte unrecht daran getan, es mir nicht zu erzählen; denn dadurch kam sie mir näher. Wäre mir die Zeit dazu geblieben, ich hätte sicher tieferen Zugang zu ihrer Innenwelt gefunden. Aber ist das sicher? Konnte ich doch schon im Licht dieser Episode und der Erfahrung unseres gemeinsamen Lebens ermessen, wie schwierig es war, einen anderen Menschen, zumal eine Frau, wirklich bis auf den Grund zu erkennen. Ja, kann denn der Mann überhaupt die Frau in ihrem innersten Begehren erreichen, das nicht einmal sie selbst ergründen kann? Natürlich gibt es die grenzenlose Zärtlichkeit, die Vorurteile und Phantasien des Mannes zu Staub zerfallen läßt. Es gibt Augenblicke der Ekstase, die vorübergehend dem Traum von der Einswerdung Nahrung geben. Der vom Endlichen durchdrungene Mann müht sich ab, die vom Unendlichen überflutete Frau zu erreichen, ohne daß es ihm jemals gelingt. Er bleibt weiterhin das weinende verlassene Kind am Ufer des Ozeans. Der Mann könnte seinen Frieden finden, wenn er bereit wäre, einfach nur der dort in ihm und außerhalb von ihm erklingenden Musik zu lauschen – einfach nur demütig der Frau zu lauschen, diesem allzu sehnsüchtig gewordenen und deshalb unerreichbaren Gesang.

12

Während ich Véronique begleitete und mit ihr von Ort zu Ort zog, lernte ich manche Städte und Regionen der Provinz kennen und wurde vertrauter mit den Landschaften meines Gastlandes. Schließlich beschloß Véronique, mich in einer arbeitsfreien Phase in ihren Geburtsort an der Loire mitzunehmen. Um mir ihre Heimat besser zeigen zu können, mietete sie bei der Abfahrt aus Paris zwei Fahrräder.

Durch das eingesperrte Leben in der Stadt hatte ich ganz vergessen, was ich doch in China selbst erfahren hatte, wie sehr man bei großen Fußwanderungen körperlich aufblüht. Das Radfahren gab mir, auch wenn es schneller ging, wieder das Gefühl, im Einklang mit dem Rhythmus der Erde zu sein. Man berauscht sich an der Frische der Luft, am Duft des Grases und dem Geruch des Staubes längs der Landstraßen.

Wie es sich gehört, besichtigten wir die Schlösser, diesen Stein gewordenen Ausdruck der glücklichen Begegnung zwischen dem italienischen Genie und dem französischen Geist zur Zeit der Renaissance. Ihre Architektur mit dem bisweilen sehr kostbaren, sehr gemessenen Stil bezaubert ebenso durch ihre innere Harmonie wie durch ihre vollkommene Übereinstimmung mit der Landschaft, den Bäu-

men, den Hügeln, den Wasserläufen und dem Himmel mit den zarten Wolken. Ich mußte unweigerlich an die chinesische Tradition des *jiehua* denken, bei der die Maler sich bemühen, den Kontrast zwischen den geometrischen Linien der menschlichen Behausungen und der natürlichen Umgebung herauszuarbeiten und sie gleichzeitig in perfekter Symbiose als Zeichen eines seltenen Einvernehmens miteinander zu verbinden.
Mit Begeisterung stellte ich fest, wie sehr Véronique in diese Landschaft gehörte. Ihr in Paris so blasses Gesicht nahm hier die Färbung der Umgebung an, einen unauffälligen rosig angehauchten Glanz, zuweilen mit einem Schimmer ins Bläuliche. Die Konturen von Gesicht und Körper paßten zu den fein behauenen Steinen der Häuser mit den wohlproportionierten Reliefs. Kurz, die Steine dienten dazu, die Gestalt der Menschen zu betonen, zu veredeln und sie daran zu hindern, sich gehen zu lassen und die Form zu verlieren. Es ist, als hätten die Menschen einer Region eine bestimmte Architektur geschaffen, die sie wiederum dazu bringt, sich dieser anzugleichen. Nicht die Kunst ahmt die Natur nach, sondern sie bringt die Natur dahin, sie, die Kunst, nachzuahmen. Je mehr Véronique in diese vertraute Landschaft ihrer Kindheit und Jugend zurückkehrte, desto mehr blühte sie auf.
Einmal wehte von jenseits der Felder und der nebligen, grünen Höhen in unsichtbaren Wellen ein besonderer Geruch herüber.
»Es riecht nach Fluß!« rief ich. Véronique war zwar enttäuscht, denn sie hatte mich überraschen wollen, aber auch begeistert, in mir einen Kenner zu finden, der bereit war, dieses Land mit all seinen Wasserläufen zu lieben.

»Du bist ein echter Flußmensch!«
»Wie sollte ich nicht, als richtiger Chinese?« Und schon kamen die Erinnerungen an die Regionen des unteren Jangtse, zwischen Jiangsu und Zhejiang.
»Auf zur Loire!«
Wir erreichten den Fluß an einer Stelle, wo er besonders breit war. Die Stimmen klangen fern. Mitten in der Strömung umspielten übermütige oder tückische Wirbel träge Sandbänke, so träge wie die Spiegelbilder der ziehenden Wolken. Ich wähnte mich in einer jener Landschaften, wie die alten Maler sie gern malten. Eine behütete Landschaft in einem vergessenen Winkel, außerhalb der Zeit. Wir sind da, wir beide, auch wir Vergessene, doch wir finden einander, finden uns wieder und wieder, ohne Ende.
Véroniques Geburtsstädtchen lag auf einer Anhöhe über der Loire. Wir ließen die Fahrräder unten und stiegen zu Fuß hinauf, auf einem kleinen Pfad zwischen Gemüsegärten. Auf halber Höhe tauchten in den Felsen gebaute Häuser auf. In einer dieser höhlenartigen Behausungen lebten die Eltern meiner Freundin, brave Handwerksleute, geduldig und einfach, im Einklang mit dem Fluß.
Die Loire – dieser breit und gemächlich dahinfließende Strom mit dem weiblichen Namen und dem hellen offenen Klang – hatte einen ganzen Menschenschlag geformt, mit feinen Zügen, hellen Augen und ausgeglichener Wesensart. Zu ausgeglichen vielleicht und dadurch in Gefahr, gelegentlicher Trägheit zu verfallen. Doch angesichts eines Flusses, das wußte ich aus Erfahrung, galt es, auf der Hut zu sein. Unter dem friedlich harmlosen Anschein verbarg sich manch gefährlicher Wirbel oder Strudel, der ungeübte Schwimmer in die Tiefe zog.

Hatte ich, der ich doch ein Flußkind war, jemals so tief in mich aufgenommen, was ein Wasserlauf verströmt? Wurde ich jemals der friedlichen Stimmung müde, die mich beim Wandern auf den Deichen überkam, dort wo der Cher seine Wasser mit denen der Loire vermischte, wo die noch weiblichere Indre der Anziehungskraft des großen Stroms erlag? Tief verborgen im Wildwuchs der Vegetation tauchten dann und wann weite Wasserflächen auf, vom Flug der Reiher kaum getrübt, getreue, leuchtende, unberührte Spiegel des frühen Morgens der Welt. Wie seinerzeit mit meinem Meister ließ ich mich nieder, zusammen mit Véronique, und schaute und zeichnete. Weniger den Fluß selbst als die Landschaft ringsum, waldige Höhen, helle Kalkfelsen, weite Felder und als besondere Note im allgemeinen Zusammenspiel die steinernen Brücken und Schieferdächer. Mit seinem Strömen, seinem Schimmern und seinem diffusen, alles umhüllenden Dunst bewahrte der Fluß die Landschaft vor Eintönigkeit und vor dem Rückzug in sich selbst, zog sie vielmehr weiter, hin zum Horizont, oder vereinte sie in allumfassender Gebärde mit dem Himmel. In dieser Welt, wo sich alle Dinge im rechten Abstand zueinander hielten und mein chinesischer Blick zwischen ihnen ohne Mühe das regulierende Wirken der Leere wahrnahm, erwartete ich keinerlei spektakuläres Geschehen. Ich übte mich ganz einfach darin, meine Beobachtung zu verfeinern, meine Sinne zu schärfen, kaum faßbare Nuancen einzufangen, wie das Spiel der Farben auf den Höhen gegenüber oder auf der Wasseroberfläche bei Wetterwechsel, schillernde, unbestimmte, schwankende Farben, durch die man von einem Zustand in einen anderen glitt, ohne es zu merken und doch ohne etwas zu versäumen, so wie ein Kind ganz in die Geschichte eintaucht, die man ihm erzählt, und gleichzeitig in den Schlaf versinkt, wo die Geschichte dann ihren Fortgang nimmt. Wenn auf leisen Sohlen der Regen kam, blieb ich sitzen, wie die wenigen Angler, die reglos dort hockten, nur manchmal in ihrem Schweigen durch plötzliches Entengeschnatter unterbrochen. Ich wartete. In dieser Gegend Frankreichs, wo der Fluß eine Übereinkunft mit den Wolken hatte, dauerte der Regen, das wußte ich, niemals bis zum Abend. Tatsächlich erinnerte ich mich an keinen Abend, wo sich nicht weit und strahlend, Himmel und Wasser im Westen mischend, das Licht eingestellt hätte. Bis auf ein einziges Mal. Ein Gewitter, als hätte es sich seit Jahrhunderten aufgestaut, platzte los, mit aller Gewalt, warf Bäume um, wirbelte die Wellen auf, ließ Scharen von wilden Tieren frei. Der Blitz fuhr senkrecht nieder, streifte meine Schulter. Da es weit und breit keinen Unterstand gab, rührten wir uns nicht. Anders als in Holland auf dem Großen Damm dachte ich, diesmal wäre ich ohne allzu großes Bedauern bereit zu sterben.

Unwiderstehlich zog es uns, die Loire stromaufwärts bis an ihre Quelle zu fahren. Eine lange Reise, in deren Verlauf uns der Fluß unermüdlich in die Mäander seiner Geheimnisse einweihte. Am letzten Tag, vor der letzten Kurve, bevor sich der Gerbier-de-Jonc mit seiner rätselhaften Silhouette vor uns aufbaute, blieben wir lange auf einer Höhe stehen, schauten hinunter auf den smaragdgrünen Fluß und ließen uns überfluten vom Abendglanz. Nichts hatte sich verändert. War der Mann im Exil, der die weite Landschaft betrachtete, nicht immer noch das asiatische Kind, das einst an der Seite seines Vaters auf den Jangtse geschaut hatte und noch zu anderen Quellen gewandert war? Hier wie damals die gleiche Entdeckung: An seinem Anfang ist der lange, breite Strom nur ein Rinnsal unter dichtem Gras. Als ich aus der klaren Quelle trank, die unter einem Fels hervorsprudelte, eingefaßt, um den Durst des Wanderers zu stillen, floß mein Herz über vor Dankbarkeit für dieses Land, das mich aufgenommen, und für die Frau neben mir, die mir den Weg bereitet hatte.

13

Zurück zur Quelle. Würde dies der Anfang eines neuen Lebens sein? Oder das Ende eines anderen? Daß die Zeit in Kreisen verläuft und jeder neue Kreis einen vorausgeahnten und dennoch unerwarteten Wechsel mit sich bringt, war seit langem fester Bestandteil meiner Vorstellung, dessen Gültigkeit ich nicht mehr in Frage stellte. Wenn dem so war, durfte ich dann nicht zu Recht darauf hoffen, ein Mensch frei von Erinnerungen und Bindungen zu werden? Könnte ich nicht in dieser so fremden und andersartigen Landschaft durch einen Willensakt die Wurzeln der Vergangenheit kappen, die unentwirrbarsten Knoten lösen? Die Wurzeln kappen, vielleicht. Ist der Mensch, dieses Tier, das über die Erdoberfläche huscht und dem die Kultur nur einige alte Gebrauchsanweisungen liefert, wirklich so tief verwurzelt, daß er keine Verpflanzung ins Auge fassen kann? Trotz aller leidvollen Erfahrungen versuchte ich, von dem Gedanken der Überschreitung verlockt, mir einzureden, daß es möglich sei. Doch die Lösung der Herzensbindungen …

Zwei Jahre nach dieser Reise erreichte mich mit großer Verspätung, wiederum aus Hongkong abgeschickt, ein weiterer Brief von Yumei: »Haolang ist im Lager gestorben, an einer Krankheit, wie es heißt. Wir haben niemals ein Lebenszeichen austauschen können, jede Verbindung war verboten. Schreib auch du mir nicht. Aber denke manchmal an mich! Deine Yumei.« Obgleich sie keine Antwort von mir erwartete, hatte die Geliebte auf den Briefbogen ihre Adresse geschrieben.

Zwar hatte ich das Schlimmste befürchtet und war bei Haolangs Widerstandskraft und seinem unbesiegbaren Lebenswillen auf lange schwere Jahre für ihn gefaßt gewesen, doch keinesfalls auf ein derart brutales Ende. Dieser einzige Freund, dieser nur kurz gehaßte und von jeher geliebte Bruder, diese Kraft- und Lichtgestalt war schon nicht mehr am Leben? War für immer von dieser Erde verschwunden? Ich hielt Yumeis kurze, eilig mit zitternder Hand geschriebene Nachricht in Händen, selbst zitternd und wieder einmal, in dieser Schicksalsstunde an einem Nachmittag in Paris, erschüttert, daß ich da war oder vielmehr von nun an nirgendwo sein würde. Der Boden wurde mir unter den Füßen weggezogen. Der Grund meines Wesens zerbarst mit einem Schlag. Genauer gesagt: jeglicher Boden, über den ich in all den Jahren des Umherschweifens gewandert war, brach weg, einer nach dem anderen, nur noch ein einziger blieb am Horizont, der ferne heimatliche Grund. Außer ihm gab es nichts mehr, woran ich mich halten konnte. Auf diesem heimatlichen Grund, das wußte ich, wartete ein Mensch auf mich, von jeher, wie eine Trauerweide am Ufer eines Teichs, gleichsam dazu auserkoren zu wachen, über die Lebenden und die Toten. In ihrer fremden und doch vertrauten Schönheit, mit der sie das Haar nach hinten warf und unter Tränen lächelte, schien sie mir zuzurufen: »Komm zurück!« oder sogar: »Da bist du endlich! Da sind wir endlich!«

Hinter dem leeren Horizont hörte ich von neuem den Ruf des Schicksals, dem ich mich nicht würde entziehen können. Ich hörte die sanfte Stimme des Lebens, meines eigenen Lebens, die seit aller Ewigkeit vorhergesagt hatte, was geschehen würde.

Dritter Teil

MYTHOS DER RÜCKKEHR

1

Anfang 1957 kehre ich nach China zurück. Es fällt mir doppelt schwer, denn es bedeutet schmerzlichen Verzicht nicht nur auf Véroniques Zuneigung, sondern auch auf eine bestimmte, für mich neue Form von Kreativität. Doch mir bleibt keine Wahl; und tatsächlich treffe ich auch gar keine Entscheidung. Ich bin überzeugt, geradewegs auf das zuzugehen, was bisher nur aufgeschoben wurde und was mein Schicksal ist: Ich muß die Geliebte wiederfinden! Ist sie denn nicht da und am Leben? Ich kann sie doch in tiefster Not nicht allein lassen! Ich weiß, die Rückkehr in dieses entstellte China, das ich bestimmt nicht mehr wiedererkenne, wird für mich ein Abstieg in die Hölle werden. Habe ich Angst davor? Nicht wirklich. Genau wie beim Tod meiner Mutter denke ich an die buddhistische Legende von Mulians Aufenthalt in der Hölle. Diese Legende vermischt sich mit einem Mythos, den ich in Europa kennengelernt habe, dem Mythos von Orpheus. Ich bin bereit, es teuer zu bezahlen. Im Überschwang meiner Begeisterung bilde ich mir sogar leichtfertig ein, mit meiner Rückkehr zu Yumei etwas Großartiges zu vollbringen. Nicht, daß ich mich als Retter sehe; der Gedanke liegt mir fern! Mittellos, durch Not und Entbehrungen verschlissen, bin ich nur noch ein ziemlich

heruntergekommener Außenseiter und eher selbst auf Rettung angewiesen. Doch wenn die Geliebte und ich vereint sind, werden wir zusammen gerettet werden. Kein widriges Geschick kann uns mehr ereilen. Zumindest versuche ich, mir das einzureden. Liebe, Liebe, Liebe. Dieses Wort, das im Westen durch die Schlager wie Weihrauchduft in der Luft liegt, habe ich es jemals ausgesprochen? Es vermischt sich mit so vielen wirren Instinkten, so vielen unmittelbaren Bedürfnissen, Selbstgefälligkeiten und Ansprüchen, mit dem abscheulichen Wunsch nach Besitzergreifen und Beherrschen, daß ich ihm kaum mehr einen Inhalt zu geben vermag. Und doch, im entscheidenden Moment muß ich mich ihm stellen, diesem allzu leidenschaftlichen Gefühl, dem ich notgedrungen immer ausgewichen bin. Kein sehr menschliches Gefühl – glühende Lava, in der man mit Haut und Haar zerschmilzt, wenn man sich ihm ganz hingibt –, ein Gefühl, dessen die Menschen offenbar noch nicht fähig sind. Und doch weiß ich genau, es ist das einzige, was mir noch bleibt. Mit diesem wenig menschlichen Gut also muß ich dem Unmenschlichen entgegentreten.
Es folgen tagelange lästige Rennereien zum Polizeipräsidium, zu den Konsulaten verschiedener Länder und zur chinesischen Botschaft. Véronique bleibt klar und würdevoll. Mit ihrer Haltung zwingt sie mich, auch selbst Würde zu wahren und nicht in larmoyantes Klagen zu verfallen. Die Traurigkeit wird später kommen, viel später. Durch das, was ich ihr von meiner Vergangenheit erzählt habe, hat sie Zugang zu meiner Wirklichkeit gefunden. Sie hat teil an meinem Heimweh und an meiner Hoffnung. Sie würde sich sogar freuen, Yumei kennenzulernen. Deshalb

ist die Vorstellung, daß »wir uns auf dieser Erde nicht mehr wiedersehen werden«, obwohl wir noch am Leben sind, für sie ein furchtbarer Schock. Mehrere Wochen lang kann sie kaum noch Klarinette spielen. Die den Chinesen vertraute Vorstellung einer endgültigen Trennung hier auf Erden erscheint ihr, die immer in einem gesicherten Raum gelebt hat, in dem kein Punkt unerreichbar ist, ebenso empörend wie unwirklich.

In Peking wohne ich im Freundschaftshotel, das den Ausländern und den aus Übersee zurückkehrenden Chinesen vorbehalten ist. Eine bunte, vielsprachige Menge von Menschen aus aller Herren Länder drängt sich in der Hotelhalle. Man ruft sich gegenseitig, umarmt sich. Es herrscht eine Atmosphäre künstlicher Fröhlichkeit, allerdings getragen von großzügiger Sympathie.

Bei den Chinesen aus Übersee wechseln Begeisterung und Vorsicht einander ab. Bei aller aufrichtigen Freude, in ihr Heimatland zurückzukehren und den anderen ihre im Ausland erworbenen Fachkenntnisse zu vermitteln, fürchten sie sich doch auch davor, in diesem Land zu leben, aus dem sie kaum je wieder herauskommen werden und wo sie sich an eine strenge, disziplinierte Lebensweise werden anpassen müssen. Schon die ersten Gespräche mit Behördenvertretern bestätigen ihre Befürchtungen. Hinter einer vordergründigen Freundlichkeit vermitteln sie ihnen einen Vorgeschmack auf alle Anforderungen eines hierarchischen Systems. Bald übrigens werden sie instinktiv ihre gewohnte Kleidung ablegen, in den »Mao-Anzug« schlüpfen und sich die stereotype Sprache zu eigen machen.

Auf meine Bitte hin, die sich mit der Absicht der Behörden deckt, werde ich der Kunsthochschule in Hangzhou zugewiesen, nicht weit von Shanghai, wo Yumei wohnt. Positiv wird auch mein Antrag beschieden, vorher noch nach Nanchang zu fahren, um meine Familie wiederzusehen. Das Recht auf Rückkehr an den Geburtsort ist in China heilig; die Behörden haben nicht gewagt, es abzuschaffen. Es ist übrigens der einzige Vorwand, unter dem die Chinesen ein wenig innerhalb des Landes reisen können. Auf dem Weg nach Nanchang muß ich über Shanghai fahren und werde dort sicher einige Tage bleiben können – eine Gelegenheit, den Menschen wiederzusehen, um dessentwillen ich zurückgekommen bin.

Nach meiner Ankunft mit dem Zug in Shanghai freue ich mich darauf, ein wenig Zeit für mich zu haben. Ausgeschlossen! Ich werde sofort von der Kultursektion der Stadt in Obhut genommen und in einer offiziellen Einrichtung untergebracht, wo ich das Zimmer mit einem Parteifunktionär teile.

2

Unter dem Vorwand, die Stadt besichtigen zu wollen, nutze ich die erstbeste Gelegenheit, um Yumeis Adresse aufzusuchen. Ich kenne diese riesige Metropole mit ihrer rasanten Entwicklung, weil ich vor meiner Abreise nach Frankreich einen Monat dort gewesen bin. Leider liegt Yumeis Wohnung am Stadtrand, weit weg vom Zentrum; ich muß mehrmals umsteigen und jedesmal kämpfen, um in die überfüllten Busse hineinzukommen. Ach, die körperliche Geschmeidigkeit der Chinesen! Mir ist sie in Europa verlorengegangen. Sie macht es möglich, daß ein Bus eine unglaubliche Zahl von Personen aufnimmt, die so fest aneinanderkleben, daß kein Wasser mehr zwischen ihnen durchfließen könnte. Die Pariser Metro zur Rush-hour ist der reinste Komfort dagegen. Halb erstickt und erschöpft gelange ich in ein ödes, stellenweise schmutziges Viertel. Endlos reihen sich Häuser aus rohem Beton, die, auf die Schnelle gebaut, schon wieder baufällig wirken. In diesen Häusern drängen sich in Dreck und Lärm zahllose Familien auf engem Raum.

Ich zittere an allen Gliedern, als ich die Treppe bis in die dritte Etage hinaufsteige, wie es in der Adresse auf der Rückseite des Briefumschlags angegeben war. Ich klopfe an die Tür mit der richtigen Nummer. Eine Frau mit zerzaustem Haar und kreischiger Stimme öffnet. Bei dem Namen, den ich nenne, schüttelt sie den Kopf und sagt: »Kenn ich nicht!« Als ich nachfrage, erklärt sie mir, die Wohnung habe man ihr vor einem Jahr zugewiesen, und wer der Vormieter gewesen sei, wisse sie nicht. »Wenden Sie sich an den Blockwart«, sagt sie noch und schlägt die Tür zu. Andere Türen öffnen sich, lassen Kindergeschrei oder Töpfeklappern herausdringen und schließen sich sogleich wieder. Völlig verwirrt gehe ich die Treppe hinunter und denke nach. Ich muß auf jeden Fall vermeiden, dem Blockwart zu begegnen. Denn ich kann mir ausrechnen, wie riskant es wäre, wenn man erführe, daß ich, ein Chinese aus Übersee, aus dem Westen, hier Nachforschungen anstelle. Die geringste unüberlegte Handlung würde Yumei in eine gefährliche Lage bringen, denn als Gefährtin eines »Kriminellen« steht sie zwangsläufig unter Überwachung. Ich gehe ein Stück und versuche zu überlegen, was ich tun soll. Am Ende einer belebten Straße lande ich auf einer Bank neben einer Bushaltestelle; viele Leute warten. Eine Frauenstimme hinter mir läßt mich zusammenzucken. Ich drehe mich um. Eine Frau steht da, die ich nicht kenne. Ich stehe auf, sehe ihr ins Gesicht und denke: »O weh, die Blockwartin!« Doch ihr Blick ist keineswegs inquisitorisch, sondern eher fürsorglich. Ich mache einen Schritt auf die Unbekannte zu, trete mit ihr ein wenig zur Seite, wobei ich so tue, als wartete ich auf den Bus, um keine Aufmerksamkeit zu erregen.

»Ich bin Yumeis ehemalige Nachbarin. Sie sind Herr Zhao und kommen aus Frankreich?«

»Woher wissen Sie das?«

»Ihre Schuhe sind nicht von hier.« Bei dieser Bemerkung

lächelt sie traurig und sagt dann: »Sie suchen Yumei. Ich weiß nicht, wie ich es Ihnen sagen soll. Suchen Sie sie nicht; sie ist nicht mehr ...«

Als sie meinen fassungslosen Blick sieht, versagt ihr die Stimme. »Ich werde Ihnen alles erzählen. Ich habe keine Angst; ich bin Arbeiterin. Ich habe eine gute Herkunft; mir wagt keiner etwas zu tun. Yumei hat nicht immer in unserem Block gewohnt. Nach der Verurteilung von Herrn Sun hat man ihr die Wohnung im Stadtzentrum weggenommen und ihr ein Zimmer bei uns nebenan gegeben. Sie hatte kein leichtes Leben. Wenn sie zur Verwaltung ging, machte man ihr eine Menge Scherereien, und der Blockwart kam auch oft und fing Streit mit ihr an. Aber sie blieb immer ruhig und würdig, und so freundlich war sie ... Wir wußten, daß sie eine berühmte Schauspielerin von der Sichuan-Oper war. Hin und wieder, wenn wir sie baten, erklärte sie uns eine Rolle und sang sie uns vor. Ach, war das schön! Dann hat man ihr eine Zweizimmerwohnung mit eigener Küche gegeben. Und der Blockwart hat sie nicht mehr belästigt. Denn der hiesige Parteisekretär hatte ein Auge auf sie geworfen. Eines Tages hat man ihr mitgeteilt, Herr Sun sei im Lager gestorben. Es war schrecklich. Wir haben versucht, sie zu trösten und ihr beizustehen, so gut wir konnten. Letztendlich hat sie auch durchgehalten. Aber da war immer noch dieser Parteisekretär. Er wurde immer zudringlicher und wollte sie zwingen, ihn zu heiraten. Eines Tages gab sie mir dieses Päckchen und sagte: ›Heb das für mich auf, bei dir ist es sicherer. Denn ich weiß nicht, was sie mit mir machen werden. Ich habe einen Freund, Herrn Zhao, er lebt in Frankreich. Falls er jemals zurückkehren sollte – aber er kommt

sicher nicht – und ich bin nicht da, dann gib ihm das.‹ In dem Moment habe ich nicht verstanden, warum sie es mir gab. Aber ich teilte ihre Meinung, daß die Sachen bei mir sicherer wären als bei ihr. Ich wußte nicht, was sie vorhatte …« Wieder versagt ihr die Stimme. Dann stößt sie in einem Zug hervor: »Ja, sie hat sich das Leben genommen. Sie hat es getan, ohne irgend jemandem etwas zu sagen … Sie wissen ja, Selbstmord gilt als Verbrechen. Man hat sie schnell eingeäschert. Das ist alles. Seien Sie nicht zu traurig, mein Herr, jetzt hat sie ihre Ruhe. Nehmen Sie dieses Päckchen, mein Herr, seien Sie nicht zu traurig. Ich muß jetzt gehen …«
Als die Frau sich abwendet und weggeht, will ich sie zurückhalten, doch schon verschwindet ihr Rücken zwischen den Passanten. Ich verliere den Boden unter den Füßen. Wo bin ich? Wer bin ich? Was habe ich hier zu suchen, in diesem Moment und an diesem Ort, mitten in der Ewigkeit? Nur nicht wieder auf die Bank setzen, aber auch nicht stehenbleiben wie ein lebloser Holzklotz. Davonfliegen. Mich verflüchtigen. Auf der Stelle zu einer Wolke des Vergessens werden, weit weg vom stinkenden Staub. Ein Bus kommt, der Richtung Zentrum fährt; mechanisch lasse ich mich von der Menge schieben, die sich durch die enge Tür drängt. Ich steige an der letzten Haltestelle aus. Auf einer breiten Straße bewegen sich Fußgänger und Fahrzeuge in blinder Prozession vorbei. Keine Bank in Sichtweite. Ich gehe ein paar Schritte bis an eine Mauer und lasse mich auf eine lange Metallstange fallen, an der Fahrräder angeschlossen sind. Ich weiß, dort kann ich nicht lange bleiben, ohne mich verdächtig zu machen: Ein junger Mann noch – wie alt? kaum dreiunddreißig und schon

am Ende seiner Kräfte –, was bummelt der hier am hellichten Tage auf der Straße herum? Doch es kümmert mich nicht. Der Schmerz, der mich erstickt, weicht der Wut, dem Gefühl, einer gigantischen Farce aufgesessen zu sein. Es ist höchste Zeit, dem ganzen Schwindel ein Ende zu machen; ich muß dieser grotesken, abscheulichen Welt ins Gesicht brüllen vor Lachen, so laut ich nur kann. Ja, es muß Schluß sein, aber nicht irgendwie. Wenigstens einmal im Leben – ein letztes Mal – will ich selbst entscheiden. Sonst spiele ich das Spiel all jener Tyrannen, die dieses monströse Leben hervorbringt. Wenigstens einmal keine Angst mehr haben; nicht mehr der Verzweiflung anheimfallen. Verzweiflung, die habe ich zur Genüge kennengelernt. Die Verzweiflung auf der Brücke in der untergehenden Sonne, nachdem ich Yumei und Haolang verlassen hatte; die Verzweiflung an der Wegkreuzung unter fahlem Himmel, nachdem ich den Meister verlassen hatte. Aber noch hatte es am Horizont immer meine Mutter gegeben. Die Verzweiflung, als ich bei der Nachricht von ihrem Tod den endlosen Weg von Dunhuang zurückeilte; als in der Stunde der absoluten Trostlosigkeit am Ufer der Seine das Bild der Geliebten und des Freundes vor mir auftauchte. Aber noch gab es immer am Horizont die Geliebte. Jetzt bleibt mir nur noch dieses Päckchen von ihr, das ich noch nicht geöffnet habe. Ich muß versuchen nachzudenken. Schluß machen, ja, aber mit kühlem Kopf.
Ich stehe auf, gehe Richtung Bund, dem Quai von Shanghai, der sich am Huangpu entlangzieht, in der vagen Hoffnung, dort ein etwas stilleres Plätzchen zu finden. Doch wie ich feststellen muß, findet man in diesem riesigen Land, gefangen in den Netzen der allgegenwärtigen Über-

wachung, nirgends einen Ort, wo man für sich sein kann, vor allem nicht in den Großstädten. Eine einfache Wahrheit wird mir bewußt: Der Mensch braucht zum Leben das Dunkel. Ich trauere den Kirchen in den europäischen Städten nach, auf die man beim Spazierengehen oft zufällig trifft. Jeder kann sie betreten, ob gläubig oder nicht. Immer wieder habe ich während der ganzen Zeit meines Aufenthalts die Stille hinter diesen dicken Quadersteinmauern aufgesucht, wo man für sich ist, ohne sich vor seinem eigenen Bild einsam zu fühlen.

Auf dem Bund, wo einige Schiffe auf Reede liegen, nehme ich all meinen Mut zusammen, um den kleinen Umschlag aus der Tasche zu ziehen, den die Geliebte mir hinterlassen hat. »Verzeih mir. Vergiß mich nicht. Vergiß uns nicht. Wir sind bei dir, ich bin dein, das weißt du.« Außer dem Brief ein Taschentuch, bestickt mit einer Winterkirschblüte, klar und deutlich wie ein Blutstropfen, und zwei zusammengefaltete Blätter, das eine vergilbt, das andere noch nicht. Ich falte sie auseinander und erkenne das erste Porträt der Geliebten, das ich vor fünfzehn Jahren, und ein Waldbild, das ich während meines Aufenthalts in N. gezeichnet habe. Auf der Rückseite steht mit Bleistift geschrieben: »Alle Werke von Haolang, die ich besaß, wurden beschlagnahmt und verbrannt; geblieben sind mir nur diese beiden Zeichnungen von dir, die ich immer bei mir hatte.«

Was bleibt mir von den Menschen, die ich geliebt habe? Rasch geht mir das magere Inventar durch den Kopf: ein paar Briefe von Yumei, dieses bestickte Taschentuch, mehrere Gedichte von Haolang, die ich auswendig weiß, und die Asche meiner Mutter. Es zieht mich zu meinen

Toten hin. Aber die Toten sind lebendiger als die Lebenden und zwingen diese, noch auf Erden zu verweilen, und sei es nur für einige Tage oder Monate. Ich weiß, vor meiner endgültigen Entscheidung habe ich noch Pflichten gegenüber den Toten zu erfüllen.

Erst einmal muß ich jetzt noch vor der Essenszeit den Weg zurück zu meiner Unterkunft schaffen. Bleischwer lastet der Abend über der von Lärm und Rauch erfüllten Stadt. Trübsal überfällt mich; meine Kräfte schwinden. Alles, was mich den Tag über aufrechterhalten hat – mein Schmerz, meine wütende Auflehnung, meine plötzliche Entschlußkraft angesichts der Tragik und Absurdität –, bricht zusammen. Ich taumele, der Kummer schnürt mir die Kehle zu. Yumei ist nicht mehr, Haolang ist nicht mehr, die Welt ist nicht mehr. Wie soll ich ganz allein mit allem fertig werden, mit den kommenden Minuten, mit den Schlaglöchern auf dieser endlosen Straße? ... Ohne recht zu wissen wie, finde ich mich in meinem Zimmer wieder und tue, als hörte ich den einschläfernden Reden des Parteifunktionärs zu, der es mit mir teilt, seiner näselnden Stimme, seinem schmierigen Lachen. Ich muß mir ausdenken, was ich im Lauf des Tages gemacht habe – Besuche in Buchhandlungen, im Museum für Malerei, im Haus von Lu Xun –, und ich muß die lange Nacht ertragen mit dem zufriedenen Schnarchen dieses Mannes, der die Aufgabe hat, sich um mich zu kümmern.

3

Seit dem Tod meines Vaters 1935 habe ich keinerlei Beziehung zu meiner Familie mehr gehabt. Wie befürchtet, sind das Grab meines Vaters wie auch die übrige Familiengrabstätte gemäß den Bestimmungen des neuen Regimes dem Erdboden gleichgemacht worden. Dort ist jetzt ein kümmerlich bebautes Feld. In das beschlagnahmte Haus wurden zahlreiche Familien unterschiedlicher Herkunft einquartiert. Die einzigen Familienmitglieder, die noch dort wohnen, sind der zweite Onkel, der immer alle Welt tyrannisierte, und sein Nachwuchs. Seine Frau ist tot, er selbst blind; sein einziger Sohn, einst der Schrecken der Hausangestellten und Erzieher, seine Schwiegertochter und ihre beiden Kinder drängen sich in dem kalten und feuchten nördlichen Teil, den er früher meinen Eltern zugeteilt hat.

Der Onkel mit den Zauberhänden, der Schach- und Mah-Jongg-Spieler, ist auch gestorben, vermutlich an Langeweile und Entbehrungen. Seine Frau lebt bei einem Adoptivsohn, demselben, um den meine Mutter sich damals gekümmert hat. Er und seine Frau arbeiten in einer Fabrik. Sie haben ein Kind.

Der opiumrauchende Onkel, von dem man in der Familie sagte: »Er hat uns nur Ärger gemacht!«, starb als Märty-

rer in einem Lager. Seine Frau wurde schwachsinnig und vegetiert jetzt in einem Heim dahin.
Meine Reise nach Nanchang führt mich noch zu zahlreichen verstreuten Cousins. Lauter ähnliche, eintönige Besuche, denn alle Themen sind tabu. Die Unterhaltung dreht sich immer nur ums Essen, das außer der Arbeit und den politischen Versammlungen die Hauptbeschäftigung ist, zumal es übermäßig viel Zeit in Anspruch nimmt. Man muß überall Schlange stehen, um die Lebensmittel zu besorgen, muß die Küche mit den Nachbarn teilen und auf primitiven Geräten kochen. Da Fleisch rationiert ist, greift man auf wenig verlockendes Gemüse zurück. Trotzdem gelingt es hin und wieder, Wunder zu vollbringen. Dann sitzt man um ein paar gelungene Gerichte und schlürft genüßlich und geräuschvoll Suppen, Reis und Saucen. Das ist das Höchste an Entschädigung für alles, was man Tag und Nacht schweigend erträgt. Statt mich zu trösten, stürzt mich dieses Wiedersehen in bodenlose Verzweiflung. Während alle im Sumpf eines perspektivlosen Lebens herumwaten, versinke ich in der schrecklichen Tragödie, die in mir wühlt. Ich frage mich, wie ich es schaffen soll, da herauszukommen und dem vielleicht noch schlimmeren Schicksal, das mich erwartet, die Stirn zu bieten.
Eine einzige Gestalt unterscheidet sich von den anderen: die unverheiratete Tante. Ohne das schützende Dach der Familie und nahezu mittellos, lebt sie nun in einem Heim. In deutlichem Gegensatz zur Masse der Menschen, die dort in dem großen Gemeinschaftssaal verhutzelt vor sich hin dämmern, steht sie auf, gerade und sicher, und kommt souverän auf mich zu.

»Ach, ist das lange her, so lange her. Ich erkenne dich wieder, du bist ...«
»Tianyi.«
»Dein armer Vater ist vor dem Krieg gestorben, 1936, glaube ich.«
»Nein, 35.«
»Deine Mutter ist auch gestorben, in Chongqing, wie ich hörte. Ich habe sie sehr gemocht, sie war so gut, so gerecht, so hilfsbereit! Und du, wo kommst du her?«
»Ich komme aus Frankreich zurück.«
»Aus Frankreich? Das ist ja unglaublich! Und was hast du dort gemacht?«
»Ich habe Malerei studiert.«
»Malerei? Wie interessant. Hast du Bilder, die du mir zeigen kannst, Landschaftsbilder aus Frankreich?«
Das alles sagt sie mit lauter Stimme, ohne sich darum zu scheren, daß man ihr zuhört. Andere Verwandte und Bekannte, die wußten, daß ich aus Frankreich komme, haben mir nicht eine einzige Frage gestellt; nicht aus Desinteresse, sondern weil das Thema zu gefährlich und zu kompromittierend ist. Da ich ostentativ die Stimme senke, wenn ich antworte, findet auch sie sich dazu bereit, leiser zu sprechen. Alles, was ich an Bildern aus Frankreich mitgebracht habe, ist direkt an die Kunsthochschule nach Hangzhou geschickt worden. Um meine Tante nicht zu enttäuschen, kommt mir die Idee, sie zu porträtieren. Ihr angeblich häßliches Gesicht hat sich mit zunehmendem Alter verfeinert und an Vornehmheit und Würde gewonnen.
Während ich ihre Züge skizziere, spricht sie unentwegt weiter. Sie hat sich ihre Redseligkeit und Offenheit, durch

die sie schon früher im engen Familienkreis auffiel und die jetzt in der erdrückenden Atmosphäre dieses unter Verschluß gehaltenen Landes geradezu bizarr wirkt, voll und ganz bewahrt. Zwischen den rissigen, modrigen Wänden des großen Saales tut sich mit ihrem Reden eine wahre Oase auf. Mehrmals drängt es mich, ihr mein Drama anzuvertrauen. Doch ich halte mich zurück, denn in ihrer Ungebrochenheit würde sie sich kaum auf die Geheimnisse meiner Qualen einlassen.

Als das Porträt fertig ist, sieht meine Tante mich mit einem breiten Lächeln an, unter dem alle ihre Falten verschwinden. Beiläufig fragt sie mich, ob ich die andere Tante schon besucht habe, die nach der Trennung von ihrem Mann ins Haus der Familie zurückgekehrt war und später eine Schule für Kinder ohne Zuhause gegründet hat. Nicht ohne Verlegenheit gestehe ich, daß ich sie noch nicht wiedergesehen habe.

In Wirklichkeit hatte ich diese Tante, die immer so zurückhaltend war, völlig vergessen. Ich begebe mich zu der Schule, wo sie noch arbeitet. Lange muß ich warten, bis sie mich empfangen kann, denn sie hat tausend Dinge zu erledigen: auf die ganz Kleinen aufpassen, den Haushalt machen … Als wir schließlich zusammen sind, erklärt sie mir die Situation. Nach der Befreiung wurde ihre Schule der Kontrolle der örtlichen Behörde unterstellt. Als Unterstützung wies man ihr eine Frau zu, die Parteimitglied war, aber von Erziehungsproblemen keine Ahnung hatte, und deren einzige Aufgabe darin bestand, die Entwicklung der Schule in ideologischer Hinsicht zu überwachen. Da meine Tante sich weiter an ihre pädagogischen Prinzipien hielt, blieben die Zusammenstöße nicht aus. Während einer Kampagne ließ die Frau durch Eltern und Kollegen die »falschen Vorstellungen« meiner Tante denunzieren und kritisierte sie heftig. Daraufhin wurde meine Tante ihrer Funktion als Schulleiterin enthoben; allerdings behielt man sie an der Schule für die niederen Arbeiten. Sie ließ sich darauf ein, um bei den Kindern zu bleiben, weil sie ihnen trotz allem stillschweigend ihre Einsichten vermitteln will.

Meine Tante erzählt diese Dinge mit fast neutraler Stimme, als berichte sie über äußere Ereignisse, die sie nicht betreffen. Unter ihrer gleichmütigen Miene erahne ich unschwer eine unerschütterliche Würde und außergewöhnliche innere Größe. Auf einmal bin ich überzeugt, daß ich in die Heimat zurückgekommen bin, um sie zu treffen. Ich sehe mich wieder als Kind, wie ich ihr im Hof des Familienhauses begegne. Sie hatte die Angewohnheit, mir mit einem stummen, aber liebevollen Lächeln die Hand auf die Schulter zu legen. Wir haben nie ein Wort gewechselt, und doch kam es mir so vor, als hätten wir viel miteinander gesprochen. Nach über zwanzig Jahren stehe ich nun wieder vor ihr. Der Augenblick des Sichanvertrauens ist gekommen; ich platze fast innerlich und fange an, meine Geschichte zu erzählen. Still und aufmerksam hört sie mir zu. Als ich fertig bin, schweigt sie weiter, so lange, daß ich ihr Schweigen schon für einen Ausdruck von Gleichgültigkeit oder Mißbilligung halte. Endlich spricht sie mit fester, ernster Stimme.

»Wir haben gelebt, trotz alledem, und wir werden leben, wenn das Leben es uns gewährt. Alles wurde uns genommen, nur eines gehört uns noch, und keine äußere Macht, keine tyrannische Unterdrückung kann uns das nehmen –

du nennst es Liebe, ich nenne es Mitgefühl –, denn das kommt aus uns selbst und hängt nur von uns ab. Du hast eine schreckliche Tragödie erlebt: den Verlust zweier Menschen, die du sehr geliebt hast. Aber hast du sie wirklich verloren? Ich meine, die Menschen, die es wert waren, eine echte Liebe auszulösen und jetzt in ihr lebendig sind, werden nicht verschwinden und niemals abwesend sein. Du sagst, du weißt nicht mehr, warum du noch weiterleben sollst. Nein, das darfst du nicht sagen. Der Überlebende muß vor allem anderen leben. Deine Mutter ist nicht mehr. Bedeutet sie dir deshalb nichts mehr? Hat sie alles mit so viel Geduld und Liebe erduldet und vollbracht, damit du jetzt nicht mehr weiterlebst?«
Am nächsten Tag begleitet mich meine Tante an den Ort, wo früher die Familiengrabstätte war. Sie hilft mir, die Asche meiner Mutter auf dem Boden zu verstreuen, diesem Boden, der weiterhin die Lebenden nährt.

4

Die Stadt Hangzhou mit dem Westsee und den Hügeln ringsum ist berühmt für ihren typisch südländischen Charme. Doch der Gegensatz zwischen der unbekümmerten Natur und der Welt der Menschen könnte krasser nicht sein als in jenem Herbst 1957. Es ist, als lächelten die Landschaften über die von Raserei gepackten Menschen. Die Kampagne gegen die Rechtsabweichler läuft auf Hochtouren und löst die Hundert-Blumen-Bewegung ab. Der Führer hatte im Vertrauen auf seine persönliche Aura und überzeugt von der Wirkung der vorangegangenen Kampagnen und Säuberungen geglaubt, ein Signal zur Öffnung geben zu können, nicht ohne den Hintergedanken, dabei gleichzeitig die Zuverlässigkeit des Volkes zu testen. Jeder war also aufgefordert, rückhaltlos seine Gedanken zu äußern. Aber das Volk hat diese Bresche genutzt, um mehr Meinungsfreiheit zu fordern und immer heftiger den Machtmißbrauch auf den verschiedenen Ebenen zu kritisieren. Das Land drohte unkontrollierbar zu werden. Durch die Ereignisse in Ungarn zusätzlich alarmiert, sah sich der Führer gezwungen, die Bewegung unvermittelt abzubrechen und statt dessen diese Kampagne auszurufen, die darauf abzielt, die »Rechtsabweichler« in allen Bereichen der Gesellschaft aufzuspüren. Dabei hat er

seine Zahlenmanie weiter auf die Spitze getrieben und mit der Vorgabe von vierzig bis fünfzig Prozent an korrupten Elementen unter den Intellektuellen, Künstlern und Universitätsangehörigen die Meßlatte sehr hoch gelegt.
Die direkt betroffene Kunsthochschule gerät in fieberhafte Erregung und verfällt bald einem regelrechten Wahn. Rund um die Uhr veranstalten die Parteifunktionäre Denunziationsversammlungen und Kritiksitzungen, bei denen Zielscheiben ausgemacht werden, die dann den Angriffen aller ausgesetzt sind. Die Kalligraphen werden mobilisiert, um alle verfügbaren Wände mit *dazibao** zu überziehen, und die Maler sind aufgefordert, riesige Karikaturen zu malen. Solange die Kampagne auf Hochtouren läuft, kann sich niemand in Sicherheit wiegen, denn die Quote von vierzig Prozent muß erreicht werden. Neben den »notorischen Rechtsabweichlern« nimmt man »problematische Elemente« aufs Korn und sucht sich schließlich die Unverheirateten heraus, weil sie eher abkömmlich sind. Gezwungenermaßen oder freiwillig sind diese bereit, sich für die anderen zu opfern, auf das Versprechen hin, wenn sie sich um Besserung bemühten, würden sie in einer annehmbaren Frist rehabilitiert werden. In der überhitzten Atmosphäre zu Anfang, solange man noch nicht der einzige ist, auf den mit dem Finger gezeigt wird, empfindet es noch niemand als Schande. Geradezu sportlich überläßt man sich der kollektiven Erregung und reagiert sogar gelegentlich mit Humor. So bestätigt ein Bildhauer, man stelle ihn nicht zu Unrecht als einen Rechtsabweichler hin; er verstehe jetzt, warum er bei der Skulptur,

* Wandzeitungen

an der er gerade arbeite, die linke Seite verpfuscht habe. Im Moment ermessen viele nicht, welche Konsequenzen es haben wird, als Rechter etikettiert zu werden. Doch schon bald erweist sich, daß es bei der »Besserung« nicht mit einer Reihe einsichtiger Selbstkritiken getan ist; man muß vielmehr für eine Umerziehungsphase in ein Arbeitslager, oft in einer weit entfernten Region. Außerdem ist der Klassifizierte überall, wo er hinkommt, schlechter Behandlung und Schikanen von seiten der Verwaltung ausgesetzt. Ein Ruch von Ehrlosigkeit haftet ihm an, der auch auf alle seine Familienangehörigen überspringt und Freunde und Bekannte auf Abstand gehen läßt. Wird nach einer Weile in den als weniger gravierend beurteilten Fällen das Etikett Rechtsabweichler fallengelassen, bleibt die Tatsache, daß jemand etikettiert worden ist, trotzdem in den Akten stehen und als unauslöschliches Kennzeichen an ihm kleben. Bei späteren Kampagnen kann ihm sein Vergehen erneut vorgehalten werden.

Ich muß zwar bei allem anwesend sein, bin aber durch die derzeitige Kampagne nicht direkt betroffen. Ich bin gerade erst angekommen, kenne noch niemanden, niemand kennt mich, man hat keinen Grund, mich zu belangen, auch wenn die Tatsache, daß ich im Westen war, ein Vergehen darstellen könnte. Alle anderen mit ihren roten Augen und angespannten Zügen haben den Kopf so leer, daß sie an nichts mehr denken, ja gar nicht mehr zu denken wagen aus Angst, sich zu verraten. Jeder ist nur noch damit beschäftigt, die unmittelbaren Angriffe abzuwehren. Ich bin fast der einzige, der gelegentlich einen Blick in die Außenwelt wirft. Manchmal leiste ich mir morgens den Luxus, die Landschaft zu betrachten, wo in dieser Jahreszeit alles grünt und blüht. Am Fuß der Hügel liegt, von leichtem Dunst verschleiert, unsichtbar der See und atmet einen schwermütigen Hauch von Unendlichkeit. Wie mit trockener Tusche zieht der Damm mitten hindurch einen behutsamen Strich. Auch der Umriß eines Bootes ist zu erahnen, das in die ferne Erinnerung des ewigen Chinas entschwindet. In der Mitte des horizontalen Bildes zeichnet sich vertikal eine winzige Gestalt ab. Ich gehe den Pfad hinunter auf sie zu. Als ich näherkomme und das Geräusch meiner Schritte hörbar wird, bewegt sich die Gestalt und kommt mir entgegen. Es ist jemand aus der Schule, den ich nicht persönlich kenne. Im Vorbeigehen wischt er sich verstohlen eine Träne aus dem Augenwinkel, faßt sich aber sofort wieder und sagt aus Furcht, denunziert zu werden: »Der Nebel ist so kalt, er brennt in den Augen.«

5

Nach dieser Zeit der Unruhe versucht die Kunsthochschule, obwohl ein Teil ihres Lehrpersonals in Lagern verschwunden ist, ihren Betrieb wieder aufzunehmen. Ein kalter Wind ist über das Land hinweggefegt, in den Köpfen setzt eine Art Selbstzensur ein. Die Unterrichtsprogramme erleiden dadurch erhebliche Einschränkungen. Aus der westlichen Malerei werden nur noch diejenigen Maler studiert, deren Sujets auf Grund ihres gesellschaftlichen Inhalts als unverfänglich gelten: Le Nain, Millet, Delacroix, weil sie eine seltene revolutionäre Thematik behandelt haben, Courbet wegen seiner Teilnahme an der Pariser Kommune ... Neben der Praxis der traditionellen chinesischen Malerei wird auch die Ölmalerei aufgenommen. Außerhalb der Kurse darf man nach der Natur malen; es ist nur wichtig, daß man in das Landschaftsbild Arbeiter bei ihrer Arbeit einfügt. Meine Schüler und ich gehen nach wie vor zu den Teefeldern an den Hängen rings um Hangzhou hinauf. Dort ist die Luft von jenem Duft erfüllt, der mir so vertraut war, als ich mit meinen Eltern am Fuß des Lu-Gebirges lebte.

Während ich an einem Feldrain stehe und zeichne, fällt mir unter den zahlreichen Pflückerinnen eine alte Frau auf, die wie die anderen einen Strohhut trägt und die winzig kleinen Teeblätter pflückt, aber ihre Bewegungen sind sehr viel langsamer und ungeschickter. Als sie am Ende ihrer Reihe in meine Nähe kommt, versuche ich sie anzusprechen, ohne daß die Aufseherin es merkt. Die Kunst des Bauchredens, die darin besteht, die Wörter auszusprechen, ohne die Lippen zu bewegen, lernt man in China schnell.

»Die Arbeit ist schwer. Wir würden Ihnen gern helfen.«

»Das dürft ihr nicht. Hier muß jeder tun, was er zu tun hat.«

Dann biegt sie in eine andere Reihe ein und entfernt sich. Aber jedesmal, wenn sie zurückkommt, geht die Unterhaltung weiter:

»Wenn man diesen berühmten *Longjing*-Tee trinkt, stellt man sich nicht vor, wie mühsam es ist, ihn zu pflücken.«

»Ja, wie in den Weinbergen in Frankreich. Sie sind schön anzusehen; aber die Weinlese, was für eine Mühe!«

»Sind Sie in Frankreich gewesen?«

»Ja, in den zwanziger Jahren.«

»Ich bin letztes Jahr aus Frankreich zurückgekommen.«

»Unvorstellbar!« scheint die alte Frau zu sagen.

»Wer sind Sie?«

»Mein Name ist C.«

Bei diesem Namen fährt mir ein Stich durchs Herz. Ich kenne ihren Namen, weil ich früher einige ihrer Prosatexte und Übersetzungen gelesen habe. Ich weiß, daß sie später nach Yan'an gegangen ist und sich den Revolutionären angeschlossen hat, ohne aber ihre geistige Unabhängigkeit aufzugeben. Vor nicht allzulanger Zeit hat sie es gewagt, Kritik an der Partei zu äußern; sie ist also auch verurteilt worden, sicher sogar noch vor der Kampagne gegen die Rechtsabweichler.

»Sie ähneln meiner Mutter.« Die Frau antwortet nicht, verharrt einen Moment in gerührtem Schweigen, dann sagt sie:
»Ich bin allen eine Mutter, die mir Zuneigung zeigen. Aber in diesen Zeiten sind das nur wenige. Ich habe eine Tochter. Meinetwegen ist sie weit weg versetzt worden, ans andere Ende Chinas. Wohin ich komme, verschließen sich die Gesichter, wenn man von meinem Status erfährt; als hätte ich die Pest. Eine Zeitlang mußte ich in einem Raum ohne Fenster wohnen, direkt neben den Gemeinschaftslatrinen. Selbst in der Sprechstunde im Krankenhaus komme ich als letzte dran. Aus Gefälligkeit hat man mir eine Arbeit in einer staubigen Bibliothek gegeben, wo ich Karteikarten ausfüllen mußte. Dadurch hat sich mein Asthma verschlimmert. Daraufhin hat man mir gestattet, an der frischen Luft zu arbeiten, und so bin ich jetzt hier. Ich habe noch Glück. Andere, sogar ältere als ich, wurden in Lager geschickt. Hier kann ich wenigstens *Longjing*-Tee trinken, den habe ich schon immer gern getrunken!«
Bei dem letzten Satz lächelt sie.
Im Lauf des Herbstes 1958 sehe ich Frau C. in Abständen noch mehrfach wieder. Doch wegen ihrer Krankheit fehlt sie immer öfter. Irgendwann, Ende September, kommt sie gar nicht mehr. Die einzige Spur, die sie hinterläßt, ist die Gestalt in der Mitte eines meiner Bilder: eine schmächtige Gestalt, die mit einem schlecht geflochtenen Strohhut auf dem Kopf zwischen den Teebüschen steht wie ein mit der Axt gestutzter Baum, von dem nur noch einige entlaubte, gekappte Äste übrig sind.
Vor Jahresende dürfen einige Lehrer und Studenten der Kunsthochschule aus den Lagern zurückkehren. Manche

kommen aus dem Hohen Norden, dem chinesischen Sibirien. Der Bericht über ihren Aufenthalt dort oben kreist um die unvorstellbar harten Lebensbedingungen, hart wegen der Kälte, aber auch weil es an den notwendigsten Einrichtungen fehlt. Diese Menschen aus dem milden Klima von Hangzhou wurden brutal in eine schwere Pionierarbeit gestürzt und sollten eine Region urbar machen, die die Einwohner der Nachbarprovinzen, selbst wenn sie vor der Hungersnot geflohen waren, niemals in Angriff zu nehmen gewagt hatten. Die wenigen Menschen, die dort überlebten, waren Jäger. Riesige Sümpfe, dicht bewachsen mit hohem, manchmal auch giftigem Gras, über das von Mitte Herbst an der eisige Wind aus Sibirien hinwegfegt. Im Winter kann man nicht die Nase vor die Tür strecken; auf der kristallenen Schneefläche wird die Kleidung stahlhart, und der Atem gefriert zu Eis. Doch sie müssen hinaus. Einem der Lehrer wurde ein Stück Lippe abgerissen, weil er eine doppelte Unvorsichtigkeit beging. Er hauchte seine Säge an, dabei blieb seine Lippe kleben, und anschließend versuchte er, sie mit Gewalt zu lösen. Alle haben, weil sie schlecht darauf vorbereitet waren, Erfrierungen an Händen und Füßen davongetragen.

Kommt dann spät der Frühling, schlägt die extreme Kälte in ungewöhnliche Hitze um, und im Gegensatz zur schrecklichen Eintönigkeit der Winterlandschaft explodiert nun die Natur. Wilde Pflanzen, oft seltene Arten in leuchtenden Farben, sprießen überall hervor; und mit dem Erwachen der Tiere aus dem Winterschlaf entfaltet sich, zur größten Freude der Jäger, das ganze Spektrum ihrer natürlichen Vielfalt: Wildgänse, weiße Schwäne, Mandarinenten, Hirsche, Wildschweine und Wölfe. Im Zusammenhang mit den Wölfen erzählt einer der Lehrer von einem Lagerveteranen, der zu einer legendären Figur geworden ist, weil er einen Wolf, der ihn angriff, bezwungen hat. Es war auf dem Heimweg von einem Urbarmachungseinsatz. Er ging auf einem Pfad hinter den anderen und zog einen Spaten mit einem langen Griff hinter sich her. Plötzlich spürte er den Atem eines wilden Tieres im Nacken. Er war so geistesgegenwärtig, sich nicht umzudrehen, sonst hätte der Wolf ihm die Gurgel zerrissen. Mit einem kräftigen Schulterruck gelang es ihm, den Angreifer abzuschütteln, sich umzudrehen und das aufheulende Tier mit einem Axthieb niederzustrecken, bevor es von den herbeigelaufenen Gefährten endgültig überwältigt wurde. Weil er Haolang heißt – »der Mann mit dem großen Geist« –, nennt man ihn seitdem, mit dem Gleichklang spielend, Haolang, »der heulende Wolf«.

»Haolang sagen Sie? Der Dichter Haolang?« frage ich.

»Ja, richtig, der Dichter. Er wurde schon vor allen anderen in den Hohen Norden geschickt und ist jetzt in einem der schlimmsten Lager.«

»Der Dichter Haolang. Aber das kann nicht sein, er ist in einem Lager in Südchina gestorben!«

»In der Tat wurde erzählt, man habe ihn während einer Epidemie in einem Lager im Süden irrtümlich für tot gehalten. Aber danach wurde er in den Norden verlegt.«

6

Was für ein Verhängnis! Was für eine Absurdität! Was für eine Wirklichkeit bringt so grausame, so unerwartete Situationen hervor? Ich kam nach China zurück, weil Haolang tot und Yumei am Leben war. Jetzt ist Haolang am Leben, und Yumei ist tot, sinnlos gestorben.

Da der Freund lebt, kann ich nicht daran denken, sofort zu verschwinden. Solange ich am Leben bleibe, wird es für mich nur ein Ziel geben: Ich muß ihn wiederfinden. Ihn wiederfinden? Vergraben hier in diesem Winkel Südchinas, wo ich festsitze wie eine Schraube an einer großen Maschine, muß ich ein zwangsläufig lachhaftes Mittel finden, um quer durch den ganzen Kontinent bis an seine äußerste Grenze zu gelangen. Kann diese ungewöhnliche Idee etwas anderes sein als eine Chimäre? Doch diese Chimäre ist die einzige Wirklichkeit, die mir noch bleibt.

Wenn ich ein wenig Ruhe finde, denke ich nach, und mein verrückter Traum erscheint mir weniger unrealisierbar. Ja, ich bin fast schon überzeugt, früher oder später werde ich mein Ziel erreichen. Wie die anderen begreife ich allmählich bestimmte Funktionsmechanismen unseres Gemeinschaftslebens, die inzwischen zu gewohnheitsmäßigen Abläufen geworden sind. Obwohl sie wahrscheinlich nicht auf eine allgemeine Anordnung zurückgehen, stellen

sie doch unabweisbare Fakten dar und werden, weil unabänderlich, von allen wie Naturgesetze akzeptiert. Ja, diese Fakten gibt es, und man könnte sie mit dem Sprichwort zusammenfassen: »Glück trennt, Unglück verbindet.«
So werden verliebte junge Leute in einer Arbeitseinheit gewöhnlich streng kritisiert wegen ihrer »kleinbürgerlichen« Sentimentalität und ihres mangelnden Arbeitseifers; und verheiratete Paare setzte man an unterschiedlichen Orten ein. Dagegen wundert sich niemand, wenn er eines schönen Tages zu Beginn einer neuen Kampagne gemeinsam mit seinesgleichen in der Patsche sitzt. Für die Zusammenfassung der unliebsam Aufgefallenen gibt es bevorzugte Orte und Gelegenheiten: endlose Veranstaltungen zur Kritik und Selbstkritik auf öffentlichen Plätzen, die langfristigen Arbeitseinsätze, die Umerziehungslager ... Daß der Hohe Norden zur bevorzugten Region für die Zusammenziehung der Verbannten geworden ist, freut mich regelrecht. Mein Entschluß steht fest: Ich will dorthin. Ich muß mich nur mit Geduld wappnen und darf keine Gelegenheit versäumen.
Trotz meiner Gewißheit bleibt mir Angst keineswegs erspart. Jede Woche, jeder Monat, die ins Land gehen, sind für mich eine endlose, verlorene Zeit.
1959, so scheint es mir, zwinkert das Schicksal mir herausfordernd zu. Der Führer hat durch die Partei eine Kampagne kleineren Ausmaßes ausrufen lassen, eine Säuberungsaktion zur Entfernung der während oder nach der letzten Kampagne entdeckten Überbleibsel. Diesmal richtet sich die Bewegung »gegen die rechten Opportunisten«. Sogleich höre ich mich innerlich rufen: »Schicksal, hier bin ich! ... Opportunist? Na, und ob! Warte ich denn

nicht ganz opportunistisch auf eine günstige Gelegenheit?«

Ich nehme all meinen Mut zusammen und stürze mich, besinnungslos vor Verzweiflung, kopfüber ins Handeln. Ich habe kaum Zeit nachzudenken, weil ich fürchte, die Gelegenheit könnte einmalig sein. Mit aller Kraft demaskiere ich mich im Laufe der Kampagne, so daß ich meinen Kollegen und Studenten stillschweigende Bewunderung abnötige. Entgegen meiner sonstigen Zurückhaltung und Unauffälligkeit treibt mich eine ungeahnte Kühnheit, den Gedanken zu äußern, die abendländische Malerei habe auch ihre Vorzüge, und ihre große Tradition werde durch die Maler der Renaissance und der Klassik und sogar durch einige große Gestalten der Moderne verkörpert. Die Folgen lassen nicht auf sich warten. Von einem Tag auf den anderen werde ich zu einer Galionsfigur, und mir wird die Ehre von endlosen Sitzungen mit Kritik und Selbstkritik zuteil. Dabei gebe ich taktisch schrittweise zu, daß ich auf Abwege geraten bin, und akzeptiere schließlich die empörte Mißbilligung aller. Es entspräche nicht der Wahrheit, wollte ich behaupten, ich sei nicht zwischendurch von Angst gepeinigt. Doch tief im Inneren empfinde ich eine hartnäckige, um nicht zu sagen zynische Ruhe. Es fehlt nicht viel, und fast überkommt mich mitten in der Debatte eine plötzliche Freude, die Genugtuung, wenigstens einmal den feindlichen Kräften ein Schnippchen schlagen zu können.

Wie zu erwarten, werde ich verurteilt. Um meine aufrichtige Bereitschaft zur Umerziehung zu demonstrieren, bitte ich selbst darum, in die entfernteste Region geschickt zu werden, also in den Hohen Norden. Wenigstens dieses eine Mal habe ich Anspruch auf eine günstige Beurtei-

lung. Das Faktum wird sogar als Pluspunkt in meiner Akte festgehalten.
Alles ist also nach Plan verlaufen. Ich bin nicht sonderlich erstaunt; ich kenne den Mechanismus der Kampagnen, er ist von bestürzender Simplizität. Etwas anderes allerdings ist es, eines Tages im Zug nach Norden zu sitzen, in einem langen finsteren Zug, der Tag und Nacht fährt, ein rollender Tunnel gewissermaßen, der nirgendwo hinführen soll. Man läuft sich in den Gängen gegenseitig über den Haufen und erleichtert sich zwischen den Waggons. Die harte, unausweichliche Wirklichkeit wird plötzlich zum Alptraum. Ja, zum Alptraum. Denn gleichzeitig erscheint alles irreal und absurd. Stundenlang zermartere ich mir den Kopf und frage mich, ob die Verknüpfung der Fakten nicht nur ein Hirngespinst von mir ist.
Jetzt sitze ich da, gefangen im rhythmischen Rattern, umbraust von Pfiffen und Kohlenstaub, unter meinen Leidensgefährten, älteren Menschen von überallher, die vor den Funktionären gute Miene zu machen versuchen, ihre Furcht und Niedergeschlagenheit jedoch kaum verbergen können. Daneben viele junge Leute, laut und aufgeregt, die angeblich Freiwilligen. Ich muß innerlich lachen: der einzig Freiwillige bin ich! Sie sollen die fernen Regionen der Heimat urbar machen. Pausenlos angefeuert durch ihre Gruppenführer, singen sie lauthals erbauliche Lieder oder skandieren immer wieder Slogans im Chor. Erschöpft dösen sie schließlich auf den Holzbänken ein. Auch der Zug wird immer langsamer, je weiter er nach Nordosten vorstößt, oder bleibt sogar stundenlang auf freier Strecke stehen, als fürchtete er sich – wie die Menschen – vor der Ankunft am endgültigen Ziel.

7

Mit letzter Kraft erreicht der Zug die Endstation: einen Bahnhof, verloren inmitten einer riesigen Baustelle voller Kräne, Baumaterial und auf die Schnelle errichteten Gebäuden; weiter weg gigantische Hallen mit Traktoren und bis unters Dach gestapelten Kisten und Kästen. Rings um die Hallen stehen Fahrzeuge aller Art. Hier versorgen sich die Städte und die Lager der ganzen Region mit Lebensmitteln.

Die Neuankömmlinge werden auf alte Lastwagen verfrachtet. Im Konvoi fahren sie eine breite Schotterstraße auf einen kleinen Ort zu, eine Art Zentrum, von dem aus andere Landstraßen weiterführen in verschiedene Arbeitslager.

Beidahuang! Dieser finstere Name klingt in den Ohren als Synonym für eine unerbittliche Natur, für das Exil ohne Wiederkehr und die Herausforderung des Schicksals. In abstoßender Kahlheit breitet es sich vor den Ankommenden aus. Eine öde Unendlichkeit von erdrückendem Ausmaß. Sümpfe ohne Ende mit schwärzlichem Schlamm, umgeben von undurchdringlichem hohem Schilf. Als Abwechslung in der Eintönigkeit zeichnen sich dann und wann dunkel bewaldete Erhebungen ab. Am Horizont ragen, von weißem Aussatz bedeckt, die Bollwerke der

Berge auf. Mitten in dieser unbezwungenen Natur tauchen hier und da, ziemlich unpassend, bestellte Felder auf. Unschwer errät man, welche Opfer den Pionieren abverlangt wurden und was für eine Leistung sie vollbracht haben, all jene zu Zivilisten gemachten Soldaten, politischen und gewöhnlichen Gefangenen, die in Massen dorthin geschickt wurden. Die aufeinanderfolgenden Kampagnen und die Deportationspolitik liefern dem Staat unaufhörlich neue menschliche Arbeitskraft.

Ächzend, klappernd und rasselnd holpert der altersschwache Lastwagen über die Schotterstraße. Außer den Jungen sagt keiner ein Wort; jeder schätzt im stillen das Unbekannte im Hinblick auf seine eigene Widerstandskraft ab. Schließlich taucht das Lager auf: eine Ansammlung von sichtlich in aller Eile errichteten Unterkünften und Gebäuden. Dies ist also einer der Orte mitten in der Ödnis, von wo aus gewisse Leute der Natur und den anderen ihre Gesetze diktieren wollen. Hier muß jeder Deportierte versuchen zu überleben.

Unter welchen Bedingungen? Bei welcher Arbeit? Lebenswichtige Fragen für diese Menschen, die brutal ihrem Zuhause entrissen und für eine Zeitspanne hierhergeschickt worden sind, die sich nicht nach Tagen oder Monaten, sondern nach nicht endenden Jahren bemißt. »Was wir jetzt haben, ist Luxus!« sagen die Ältesten gern. Noch vor wenigen Jahren – so erzählen sie – hatten sie ein Leben schlimmer als die Höhlenmenschen. Unsere prähistorischen Vorfahren konnten sich ihre Behausungen wenigstens selbst aussuchen, in milderem Klima, besser geschützt. Aber sie, die modernen Zuchthäusler, wurden mitten im wilden, von Insekten und Giften verseuchten

Gras ausgesetzt, in diesem menschenverlassenen Landstrich ganz im Norden des Hohen Nordens, wo die Winter eisig und nur wilde Tiere zu Hause sind.
Unter welchen Lebens- und Arbeitsbedingungen? Die Lager werden auf allen Ebenen von Militärs geleitet, denen politische Kommissare zur Seite stehen, und sind nach dem Vorbild der Armee organisiert, auf der Basis von Produktionsbrigaden, die in mittlerer Entfernung voneinander liegen. Die Brigaden wiederum sind zu Divisionseinheiten zusammengefaßt und bilden unter dem Befehl eines Kommandeurs gemeinsam den kollektiven landwirtschaftlichen Großbetrieb. Im ganzen Hohen Norden zählt man in den Jahren 1955/1956 ein Dutzend landwirtschaftlicher Großbetriebe mit insgesamt über hunderttausend Personen. Genaugenommen können die meisten nicht als Lager bezeichnet werden. Sie werden von ehemaligen Militärs bewirtschaftet, Soldaten oder Unteroffizieren, die als geschlossene Einheiten für den Rest ihres Lebens dorthin verlegt wurden. Wie die anderen Bauern in China leben sie im Kollektiv und haben ihre Wohnheime in den Dörfern. Doch daneben gibt es noch andere Produktionseinheiten, die Arbeitslager im eigentlichen Sinn. Denn seit Anfang der fünfziger Jahre, lange vor der Einrichtung der landwirtschaftlichen Großbetriebe, gab es schon andere Staatsbetriebe in kleinerer Zahl und sehr viel primitiver. Für die schwersten Arbeiten setzte man Parteifunktionäre ein, die zur Umerziehung verurteilt, sowie Häftlinge, die zur »Besserung durch Arbeit« in den Norden geschickt worden waren. Alle diese Funktionäre und Häftlinge, die anfangs dem Ministerium für Staatssicherheit unterstanden, sind nun ebenfalls der militärischen Oberhoheit unterstellt.

Aufgeteilt in verschiedene Divisionseinheiten, bilden sie die Sonderlager. Diese wurden natürlich nach und nach durch weitere politische und gewöhnliche Gefangene vergrößert. In diesen nach Männern und Frauen getrennten Lagern bilden sich neben der offiziellen Hierarchie andere Vorrechte heraus – die der Militärs über die Zivilisten, der Alten über die Neuen, der Handarbeiter über die Intellektuellen –, die bei Strafe von Schikanen jeder zu respektieren hat. Den im allgemeinen schwächlichen und ungeschickten Intellektuellen halten die Militärs bei jeder Gelegenheit vor Augen, was sie selbst in den aufeinanderfolgenden Kriegen alles durchgemacht haben, und behaupten, man habe allen Grund, froh zu sein, dank ihrer Kämpfe in einer Welt des Friedens zu leben und täglich seinen Reis zu bekommen. Diese grobschlächtigen Kerle sprechen mit dröhnender Stimme, verspeisen mit großem Appetit für sie reservierte Gerichte, schlafen wie die Murmeltiere in warmen Betten und kennen keinerlei emotionale oder metaphysische Qualen. Sie nutzen ihre Privilegien und spielen mit den Schicksalen derjenigen, die ihnen unterstellt sind – einige verteilen ihre Gunst, um heimlich oder vor aller Augen weibliche Schwäche zu mißbrauchen; sie sind überzeugt, ein wenig körperliche Anstrengung und Disziplin könne all diesen Pinselschwenkern, die immer das Komplizierte und Verworrene suchen, anstatt einfach und geradeaus zu denken, nur guttun.

Diese Pinselschwenker, die jetzt die Hacke schwingen müssen, sind in Schlafräumen von einfacher Bauweise untergebracht, eine Kombination aus rohem Holz und verlattetem Schilfrohr, hier und da mit Erde als Binder. Da sie pausenlos den Unbilden der Witterung ausgesetzt sind,

wirken diese Unterkünfte, kaum sind sie errichtet, schon wieder baufällig. Innen wird ihre Unzulänglichkeit noch spürbarer. Wände und Dächer halten den starken Winden und heftigen Regenfällen keineswegs stand, durch den schlecht planierten Boden dringen fortwährend Feuchtigkeit und Kälte. Längs der Wände befinden sich, direkt auf dem Boden, die sogenannten *kang**. Auf jedem schlafen jede Nacht in Reihen Dutzende von Personen. Für persönliche Gegenstände ist nichts vorgesehen; auf ein Minimum reduziert, häufen sie sich in den Ecken. Die tägliche Disziplin kann den Eindruck von Unordnung und Schmutz nicht beseitigen. Ohne festen Platz stehen auf dem Boden die einzelnen Waschschüsseln herum; sie dienen je nach Bedarf als Nachttopf oder zum Aufwärmen des Essens. Rings um den Ofen liegen in buntem Durcheinander wasser- und schweißgetränkte Hosen, Socken und verschmutzte Schuhe.
Außer an einigen Hochsommertagen ist es nicht jedem möglich, sich sauberzuhalten. Man wäscht sich immer nur flüchtig mit kaltem Wasser; das holt man aus einem Bottich, der im Hinterzimmer auf dem feuchten Boden steht. Dieses Wasser, aus dem Brunnen hochgezogen und im Eimer hergetragen, ist kostbar, vor allem im Winter, wenn man in dem eisigen Sturm auf der Stelle erstarrt. Zum Lasttier geworden, gewöhnt man sich schnell an den Schmutz; man akzeptiert die Dreckschicht, die wie Krätze auf der Haut klebt, Flöhe anzieht und Läuse nährt. Weit schwerer zu ertragen als der Dreck ist eine andere Form der Erniedrigung: daß man vor der Dummheit der Vorge-

* von unten beheizbare Betten aus Lehm

setzten den Rücken beugen, jede persönliche Eigenheit tilgen muß, als wäre man aus Staub geboren, ohne Vergangenheit, ohne Begehren, ohne jede Gefühlsbindung, kurz, ohne die Notwendigkeit, einen Namen oder ein Gesicht zu tragen. Kein Moment, kein Ort, wo man für sich sein kann – außer nachts im Traum. Doch kaum ist es dunkel und die trübe Petroleumfunzel ist ausgelöscht, wirft die Erschöpfung jeden auf das *kang* zwischen die anderen leeren Körper, die ebenfalls schlafen wie die Toten.

Die Verbesserung der Unterkunft und der materiellen Bedingungen ist nicht vorrangig: Bauarbeiten bleiben der Winterzeit vorbehalten, wo sie dann langsam und heroisch durchgeführt werden. Doch bis dahin gilt es noch viele andere Aufgaben zu bewältigen.

8

Abgesehen von bestimmten jahreszeitlich bedingten Ruhepausen gibt es tatsächlich immer etwas zu tun, und jede Arbeit wird als dringend betrachtet. Man muß die vorgesehenen Produktionsziffern erreichen oder sogar überschreiten, um »oben gut angeschrieben« zu sein. Von den Vorgesetzten ausgegebene Befehle und Slogans enthalten ständig den Vermerk *quiang**. Sind die Aktionen immer gerechtfertigt und angemessen? So mancher Damm, der gebaut, so manches Gelände, das urbar gemacht wurde, ohne festgelegten Plan, einfach nur nach Gutdünken ignoranter Vorgesetzter, hat sich als nutzlos oder unbenutzbar erwiesen. Und dafür wurden übermenschliche Anstrengungen vollbracht und Leben geopfert. Manche fallen todmüde hin und werden im hohen Gras von Traktoren überfahren, andere von schlecht präpariertem Sprengstoff zerrissen. Viele haben entstellte Gesichter, durch die Kälte atrophierte Hände und Füße; Frauen leiden an Unterleibsbeschwerden, weil sie zu lange im eiskalten Wasser gestanden haben.

Unter den extremen Klimabedingungen nimmt die Arbeit brutale Formen an und überschreitet jedes gewöhnliche

* Wettlauf gegen die Zeit; Rettungsaktion

Maß. Im Hohen Norden ist der Frühling oft nur ein verlängerter Winter. Bei einem Wind, der in Gesicht und Körper schneidet, pflügt man den Boden und bringt die Saat aus, wochenlang, auf Weizen-, Soja- oder Maisfeldern, die so groß sind, daß man ihr Ende nicht sieht. Mit bloßen Händen und Fingern voller Frostbeulen – Spuren des Winters – hackt oder gräbt man zunächst den steinhart gefrorenen Boden auf, bevor die Ochsen oder die Traktoren mit den Pflügen kommen. Schließlich bewegt man im Rhythmus der Sämaschine, ohne auch nur einen Moment stehenzubleiben, schwere Kornsäcke aus Sackleinen, das vor Kälte starr und schneidend scharf wie Stahlblech ist. Das Rattern der Sämaschine kündigt unabweisbar den Rhythmus des beginnenden Jahres an. Wenn es wirklich taut, wird weiteres, noch wilderes, noch widerspenstigeres Land urbar gemacht; man verbrennt Gras und Dorngestrüpp, reißt mit eigener Körperkraft dicke zähe Wurzeln heraus, die das Vordringen der Traktoren behindern, füllt sumpfiges Gelände mit Sand auf oder verwandelt es in Reisfelder. Und plötzlich ist mit brutaler Hitze der Sommer da. Das ist die Zeit des Hackens und Jätens. Man folgt Schritt für Schritt endlosen Furchen oder gehäufelten Saatreihen, die mehrere *li* lang sein können. Kopf und Oberkörper schwarz von Mücken, hackt man die Erde, reißt das Unkraut heraus, wobei man ständig achtgeben muß, die Pflanzen nicht zu beschädigen. Wehe dem, der langsam und ungeschickt ist. Er bewegt sich immer mühsamer vorwärts, unaufhörlich angetrieben vom Gruppenführer: »Vorwärts, vorwärts! Aber nichts kaputtmachen, sonst ...!« Kaputt ist man selbst. Da man niemals Atem schöpfen oder einen Schluck trinken kann, hat man einen Rücken wie durch-

gesägt und die Beine sind völlig steif. Man fühlt sich wie ein erbärmliches Insekt, das jemand aus Versehen zertreten und liegengelassen hat.
Die große Sorge, bevor es Herbst wird, ist der Regen. Will es das Unglück und es regnet, dann wird es dramatisch. Der weinerlichen Miene des Himmels entsprechend, verziehen auch die Menschen das Gesicht. Ein ununterbrochener, schmieriger Regen verwandelt alles in Schlamm. Die Maschinen können nicht mehr auf die Felder fahren, und jeder weiß, was ihn erwartet: mehr als ein Monat Zwangsarbeit in der schwarzgrünen Hölle. Von drei oder vier Uhr morgens bis acht Uhr abends steht man mit Füßen und Beinen im dunklen Lehm. Durchnäßt, mit einer Sichel in der Hand, den Rücken tief gebeugt, führt man mehrere zigtausendmal am Tag die gleichen Bewegungen aus. Einen Armvoll Weizenhalme packen, mit einem kräftigen Schlag unten über den Wurzeln abschneiden, herausreißen und seitlich in Garben aufstellen. Kann die Truppe, von Nässe und Dreck zermürbt, durch Krankheiten und Unglücksfälle dezimiert, auf eine Ruhepause hoffen, wenn die Plackerei endlich ein Ende hat? Nein. Die Frist zwischen dem Ende des Regens und dem Beginn der Kälte ist denkbar kurz. Im geeigneten Moment muß man, ohne auch nur einen Tag zu zögern und ohne nachts zu unterbrechen, den Weizen im großen Hof dreschen und worfeln, in Säcke füllen und in die Scheunen transportieren. Tatsächlich breitet der Winter schon ab Mitte Oktober ein dichtes Laken über die Berge und Ebenen und wartet ungeduldig auf die Bestätigung, daß sein furchterregendes Instrument, die Kälte, nichts an Wirksamkeit eingebüßt hat. Er macht nach Belieben davon Gebrauch, läßt die

Temperatur jeden Tag weiter sinken und schiebt die Grenzen seiner Macht immer weiter vor. Je nach Lust und Laune läßt er Stürme und Unwetter los, daß Himmel und Erde durcheinanderwirbeln, und die Wölfe heulen vor Not.
Um zu sehen, wie sehr die Menschen seinem unerbittlichen Gesetz unterworfen sind, genügt ein Blick auf die unendliche, versiegelte Weite. Tatsächlich ist dort niemand mehr zu sehen. Niemand, mit Ausnahme von tollkühnen Sträflingen. Den Kopf zwischen die Schultern gezogen, in abgetragenen, mit Bindfaden oder Seilen zusammengehaltene Jacken in mehrfachen Schichten übereinander, bahnen sie sich einen Weg durch die Schneeverwehungen. Denn dies ist die Zeit im Jahr, wo die Vorgesetzten ein anderes, ebenso unerbittliches Gesetz anwenden, das der Rentabilität. Es gibt keine andere dringende Arbeit mehr. Deshalb können sie ohne Skrupel einen Teil der Arbeitskräfte für bisher verschobene Aufgaben einsetzen, wie den Bau von Straßen und Unterkünften, die Aushebung von Kanälen, Wasserreservoirs ... Kann man bei solch klirrender Kälte überhaupt arbeiten?
Eis und Stein bilden bei mehr als vierzig Grad unter Null eine betonharte Einheit. Der ganze Hohe Norden hält wie ein einziger Block gegen die Anstrengung der Menschen zusammen. Auf der riesigen Baustelle ist jedem der bis auf die Knochen durchgefrorenen Arbeiter ein Bereich zugeteilt; diesen Block hat er aufzubrechen. Mit einem Stahlpickel schlägt er mit aller Kraft auf die vereiste Oberfläche. Die Spitze seines Pickels hinterläßt keinerlei Spur, nicht mehr als ein Nadelstich auf einem Diamanten. Er schlägt noch einmal. Der Pickel prallt ab, erschüttert seine Hände und Arme, läßt in seiner eiskalten Haut feine Äderchen

platzen. Er macht trotzdem weiter; seine unter Schmerzen aufgebrachte Energie ist rasch erschöpft. Aufgeben? Das darf er nicht. Er will es nicht einmal. Solange er sich verausgabt, wenn auch völlig umsonst, ist ihm wenigstens warm. Hier, wo der sibirische Schneesturm, schneidender als ein Dolch, alles ausgesetzte Fleisch schraffiert, wo der wirbelnde Schnee alles erstarren läßt, verwandelt sich der Schweiß unter seiner Jacke zu Eis, sobald er aufhört, sich zu bewegen. Eine Lungenentzündung wäre ihm sicher oder der Tod. Zwar kann er sich, wenn er den Mut hat, bis in die Mitte des Bauplatzes schleppen, wo ein Feuer brennt. Wenn er sich dort wärmt, wird er erleben, was eine Redensart im Hohen Norden treffend beschreibt: »Die Brust glühende Kohle, der Rücken ein Eisklotz.« Er kann sich noch nicht dazu entschließen und schlägt weiter. Klüger diesmal. Er konzentriert die Spitze seines Pickels auf ein und denselben Punkt. Nach rund dreißig Schlägen wird eine Spur sichtbar. Ein winziger Sprung zieht sich über den Block, der ihm bis dahin widerstanden hat. Dann, ein Spalt. Das Eis ist gebrochen. Jetzt kommt der darunterliegende Stein an die Reihe. Er schlägt weiter. Ein langer Arbeitstag beginnt, noch mörderischer als das, was er gerade geschafft hat. Doch er ist zufrieden: Seine Hand hat nicht umsonst geblutet, sein Blut hat doch noch gesiegt.

9

Jetzt gilt es durchzuhalten, zu überleben, unter Menschen, die zum gleichen Schicksal verdammt sind, aber die man nicht kennt. Bei den großen Kampagnen wurden die Verurteilten gruppenweise ins Lager geschickt. Man blieb mehr oder weniger unter Menschen aus dem gleichen Bereich. Die jetzige Kampagne ist eine Art Schleppnetz der vorangegangenen: Ihr Ziel ist es, die Reste einzufangen. So sind wir ein bunt zusammengewürfelter Haufen, von überallher. Das stehende Gewässer der Alten erhält stetig frischen Zufluß durch die Neuen. In mein Lager, das ursprünglich aus Universitätsangehörigen und Menschen aus der Welt der Kunst bestand, kommen jetzt vereinzelte, unerwartete Elemente. Eine ganze Weile tastet man sich ab, die Alten und die Neuen lernen sich kennen. Man redet nur über das Alltägliche und die Arbeit, erzählt nichts Wichtiges von sich und stellt auch keine persönlichen Fragen. Allerdings schläft man zu mehreren auf demselben *kang* und benutzt gemeinsam die riesige Latrine ohne Trennwand zwischen den einzelnen Löchern. Im Waschraum drängelt man sich um den großen Bottich, jeder mit seiner Schüssel in der Hand – ein düsteres Ballett.
Dadurch hat man nur allzusehr das Gefühl, sich bis ins Innerste zu kennen, durch Geräusche, Gerüche, Berührun-

gen. Fürze, Schluckaufs, Niesen, Husten, im Traum entschlüpfte Worte, Ausdünstungen von Schweiß und Urin. Haut, die sich berührt, klebrige, rauhe Haut, manchmal mit einem blutbefleckten Verband.

Es ist ein weiter Weg von den entwürdigenden Seiten des Körpers bis zur wahren Persönlichkeit derjenigen, die ich schließlich kennenlerne. Verglichen mit den *laogai* – Lagern zur »Besserung durch Arbeit« –, die man mir beschrieben hat, erweisen sich mein Lager und einige andere in der Umgebung, die sogenannten *laogiao* – Lager zur »Besserung durch Erziehung« –, als vergleichsweise weniger streng. In den *laogai* gibt es sowohl politische Gefangene als auch Kriminelle. Brutale Kerle und Denunzianten werden dort gelegentlich eingesetzt, um die an sich schon strenge Disziplin noch zu verschärfen. Mein Lager und andere des gleichen Typs beherbergen selbstverständlich auch ihren unvermeidlichen Anteil an Speichelleckern und Spitzeln. Doch der Rest der Häftlinge setzt sich, wie ich nach und nach entdecke, aus den besten Elementen Chinas zusammen, Menschen, die oft gerade für das verurteilt worden sind, was die Qualität ihrer Persönlichkeit ausmacht: ihre Redlichkeit und Aufrichtigkeit. Ihretwegen lohnt es sich, auch wenn der Preis hoch ist, in den Hohen Norden zu kommen. Sie sind, was man in Frankreich sehr treffend als die Creme der Gesellschaft bezeichnet. Warum schöpft man systematisch den besten Teil des Landes ab und schafft ihn beiseite? Kann man diese Menschen wirklich »bessern«, wenn man sie so lange zu einer derartig entwürdigenden Arbeit heranzieht?

Gesetzt den Fall, man würde sie nur dazu verurteilen, zusammen zu leben und zu arbeiten, jeder nach seinen besonderen Begabungen, und ließe sie sich frei untereinander austauschen, was für eine lebendige Gemeinschaft würde das ergeben! Was für eine Werkstatt des Schöpferischen würde entstehen! Zu ihrem Unglück sind diese idealistischen Menschen den Stürmen des Schicksals besonders ausgesetzt. Nun sind sie hier versammelt, jeder, weil er ein Minimum dessen getan hat, was ihm sein Gewissen diktierte. Die Schriftsteller und Künstler, die, teilweise noch jung, zu früh in ihrem schöpferischen Elan gebrochen wurden. Der Beamte, ein integrer, ruhiger Mann, der sich in Kalligraphie und Tai-chi-chuan übte und verurteilt wurde, weil er eine Entscheidung des Bezirksvorsitzenden in Frage gestellt hatte. Der bescheidene Universitätsbibliothekar, eine sanfter, femininer Mann, zu sanft, so daß er unweigerlich die Verfolgungslust seiner Vorgesetzten und seinesgleichen provozierte. Angeblich wurde er beobachtet, wie er vor einer *dazibao* den Kopf schüttelte. Dabei hatte er nur die Angewohnheit, beim Lesen mit dem Kopf zu wackeln. Der gebildete Philosoph, der nicht nur in der chinesischen Kultur bewandert war, sondern sich auch mit Kant und Platon auskannte und verurteilt wurde, weil er bestimmte Werte des Idealismus vertrat; der Historiker, ein Spezialist für Bronzespiegel und Stickereien aus dem alten China, verurteilt, weil er die These von der ausschließlich sozioökonomischen Bedingtheit der Formentwicklung in diesen Künsten bestritt; der Ingenieurspraktikant, Parteimitglied, ein langer Dünner, weil er die Leitung der Fabrik, in der er arbeitete, kritisiert hatte. Er wird Don Quijote genannt, seit er einmal mit einer Gazemaske über dem Gesicht und einem langen Bambusstab in der Hand einen Bienenstock unter dem

Dach entfernte und dabei einen Anblick bot wie der behelmte Ritter mit seiner Lanze. Man weiß übrigens, daß seine Frau ihn nach seiner Verurteilung verlassen hat. Neben ihm Sancho Pansa, der Komiker, deportiert, weil die Behörden eines seiner Stücke als Satire auf das Regime auffaßten. Mit seinem grundsätzlichen Optimismus und seinem Schalk, einem Erbe aus dem bäuerlichen Landesinneren Chinas, bringt er einen Lichtschimmer ins Lager. Nur er ist imstande, den Aufsehern mit passenden Zitaten des großen Vorsitzenden oder mit schlagfertigen Antworten das Maul zu stopfen. Er kann es wagen, ihnen auf diese Weise die Stirn zu bieten, denn er ist mit einer unverwüstlichen Gesundheit ausgestattet; widerstandsfähig wie ein Büffel, hat er keine Furcht vor den schweren Arbeiten, die man ihm aufbürdet.

10

Zwei Männer fallen auf durch ihre Unauffälligkeit. Sie sind älter als die anderen und schlafen auf einem *kang* in einem dunklen Winkel. Weshalb, das begreift man schnell, wenn man weiß, was sie tun. Sie verrichten die niederste Arbeit, der jeder aus dem Weg zu gehen versucht: Sie reinigen die Latrinen und müssen eine bestimmte Menge von Fäkalien in ein Reservoir für die Düngerfabrikation befördern. Dabei hat man ihnen diese Arbeit noch aus Gefälligkeit zugewiesen. Sie ist keineswegs besonders schwer, sondern ihren Körperkräften angemessen. Sie können die Eimer mehr oder weniger füllen; sie können langsamer oder schneller gehen, ohne daß eine unerbittliche Stimme hinter ihnen sie antreibt. Der Tag ist lang genug, daß sie ihre Aufgabe erledigen können. Doch die Sache hat einen Haken. Auf Grund dieses Privilegs sind sie Unberührbare geworden. Weil sie sich nicht richtig waschen können, was in ihrem Alter noch schlimmer ist, verbreiten sie um sich herum ständig Latrinengestank; sie sind einfach hoffnungslos verdreckt.

Obwohl beide graues Haar haben und eine faltige Stirn, unterscheiden sie sich deutlich in ihrer Physiognomie: der eine sauertöpfisch und offenbar entschlossen, es auch zu bleiben; der andere mit sanftmütigem Gesicht, über das manchmal ein fast unmerkliches Lächeln huscht. Wer sind sie? Der Sauertöpfische ist ein Ökonom, der sich einer Majestätsbeleidigung schuldig gemacht hat. Denn er hat eine Theorie für ein Wirtschaftssystem aufgestellt, in dem die Staatsbetriebe mit bestimmten Privatunternehmen konkurrieren sollten. Außerdem befürwortete er eine malthusianische Politik, ganz im Widerspruch zur Devise des großen Vorsitzenden: »Je mehr Arbeitskräfte man hat, desto stärker ist man.« Der Sanftmütige – oder besser Resignierte – ist ein Lagerveteran. Er gehörte zum ersten Kontingent von Gefangenen, die man ganz zu Anfang der fünfziger Jahre aus Henan kommen ließ. Viele seiner Gefährten sind längst verschwunden; er, der die geringsten Überlebenschancen hatte, ist immer noch da. Doch auch er hat seinen Preis bezahlt. Seine linke Hand ist atrophiert und praktisch nicht mehr zu gebrauchen; einen Lungenflügel hat er sich durch die Arbeit in den Minen ruiniert, weshalb er den ganzen Winter über hustet. Zweifellos ist er wegen seines Alters, seines schlechten Gesundheitszustands und seiner guten Führung nach vielfachen Verlegungen von einem Lager ins andere schließlich in diesem weniger streng geführten Lager gelandet. Über seine Vergangenheit äußert er sich nur lakonisch. Den wenigen Neuankömmlingen, die ihn noch nach seiner Herkunft fragen, antwortet er gleichbleibend: »Grundbesitzer«. Und für welches Verbrechen wurde er verurteilt? Keine Antwort, nur ein mattes Lächeln. Aber man weiß: er hatte »Konterrevolutionäre« bei sich versteckt – eine Tollkühnheit! Daß er nicht mit ihnen zusammen erschossen wurde, grenzt an ein Wunder. Man hat sich an ihn gewöhnt wie an seinen Gestank. Hinter seiner etwas langsamen, etwas naiven Art erkennt man durchaus einen gebildeten Mann; er unterscheidet sich nicht sonderlich von den Intellektuellen. Sichtbarer Ausdruck seines langen Lageraufenthalts sind die Flicken aus allen möglichen Stoffetzen auf seiner Kleidung, sorgfältig von ihm selbst aufgenäht. Sie erinnern mich an die Aufkleber, mit denen in Europa manche Autobesitzer zur Erinnerung an ihre Reisen ihre Autos bekleben. Genannt wird er Lao Ding, »Alter Ding«. Diese ehrenvolle Anrede steht ihm zu, findet aber in seinem Fall auch einhellige Zustimmung. Ist es nicht schön, wenn es in einer Gruppe einen Alten gibt, der nicht zu sehr belastet und ganz und gar nicht stört? Man ist ihm dankbar, daß er unauffällig seine Würde wahrt. Neben ihm fühlt man sich jung und hegt die Hoffnung, am Ende auch selbst nicht völlig aufgerieben zu sein.

Habe ich mich deshalb freiwillig gemeldet, als der Ökonom ins Krankenrevier kam und ersetzt werden mußte? Ist es nicht vielmehr so, daß ich mich in meinem Leben immer zu älteren Menschen hingezogen gefühlt habe? Gerade ihre Gebrechlichkeit scheint ihnen ein solideres Wissen zu verleihen. Oder habe ich vielleicht einen Hang zum Masochismus, der mich ständig reizt zu tun, was mir widerstrebt und mich ganz nach unten zieht? Oder ist es das ermüdende – dem Schwachen eigene – Bedürfnis, in den Verhaltensweisen der anderen nach Gründen zu suchen? Welche Gründe hat Lao Ding? Warum grüßt er, der Alte, bei all den interessanten Leuten, die ich allmählich kennenlerne, aus seinem Winkel manchmal ausgerechnet mich? Warum interessiert er sich für mich? Weil ich ein Neuer, ein Maler oder ein Auslandsheimkehrer bin? Dabei ist letzteres ein Tabuthema. Nur ein einziges Mal hat mich einer darauf angesprochen, der grauhaarige Mann im Waschraum, der mir ohne ersichtlichen Anlaß zuflüsterte: »Weit weg vom Meer hier, was? Und erst recht vom Mittelmeer ...« Oder suche ich nur eine Rückzugsmöglichkeit? Jedenfalls biete ich mich, zur großen Erleichterung aller, zum »Scheißetragen« an. Huang, unser Gruppenführer, der gewöhnlich lauthals daherschwafelt und herumbrüllt, ist einverstanden, ohne weiter ein Wort darüber zu verlieren; vermutlich ist er der Meinung, daß ich für die schweren Arbeiten ohnehin nicht zu gebrauchen bin.

Mit einer Gazemaske auf der Nase gegen den unerträglichen Gestank verrichte ich mehrere Wochen lang die Drecksarbeit. Abends muß ich am Ende des *kang* neben Lao Ding schlafen. Doch dann kommen wir im Zusammenhang mit einer Umorganisation der Arbeit zu sechs anderen Arbeitern in eine gesonderte Unterkunft. Sie ist noch primitiver gebaut. Im Sturm schaukelt die einfache Hütte wie ein Nachen, der von den Böen hin und her geworfen wird. Unten an den Innenwänden wachsen Moos und Pilze, was die Ratten zu schätzen wissen. Bei großer Kälte gelingt es mit dem Holzfeuer kaum, die glitzernden Eisblumen an den Wänden abzutauen. Wir kümmern uns nicht nur um die Latrinen, sondern versorgen auch die Schweine, außerdem müssen wir bei der Arbeit auf den angrenzenden großen Gemüseanbauflächen helfen. Die Arbeit hier ist weniger hart als auf den Feldern, aber immer noch beschwerlich genug, denn die Flächen sind riesig, und die Produkte, die die ganze Saison über in dichter Folge nacheinander angebaut werden, erfordern ständige Hege und Pflege: Gurken, Tomaten, Kalebassen, Paprikaschoten, Bohnen, Kohl, Bataten, Rüben und Karotten.

Gleich neben der Hütte steht der überdachte Verschlag mit rund dreißig Schweinen, die von der Brigade aufgezogen werden. Eine widerstandsfähige Rasse mit vorstehenden Hauern und ziemlich grimmiger Schnauze. Dickköpfige und brummige Tiere, die sich im eigenen Dreck wälzen und ständige Pflege erfordern. Man muß sie bürsten, putzen, die Streu wechseln und den Trog reinigen, wie auch die Eimer und Wannen, die man dabei benutzt. Um sie zu mästen, muß man ihnen abwechslungsreiches Futter geben, es anwärmen und ihnen bringen. Wenn das Wetter es erlaubt, muß man sie an den Sumpf führen, wo Kräuter wachsen, für die sie eine besondere Vorliebe haben. Und vor allem muß man bei Epidemien oder Geburten den Tierärzten helfen und bei unerträglicher Winterkälte die ganze Nacht aufbleiben.

Durch den engen Umgang mit den Schweinen, das Füttern mit Futter nach ihrem Geschmack, das Handhaben des klebrigen, zähflüssigen Zeugs, das kaum weniger ekelhaft ist als der Kot und der Mist und beim Ausgießen mit seinem klatschenden Geräusch das Echo zu dem hungrigen Grunzen bildet, zieht der ekelerregende Gestank in die Haut von Händen und Armen ein. Und beim Essen kann man vor lauter Brechreiz kaum etwas hinunterwürgen. Dieser ständige Ekel löst bei den Schweinestallarbeitern eine hartnäkkige Aversion gegen die gesamte Schweinerasse aus.

Aversion? Mit der Zeit schafft man es dann doch, den Widerwillen zu überwinden und sich mit diesen körperlich so schwerfälligen Tieren anzufreunden. Für die Hand des Mannes, der ohne Frauen lebt, fühlt sich die rauhe Tierhaut schließlich zart an. Und den Ohren, die keine tröstenden Worte hören, klingt das Grunzen herzergreifend sanft. Was für ein Genuß, diese unschuldigen Gefährten in seinen Armen oder zwischen seinen Beinen zappeln zu fühlen. Und was für ein Kummer, wenn eins von ihnen, genügend gemästet, auf die andere Seite des Hofes zum Schlachten gebracht wird. Seine wütenden Schreie sind nichts anderes als die einer betrogenen Liebe.

Herbst, es regnet ununterbrochen. Um die in den Feldern versackten Maschinen zu ersetzen, machen sich Hunderte von Männern und Frauen mit gebeugtem Rücken und einer Sichel in der Hand an die Rettung der Ernte. Sechzehn, siebzehn Stunden am Tag. Spätabends in der Kantine mischt sich in den Dampf der heißen Nudeln der Dunst von nassem Haar und saurem Schweiß, und zerschlagen sitzen sie da, die Männer und Frauen, mit schmerzenden Gliedern und heiseren Stimmen. Im trüben Licht erkenne ich den ehemaligen Bibliothekar, blasser und magerer denn je, kommt er auf mich zu und flüstert mir ins Ohr:

»Ich habe gesehen, wie du die Schweine an den Teich getrieben hast. Ihr versorgt sie gut. Sie scheinen nicht einfach zu sein; aber ich weiß, es sind gute Tiere ...«

»Weißt du, es kostet viel Mühe.«

»Ich glaube, es wird mir guttun, wenn ich mich um sie kümmere, und wenn es nur ein Tag ist!«

»Ein Tag oder zwei, das wird sich schon machen lassen. Ich werde mit dem Chef reden; ich schlage ihm vor, daß ich für dich auf die Felder gehe.«

Der alte Bibliothekar hat nicht mehr das Glück, sie zu streicheln, die »guten Tiere«. Bevor ich ihn ersetzen kann, ist er mitten auf dem Feld wortlos im Korn zusammengesackt. Ich wurde trotzdem für Erntearbeit »requiriert«.

11

Auch wenn der Widerwille noch so tief sitzt und die Gegenwart von Frauen – anders als bei der Feldarbeit – noch so sehr entbehrt wird, um kein Gold der Welt möchte jemand die Arbeit in den Latrinen oder im Schweinestall mit dem eingezwängten Dasein im großen Schlafraum tauschen. Trotz regelmäßiger Kontrolle und Inspektion sind wir, die wir in begrenzter Zahl im Nebengebäude leben, der im Haupthaus herrschenden Militärdisziplin entzogen, vor allem in den langen Wintermonaten, wo man dort, von der Außenarbeit und den politischen Versammlungen im großen Saal abgesehen, unter der bleiernen Aufsicht der kleinen und großen Chefs zusammengepfercht ist. Unsere Unterkunft ist mehr als eng, stinkend im Sommer, schlecht geheizt im Winter, aber wir fühlen uns einem »Privatklub« zugehörig, wo ein gewisses eigenes Leben möglich ist. Einige aus den großen Schlafräumen kommen zu uns, wann immer es ihnen gelingt, der Aufsicht zu entkommen. All die gemeinsamen Augenblicke im Schutz dieses Ortes, der so nackt ist wie wir selbst, Augenblicke, die dem Absurden entrissen sind! Vor einem kleinen Auditorium beschreibt der Historiker ohne unterstützende Bilder mit ansteckender Begeisterung Spiegel und Gewebe aus dem chinesischen Altertum, ihre

Formen, ihre Farbmuster, die Qualität ihrer Herstellung, ihre Entdeckung und ihre abenteuerliche Geschichte im Zusammenhang mit einem historischen Ereignis oder dem Schicksal einer Frau. Junge Schriftsteller und Dichter lesen aus ihren früheren oder erst kürzlich geschriebenen Werken. Die Musiker geben Konzerte »lautloser Musik«. Mangels Klavier hat der Pianist eine Klaviatur mit schwarzen und weißen Tasten auf einen langen Papierstreifen gezeichnet. Darauf macht er seine Fingerübungen und spielt leise summend Stücke von Schumann, Chopin und Rachmaninow. Ist der Moment der ersten Erregung vorüber, laufen ihm bald die Tränen übers Gesicht; er weiß, wenn er seine durch die Zwangsarbeit zerschundenen Hände ansieht, daß er nie mehr ein richtiger Pianist sein wird. Manchmal begleitet er den Sänger bei Melodien, die ihm vertraut sind, Beethovens *Adelaide*, Schuberts *Wanderers Nachtlied* und *Lindenbaum*, Schumanns *Lied der Braut* ... Diese sonderbare Harmonie zwischen dem Summen des Pianisten und der absichtlich gedämpften Stimme des Sängers ist viel ergreifender als eine perfekte Darbietung es sein könnte: ein dumpfes Rezitativ der Hoffnungslosigkeit.
In solchen Augenblicken, wenn das vergeudete Leben dieser Männer deutlich wird, verbreitet Zhang der Stumme sein Schweigen. Den gebrochenen menschlichen Stimmen läßt er die gesprungenen Töne des Bambusrohrs folgen, eine Art Pfeife, die er besitzt, seit er keinen Pinsel mehr hat. Er bläst sie so zart wie möglich. Hielte er nicht das Instrument in der Hand und setzte die Lippen zum Blasen an, kein Ohr würde etwas vernehmen. Denn die kaum hörbaren Töne sind eher Wunsch oder Vorstellung.

Und doch hören wir. Was wir hören, liegt jenseits der Trennung von innen und außen, kommt von sehr weit her, von weiter her als der Wind, als der hungrige Bär, der brüllend um die Behausungen streicht. Eine sanfte Brise weht über den unberührten Strand, läßt Sand und Schilf erzittern. Im nächsten Augenblick erwartet man, am Horizont ein Boot auf unsichtbaren Wellen vorübergleiten zu sehen ... Dann, nichts mehr. Nichts als eine lang anhaltende Stille, als ein riesiges schlagendes Herz. Zhang der Stumme bringt alle zum Schweigen; er fordert uns auf, uns auf sein Schweigen einzulassen, in unbegrenzter Verbundenheit, mit ungeteiltem Gefühl. Ich kenne diesen Kollegen sehr gut von der Kunsthochschule, wo er traditionelle Malerei unterrichtete. Dort war er einer der wenigen, der nach seiner eigenen Vision malte und sich weigerte, in seine Landschaftsbilder rote Fahnen oder riesige Kräne einzufügen. Ebenso ignorierte er in seinen Kalligraphien die erbaulichen Sprüche und schrieb beharrlich mystische Verse in der Art:

Innen; das Wesen der Dinge
Es umkreisen? Schon jenseits der Worte.

Was seinen Fall tatsächlich verschlimmert hat, war sein Schweigen. Wenn er in den politischen Versammlungen zur Zielscheibe der Kritik wurde, blieb er stumm, steckte Beschimpfungen ein und nahm Verurteilungen hin, ohne mit der Wimper zu zucken. Auch im Lager rechtfertigt er seinen Spitznamen »der Stumme«. Dabei ist er keineswegs ungesellig und menschenscheu, sondern ein treues Mitglied des »Klubs«. In einer Ecke hockend, ohne etwas zu sagen, ist er zum aufmerksamsten oder auch unerbittlichsten Ohr geworden: ein Lächeln oder ein zustimmendes Kopfnicken von ihm sind für die anderen unbezahlbar.

Eines Tages kommt unerwartet der Lagertischler, um im Schweinestall etwas zu reparieren. Verlegen und vorsichtig verstummt die kleine Runde mitten in der Diskussion. Der Tischler tut, als merke er nichts. Er macht sich an die Arbeit und pfeift. Arbeiten und dabei pfeifen: was für eine Unbeschwertheit und Souveränität! Das können sich nur die freien Handwerker leisten, die keine andere Sorge haben, als ihre Arbeit gut auszuführen. Nach einer Stunde kommt er, um sich von der im Raum zusammengedrängten Gruppe zu verabschieden.

»Ihr seid alle *zhishi fenzi**. Wollt ihr Bücher lesen?« fragt er ohne Umschweife.

Wieder schweigen alle, ziemlich verblüfft über diese so gefährliche wie unangebrachte Frage.

»Ihr wollt doch Bücher lesen, oder?« Der Handwerker lächelt freundlich.

»Bücher? ... Ja schon.«

»Ich habe nämlich viele, wißt ihr. In all den Jahren, die ich schon hier bin, habe ich Generationen von Gefangenen erlebt. Sie kommen, bleiben eine Weile hier und gehen wieder. Weil ich Bücher liebe, lassen alle, die gehen, mir die Bücher da, die sie heimlich mitgebracht haben. Ich habe schon eine ganze Bibliothek, aber leider komme ich nicht zum Lesen. Ich lese langsam und mühsam, und es gibt ständig und überall etwas zu tun.«

* Intellektuelle

»Eine ganze Bibliothek! Was für Bücher haben Sie denn?«
»Nennt mir ein paar Titel. Ich werde nachsehen, ob ich sie habe.«
An diesem ersten Tag, das weiß ich noch, werden bunt durcheinander drei Titel vorgeschlagen: *Auferstehung* von Tolstoi, die Gedichte von Du Fu und die Novellen von Shen Congwen. Niemand traut seinen Augen, als der Tischler am nächsten Tag die entsprechenden Bücher stolz vor uns auf den Tisch legt.
Von da an wird der kleine Raum im Nebengebäude dank der ununterbrochenen Lieferungen des Tischlers zu einer wahren Ali-Baba-Höhle, aus der die privilegierten Klubmitglieder ihre Schätze holen.

Dieses unverhoffte, geradezu unvorstellbare Glück hält eine Weile an. Doch eines Tages steht der gefürchtetste Besucher in der Tür. Im Bewußtsein seiner Macht brüllt Huang, unser Gruppenführer, mit seiner krächzenden Stimme los. Manchmal hat man Mitleid mit diesem kleinlichen, keinerlei Widerspruch duldenden Kerl, denn er ist eher weniger bösartig als andere und muß sich ständig selbst übertreffen – noch über die Erwartungen seiner Vorgesetzten hinaus. »Was soll das heißen? Werden hier jetzt Cliquen gebildet? Ist das ein Komplott oder was?!« Niemand antwortet. »Na schön, ihr werdet schon sehen!« Da meldet sich Sancho Pansa: »Wie könnten wir es wagen, ein Komplott zu schmieden? Wir wollen doch alle vorbildliche Revolutionäre werden. Deshalb lernen wir.«
»Lernen? Ihr seid hier, um zu arbeiten!«
»Aber der große Vorsitzende hat doch gesagt: Lernen, lernen und nochmals lernen.«

»Das ist ja die Höhe! Ihr vergeßt wohl, daß ihr hier zur Umerziehung seid!«
»Wir wollen uns ja gerade erziehen und umerziehen. Wir wollen gleichzeitig ›Rote und Experten‹ werden, wie der große Vorsitzende es gefordert hat.«
Jetzt reicht es. Außer sich vor Empörung befiehlt der kleine Chef: »Halt die Klappe, du mit deiner glatten Zunge! Schafft alles weg! Und daß mir das nicht noch einmal vorkommt! Sonst heißt es: ab in den Knast! Diesmal drücke ich noch ein Auge zu und melde nichts. Aber eine kleine Strafe zur Warnung: vierzehn Tage keine Mittagsruhe für alle. Für dich, glatte Zunge, einen Monat!« Sancho ist noch einmal glimpflich davongekommen. Der Chef ist nicht zu weit gegangen, denn im Grunde fürchtet er, seine Vorgesetzten könnten ihm Nachlässigkeit vorwerfen. Ob es stimmt, was leise gemurmelt wird: er sei die ganze Zeit mit seinen Gedanken woanders, weil er versucht, sich an eine aus der Frauenbrigade heranzumachen? Außerdem schätzt er in gewisser Weise die positive Rolle Sancho Pansas innerhalb der Gruppe, weil der die Atmosphäre entspannt. Den robusten Pansa läßt die Streichung der Mittagsruhe kalt. Er hat sich bei diesem Ritual stets gelangweilt. Etwas anderes ist es allerdings, statt dessen in der prallen Mittagssonne zu schuften!

12

Keinen Augenblick vergesse ich, weshalb ich in den Hohen Norden gekommen bin: um den Freund wiederzufinden. Je mehr Zeit vergeht, desto verzagter werde ich. Obwohl ich Haolang so nah bin, schien er mir noch nie so fern, so unerreichbar. Fast bin ich schon überzeugt, daß es mir nicht gelingen wird, ihn wiederzusehen. Dieser Hohe Norden ist ein Kontinent für sich, ein Ozean mit lauter einsamen Inseln, den Lagern. Eine Verbindung zwischen ihnen gibt es nur auf dem Dienstweg. Sicher, ich habe nicht allzulange gebraucht, um herauszufinden, in welchem Lager sich Haolang befindet. Als Lagerveteran wie auch als Dichter, von dem einige Schriften unter den Jüngeren kursieren, ist er hier im Hohen Norden kein Unbekannter. Bis in den nächstgelegenen Ort ist es von seinem Lager aus sehr viel weiter als von meinem. Nach meiner Schätzung müssen es von meinem Lager bis zum Ort und vom Ort bis zum Lager des Freundes rund hundertfünfzig Kilometer sein. Hundertfünfzig Kilometer – das ist fast nichts, verglichen mit der Trennung durch den Tod, mit den Ozeanen zwischen den Kontinenten, den Bergen und Flüssen zwischen den weitläufigen Provinzen Chinas. Doch die Entfernung mag noch so kurz sein, die Mauer zwischen uns ist unüberwindlich. Es ist eine von Men-

schen errichtete Mauer, eine Mauer aus Verwaltungsvorschriften, aus strenger Überwachung. Ich weiß, ich habe keine Chance.
Zu meiner Verzagtheit kommt die Angst. Werde ich bei meinem sich verschlechternden Gesundheitszustand durchhalten können, bis sich unverhofft eine Gelegenheit ergibt? Mir geht die Geschichte des Schiffbrüchigen nicht aus dem Kopf, der nach tage- und nächtelangem Schwimmen endlich in der Ferne die Küste auftauchen sieht. Doch völlig erschöpft, kann er nicht mehr weiter, und die Wellen werfen schließlich nur noch seine Leiche an den Strand.
Mehrmals schaffe ich es, der Mannschaft zugeteilt zu werden, die in den Ort fährt, um Verpflegung zu holen. Ich halte mich so lange wie möglich in den Läden und Kooperativen auf, in der Hoffnung, zufällig den Freund zu treffen, der vielleicht auch gerade mit einer ähnlichen Mannschaft unterwegs ist.
Weil ich schon fast die Hoffnung verloren habe, ihn wiederzusehen, geschweige denn, eine Zeitlang mit ihm zusammenzuleben, wie ich es mir erträumt hatte, bevor ich in den Hohen Norden kam, finde ich mich mit dem Gedanken ab, ihm wenigstens eine Nachricht zukommen zu lassen. Doch selbst dafür weiß ich keinen Weg. Vielleicht über den Tischler? Zweimal bin ich kurz davor, ihn anzusprechen, wage es dann aber doch nicht.
Das Lagerleben geht weiter und läßt neben den täglichen, ja stündlichen Anforderungen keine Pause zum Nachdenken. Kurz vor dem Sommer ist ein Teil der Sojafelder überschwemmt, weil defekte Kanäle übergelaufen sind. Während der Großteil der Arbeitskräfte für die Reparatur der Kanäle eingesetzt ist, werden zwei meiner Gefährten

und ich für die Feldarbeit abgestellt: entwässern, Pflanzen aufrichten ... Die Stunden unter glühender Sonne werden nur durch die Nähe der Frauen etwas erträglicher. In ihrer leichten Kleidung, auch wenn sie grau und schmucklos ist, haben sie an diesem Ort der Entbehrungen eine unerhörte Anziehungskraft. Da meine Gedanken um etwas ganz anderes kreisen, bin ich einer der wenigen, der kein Auge für sie hat.

Als ich eines Tages mitten im Feld den Kopf hebe, bemerke ich durch den Schleier von Schweiß und Mücken einen aufmerksamen Beobachter, der das Bild der kollektiven Arbeit festhält. Nicht einer der offiziellen Fotografen, der sein Objektiv auf uns richtet – wir bieten kaum einen überzeugenden Anblick für die Propaganda! –, sondern ein junger Mann mit einem großen Zeichenblock in der Hand.

Sehr seltsam, das Schicksal, denke ich. In diesem Leben wiederholt sich alles und ist doch nicht dasselbe. In Hangzhou habe ich die Teepflückerinnen gezeichnet, und unter ihnen war Frau C., die Schriftstellerin. Heute zeichnet jemand anders die zum Schuften Verdammten, und darunter bin ich. Der zeichnende Maler ist zum Gezeichneten geworden. Wenn das nicht die zyklische Zeit unserer Altvordern ist! Ein Zyklus endet; ein anderer beginnt, nimmt scheinbar den gleichen Verlauf, und doch kommt etwas anderes dabei heraus. Aber was?

Wie damals mit Frau C. spreche ich, als ich das Ende der Reihe erreiche, den jungen Mann leise an:

»Sind Sie Maler?«

»Noch nicht, aber ich zeichne gern.«

»Ich bin Maler.«

Bei meiner Antwort blitzen die Augen meines Gesprächspartners auf. Sichtlich verlegen, scheint er sich entschuldigen zu wollen, daß er mir bei meiner schweren Arbeit nicht helfen kann. Aber er kennt das Gesetz, das hier herrscht: Jeder tut seine Arbeit.
Immer wenn ich am Ende meiner Reihe bin, wird das Gespräch fortgesetzt, so gut es geht. Es führt dazu, daß ich dem jungen Mann die Nummer meiner Arbeitseinheit sage und er sich vornimmt, mich in meiner Unterkunft neben dem Schweinestall zu besuchen.
Wer ist er? Wieso kann er sich frei innerhalb und außerhalb des Lagers bewegen?
Gleich bei seinem ersten Besuch muß er seine Identität offenbaren: Er ist der jüngste Sohn des Lagerkommandanten. Ich bemühe mich geduldig, seine anfängerhaften Ungeschicklichkeiten zu korrigieren, und zeige ihm, was man vermeiden muß. Meine Hilfe erscheint ihm so kostbar, daß sich schließlich eine freundschaftliche Beziehung zwischen uns entwickelt. Ich bin versucht, ihn damit zu beauftragen, dem Freund eine Nachricht zu überbringen, fürchte aber zugleich, verraten zu werden.
Ich spreche mit Lao Ding darüber, denn ihm habe ich schon lange meine Geschichte mit dem Freund und der Geliebten anvertraut. Er kennt den jungen Mann bereits, weil er ihn schon oft in unserer gemeinsamen Behausung gesehen hat, und sagt einfach: »Wenn du mir vertraust, warum nicht auch ihm?«
Vertrauen in dieser Welt, wo nur Mißtrauen und Denunziation herrschen? Doch es gibt eine Tradition, die ich nicht vergesse. Sie gründet sich auf den Respekt, den ein junger Mensch einem älteren, ein Schüler seinem Meister

schuldet. Mit Hilfe dieser Tradition hat sich die chinesische Gesellschaft immerhin über Jahrtausende erhalten. Durch diese Überzeugung bestärkt, entschließe ich mich, meinen Malschüler anzusprechen. Obwohl ich so alt noch nicht bin, spiele ich nun die Rolle des Älteren und reiche gewissermaßen die Fackel der menschlichen Wahrheit, die ich von den Alten empfangen habe, an die nächste Generation weiter. Wird die junge Generation genug Verständnis und Dankbarkeit aufbringen, damit das Schicksal ihrer Vorfahren nicht völlig dem Nichts geweiht ist?

Als der Sohn des Kommandanten das nächste Mal zu Besuch kommt und ich seine glatte, durch und durch idealistische Stirn betrachte, spüre ich plötzlich mein Herz klopfen; ich habe die Gewißheit, auf dem Weg der Vorsehung zu sein: Das lang ersehnte Ziel rückt in meine Reichweite. Ein geflügelter Bote steht vor mir, mitten in diesem halb verfallenen Schuppen neben dem Schweinestall. Meine Intuition wird sogleich durch die Wirklichkeit bestätigt – oder wurde diese Wirklichkeit ausnahmsweise durch mein Begehren hervorgerufen? Kaum habe ich den Namen Haolang ausgesprochen – einen Zaubernamen, wie ich bei dieser Gelegenheit feststelle –, da höre ich meinen Gesprächspartner in singendem Tonfall zitieren: »*Wieviel Tau haben wir getrunken / Im Tausch für unser Blut / Die Erde, hundertfach verbrannt / Sei uns dankbar, daß wir noch leben ...*«

In seiner privilegierten Position müßte der Bote seinen Auftrag leicht ausführen können. Doch das ist ein Trugschluß. Es gibt keinen regelmäßigen Transportdienst zwischen den Lagern. Er muß auf die Gelegenheit warten, mit einem Lastwagen mitzufahren. Eine Botschaft zu überbringen, kostet ihn jedesmal mit Hin- und Rückfahrt einen ganzen Tag. Und vor allem, wie soll er sich im anderen Lager Haolang nähern, ohne Aufmerksamkeit zu erregen? Zumal Haolang seinen Vorgesetzten wegen seines besonderen Status wie auch wegen seines schwierigen Charakters immer ein Dorn im Auge ist.

Doch nun hat Haolang erfahren, daß ich da bin – was für ein Schock für ihn! –, und damit ist für mich das Wichtigste getan. Die gedankliche Verbindung ist wiederhergestellt. Ich glaube an ihre Macht; ich »sehe« meinen Freund bereits wieder. Wenn mir inzwischen etwas zustoßen würde, ginge ich mit weniger Bedauern. Aber solange der junge Mann da ist, rede ich mir ein, daß ich Haolang eines Tages auch leibhaftig wiedersehen werde. Ja, leibhaftig. So wie ich jetzt daran gewöhnt bin, Yumei wiederzusehen. Wie oft kommt sie bei Nacht – Mondstrahl oder weiße Schlange – auf Zehenspitzen zu mir und überflutet mich mit ihrem weit offenen Blick. Wie oft ist sie bei Tag in stillen Stunden plötzlich neben mir, ganz nah, zu nah. Ohne meine Verzweiflung zu ahnen, sagt sie mit ihrer Zauberstimme ihren Lieblingssatz: »Es ist noch gar nicht spät. Kommt, wir unternehmen noch was!« Natürlich bleibt noch etwas zu tun. Und so versuche ich mir mögliche Umstände auszudenken, wo ich Haolang treffen könnte: bei einer großen Versammlung aus Anlaß einer neuen politischen Bewegung; bei einer Jahresendfeier, wo gewöhnlich mehrere Lager zu Veranstaltungen zusammenkommen …

13

Mitte Mai. Es kommt, wovon die alten Lagerinsassen mit Resignation und Schrecken reden, was als Fluch zum »Epos des Hohen Nordens« gehört: das Feuer. Begünstigt durch die natürliche Umgebung – im Sommer sind Gräser und Bäume knochentrocken –, ist diese Plage doch zum großen Teil von Menschen verursacht. Sicherheitsvorkehrungen werden von vielen, nicht zuletzt von der Führung, außer acht gelassen. Ständig werden Feuer entzündet – unter heikelsten Bedingungen. Wenn die Katastrophe da ist, weiß man sich nicht anders zu helfen, als die schlecht vorbereiteten Menschen hineinzujagen, mit dem Schlachtruf: »Keine Angst vor den Flammen, keine Angst vor dem Tod!«

Die Nachricht trifft am späten Nachmittag im Lager ein. Allgemeine Mobilmachung: mit Ausnahme des Küchenpersonals alle an die Front. Mit sämtlichen Transportmitteln, auf Lastwagen und Traktoren, zu Pferd und zu Fuß, zieht man in Richtung Unglücksort, in rund zwanzig Kilometern Entfernung. Unterwegs begegnen wir Gruppen aus anderen Lagern. Sie sind ebenso aufgeregt, ebenso unwirsch wie wir. In dieser dramatischen Situation grüßt man sich nur kurz mit angespannter Miene oder ruft sich die letzten Neuigkeiten zu. Vom Wind geschürt, droht das Feuer die gesamte Ernte ringsum zu vernichten.

Die starken Männer mit den kräftigen Muskeln wurden auf Fahrzeuge verfrachtet. Ich gehöre zu denen, die zu Fuß gehen müssen. Wir werden vier Stunden brauchen, wenn uns nicht die Lastwagen auf dem Rückweg aufsammeln. Atemlos gehen wir immer schneller. Schon von weitem sieht man über der Ebene Rauch aufsteigen als Vorzeichen der Tragödie, die sich dort abspielt. Je näher wir kommen, desto spürbarer wird mit der prasselnden Hitze unter den rotgefärbten Wolken die Macht des Feuers.

Jetzt müssen wir auf das rasende Ungeheuer zulaufen, ohne noch an irgend etwas zu denken. »Keine Angst vor den Flammen, keine Angst vor dem Tod!« Wir laufen querfeldein, ohne uns die Mühe zu machen, die im Laufen verlorenen Schuhe zu suchen. Viele ziehen sogar ihre Jakken aus, werfen sie an den Feldrand und behalten nur ihre schweißdurchnäßten Hemden an.

Von Dunkelheit umgeben, taucht der Schauplatz der Tragödie vor uns auf: jenseits riesiger Hirsefelder eine weite Grasfläche, dahinter dichter Wald. Von dort hat sich das Feuer ausgebreitet. Ein Teil des Feldrands hat gebrannt. Immerhin ist zwischen Feldern und Wald quer durch das Gras ein langer Korridor zum Schutz gegen das Feuer gegraben worden. Aber um welchen Preis! Als wir ankommen, ist die Katastrophe bereits eingetreten. Beim Ausheben des Korridors haben die Männer nicht auf den plötzlich drehenden Wind geachtet. Ein Dutzend von ihnen sind im Rauch erstickt; andere haben schwere Verbrennungen erlitten. Im Moment bekämpfen einige hundert oder gar tausend Männer das Feuer pausenlos mit allen zur Verfügung stehenden Mitteln: mit selbstgebundenen Rohr- oder Reisigbesen, mit Spaten und Hacken in allen

Größen, mit Eimern, die von Hand zu Hand gereicht werden. Improvisation und Durcheinander. Einige Chefs rennen mit blutunterlaufenen Augen von einer Gruppe zur anderen und brüllen aus Leibeskräften Befehle. Man hört sie kaum. Den Oberkörper von rußgeschwärztem Schweiß bedeckt, das Hemd zerrissen, schlagen die Männer voller Wut und Angst auf die Flammen ein. Der Tod ihrer Kameraden macht sie zu verwundeten Tieren. Sie schwören, nicht mehr zurückzuweichen ...

Unerhörte Arroganz der Flammen. Riesige Medusen, aus dem Abgrund geschlüpft, monströs und faszinierend, verschlingen sie alles in ihrem verzehrenden Drang, das unaussprechliche Verlangen zu stillen. Mit unzähligen Finten, lähmenden Drohungen und hinterhältigen Attacken verfolgen sie ihr Ziel. Sobald eine Beute in ihre Reichweite gerät, fangen sie an, sie zu umtänzeln, sie zu verlocken, sie zu verhexen, sie wie nebenbei zu streifen und zu streicheln, um sie dann, fest und entschlossen, zu packen und zu umarmen bis zum Ersticken oder langsam und lasziv von allen Seiten zu belecken. Ist das Opfer endlich fällig, zerreißen sie es urplötzlich und zermalmen und verschlingen es ohne Erbarmen.

Anders als bei Bränden in der Stadt scheinen hier in der wilden Natur die Triebkräfte der Urlava, sind sie einmal freigesetzt, keine Grenzen und kein Ende mehr zu finden. Die gesamte Welt der Lebewesen wird in das Toben mit hineingerissen. Die in Schmerz und Aufruhr sich windenden Bäume zersplittern in Stücke, zerbersten in der Glut; die aufgescheuchten Tiere – Hasen, Rehe, Wildschweine – flüchten in wilder Jagd, in viel zu hohen Sprüngen, und stürzen geradewegs in die Flammen. Das Knistern ihres

Fleisches geht im ohrenbetäubenden Geprassel unter, das von allen Seiten hereinbricht. Erschöpft und aufgelöst, schlagen die Männer wütend weiter. Sie können nicht mehr aufhören. Nichts hält sie mehr auf, weder Verbrennungen noch der Tod. Wenn sie denn schon einmal schlagen dürfen, schlagen sie bis zur letzten Zuckung, schlagen den immer wieder neu erstehenden Hydren und Vipern Köpfe und Schwänze ab und toben alle angestaute Wut aus, ihren Kummer über den Tod der anderen wie über ihren eigenen Tod.
In dieser gewaltigen Schlacht komme ich mir in der zweiten Reihe, wo ich Wassereimer weiterreiche und mit einem lächerlichen Besen Feuerreste niederschlage, nahezu überflüssig vor. Trotz meiner Benommenheit durch die erstickende Hitze ist mir klar, daß die Anarchie dieser Brandnacht mir eine einmalige Gelegenheit bietet, den Freund zu treffen. Schon im Herlaufen dachte ich die ganze Zeit: »Haolangs Brigade muß auch da sein!« Jetzt weiß ich, sie ist da. Und Haolang ist in der Nähe! Ich renne los, durch die vom Feuer zerrissene Dunkelheit. Zwischen Schatten und Lichtblitzen versuche ich, die Gesichter hochgewachsener Männer zu erkennen, die in vorderster Linie kämpfen. Ein schwieriges Unterfangen, denn der Rauch macht blind. Und eine naive Hoffnung obendrein! Wie soll man einen bestimmten Mann mitten in dieser erregten Menge finden? Außerdem, selbst wenn Haolang vor mir stünde, würde ich ihn überhaupt wiedererkennen? Ich weiß ja nur, wie er aussah, als er zwanzig war! Ich suche und suche. Die einmalige Gelegenheit ...
Je weiter die Nacht vorrückt und die Flammen zurückweichen, desto mehr schwindet meine Hoffnung. Plötzlich

kommt mir der Gedanke, in dem Unterstand nachzusehen, der für die Verletzten eingerichtet worden ist. Wie ich dort erfahre, sind drei aus meiner Brigade unter den Opfern der ersten Stunde, sie wurden alle schon fortgebracht. Am besten kenne ich von den dreien Don Quijote, ihn hat man an einer sehr gefährlichen Stelle eingesetzt. Eine Reihe weiterer mehr oder weniger schwer Verbrannter liegen noch auf Tragen am Boden in Erwartung ihres Abtransports. Einige sind mit Tüchern zugedeckt, man sieht nur ihren Kopf. Suchend eile ich von Trage zu Trage; die Gesichter verschwimmen. Fast im letzten Moment hebt sich eines deutlich ab und fesselt meinen Blick: Ich erkenne den kräftigen Kopf des Mannes aus dem Norden; Gesicht und Kopf sind von schweren Verbrennungen gezeichnet. Andere Teile seines Körpers müssen ähnlich aussehen. Die Lippen zusammengepreßt, um den Schmerz zu unterdrücken, die Augen noch rot vom Kampf mit dem Feuer, sieht er scheinbar gleichgültig zu, wie die Leute sich um ihn zu schaffen machen. Um einen Irrtum auszuschließen, rufe ich: »Haolang!«
Der Mann wendet seinen Blick in meine Richtung, starrt mich kurz an. Kein Ton dringt aus seinem Mund, doch auf seinem geschwollenen Gesicht deutet sich ein Lächeln an. Bevor die Träger ihn fortbringen, nickt er mir noch zu.

14

Mit seinem »heldenhaften Mut« hat Haolang sich die Achtung der Lageroberen erworben; das übrige hat der Sohn des Kommandanten über seinen Vater erreicht. Was ich nicht einmal mehr im Traum zu hoffen gewagt hatte, wird Wirklichkeit, die ich mit zitternder Hand ergreifen kann. Dieses Wunder scheint auszureichen, um in mir den Glauben zu wecken, daß in diesem wie in anderen Leben jenseits von allem Leid und Unglück nichts vergeblich ist.

Eines Tages steht ein Mann vor mir, noch keine vierzig Jahre alt – allerdings sieht er zehn Jahre älter aus –, das Haar leicht ergraut, die Stirn voller Falten und Narben, aber Wangen und Kinn immer noch eigensinnig, was auch der durchdringende Blick bestätigt. Die Gestalt massiger, der Gang schwerer, die Haut durch die Arbeit im Freien gebräunt. Eine verwitterte Statue aus Stein oder Bronze, ein auf das Wesentliche reduzierter Block. Dieser Mann hat dem Tod ins Auge gesehen, wurde für tot gehalten. Doch seine Lebens- und Schaffenskraft haben letztlich jeden Gedanken an Selbstvernichtung gebannt.

Dieser Mann hat die Schmach kennengelernt und ist von seinen Artgenossen schändlich behandelt worden. Das erste Lager, in das er geschickt wurde, lag in Südchina, ebenfalls in einer Sumpfregion, extrem feucht und glühend heiß im Sommer. Vor der Trockenlegung des Landes und selbst noch danach stiegen aus dem Boden giftige Dämpfe auf. In früheren Zeiten wurden in jener Region die zum Tode Verurteilten lebend sich selbst überlassen und binnen kurzem von Mücken, Blutegeln und anderen furchterregenden Blutsaugern zugrunde gerichtet. Im Lager der neuen Zeit haben Gefangene eines Tages ihre Schüssel mit bitterem Reis ins Feld geworfen. Eine unverzeihliche Vergeudung von Staatseigentum! Der Mannschaftsführer zwang die ganze Mannschaft unter glühender Sonne auf dem Reisfeld zu arbeiten und den restlichen verdorbenen Reis zu essen. Das führte zu mehreren Todesfällen. Dieser Mann, der zu den Gestorbenen gezählt wurde, kam gerade noch einmal davon und wurde dann in ein anderes Lager geschickt, in eine nicht weniger menschenfeindliche Region am anderen Ende Chinas. Da seine Natur an das Klima im Norden zweifellos besser angepaßt war, konnte er so lange überleben. Jeder andere, der seine Strafe so schwer abgebüßt und mehrfach offensichtliche Verdienste bewiesen hätte, wäre freigelassen worden. Doch sein Fall wurde als besonders schwerwiegend beurteilt, weil er sich stets geweigert hatte, Selbstkritik zu üben, und brachte ihm deshalb – wie es auch vielen anderen widerfuhr – eine Verurteilung direkt vom obersten Führer ein. Solange dieser, weil er andere Sorgen oder die Sache einfach vergessen hatte, kein Machtwort sprach, wagte niemand, eine Entscheidung zu treffen. Würde der Mann mit der stählernen Widerstandskraft es ertragen, einer Wahrheit ins Gesicht zu sehen, die jenseits seiner Willenskraft den wundesten Punkt seines Wesens berührte?

In diesem denkwürdigen Jahr 1960 einigen sich also, noch vor Ende des Herbstes, die beiden Lagerkommandanten – sie wissen, daß eine Hungersnot das Land heimsucht und es auf jeden Fall zu einer Neuordnung der verschiedenen Lager kommen wird –, und der Mann, dem ich suchend bis ans Ende der Welt gefolgt bin, wird in mein Lager mit dem weniger strengen Regime verlegt.

Keine Worte können ausdrücken, was wir beim Wiedersehen empfinden; wir selbst suchen nicht nach Worten. Lange lassen wir unseren Tränen freien Lauf; wir können nicht aufhören, uns immer wieder gegenseitig zu betasten, um uns zu vergewissern, daß es wirklich wahr ist. Später werden die Worte ganz von selbst kommen und in zwei Zwillingsströmen Tag und Nacht fließen, bis sie gemeinsam ins Meer münden. Jeder hat so viel zu erzählen seit der Trennung vom anderen. Wir haben so viel in Gedanken zusammengelebt und darüber ganz vergessen, in was für einer dramatischen Situation wir einander vor fast fünfzehn Jahren verlassen haben.

Soll ich die Worte von selbst kommen lassen? Nein, ich muß sofort die richtigen Worte suchen, um dem Freund mitzuteilen, was er noch nicht weiß: den Tod der Geliebten. Diese richtigen Worte zu finden und auszusprechen, fällt mir schwer. Als der Freund sie vernimmt, wird der Fluß des Erzählens, der sein Herz zum Überlaufen bringt, schlagartig gestoppt. Von nun an kommt keine Silbe mehr über seine Lippen. Dieser Mann mit der glänzenden Redebegabung verfällt in dumpfes Schweigen. Tagelang lebt er wie mechanisch. Schmerz und Schuldgefühle quälen ihn – weil er das Leben der Geliebten wie auch meines zerstört hat –, aber auch Gefühle von Auflehnung und Revolte. Totaler Zerstörungsdrang droht ihn zu übermannen: Drang zur Selbstzerstörung wie zur Zerstörung der Welt ringsum. Nur meine Gegenwart hält ihn vermutlich davon ab, das Nichtwiedergutzumachende zu tun. Darf er den einzigen geliebten Menschen auf der Welt, der ihm bleibt, noch einmal verletzen? Ach, wie tief und untrennbar sind doch in diesem Leben viele Menschen miteinander verbunden! Was sie vereint, entspringt einer anderen Ordnung, geht über die Zufälligkeiten von Groll, Schuldgefühlen und Auflehnung hinaus und hängt weder vom guten Willen des einzelnen noch von den Ereignissen ab, die ihm zustoßen. Es drängt die Menschen, zu verwirklichen, was nicht ihre Absicht war, und an Orte zu gehen, die sie sich nicht ausgesucht haben. Ich, Tianyi, warum bin ich hier und nicht in Frankreich geblieben, wo ich frei einen anderen Weg hätte einschlagen können? Was für eine Ordnung ist das? Das blinde Schicksal? Schicksal vielleicht; blind wahrscheinlich nicht. Wie viele gewundene Wege habe ich von der Kunsthochschule in Hangzhou bis hierher zurückgelegt! Und doch nähere ich mich von Trittstein zu Trittstein dem Ziel meines verrückten Traumes. Ich bin da, an diesem Ort des Verderbens. Haolang ist da, an diesem Ort des Sichwiederfindens …

Sicherlich aus Verzweiflung oder als Kompensation für all die erlittenen Entbehrungen und alle Disziplin, die er sich in den langen Jahren fern von der Geliebten selbst auferlegt hat, um ihrer würdig zu sein, gibt der Freund sich nun dem Alkohol und sexuellen Abenteuern hin. Es mag erstaunen, doch selbst an diesem streng bewachten Ort finden gewitzte, waghalsige Männer Gelegenheit zu heim-

lichen Begegnungen mit Frauen. Bei der gemeinsamen Arbeit von Männer- und Frauentrupps auf Traktoren oder anderen Maschinen, im Krankenrevier oder sogar – Gipfel der Perversität – in den Familien der Führungsschicht. Machen die sogenannten Führer es nicht selbst vor, wenn sie ihre Macht nutzen, um Frauen aus den Lagern zu mißbrauchen?
Die Welt der Tyrannei ist voll von heftigen Leidenschaften, Schrecken und Schwachstellen. Das Menschliche nutzt den geringsten Spalt, den das Unmenschliche offenläßt, um Wurzeln zu schlagen und zu wachsen.

15

Warum soll ich es nicht sagen – aber wie? Auch mich hat ein Gefühl der Nichtigkeit befallen. In meinem leidenschaftlichen Bemühen, Haolang wiederzufinden, habe ich Angst und Verzweiflung erlebt, dann die unbeschreibliche Erregung, erst kurz vor dem Ziel und schließlich am Ziel zu sein. Nachdem ich ihn gefunden und ihm Yumeis Tod mitgeteilt habe, ist meine Aufgabe vielleicht erfüllt. Unser Schicksal zu dritt könnte damit zu Ende sein. Jedenfalls überlasse ich mich angesichts der Verstörtheit, die ich ausgelöst habe, einem seltsamen, an Gleichgültigkeit grenzenden Zustand. Mein Lebenswille schwindet von Tag zu Tag. Haolangs Reaktion mag vorhersehbar gewesen sein. Trotzdem. Auf einmal weiß ich nicht mehr, was für einen Sinn unser Wiedersehen hat. Muß es denn einen Sinn haben? Genügt es nicht, daß wir zusammen sind? Aber was werden wir tun? Was wird aus uns werden?

Während sich der Freund in innerer Revolte und Schuldgefühlen verliert und ich ihn in seinem Hang zur Zerstörung nicht aufzuhalten vermag, verliere ich mich selbst in so angestrengten, verwickelten Grübeleien, daß ich nicht mehr aus noch ein weiß. Sollen wir beide weiter den Nacken beugen, in endloser Erniedrigung? Sollen wir Schluß machen mit diesem Leben in bodenloser Mittelmäßigkeit? Wer könnte uns helfen klarzusehen? Vermutlich könnte selbst Yumei, wenn sie noch am Leben wäre, nichts daran ändern. Aber wenn sie noch am Leben wäre, wäre ich nicht hier! Also bleibt mir nur Haolang. Was empfindet er eigentlich für mich? Muß ich mich nicht auch fragen, was ich ihm bedeute? Wie? Jetzt suche ich sogar schon nach Beweisen für unsere Freundschaft! Waren wir nicht von jeher auf Gedeih und Verderb miteinander verbunden? Waren unsere Körper nicht eins während unserer Wanderung durch Sichuan? Hat er sich in dem Drama nicht sogar meinetwegen von Yumei losgerissen? Ist dieser Mensch dort nicht der Freund von allem Anfang an, der unverlierbare Gefährte? Was er auch tun mag, ist er nicht ein Teil von mir? Ist er nicht auch ein Teil von Yumei, da sie ihn doch geliebt und er sie glücklich gemacht hat? Ist hier noch Platz für Eifersucht? Wenn ich Yumei liebe, ist das nicht ein Grund mehr, auch Haolang zu lieben? All das ist ebenso unentwirrbar wie verzweifelt klar! Habe ich mich mit meiner Suche nach ihm nur an einen Strohhalm klammern wollen? Habe ich nicht noch etwas anderes zu finden gehofft, die geistige Lebendigkeit, die von ihm ausging, die mich einst geweckt, mir die Augen geöffnet und mich immer weiter vorangetrieben hat? Ist diese inspirierende Kraft noch lebendig oder endgültig erloschen?

Ich glaube, es war jener Tag Mitte September, als das abgewürgte, mit so viel Ungesagtem belastete Reden plötzlich wieder in Fluß kam. Und zwar durch das ganz unerwartet von Lao Ding ausgelöste Gespräch. Ja, von Lao Ding, der stets aufmerksam, aber normalerweise doch sehr zurückhaltend ist. (Im nachhinein gesehen, mußte es wohl so

sein. Von wem sonst hätte eine äußere Stimme, eine dritte Stimme kommen können, wenn nicht von ihm, dem einzigen – absolut einzigen –, der unsere Geschichte kannte?)
An diesem Tag Mitte September, zwischen dem Ende der Erntezeit und dem Beginn der Hagel- und Schneestürme, wo einen kurzen Moment lang alles in der Schwebe, wo die Luft wie mit dem Säbel geschnitten, hart und klar ist wie Kristall. Während sich die Tiere für einen langen Winterschlaf zusammenrollen, suchen die Menschen, erschöpft und niedergeschlagen, ein wenig Trost. Die einen graben in ihren Erinnerungen, die anderen flüchten sich ins Vergessen. Manch einer beginnt sich seiner Wahrheit zu stellen, einer Wahrheit, die immer anders ist, als man es sich vorstellt.
Eines Nachmittags, zur Zeit, da alle ein Recht auf Mittagsruhe haben, zieht Haolang, weil er nicht schlafen mag, Lao Ding und mich mit in das Birkenwäldchen hinter den Gemüsefeldern. Haolang hat offensichtlich getrunken. Durch die Trunkenheit und durch die innere Wut, die ihn erstickt, ist er in einem anderen Zustand. Sobald wir im Wald sind, stößt er einige Schreie aus, die ihn etwas erleichtern. Dann lehnt er sich stumm und erschöpft an einen Baum. Nach einer Weile fängt Lao Ding an zu sprechen, mit resoluter Stimme, ganz im Gegensatz zu seinem gewohnten ruhigen Tonfall.
»Laßt uns um Vergebung bitten.«
»Um Vergebung bitten?« fragt der Mann in seiner Revolte.
»Laßt uns um Vergebung bitten, und vergeben auch wir denen, die uns Böses getan haben.«
»Vergeben?«

»Ja, vergeben. Ich glaube, es ist die einzige Waffe, die wir besitzen; es ist unsere einzige Waffe gegen das Absurde. Jeder von uns hat Schreckliches erlebt. Nun sind wir alle drei zusammen. Wir wissen, wir können nicht so handeln wie die, die uns Böses angetan haben. Aber mit dem Vergeben können wir die Kette von Haß und Rache durchbrechen. Wir können zeigen, daß die Welt noch immer vom ungeteilten Atem getragen wird.«

Wir spüren, daß er noch ungeheuer viel zu sagen hat. Zuviel vielleicht, als daß er sofort weiterreden könnte, doch die wenigen Worte, die er gesagt hat, reichen aus, um Haolang zum Reden zu bringen.

»Vergeben ... Die Kette von Haß und Rache durchbrechen ... Reden wir darüber, bevor es zu spät ist. Um Vergebung zu erlangen, nicht wahr, habe ich mich den Kommunisten angeschlossen und Yumei allein gelassen ...«

Seine Stimme erstickt. Aber er gibt nicht auf. Seine Züge verhärten sich, er versucht, sich wieder zu fangen. »Unsere Untergrundgruppe bestand aus rund fünfzehn Leuten, siebzehn genaugenommen, geführt von einem Parteimitglied. Bevor wir das befreite Gebiet im Norden von Hubei erreichten, mußten wir eine besonders gefährliche Region durchqueren. Ein sechstägiger Fußmarsch, immer wieder von Alarm unterbrochen. Wir versteckten uns in Grotten oder in sicheren Dörfern. Wir waren so müde, daß wir im Gehen einschliefen. Als in der letzten Nacht die Schießerei im Wald losging, wußten wir gar nicht, wie uns geschah. Brutal aus dem Schlaf gerissen, hielten wir es für einen schlechten Scherz. Natürlich sind wir verraten worden. Den Verräter finden wir später. Er bekommt seine Strafe, wird verunstaltet und erhängt. In dem Augenblick tief im Wald im Mondschein gab es ein wildes Durcheinander. Ich wurde von einer Kugel in die Wade getroffen und verstauchte mir beim Laufen zu allem Überfluß auch noch den Knöchel. Mit letzter Kraft schleppte ich mich bis an einen Baum. Ich fühlte einen Graben unter meinen Füßen, legte mich hinein und bedeckte mich mit welkem Laub. Unzählige Male näherten und entfernten sich Schritte und Gebrüll, kamen wieder näher und liefen über mich hinweg. Ich atmete nicht mehr. Ich hätte mich für tot gehalten, hätte ich nicht das Blut gespürt, in dem meine Hose festklebte, und den grausamen Schmerz. Grausamer Schmerz? Das war gar nichts gegen die Schreie, die die Nacht zerrissen. Schreie von gemarterten Körpern, Gebrüll der Peiniger, Schreie eines jungen Mädchens – kein Mensch hätte geglaubt, daß man so etwas aushalten kann. Selbst die Ewigkeit wird sie nicht auslöschen. Es waren die besten Kinder Chinas. Sie hatten sich aus dem Treibhaus der Familie losgerissen, hatten ihr Daunenbett verlassen, um sich in den Dienst einer Sache zu stellen, die sie für gerecht hielten. Nun waren sie den widerlichsten Bestien ausgeliefert, die der Schöpfer je geschaffen hat: Männern, die auf Rache aus waren. Am frühen Morgen nahm ich alle Kraft zusammen und schleppte mich bis in ein Dorf. Zwar fürchtete ich, niemand würde es wagen, mich aufzunehmen. Aber ich rechnete damit, daß die Milizen nicht lange in dieser Partisanenregion bleiben würden. Nachdem ich an mehrere Türen geklopft hatte, wurde ich von einem alten Bauernpaar aufgenommen. Sie wußten genau, welches Schicksal sie erwartete, wenn sie denunziert würden. Trotzdem haben sie mich gepflegt, haben ihre Schüssel Reis mit mir geteilt und das kleine Stück

Speck, das sie über dem Herd hängen hatten und mit dem sie normalerweise ein Jahr hinkamen. Sie wirkten rauh und wortkarg, dabei waren sie so rücksichtsvoll und feinfühlig! Es gab keinen Platz für ein zweites Bett, also schlief ich mit in ihrem. Sobald sie abends neben mir lagen, rührten sie sich nicht mehr. Ich hörte nur noch ihren ruhigen Atem. Sie waren für mich wie Eltern, die ich nie gehabt hatte. Als ich wieder gehen konnte, machte ich mich an das schwierige Unterfangen, wieder Verbindung zu meinen Leuten zu suchen. Wie sollte ich in dieser Welt voll Mißtrauen und Grausamkeit ein Freundeszeichen finden? Doch eines Tages auf dem Markt lächelte mich ein Mann mit würdevollem Gesicht einfach über die Auslagen hin an. Überflüssig zu sagen, daß er mich vorher lange beobachtet hatte. Erfahren, wie er war, hatte er in mir unschwer das verirrte Tier erkannt, das nach seiner Herde sucht. Wieder ein langer Marsch, zusammen mit drei anderen, bis ans Ende der Welt. Bis zum Fluß, wo im schwankenden Schilf ein Fährmann auf uns wartete. Eine stürmische Überfahrt gegen eine reißende Strömung. Doch am anderen Flußufer endlich das Gelobte Land! Endlich wieder bei den Unsrigen! Lohnten sich all die vielen Opfer? Wir waren bereit, es zu glauben. Ein ganzes erwachtes, fleißiges Volk zog die neugebauten Straßen entlang, bestellte das neuerworbene Land. Brüderlichkeit stand auf der Tagesordnung. So etwas hatte China noch nicht erlebt. Aber würde die Revolution sich mit einem einfachen, erreichbaren Glück begnügen? Würde sie es sich versagen, die Zahl der Opfer, die sie erforderte, zum Maßstab ihres Erfolgs zu machen? Noch während des Krieges wurden überall Volkstribunale eingesetzt. Schon geriet auch ich ins Räderwerk. Ich wurde zum Kriegskorrespondenten ernannt und war an allen Fronten in Henan und Shandong. Pausenlose Kämpfe, gnadenlose Schlachten. Man war notgedrungen heldenhaft und grausam. Töten, um nicht getötet zu werden. Die Gefangenen wurden nicht mißhandelt, das stimmt. Aber vorher wurde massiv vernichtet, um ›die Lebenskraft des Gegners zu schwächen‹. Warum erzähle ich euch das alles? Ich habe ein ferneres, größeres Ziel verfolgt, um dadurch Vergebung zu erlangen. Und so habe ich den Menschen, den ich liebte, in den Tod gerissen ... Kette von Haß und Rache, ja. Wer von uns darf sich noch das Recht anmaßen zu vergeben? Und du, Lao Ding, in wessen Namen redest du so zu uns?«

»In wessen Namen? ... Im Namen von Konfuzius zum Beispiel. Hat er nicht immer *xu*, die Sanftmut empfohlen? ... Aber bei mir ist es etwas anderes ...«
Nach längerem, lastendem Zögern fährt er fort: »Es ist eine sehr lange Geschichte. Eine einfache Geschichte im Grunde. Ich darf sie nicht erzählen, weil mir sonst die Todesstrafe droht. Aber euch beiden will ich sie anvertrauen.
Ich war ein unbekümmerter junger Mann, Sohn einer Grundbesitzer- und Gelehrtenfamilie in Anhui, habe Anfang der dreißiger Jahre Jura studiert und sah einer brillanten Karriere entgegen. In China herrschte Chaos; aber ich gedachte, in unserem vom Krieg verschonten Winkel ein mehr oder weniger ruhiges Honoratiorenleben zu führen. Wegen meines Studiums hatte ich meine geplante Heirat hinausgezögert. Schließlich sagte ich sie sogar wieder ab, zur großen Empörung meiner Familie und der

des jungen Mädchens, die ich damit tief gekränkt habe. So begann mein Leben als Sonderling. Was war passiert? Sagen wir, ich hatte verschiedene Schocks bekommen, und danach war mir alles zuwider. Was für Schocks? In der Stadt H., der Provinzhauptstadt, wurde ich eines Morgens hinter dem örtlichen Gericht Zeuge einer Mißhandlung. Man schlug einen Gefangenen mit einer Nagelpeitsche, und ein Fleischfetzen sprang mir ins Gesicht. Später sah ich in derselben Stadt auf dem Fluß eine aus den Angeln gehobene Tür treiben, auf der man ein Liebespaar festgenagelt hatte, zur Strafe für begangenen Ehebruch. Welches Tier hätte so etwas getan? Ich begriff, daß das Böse über mein armes Volk gekommen, daß das Böse über die Menschen gekommen war. Das Leben, so wie es rings um mich ablief – Mißbrauch aller Art, absichtliche oder unabsichtliche Grausamkeit –, erschien mir unerträglich. Ich hätte also ein Weltverbesserer werden können oder ein Revolutionär. Statt dessen wurde ich ... Buddhist. Das wundert euch, nicht wahr? Was mir zu schaffen machte, war das Mitleid. Von meinem Wesen her drängte es mich nicht, der Gewalt mit Gewalt zu begegnen. Von da an galt ich als lokaler *jushi,* als ein hochrespektabler Mensch, der Nächstenliebe praktiziert. Diese Respektabilität schmeichelte mir, ich habe sie mir billig erkauft; das Vermögen meiner Familie machte es mir möglich. Solange ich mich um die Brunnen, die Brücken, die Instandsetzung der Tempel kümmerte, tolerierte mich meine Familie. Als ich anfing, größere Summen zu verwenden, um den Armen zu helfen, und den Kauf einer Druckerei ins Auge faßte, um buddhistische Texte zu verbreiten, widersetzte sie sich. Da ich offensichtlich keinerlei Anstalten machte zu heiraten, ging sie soweit, mir zu bedeuten, ich könne doch ins Kloster gehen. Ich hatte selbst schon daran gedacht. Doch es kam nicht dazu. Denn unterdessen passierte etwas anderes.

Es war während einer Choleraepidemie. Ich lernte die Leute aus der protestantischen Mission kennen, die uns Impfstoffe lieferten und uns halfen, die Kranken zu versorgen, auch Angehörige meiner Familie. Wir konnten viele Leben retten. Danach haben wir uns angefreundet, was uns allerdings nicht daran hinderte, heftig über wesentliche Fragen zu streiten. Ich wollte wissen, wieso sie eine Religion angenommen hatten, die von so weit her kam. Sie machten mich darauf aufmerksam, daß auch der Buddhismus eine ausländische Religion gewesen sei. Die Inhalte ihres Glaubens, die irritierende und unnachgiebige Art, wie sie das Leiden, den Tod, die Liebe, das Leben betrachteten und immer im Zusammenhang mit der Person Christi, dies alles stieß bei mir auf Skepsis und löste doch zugleich lebhafte Fragen aus. Eines Morgens ... Ich weiß noch, wie wir uns am Abend zuvor gegenseitig die Argumente um die Ohren geschlagen hatten. Zu guter Letzt beschlossen wir, um uns zu beruhigen, jede Diskussion einzustellen und die Tatsache zu akzeptieren, daß Glaube eine Temperamentssache sei. Die einen werden eben Konfuzianer, die anderen Taoisten, wieder andere Buddhisten oder Christen. Eines Morgens also ging ich zu Pastor Hong, der mich mit großem Erstaunen empfing, und bat um nichts Geringeres, als mit ihm auf die Straße gehen und die kleinen Broschüren verteilen zu dürfen, die die Frohe Botschaft verkündeten. Viele waren empört, fast alle spotteten. Man zeigte mit dem Finger auf mich. Beschimpft zu werden, machte mir nichts aus. Das hielt ich für eine notwendige Prüfung. Bald darauf wurde ich in eine andere Stadt versetzt, wo ich einem englischen Pastor half, der mich auf die Idee brachte, selbst Pastor zu werden. Dazu mußte man in Shanghai oder in Hongkong studieren. Doch inzwischen gab es zu viel zu tun. Der Krieg warf seine Schatten voraus; unser Gemeindesaal war zu einem Sammelbecken des Elends geworden; wir nahmen auf, wir pflegten und verpflegten, wir trösteten ohne Unterschied. Alle kamen, die Opfer wie die Übeltäter, Zivilisten wie Soldaten, einschließlich der vorbeiziehenden kommunistischen Soldaten. (Deshalb bin ich übrigens bei meinem Prozeß mit dem Leben davongekommen.) Es gab sehr viele Schwierigkeiten zu bewältigen, sehr viele Probleme zu lösen: materielle Not, körperliches Elend, Streit, Meinungsverschiedenheiten, Trauer ... War es deshalb nur Plackerei? Nein, trotz allem erfüllte uns Freude, eine rauhe, aber beharrliche Freude. Jeden Tag erfand man das Leben neu. Niemand fühlte sich letztlich verachtet oder verlassen. Niemand fühlte sich allein. Da ich mit Leib und Seele bei der Arbeit war, hatte ich keine Zeit, an ein Privatleben zu denken. Und doch zeichnete es sich irgendwann am Horizont ab. Ein menschliches, allzu menschliches Gesicht: eine Witwe. Ein Blick an einem Nachmittag auf dem Gang ... Wir wollten heiraten. Doch dazu kam es nicht mehr. Zum Glück, sonst hätte sie ihr Leben lang die Last der Schande zu tragen gehabt. Schon lange vor den Säuberungskampagnen wurde allen Religionsanhängern der Prozeß gemacht. Die ausländischen Pastoren wurden ausgewiesen. Pastor Hong, ich und einige andere wurden verurteilt, weil wir zwei Glaubensbrüder versteckt hatten,

die so naiv gewesen waren, Flugblätter gegen die Ideologie des Materialismus zu drucken. Sie wurden auf der Stelle erschossen, vor Tausenden von Zuschauern. Wir bekamen drei Jahre Gefängnis, unter extrem harten Bedingungen. Du kennst das ja, Haolang! Wir schliefen zu fünfzehnt auf dem Boden in einem Raum, der für acht vorgesehen war; wir aßen verdorbenes Essen neben dem einzigen Eimer für die Notdurft. Dann wurden wir in verschiedene Lager zur ›Umerziehung durch Arbeit‹ geschickt, mit der Auflage, nichts über unsere Herkunft zu verraten, außer daß wir Grundbesitzer gewesen seien. Die Minen in Shanxi, die Staudämme in Henan. Eines Tages wurden wir auf Anforderung der Armee hierherverlegt. Hier zwischen Himmel und Erde, mitten in der Wildnis, mußten wir, ausgelaugt, wie wir waren, mit allem bei Null anfangen. Wir hausten in behelfsmäßigen Zelten oder Schuppen aus Rohr- und Reisiggeflecht, dann in etwas festeren Unterkünften. Verletzungen, Bisse, Fieber, Durchfall und die schreckliche Kälte der ersten Winter haben viele von uns dahingerafft, darunter auch Pastor Hong. Wir hoben eine Grube aus, um sie zu beerdigen, und hatten nicht einmal Tücher, um ihre Leichname einzuwickeln. Wenn das Eis zu dick war, stapelten wir die Leichen draußen, etwas weiter weg, und bald waren sie unter Schnee begraben. Kam dann das Tauwetter, fand man nur noch einen unentwirrbaren Haufen verwester Körper …
Warum erzähle ich all diese Dinge, die ich noch nie jemandem erzählt habe? Ich sprach von Vergebung. Denn die Revolutionäre mit ihrer Liebe zur Gerechtigkeit werden zu immer unerbittlicheren Richtern. Wer kann diese Kette von Haß und Gewalt noch durchbrechen? Wir nicht.

Nur Gott kann es. Die ganze chinesische Geschichte hindurch gab es immer wieder gute und aufrechte Menschen, leidenschaftliche Verfechter von Tugend und Heiligkeit; viele von ihnen starben als Märtyrer, im Namen des Ideals der Gebildeten, im Namen des ungeteilten Atems, der das Universum belebt. All das ist groß und ehrt dieses Land. Denn ohne diese hochgesinnten Menschen, ohne diese Märtyrer wäre es nicht mehr vorhanden. Aber wird es auch jemanden aufzunehmen wissen, der von außen kam und bereit war zu sterben, im Namen der Liebe und der Vergebung?«

Plötzlich bricht er ab. Er hat schon zuviel gesagt. Er sieht, daß seine Gesprächspartner ihm nicht mehr zuhören. Oder daß sie Mühe haben, ihm zu folgen. Die erbauliche Sprache eines Gläubigen klingt immer unsinnig oder unziemlich in den Ohren derjenigen, die seine Überzeugung nicht teilen. Haolang ist diese Seite des chinesischen Lebens keineswegs unbekannt. Doch die religiösen Betrachtungen gehen größtenteils an ihm vorbei. Er gehört zu der Generation, die niemals gekniet hat. Mir ist das weniger fremd, ich kenne es von meiner Mutter, von meinem Onkel, dem Opiumraucher, und ich bin den Umweg über den Westen gegangen.

Haolang richtet sich aus seiner tiefen Niedergeschlagenheit auf. Er legt Lao Ding den Arm um die Schultern, als wolle er ihm zu verstehen geben, er könne sich auf seine beiden Vertrauten ebenso verlassen wie auf seinen Gott.

16

Das große Feuer, das nicht nur der Unvorhersehbarkeit der Natur, sondern auch der Unvorsichtigkeit der Menschen geschuldet war, kündigte eine Zeit der Knappheit an, die bald zu einer richtigen Hungersnot wurde. Zwei bis drei Jahre lang suchte sie ganz China heim und forderte mehrere Millionen Tote.

Ist eine Katastrophe von so langer Dauer und solchen Ausmaßen einzig und allein auf die Unbilden der Natur zurückzuführen? Wie klarsichtige Parteiführer später zusammen mit Historikern und Ökonomen zugeben, wurde sie unmittelbar durch eine Reihe kolossaler Irrtümer der Partei ausgelöst, die den Direktiven ihres Vorsitzenden gehorchte. Dieser wurde zwangsläufig, ohne es zu wissen, immer mehr zu einem Monster. Nach der Kampagne gegen die Rechtsabweichler reagierte er noch ungeduldiger auf die offenkundigen Fehlschläge, denn er verfolgte nach wie vor seine Ambition, der Geschichte seinen Stempel aufzuprägen, und sei es mit Blut und Eisen. Da er weder die Gesetze der menschlichen Natur noch die der Ökonomie kannte, unternahm er gewaltige krampfhafte Vorstöße, geradezu sexueller Natur, was unweigerlich zu einem plötzlichen Verlust jeglicher Lebensenergie führen mußte. Zwei oder drei Jahre lang setzte er Schlag auf

Schlag eine Reihe von Bewegungen in Gang, die sich durch maßlose Übertreibungen auszeichneten: der Große Sprung nach vorn mit seinen unrealisierbaren Zielsetzungen; die extreme Kollektivierung auf dem Lande in Form der Volkskommunen, wo die Bauern nicht einmal mehr zu Hause kochen durften; die Mobilisierung ganz Chinas, um auf handwerkliche Weise Stahl zu produzieren zu Lasten der Feldarbeit, einen Stahl, der sich als unbrauchbar erwies. Kein Wunder, daß ein Land auf diese Weise nach kürzester Zeit in einem unglaublichen Schlamassel steckt.

Der Hohe Norden macht da keine Ausnahme. Drei Jahre in Folge mußten wir bestimmte, unbedingt notwendige Arbeiten vernachlässigen, um uns der Stahlproduktion und der handwerklichen Herstellung von Werkzeug zu widmen. Von der bereits deutlich zurückgegangenen landwirtschaftlichen Produktion wurde ein Großteil abgezogen und in die am grausamsten betroffenen Regionen geschafft.

Des einen Leid ist des andern Freud. Durch die Hungersnot ist das Leben im Lager leichter geworden, soweit das überhaupt möglich ist. Man fängt an, diejenigen, die ihre Internierungszeit abgebüßt haben, nach Hause zu schikken. Im Prinzip habe auch ich Anspruch darauf. Doch ich versuche alles, um zu bleiben, denn der Fall des Freundes hängt weiter in der Schwebe: Niemand kann eine Entscheidung treffen. Wer im Lager bleibt, erlebt eine allmähliche Lockerung der bisherigen eisernen Disziplin. Die Lagerführung weiß, daß infolge der strengen Lebensmittelrationierung alle durch den Hunger entkräftet und außerstande sind, die notwendige Arbeit zu leisten. Die

Auswirkungen der körperlichen Schwäche machen sich schon im ersten Winter bemerkbar. Obwohl der Arbeitsplan auf ein Minimum reduziert ist – den Bau neuer, soliderer Schlafräume –, kann er nicht erfüllt werden. Weil es ihnen an Kalorien fehlt, werden die Männer unter der erdrückenden Last von Holz und Steinen leicht vom Schneesturm umgeworfen, bleiben im tiefen Schnee liegen und erfrieren. Die ihrerseits geschwächten Chefs lassen schließlich jeden außerhalb der Kollektivarbeit nach Überlebensmöglichkeiten suchen. Durch die Aufgabe einiger unproduktiver Felder und den Verzicht auf weitere Urbarmachung kommt es im Jahresablauf zu einer gewissen Erleichterung der Arbeiten. Wer gewieft genug ist, schlägt sich irgendwie durch. Man sammelt auf den Feldern liegengebliebene Hirse- oder Weizenkörner. Man geht auf die Suche nach Wildgemüse und eßbaren Pflanzen. Mit behelfsmäßigen Geräten angelt man Fisch, jagt Insekten und kleine Tiere, die man in normalen Zeiten für ungenießbar gehalten hätte. Wer weniger geschickt ist, bleibt sich selbst überlassen. Sein Überleben hängt von der gelegentlichen Großzügigkeit des Kantinenpersonals oder von den eigenen physischen Reserven ab.

Diese Hungersnot bringt Haolang mit einem besonderen Menschenschlag in Berührung, den Jägern. Aus der Mandschurei stammend wie sie, mit dem typischen Körperbau, dem typischen Akzent und seinem Ruf als Wolfstöter noch dazu, wird er von diesen allmählich aussterbenden Nomaden akzeptiert. Vielleicht war er sogar versucht, sich ihnen anzuschließen. Jedenfalls konnte er sich durch sie eine Weile mit frischem Fleisch versorgen und seine schlummernde, unbezähmbare Lebenskraft wieder erwecken. Diese struppigen, nach Wild und Alkohol riechenden Männer spucken die Worte aus wie Kieselsteine, kurz und schroff. Sie sind mit Leder und Fellen bekleidet, tragen geflochtene Strohschuhe und Lumpen um Beine und Füße gewickelt. Begleitet werden sie von der Meute ihrer Hunde, die im Winter ihre Schlitten ziehen.

Bei ihrem ersten Auftauchen in unserer eisern reglementierten Welt brachten sie mit ihrer ganz und gar instinktiven und freien Haltung die Lagerinsassen völlig aus der Fassung. Hingerissen und neidvoll stellten sich die Gefangenen das primitive Leben vor, das ihnen in den stolzen Gestalten dieser Eindringlinge aus der Steppe vor Augen stand. Eindringlinge? Die Jäger waren die Herren dieses Landstrichs gewesen, als es hier noch niemand anders gab. Sie selbst oder ihre Väter waren vor verheerenden Hungersnöten aus ihren Provinzen geflohen, hatten das magere Stückchen Land aufgegeben und die Leichen der Ihren am Straßenrand zurückgelassen. Sie hatten sich den Magen mit Baumrinde und Moos gefüllt und waren so bis in diese seit eh und je dem Tod geweihte Gegend gelangt. Von Bauern mit langsamen Bewegungen zu fanatischen Kriegern geworden, mußten sie, um zu überleben, wilde Tiere mit behelfsmäßigen Waffen jagen: mit Spießen, langen Messern, Bögen, Steinen ... Wie viele von ihnen fielen Hunger und Kälte zum Opfer, starben an Bißwunden, Vergiftungen, versanken in den Sümpfen, bei lebendigem Leib den Ameisen und Raubvögeln ausgeliefert, bis endlich der befreiende Tod eintrat? Wie viele andere haben sich im Schnee in den Bergen verirrt und sind zu Eisblökken erstarrt, die noch lange ihren einsamen Todeskrampf konservierten? Die Überlebenden bilden einen starken

Menschenschlag, der nichts mehr fürchtet, weder die grauen Wölfe noch die Schwarzbären, noch die Stürme, die alles verwehen. Auch wenn alles verweht oder begraben wird, ihre Hütten und Grotten bleiben und genügen ihnen als Schutz. Ihr rauhes Lachen bestätigt, daß sie durchaus lebendig sind und sich sogar über das Leben lustig machen. Sie kennen ihre Geographie und ihre Meteorologie in- und auswendig, zollen ihren Göttern und Dämonen Tribut und nehmen klaglos ihr Schicksal an, so wie sie, ohne mit der Wimper zu zucken, die Tiere töten und sie mit großen Dolchschnitten zerlegen.

Solange es die Jahreszeit erlaubt, jagen sie ohne Unterlaß. Wenn das Wetter ihnen Einhalt gebietet, gehorchen sie – oder besser, sie nutzen die Gelegenheit, um sich ein wenig Vergnügen zu gönnen und sich plötzlich daran zu erinnern, daß sie Menschen unter Menschen sind. Dann steigen sie auf der anderen Seite des Gebirges hinab in die Ortschaften an der Grenze. Wochen- und monatelang tauschen sie dort Felle und Fleisch, Knochen und Pflanzen gegen Dinge für ihren eigenen Bedarf: Salz und Alkohol, Gewehre und Munition. Ihre restliche Energie verausgaben sie in Spielhöllen und Bordellen. Einige erliegen sogar der Versuchung von Heim und Herd. Menschliche Leidenschaften also. Eine Mischung aus Sanftheit und Gewalt. Da sie als Gesetzlose leben, verwechseln diese Männer, die schnell den Finger am Abzug haben, gelegentlich Tierreich und Menschenwelt. Manche von ihnen vergessen auch, daß zwar die Tötung eines Tieres als notwendig akzeptiert wird, die Tötung eines Mannes oder einer Frau aus Eifersucht oder Eigennutz aber als Verbrechen gilt. Innerhalb des Stammes – der zwar unorganisiert und informell, aber doch als Autorität existiert, und sei es nur, um Landstreitigkeiten zu schlichten – machen dann Erzählungen von Mut und Rache die Runde, zum großen Vergnügen derjenigen, denen die Nacht in den Hütten oder Grotten eindeutig zu lang wird. Ist dieser starke Menschenschlag durch Alkohol und Verbrechen vom Aussterben bedroht? Ganz sicher nicht. Instinktiv wissen die Jäger, wie weit sie gehen dürfen. Haben sie doch in ihrem Umgang mit den Tieren gelernt, das Gleichgewicht zu respektieren. Plündern muß sein, aber nicht zuviel. Man muß der Natur Zeit lassen, sich wieder zu erholen. Das gleiche gilt, das wissen sie sehr wohl, auch für die Menschen. Zumal es ihnen, wenn ihre Zahl abnimmt, wenn die Kraft schwindet, nicht an jungen Abenteurern fehlt, die zu ihnen stoßen. Nein, die Gefahr geht nicht von ihnen selbst aus, sie kommt von außen. Als die Militärs einrükken und ein Lager nach dem anderen errichten lassen, ahnen die Jäger dunkel, daß der langsame Prozeß ihres zweiten Sterbens beginnt. Die gigantische Urbarmachung ist in ihren Augen nichts anderes als eine ungeheure Schändung, eine unbeschreibliche Verwüstung. Sie haben sich gezwungenermaßen von ihrer bäuerlichen Herkunft losgesagt. Von Steppe zu Steppe, von Sumpf zu Sumpf, ziehen sie sich immer weiter in die Berge zurück.

17

Auf einem der verlassenen Felder längs der Landstraße, die ins ferne Hochgebirge führt, versuchen Haolang und ich, vom Hunger gepeinigt, tief gebeugt und mit der Nase am Boden klebend, Hirsekörner aufzulesen und Heuschrecken und Ratten zu jagen, und sehen nicht, daß einige dieser wilden Männer mit dem Gewehr auf dem Rükken und dem Dolch im Gürtel auf uns zukommen. Einer von ihnen, der Anführer, ein eindrucksvoller Einäugiger, erkennt in Haolang einen Mann aus dem Norden und fragt:

»Woher kommst du?«

»Aus Harbin.«

»Wie heißt du?«

»Haolang. Sun Haolang.«

»Ach, du bist Haolang! Gegen einen ›heulenden Wolf‹ ist nichts einzuwenden; der kann uns nur nützen!«

Das strahlende Lächeln des Nomaden stimmt Haolang heiter. Zum erstenmal sehe ich, wie sich das düstere Gesicht meines Freundes zu einem Lachen verzieht. Daraufhin nimmt der Jäger ein Paar Rebhühner aus seiner Kiepe. »Hier. Brauchst sie nicht zu rupfen. Kannst sie in Lehm backen. Hinterher schlägst du den Lehm ab, und die Federn bleiben drin. Brauchst nur noch reinbeißen!«

Nach diesem einfachen Rezept steigt bald eine dünne Rauchfahne in der Steppe auf; mit dem gebackenen Fleisch atme ich wieder tief den Duft der wenigen glücklichen Augenblicke meines Lebens. Augenblicke mit dem Plaudern und Lächeln der Verstorbenen – haben sie je gelebt? Langsam erkenne ich sie wieder, umgeben vom Duft der Räucherstäbchen, des Opiums oder der gerösteten Kartoffeln eines Abends am Wegrand nach langer Wanderung.
Von nun an versäumen die Jäger es nie, bei zufälligen Begegnungen – immer in Richtung Berge – Haolang gebratenes Fleisch oder einen Teil ihres Wildbrets zu geben, und er teilt es gern, mit mir natürlich, aber auch mit anderen Kameraden, die gerade in der Nähe sind. Manchmal halten die Jäger sich auch länger auf und lassen Haolang ein paar Schüsse abgeben, nicht ohne dabei auch jedesmal ihr eigenes Talent vorzuführen: Durch schrilles Pfeifen scheuchen sie Wildgänse auf und schießen, in jeder Hand ein Gewehr, auf zwei Ziele gleichzeitig. Danach setzt man sich im Kreis zusammen und läßt unter deftigen Reden Kürbisflaschen mit Alkohol kreisen. In solchen Augenblicken ist Haolang ganz in seinem Element und blüht richtiggehend auf. Sein gebräuntes Gesicht, in Harmonie mit den anderen ringsum und doch keinem anderen gleich, läßt eine Seite seiner komplexen Persönlichkeit sichtbar werden. Und ich denke: Nachdem er als Waise aus der Vormundschaft seines Onkels geflohen war, hätte er auch ein Abenteurer und, warum nicht, ein Gesetzloser werden können. Wie kommt es, daß ein anfangs für so vieles offener Mensch einen Weg anstelle eines anderen verfolgt? Daß Haolang mit all seinen Möglichkeiten sich durch einen dermaßen engen Durchgang zwängt? Als ich

ihn so dort sitzen sehe, zwischen Männern in Fellen und Lumpen in dieser öden, unermeßlichen Weite, überkommt mich ein Gefühl absurder Unwirklichkeit. Ein Gefühl, das sogleich einer Gewißheit weicht. Ist diese extreme Landschaft, wo jedes Gras, jeder Felsen, ewig windumtost, von Hunger und Durst, von Blut ohne Nachhall und Tod ohne Begräbnis, von gebrochenem Schwur und unerfüllter Liebe kündet, nicht durch und durch der Ort eines uralten, ein für allemal gegebenen und immer noch uneingelösten Versprechens? Ein seit Jahrhunderten dort vergrabenes Epos verlangt danach, wieder aufgegriffen zu werden. Von wem? Warum nicht gerade von diesem Menschen mit dem edlen, zerschundenen Gesicht eines gefallenen Gottes? Ja, ich bin zutiefst davon überzeugt: Was Haolang antreibt, kommt von sehr weit her, von viel weiter her, als er selbst es weiß. Ein Anhauch von außen sucht die Verwandlung in lebendigen Gesang. Dazu müssen sich Menschen ergreifen lassen, die widerstandsfähig genug sind, dem schrecklichen Druck der Inspiration standzuhalten, und zäh genug, sich über sich selbst hinausdrängen zu lassen. Haolang ist noch nie der Atem ausgegangen, noch nie hat er sich dem Gesang verweigert. Er könnte das Epos verfassen, auf das dieses alte Land wartet. Ich erzittere bei diesem Gedanken; er trifft mich wie eine plötzliche Mahnung. Natürlich möchte ich ihn dem Freund sofort mitteilen! Doch ich halte mich zurück. Der Dichter gibt sich dem Vergessen hin und läßt sich von den Jägern gerade die Vorzüge der Bärentatzen erklären.
Als der Abend hereinbricht, werfen die Berge ihre Schatten über die Ebene. Die Männer stehen auf, verabschieden sich und gehen. Weiter weg sehen wir sie stehenbleiben.

Sie setzen zwei Schälchen auf einen Stein. In das eine legen sie ein Stück Fleisch, in das andere gießen sie ein wenig Alkohol, dazu das warme Blut einer frisch geschlachteten Wildgans. Wortlos verneigen sie sich nach Westen. Eine Flamme flackert im Wind, und der Anführer spricht mit lauter Stimme in abgehacktem Rhythmus Formeln, die die anderen im Chor wiederholen. Einen kurzen Moment lang ist die weite Steppe nur noch ein einziger Schrei aus Angst und Einsamkeit.

Es muß wohl an diesem Abend gewesen sein, als sich Haolang mitten im dichten Gestrüpp, nachdem wir wieder allein sind, der Bemerkung nicht enthalten kann: »Wäre ich allein, ich wäre mit ihnen gegangen.« Dieser brutale Satz stürzt mich in tiefe Verwirrung. Was soll ich dazu sagen? Erst einmal, warum soll er nicht noch immer und immer wieder wütend sein über seine vergeudete Begabung, mit der er sich einst einem Li Bo oder einem Du Fu, einem Walt Whitman oder einem Jack London nahe gefühlt hat: der Begabung, das ganze Leben in seiner einzigartigen Buntheit zu umfassen und die menschliche Erfahrung in hohen Gesang zu verwandeln? Wäre er mit den Jägern gegangen, würde er mit Sicherheit außergewöhnliche Erfahrungen machen, würde – wie es ihm entspricht – das wilde Leben und den heftigen Kampf kennenlernen. Doch wie lange? Die Meute hätte ihn bald ausfindig gemacht. Man würde ihn jagen, umzingeln. Er würde vermutlich bis zuletzt Widerstand leisten und mit dem Gewehr in der Hand seine Herausforderung schreien oder brüllen vor Lachen. »Wäre ich allein ...«, hat er gesagt. Die Frage, die mich schon bei unserem Wiedersehen bedrängt hat, stellt sich mir erneut, direkter denn je: »Bin ich eine Fessel für ihn? Sind wir eine Fessel füreinander?« Ich will gerade etwas murmeln, als Haolang mich kurz und knapp unterbricht: »Ich ahne, was dir durch den Kopf geht. Es ist falsch und unnütz. Ich bin nicht allein. Du bist nicht allein. Wir beide sind nicht allein ...« Er sieht mir fest in die Augen, und alle Wunden in seinem Gesicht leuchten im letzten Schein der untergehenden Sonne. Ich sage nichts. Wenn mein Freund das Thema schon einmal anspricht, will ich ihn auf keinen Fall unterbrechen. »Etwas Schreckliches ist auf dieser Erde passiert; etwas Schreckliches ist auch uns passiert. Warum gerade uns? Ich weiß es nicht. Was sollen wir tun? Ich weiß es nicht. Eins ist gewiß: Daß wir uns wiedergefunden haben, hier, am Ende der Welt, grenzt an ein Wunder. Du hast es mir zu verstehen gegeben; auch Lao Ding hat es einmal gesagt. Ich würde nicht von Wunder sprechen, sondern eher sagen, es liegt daran, daß wir nicht anders konnten. Seitdem heißt es für uns, zu tun, was wir nicht lassen können. Aber was? Noch einmal, ich weiß es nicht, noch nicht.

Lao Ding ... immer dieser verfluchte Lao Ding! ... er bringt mich ganz durcheinander, wenn er sagt, es ist den Menschen nicht gegeben, auf Erden die Drei zu verwirklichen. Unsere Ahnen hätten das wohl verstanden und in die Mitte zwischen Yin und Yang die Leere gesetzt. Dann hat er von Yumeis Abwesenheit gesprochen. Sie sei gegenwärtiger als die Gegenwart und werde eines Tages ausgefüllt werden. Wie kann er da sicher sein? Und wie soll ich mir das vorstellen, wo ich doch nicht an den Himmel glaube? Das einzige, was ich sicher weiß, weil es nur von mir abhängt: Solange du da bist, werde ich nichts tun, was nicht uns beide und – warum soll ich es nicht sagen – uns alle drei angeht. Solange ich da bin, möchte ich endlich Klarheit, und sei es nur für einen flüchtigen Augenblick.«

Die Sache mit den Jägern kann auf die Dauer nicht gutgehen. Sie tauchen immer seltener auf. Im folgenden Sommer sehen wir sie gar nicht mehr. Nur noch ein letztes Mal im Juni. Zu Pferd reiten sie vorbei. »Wir kommen nicht mehr her. Die Militärs sind zum Kotzen. Beim Jagen schießen sie mit Maschinengewehren und werfen Granaten. Alles wird verwüstet, in der Ebene, im Wasser ... Einer von uns wurde aus Versehen verletzt ... Hier ist ein bißchen Hirschfleisch. Es wird bald schlecht, aber noch ist es gut. Koch es in Wasser und tu dazu, was immer du findest.« Sie kehren uns den Rücken und reiten davon – die Reiter der Apokalypse. Plötzlich dreht der Einäugige sich um und ruft den beiden Häftlingen zu: »Wenn die Zeit verquer ist, kann man nichts mehr machen. Was Hungersnot ist, wissen wir, das könnt ihr mir glauben. Wer krepieren soll, wird krepieren.« Er sieht erst mich an, dann Haolang und sagt: »Bei ihm weiß ich's nicht, er muß sehen, wie er durchkommt. Du aber, du wirst nicht sterben!«

18

»Bei ihm weiß ich's nicht!« Aber ich weiß es. Die Zeit der Not ist gekommen. Wer sterben soll, wird sterben; und es besteht wenig Aussicht, daß ich nicht dabeisein werde. Kann etwas unvereinbarer sein als mein zerrütteter Magen und die schäbige Ernährung, zu der mich die Hungersnot zwingt? In der Gemeinschaftskantine werden die Rationen von Tag zu Tag kleiner. Als Ersatz für Reis gibt es als Beilage zum Gemüse Kugeln aus grob geschroteten Schalen von Mais, Hirse und anderen Körnern. Diese festen, harten Kugeln führen auf die Dauer zu einer ungeheuerlichen Verstopfung, gegen die kein Abführmittel hilft. Es geht so weit, daß wir uns gegenseitig irgendwelche Gegenstände in den After einführen, um nach und nach unter äußersten Schmerzen einzelne Kotstücke herauszuziehen. Alle diese Begleiterscheinungen der Unterernährung machen viele krank. Wir haben eine große Zahl von Toten, die eines »natürlichen« Todes sterben. Andere fallen der Kälte zum Opfer, die im zweiten Jahr zu früh gekommen ist. Schon seit Anfang Oktober liegt eine dicke Schneedecke über dem Land und verschließt Türen und Fenster. Das blendende Weiß, ein erbarmungsloses Gespenst, fordert täglich seinen Teil an Menschenfleisch. Trotz aller zusätzlichen Nahrung, die mir der Freund be-

sorgt, halte ich den widrigen Bedingungen nicht stand: starker Husten bringt meinen Darm und meine Eingeweide in Aufruhr, grausame Leib- und Magenschmerzen führen zu ständigen Blutungen. Als ich wie viele andere im Lastwagen ins Divisionsrevier gebracht werde, verdanke ich mein Leben nur der Aufopferung einer Krankenschwester. Seit meiner Rückkehr nach China genieße ich zum erstenmal weibliche Sanftheit. (Nein, man genießt nicht zwischen lauter stöhnenden Kranken, schmutzigen Verbänden und Auswurf. Doch man klammert sich an dieses Wort, sobald man ein wenig zur Ruhe kommt.) Als mich die Schmerzen am schlimmsten peinigen, geht die Schwester, eine Frau um die Vierzig, in Ermangelung von Medikamenten dazu über, mir den Bauch zu massieren oder mir ruhig ihre Hand aufzulegen. Eine sichere, volle Hand, in der sich der ganze Reichtum eines Körpers konzentriert. Damit kann sie mich eine Weile beruhigen. Fieberglühend sehne ich schließlich Anfälle herbei oder täusche sie sogar vor, diese Vorboten eines flüchtigen Rendezvous. Wenn die Hand da ist und ich sie pulsieren fühle, bin ich allen hartnäckigen Beschwerden entzogen. Auf meinen dankbaren Blick antwortet sie, die mir die Erleichterung verschafft, mit einem traurigen Lächeln, als wollte sie sagen, auch sie erleichtere sich dadurch ihr Leiden.
Aus dem Revier werden die Toten unauffällig abgeholt und sofort eingeäschert. Eines Tages erreicht mich eine sibyllinische Botschaft: »Auch du wirst nicht sterben.« Der gekritzelte Zettel kommt aus einem anderen Krankensaal; es ist Lao Dings Schrift. Was soll das heißen? Was meint er mit »auch du nicht«? Weiß er, was der Jäger gesagt hat? Oder spielt er auf sich selbst an? Auf sich selbst!

Wenn der abgekämpfte alte Mann im Krankenrevier ist, muß man das Schlimmste für ihn befürchten. Jedenfalls eher als für jeden anderen. Ich weiß, daß er mit seiner nicht heilenden Lungenentzündung dahinsiecht, je länger die Hungersnot dauert. Man konnte ihm noch so viel zusätzliche Nahrung bringen, er hat sich trotz seiner erschöpfenden Hustenanfälle stets geweigert, mehr zu essen als die anderen, und alle Lebensmittel ringsum verteilt. Tatsächlich ist er gekommen, um zu sterben. Zweifellos lag ihm daran, seine Stunde selbst zu wählen. Das ist seine einzige, aber stolze und souveräne Freiheit. Sein Tod, wie diskret auch immer, ist ganz und gar gezeichnet von der stummen Verachtung für diejenigen, die ihn ausgesaugt haben bis aufs Mark. Bevor ich mich zu ihm hinschleppen kann, bringt mir die Krankenschwester eines Abends – an einem dieser Abende, wo der Wind so laut heult, daß man selbst im Haus noch schreien muß, um sich verständlich zu machen – seine letzte Botschaft: einen Umschlag, in dem ich eine kleine flache Blechdose finde und eine winzige Broschüre, nicht größer als eine Handfläche. Die Dose kenne ich, weil ich oft und oft gesehen habe, wie Lao Ding Nadel und Faden daraus hervorholte. Mit diesem dürftigen Nähzeug hat er seine Jacke geflickt und unzählige Knöpfe für die Kameraden angenäht. Auch die Broschüre ist mir nicht unbekannt. Es ist eines der kleinen Heftchen, die ich als Kind bei den Missionaren gesehen habe, wenn sie sie in den Straßen von Nanchang verteilten. Im Vorbeigehen hatte ich damals einige in verschiedenen Farben als Spielzeug mitgenommen, denn ich konnte noch nicht lesen. Sicher hat der alte Mann es heimlich – wahrscheinlich in seine Jacke eingenäht – bei all seinen Irrfahrten von einem Lager ins andere mit sich getragen. Auf dem Einband lese ich vier Schriftzeichen, die übersetzt »Evangelium des Johannes« bedeuten. Habe ich nicht Auszüge aus diesem Evangelium schon in Frankreich gelesen in *Stirb und werde* von Gide oder in Büchern von Mauriac? Jetzt überfliege ich es, unter meiner Decke versteckt, auf chinesisch; ich fühle mich plötzlich anderswohin versetzt und ziemlich desorientiert. Wird es mir je gelingen, aus dieser Übersetzung in eine fremde Sprache, die mit den verwirrenden Neologismen, der hinkenden Syntax, dem holprigen Rhythmus Chinesisch und doch kein Chinesisch ist, eine Botschaft herauszulesen? Ich denke an die buddhistischen Texte, die ich seinerzeit für meine Mutter kopiert hatte. Auch sie waren mit verunsichernden, schwindelerregenden Ausdrücken und Formen durchsetzt, die die Chinesen erst im Laufe von Jahrhunderten assimiliert haben. Wie kann eine ganz andere Sprache in uns eindringen, uns ansprechen, uns überwältigen? Wie kann sie uns entzücken und uns bis ins Innerste Gewalt antun, so daß sie nicht mehr verschwindet und uns in Stimme und Geste, Fleisch und Blut übergeht? So daß Lao Ding eines Tages dieser wirklich unglaublichen Behauptung Glauben schenkt: »Wer an seinem Leben hängt, wird es verlieren; wer aber sein Leben in dieser Welt gering achtet, wird es behalten bis ins ewige Leben.«

19

Als die Hungersnot vorüber ist, stellen Haolang und ich fest: wir sind gealtert, aber noch am Leben. Die lange Hungerzeit hat unsere Organe zerrüttet; die lange Kälte hat uns Mark und Bein gefrieren lassen und die Knochen mürbe gemacht. Die schlaff hängende Haut ist dunkel geworden. Und es gibt keine Körperbewegung, die nicht geballt die Schmerzen wieder aufleben läßt. Aber auch keine, die nicht darauf versessen ist, von neuem lebendig zu sein. Wir sind Halbwilde geworden, wie dieses Land, an das wir schicksalhaft gebunden bleiben. Ein Leben in einer anderen Region unter der Herrschaft einer noch schlimmeren Diktatur können wir uns gar nicht mehr vorstellen. Werden wir uns nicht am Ende, nachdem wir so lange in diesem Hohen Norden festgehalten wurden und keine anderweitigen Bindungen mehr haben, auch innerlich auf diesen Raum einlassen, dessen mineralische Härte in unseren Augen zum Sinnbild der Größe und der Reinheit wird? Die selbst schwer geprüften Lagerführer wagen es nicht, wieder eiserne Disziplin wie vor der Hungersnot einzufordern. Unser Lager trägt jetzt die harmlose Bezeichnung Kollektivbetrieb. Haolang und ich teilen ein Zimmer. Der Schweinestall wurde in den Gesamtkomplex Viehhaltung eingegliedert und untersteht jetzt einer anderen Mannschaft. Von punktueller Teilnahme an der Kollektivarbeit abgesehen, brauchen wir uns nur noch um den Gemüseanbau zu kümmern ... und leider noch um die allerdings stark verbesserten Latrinen. Das ist der Preis für unsere Unabhängigkeit. Außerhalb der Pflichtarbeit hat jeder Zeit für sich und darf sich einer als korrekt beurteilten Beschäftigung widmen. Nicht weit von den Lagern entfernt, entstehen um die kleinen Ortschaften herum Dörfer für die Familien ehemaliger Militärs und Handwerker und für Neuankömmlinge. Nach dem Schweiß- und Blutvergießen der Pioniere kann die Region nun trotz ihres menschenfeindlichen Klimas eher landwirtschaftlich genutzt werden.

Der Frühling 1962 ist wie jeder andere Frühling hier, im chinesischen Sibirien. Nach dem zu langen Winter läßt die Natur ungeduldig das Eis zerbersten und explodiert mit all ihrer angestauten Kraft. Der Horizont weitet sich ohne Ende, schiebt seine Grenze immer weiter hinaus, weiter als die Wildgänse fliegen, weiter noch als die Wolken ziehen, die Wolken, aufgelockert und verheißungsvoll. Überall zwischen Schneeresten sprießen Blumen über Blumen hervor, und die Tiere springen wieder, schwingen sich auf. Uns aber scheint es wie das erste Mal, so aufmerksam und gespannt erleben wir diesen Auftakt des Jahres, unseren ersten Frühling zu zweit. Nur zu zweit? Keiner von uns beiden hat sich je auch nur einen Augenblick von ihr abgewandt. Von ihr, ohne die wir nicht hier wären. Ohne die wir nicht lebenslang, wie der rechte und der linke Arm ein und desselben Körpers miteinander verbunden wären, erfüllt von einer so lebendigen Freundschaft, daß sie – so glauben wir – der Liebe gleicht. In all diesen Jahren des

Kampfes ums Überleben erwähnen wir sie nicht oft – die Schwester, die Geliebte. Nicht aus Vergeßlichkeit oder Nachlässigkeit. Wir sind nur nicht mehr daran gewöhnt, von ihr in der dritten Person zu sprechen, so sehr ist sie zum innersten, lebendigsten Teil unseres Wesens, unseres Daseins geworden. Wir sehen sie nicht mehr außerhalb von uns, auch nicht vor uns. Sie ist da, gegenwärtiger als wir selbst, im verborgensten Inneren unseres Bewußtseins; im Schlafen und im Wachen; sie ist in unser Denken eingegangen, in unsere Bewegungen, unsere Blicke, unsere Stimmen, in unser Selbstgespräch, das ein Zwiegespräch, in unser Schweigen, das ununterbrochener Gesang ist. Sie ist nicht mehr Gegenstand unseres Begehrens, sie ist unser Begehren. Ein reales Wesen, schwer und fest wie eine Brust voll Milch und zugleich leichter als Nebelschleier oder Tau.

Der lange Winter und der kurze Frühling nehmen uns in die Pflicht. In pausenloser Folge, in immer schnellerem Rhythmus kommen aufreibende Arbeiten auf uns zu: Pflügen, Säen, Instandsetzungsarbeiten rund um die Felder und in den Häusern. Als der Frühling dann ohne Übergang zum Sommer wird und wir mit dem Hacken fertig sind, ist uns endlich ein wenig Ruhe vergönnt. Obwohl wir genau wissen, welche Grenzen uns durch das Lagerreglement gezogen sind, packt uns eine heftige Lust »auszubrechen«. Mit dem Material, das der Sohn des Kommandanten dagelassen hat, als er während der Hungersnot nach Peking ging, fange ich wieder an zu zeichnen. Das Bedürfnis, nach der Natur zu zeichnen, ist eine triftige Begründung für meine Ausflüge. Zumal meine Landschaftsaquarelle großen Anklang bei den Lagerführern und ihren Frauen finden, die sich gern das eine oder andere über den Schreibtisch oder in ihr Privathaus hängen. Wir stoßen auf immer weniger Widerstand, wenn wir dafür Erlaubnis beantragen. Bei diesen Ausflügen kommt uns unsere Wanderung durch Sichuan wieder in den Sinn. Sooft wir können, machen wir lange Fußmärsche in alle Richtungen.

Ob auch andere eine derart heftige, grenzenlose Freude empfinden, wenn ihnen das seltene Glück zuteil wird, ein früher erlebtes Gefühl der Fülle noch einmal zu erfahren? Nicht durch die Mühe der Erinnerung, sondern physisch, mit allen Fasern des Körpers, in den verborgensten Winkeln des eigenen Wesens. In aufleuchtendem Erkennen oder vielmehr in vollkommenem Wiedererkennen. Mit jedem Schritt, jedem Halt, jedem Durst, jedem Hunger, selbst mit der zu rasch in den geschwächten Gliedern sich ausbreitenden Müdigkeit entsteht eine immer schon erlebte und doch stets neue Gegenwart. Unter unseren Schritten scheint alles wiedergefunden. Und doch bleibt noch alles zu entdecken. Diese halb gezähmte, halb wilde Region bietet bei aller scheinbaren Eintönigkeit eine weit größere landschaftliche Vielfalt, als man es sich vorstellt, von unvermutetem Formenreichtum, wie ihre Fauna und Flora. Läßt man den Bereich der bebauten Felder hinter sich, kommt man in bisweilen sehr hügeliges Gelände mit wild wuchernden Gräsern, unregelmäßigen Wasserläufen, Anhöhen mit Nadelbäumen und felsigen Schluchten. Und überall schwarzer Lehm, mit hellen Tupfern von Blumen aller Art. Wo es keine Wege gibt, macht man große Umwege um Sümpfe herum. Im ständig murmelnden Wind erscheinen allein Vogelschreie und das plötzliche

Flüchten von Tieren als natürlich. Die menschlichen Stimmen dagegen, durch die Entfernung gedämpft, wirken wie etwas Unpassendes, das sich im Sande verliert. Doch ist der Gedanke des Sichverlierens in dieser Grenzenlosigkeit nicht immer bedrückend. In der Stunde, wenn die Dunkelheit herniedersinkt, überläßt man sich, auf einer Höhe angelangt, erschöpft der unermeßlichen Leere und fühlt sich einen Augenblick lang als der stillste, regloseste Teil des Alls.

Eines Tages wandern wir an einen Ort, von dem uns die Jäger einmal erzählt haben. Wir sind vor Tagesanbruch zügig losmarschiert und gelangen in eine unbekannte Gegend. Nach der Überquerung eines ausgetrockneten Baches dringen wir zwischen hohen Bäumen in ein Waldgebiet vor. Insektensummen und Duft von Harz und Moos erfüllen die Luft. Eine ursprüngliche Natur entfaltet sich vor unseren Augen, unberührt und geheimnisvoll. Am Rande Chinas ohnehin schon außerhalb der Welt, fühlen wir uns hier noch außerhalb des Außen. Wir folgen einem undeutlichen Pfad, den vermutlich Gelegenheitsjäger durch das Dickicht bahnten, zu einer Lichtung in der Ferne. Unterwegs fällt krachend ein dicker Ast; ein Tier flieht durch das Gitter der Sonnenstrahlen. Von einer glitzernden Wasserfläche fliegt mit schrillen Schreien pfeilschnell eine Schar Gänse auf. Dann beruhigt sich alles, wird wieder still. Genau in diesem Augenblick weht ein Lüftchen vorüber, ein bläulicher Schimmer. Ohne Zögern erkenne ich Herkunft und Erscheinung. »Yumei!« Ein dumpfer Ruf tief aus meinem Inneren. Der Freund, der vor mir geht, wendet sich um, erstarrt. Auch er sieht. Helle Gestalt, das Lächeln unverändert; heftige Ekstase im endlosen Blick … Endlos, wie lange? Ein flüchtiger Augenblick? Ein ganzes Leben? Doch was noch eben zum Greifen nah, ist schon unerreichbar; die flimmernde Luft ist wieder klar. Da läuft Haolang los, läuft wie ein mitten in die Stirn getroffener großer Hirsch. Er läuft so schnell er kann, läuft der Traurigkeit und der Sehnsucht davon. Im Laufen stößt er heisere Schreie aus. Wie ein Wilder in Trance im rituellen Tanz. Völlig außer Atem taumelt er noch ein paar Schritte, läßt sich dann fallen, mit ausgebreiteten Armen, das Gesicht zum Himmel, ins trockene Laub. Ich hole ihn ein, lege mich neben ihn, fasse seine Hand. Ich höre seinen keuchenden Atem und spüre den Pulsschlag dieses vertrauten Körpers, die Last der jahrzehntelangen Strapazen. Aus der Tiefe meiner Erinnerung kommen mir plötzlich die einst auswendig gelernten Verse über die Lippen:

Wenn dich die Sehnsucht überkommt
Schieb sie fort an den fernsten Horizont
Wildgans, die die Wolken durchteilt
Trägst du in dir die stille Zeit
Gefrorenes Schilf, verdorrte Bäume
Niedergebeugt von Wind und Sturm
Wildgans, nicht länger aufzuhalten
Endlich frei zu Flug oder Tod …
Zwischen Heimaterde und fremdem Himmel
Dein einziges Reich: dein eigener Schrei!

Haolang hört mir wortlos zu. Ich spüre nur den Druck seiner Hand, immer stärker, bis er mir wehtut, so sehr preßt er mir die Knochen zusammen. Ein ganze Weile vergeht.

Dann stehe ich auf und ziehe meinen Gefährten hoch. Sein Gesicht ist tränennaß und erdverschmutzt, sein verletztes linkes Bein blutüberströmt.
Dieser Tag erweist sich als entscheidend. Noch in derselben Nacht bringt Haolang wie besessen im Raum neben dem alten Schweinestall mit fliegender Hand Worte zu Papier. Im Schein einer Kerze schreibt er die ganze Nacht. Ich nicke immer wieder ein. Bei jedem Aufwachen höre ich den Bleistift über das Papier kratzen und finde den mir so vertrauten Geruch aus dem Gymnasium wieder, den Geruch der versengten Haare, wenn der Kopf heruntersackte und der Kerze zu nahe kam. Am frühen Morgen türmt sich auf dem Tisch ein Haufen schwarz beschriebener Blätter: Fragmente von Sätzen und Versen. Ich überfliege sie und begleite Wort für Wort meinen Freund auf seinem Gang durch die Hölle. Ich erkenne die herausragenden Erlebnisse und die verborgenen Augenblicke seines bewegten Lebens wieder. Nichts wird unterschlagen. Alles, der Wirrwarr aus Freundschaft und Liebe, wird als schicksalhaftes Geheimnis akzeptiert und besungen. Auf einem der letzten Blätter stehen, in größeren, ordentlicheren Zeichen geschrieben, zwei Verse:

Dann kommt der Tag, nach Erinnern und Vergessen,
Und im lichten Wald begegnen sie der Liebsten.

20

Schreiben, gewiß, das bleibt uns. Auch andere haben es getan, selbst unter schlimmster Repression, in aller Eile haben sie flüchtig aufgefangene Worte, bedrängende Gedanken oder ein Testament niedergeschrieben ... Gibt es einen anderen Weg, dies festzuhalten, wenn man all die Vergeudung noch in Momente von Leben verwandeln will? Solange wir hier sind, bleibt uns diese Möglichkeit. Schreiben, aber was? Wäre es nicht am einfachsten, den Alltag in allen Einzelheiten zu erzählen? Aber ist das so einfach? Manch einer hat von derart hochfliegenden Träumen gelebt, daß er nun, niedergeschmettert und abgestumpft, nicht einmal die hiesigen Gegebenheiten zum Ausdruck zu bringen vermag. Dazu bedarf es erst einer plötzlichen Erschütterung, die mindestens ebenso überwältigend ist.

In den Tagen danach schreibt Haolang weiter. Passage um Passage überarbeitet er die Entwürfe, die er zu Papier gebracht hat; es ist ein regelrechter Kampf. Sein Anblick ist eindrucksvoll. Nein, er zeigt weder Wut noch Gram und schon gar nicht die sich lässig gebende krampfhafte Lustigkeit, die er manchmal der Abwechslung halber zur Schau trägt. Sein streng verschlossenes, angespannt konzentriertes Gesicht ist ganz einfach Ausdruck der wiedergefundenen Würde, der Ausdruck eines Menschen, der angesichts des Untergangs plötzlich begreift, was er zu tun hat. Während ich ihn beobachte – ich habe selten Gelegenheit, ihn so lange in Ruhe zu betrachten –, sehe ich, daß allem Anschein zum Trotz doch etwas Unzerstörbares in ihm hat reifen können. Hinter seinem zerschundenen, aber ungezähmten Gesicht meint man unbeugsame Gestalten aus allen Jahrhunderten zu erkennen. Daneben sind jene, die ihn zum Schweigen zu bringen suchen, nicht mehr existent. Sie werden verschwinden. Sie waren nur ungeheure Hindernisse auf seinem Weg, die ihn bis zum Äußersten, also zum Wesentlichen getrieben haben. Nein, Haolangs Revanche kann nicht darin bestehen, irgendeinem kleinen Führer ein Messer in den Rücken zu stoßen oder irgendwohin in die Wildnis zu entfliehen. Jetzt endlich steht er sich selbst gegenüber.

Doch während ich ihn betrachte, kommen mir Fragen über Fragen. Was genau macht eigentlich mein Freund? Erweckt er mit seiner Dichtung eine unentwirrbare Dreiecksgeschichte zu neuem Leben? Was ist an dieser Geschichte außergewöhnlich? Vielleicht hängt es nur von ihm ab, ob sie außergewöhnlich ist. Vielleicht hängt es nur von ihm ab, ob aus all dem Scheitern lauter Offenbarungen, lauter Erlösungen werden. Was für Offenbarungen? Wahrscheinlich weiß der Dichter das nicht. Er weiß nur, wie er oft bestätigt hat, daß trotz allem, was gelebt und gesagt worden ist, in Wirklichkeit nichts gelebt und gesagt worden ist. Er, der glaubte, gekommen zu sein, um als großer Dichter das Leben zu besingen, muß sich nun darauf beschränken, seine kleine Geschichte zu erzählen. Gibt es überhaupt eine »kleine Geschichte«? Ist nicht jede

Geschichte, und sei sie noch so klein, mit der großen verbunden? Seine jedenfalls ist es in einem solchen Ausmaß, daß er schließlich darin untergegangen ist. In seinem Kampf ums Überleben hat er am Ende die einzige Waffe vergessen, die er besaß: das Schreiben. Jetzt findet er sie wieder. Solange er hier zwischen diesen modrigen Wänden neben der Kerze sitzt, steht ihm diese Waffe zur Verfügung. Niemand, auch nicht der zynischste Tyrann, kann ihn hindern, alles zu sagen. Niemand kann ihn mehr hindern, alles auszusprechen, bis zum Ende. Bis zum Ende? Wieder stürmen lauter Fragen auf mich ein. Wo ist es, dieses Ende? Gibt es dieses Ende überhaupt? Genügt es, noch einmal zu durchleben, was man zu kennen glaubt, damit alles zwangsläufig einen Sinn erhält? Das Sagen ist dem Dichter gegeben, gewiß, aber ist das wirkliche Sagen nicht eine Suche, deren Tragweite man noch nicht ermessen, deren Ende man noch nicht absehen kann?

Mit Ausnahme einiger allgemeiner Bemerkungen oder Fragen nach bestimmen Fakten schweigt sich Haolang über den Fortgang seiner Erzählung aus, entweder, weil es sich nicht in einfachen Worten erklären läßt, oder aus Taktgefühl: So vieles, was er erzählt, betrifft ja auch mich, seinen Freund, sehr direkt. Ich respektiere sein Schweigen. Ich will auf keinen Fall eingreifen, unter dem Vorwand, ihm zu helfen. Am seltsamsten ist, daß ich in diesen Tagen nach der anstrengenden täglichen Arbeit einfach nur dableibe. Ich kann nicht anders, bin gefangen in der konzentrischen Kreisbewegung der Wellen, die von dem angespannten, inspirierten Körper meines Gefährten ausgehen. Ich spüre, daß ich mich nicht entfernen darf; eine Stimme ist da, sehr nah, sehr fern, und spricht zu uns bei-

den. Mein eigenes Zuhören erscheint mir unerläßlich, damit diese Stimme vollständig bleibt und vollständig verstanden wird. Trotzdem frage ich mich, ob in diesen Stunden der Rettung durch die Energie der Verzweiflung Haolang und ich genau das gleiche hören.
Allein schon an dieser Frage merke ich, wie unterschiedlich wir sind, wie sehr wir uns ergänzen. Haolang wird immer ein Mensch bleiben, der sich von der irdischsten Erde losreißt, geradlinig vorwärtsgeht und versucht, sich in die freie Luft der Höhen zu erheben, koste es, was es wolle, auch um den Preis, sich selbst und andere grausam zu verletzen. Ich dagegen werde immer ein Mensch sein, der von anderswoher kommt und ständig erschüttert ist über das, was die Erde ihm bietet. Wenn ich mir trotzdem die Fähigkeit zum Staunen und zum Wundern bewahrt habe, so deshalb, weil unaufhörlich eine weit zurückreichende Sehnsucht in mir anklingt und mich leitet, deren Ursprung ich nicht kenne. Die ergreifende Stimme, die uns jetzt in ihren Bann zieht, kann selbstverständlich von niemand anders kommen als von Yumei, die uns beide absolut geliebt und gerade unsere Unterschiedlichkeit und Komplementarität erkannt hat und darauf nicht verzichten mochte. Aber hören wir sie auf die gleiche Weise? Nehmen wir das gleiche auf? frage ich mich wieder. Wo Haolang vielleicht nur den Ruf eines einzigartig irdischen Wesens vernimmt, erzittere ich unter einem Klang von außerhalb der Welt.
Im tiefsten Inneren höre ich, wie sich in dumpfem Frühlingsdonner die geliebte Stimme mit lauter anderen vereint, die nicht müde geworden sind, ihre Wahrheit zu raunen. Stimmen, die zu einer einzigen werden, zur Stimme

der Frau, die in einem unbekannten Erdreich wurzelt, einem wahrhaft mythischen Grund. Verwirrt mich das Wort »mythisch« in diesem entscheidenden Moment des Zwiegesprächs? Nicht wirklich. Seit meinem Aufenthalt in Dunhuang und meinem Besuch auf dem Camposanto in Pisa, wo ich das Fresko *Triumph des Todes* gesehen habe, seit Yumei zu diesem inneren und zugleich unerreichbaren Teil unseres Wesens geworden ist, gelange ich immer mehr zu der Überzeugung, daß nur eine mythische Sicht es den Menschen ermöglichen würde, aufzunehmen, was sie nicht vollends auszusprechen vermögen. Wer von uns wollte behaupten, das wahre Leben umfassen zu können, zu wissen, wie tief seine Wurzeln reichen und wie weit es seine Äste ausstreckt? Kann man sich einbilden, man habe seine Schuldigkeit getan, wenn man nur Bruchstücke dessen, was man zu erleben und zu hören vermeinte, weitergegeben hat? Sobald ein Leben das Licht der Welt erblickt und seinen Schrei ausgestoßen hat, hallt es fort, von Echo zu Echo, folgt einem Ruf, der aus ihm kommt und unendlich über es hinausgeht. Wie läßt er sich ausdrücken, dieser Ruf? Gibt es eine klare, endgültige Formel dafür? Anstelle dessen, was sich nicht vollends sagen läßt, greift man notgedrungen auf die mythischen Gestalten zurück. Doch das Ziel der Suche, die Frau – oder muß man nicht eher vom Geheimnis des Weiblichen sprechen? –, diese durch und durch rätselhafte Präsenz, rätselhaft sogar für sie selbst, woher sie auch kommen mag, von der Füchsin oder von der weißen Schlange, aus der Wolke oder aus dem Lotus, wird sie jemals, in diesem oder in anderen Leben, bereit sein zu erstarren? Selbst wenn sie es wollte, es würde ihr nicht gelingen. Frau mit dem unvollendeten

Schicksal, ich werde dir folgen, wohin du auch gehst. Von Leben zu Leben zeichnen deine unsicheren Schritte den sichersten Weg. Ich vergesse nicht, daß mir seit meinem Aufenthalt im Zimmer der Erhängten, damals im Haus der Familie, diese Art der Wanderung vertraut ist und ich keinen Untergang zu fürchten habe.

»Es ist noch nicht zu spät. Kommt, wir unternehmen noch was!« Wie eine letzte Aufforderung klingt er mir in den Ohren, dieser muntere Satz, den Yumei gern am Ende des Tages sagte. Auch für mich, das weiß ich, ist jetzt der Moment des Ausbruchs gekommen. Aus der Tiefe beschämender Erniedrigung wird durch meine Hand etwas entstehen – ein Gesicht, das über alles geliebte Gesicht, so getreu und so anders wie möglich.

21

Yumeis Gesicht darzustellen: bin ich dazu überhaupt noch fähig? Bevor ich zum Stift greife, weiß ich schon, daß der Mangel an Mitteln und Möglichkeiten – seit meiner Rückkehr aus Frankreich habe ich kaum noch ein menschliches Gesicht gezeichnet – das Bild verderben wird, das ich Zug um Zug vor meinem geistigen Auge sehe, das sich aber verflüchtigt, sobald ich es festhalten will.

Das menschliche Gesicht. Einmal hatte ich den Drang verspürt, Véroniques Gesicht zu zeichnen. Es war im Birkenwäldchen hinter den Gemüsefeldern, wo Lao Dings Asche verstreut worden ist. Die zartgrünen oder blaßgrauen Blätter der Bäume glitzerten und raschelten im sanften Wind. Auf einmal wurde mein Blick von einem der schlanken Stämme angezogen. Die feinen Risse in seiner silbrigen Rinde ließen den Saft im Inneren erahnen. Plötzlich dachte ich an Véronique, dachte daran, wie sich jedesmal, wenn sie sich ohne Hast und falsche Scham entkleidete, ihr milchigweißer Körper vor meinen erstaunten Augen enthüllte. Heftiges Begehren durchströmte meinen eigenen Körper, der durch die jahrelangen Entbehrungen und die schlechte Ernährung geschwächt und ausgetrocknet war. Ich preßte mich gegen den Baum und rieb mich an dem weichen Stamm, solange ich konnte, bis sich mein spärlicher Same ergoß. Ich ließ mich am Fuß des Baumes auf das dünne Polster aus welkem Laub fallen und kam mir ziemlich lächerlich vor. Doch gleichzeitig stärkte mich der Gedanke, daß ich noch erbeben, daß der Lebenssaft noch in mir aufsteigen konnte. Am nächsten Tag ging ich wie ein Mörder, der an den Ort seines Verbrechens zurückkehrt, wieder in den Wald und strich eine Weile dort herum. Ich versuchte, meine Vision vom Vortag zu wiederholen und mir eine Frauengestalt vorzustellen, die zwischen den Bäumen erschiene. Doch es gelang mir nicht, die Gestalt Wirklichkeit werden zu lassen. So gab ich die Vorstellung einer menschlichen Anwesenheit auf und konzentrierte meine Aufmerksamkeit auf die Birke selbst und suchte dort, was meine Phantasie entzündet hatte. Daraus entstand ein Tuschebild mit wenigen behutsamen Farbakzenten. Es zeigt jene Birke in gebührendem Glanz und im Hintergrund noch eine andere. Habe ich alles gesagt, was ich dabei empfinde? Hatte denn van Gogh alles gesagt, wenn er eine Zypresse oder einen Olivenbaum malte?

Damit stehe ich wieder vor dem gleichen Dilemma wie in Italien. Die alten Chinesen vermieden es, das menschliche Gesicht darzustellen, und überließen es statt dessen der Landschaft oder den einzelnen Landschaftselementen – Baum, Fels, Quelle –, ihrer Innenwelt, ihrem spirituellen Streben wie ihrem sinnlichen Drang Ausdruck zu verleihen. Einen einzelnen Menschen zu malen, noch dazu eine Frau, einfach so, erschien ihnen immer etwas künstlich, ohne tieferen Sinn. Das Abendland mit seiner langen Tradition in der Darstellung der Frau, besonders in Gestalt der Heiligen Jungfrau mit all ihrer Symbolhaftigkeit, scheint damit weniger Probleme gehabt zu haben. Mit dem allgemein anerkannten Reichtum dieser Tradition im Rücken ist es dem Künstler möglich, die Züge eines geliebten und vertrauten Menschen festzuhalten, sie aber gleichzeitig durch idealisierende Überhöhung mit vielfacher Bedeutung auszustatten und damit über das Ziel eines einfachen Porträts hinauszugehen. So konnten ein Lippi oder ein Raffael die Madonna in Gestalt ihrer Liebsten oder ein Piero sie in Gestalt seiner Mutter malen.

Die Erinnerung an Piero drängt mich plötzlich, das Dilemma zu überwinden. Sie versetzt mich auf den lichtflimmernden Friedhof von Monterchi, in die winzige Kapelle mit den weißen Wänden, wo das kühle Dunkel nur durch die Gegenwart der Jungfrau mit dem ruhigen Gesicht erhellt wird, die unter ihrem weiten Rock das ganze lebendige Weltall austragen könnte. Da überkommt mich eine unbezwingliche Lust, ein Fresko von meiner persönlichen Heiligen Jungfrau zu schaffen, von meiner Schwester, meiner Mutter, meiner Geliebten, diesen Wesen, denen meine tiefste, meine einzige, meine nie erfüllte Sehnsucht gilt. Aber wann denn? Sofort! Aber wo denn? Nirgends, ach ... nirgends auf dieser enteigneten und überall bewachten Erde verfüge ich über irgendein offenes Viereck, in dem ich eine Spur hinterlassen könnte.

Ich teile Haolang meine Absicht mit, und er ist sofort hellauf begeistert. Obwohl wir wissen, daß es schwerlich möglich sein wird, irgend etwas ohne Wissen der Lagerführung zu verwirklichen, gehen wir suchend alle möglichen Orte durch: ein nicht mehr genutzter Schuppen, ein Felsen im Wald, die Grotten, von denen uns die Jäger erzählt haben. Wir sind schon drauf und dran aufzugeben, als uns die Idee kommt, mit dem Tischler zu reden. Dieser

Schutzengel aller Verdammten, die ein Würfelwurf des Schicksals in diese Gegend verschlagen hat, ist um einen Einfall nicht verlegen. Die beiden Besucher sehen, wie sich ein gutmütiges Lächeln über sein robustes Handwerkergesicht ausbreitet:

»Bei mir.«

»Bei dir? Wie denn das?«

»Kommt und seht euch meine Werkstatt an. Ich habe hinten noch einen Raum angebaut, um sie zu vergrößern. Dort im hinteren Teil will ich meine Bücher unterbringen und vorn meine großen Arbeitsgeräte und die fertigen Arbeiten abstellen. Ich brauche nur die beiden Teile durch eine mobile Wand zu trennen. Dann kannst du auf allen Wänden im hinteren Teil malen. Licht kommt durch ein kleines Fenster oben unter der Decke. Hinter der Trennwand kannst du in aller Ruhe arbeiten.«

Und um mich zu ermutigen, schlägt der Tischler mir sogar die passende Farbe vor. Er hat auch die erforderlichen Mittel, damit ich sie nach Belieben verdünnen kann.

Seit meinem Besuch bei dem Tischler bin ich ganz besessen von den drei weißen Wandflächen. Ich denke daran wie an eine vielversprechende Schatzhöhle; nur muß ich die Schätze selbst beisteuern. Eines Tages kommt mir die Erinnerung an die Mausoleen, die ich in Ravenna sah, insbesondere das der Galla Placidia, dessen Inneres ganz und gar mit Mosaiken ausgekleidet ist. Dunkelblau und Grüngold dominieren, und der geschlossene Raum leuchtet wie eine Sternennacht. Mehr braucht es nicht, um die Flamme des Schöpferischen endgültig in mir zu entzünden. Ich werde mir meine eigene mythische Behausung schaffen.

Gleichgültig, ob Grab, Kapelle oder eines Tages offene Ruine. Die Aussicht auf ein Wandgemälde an diesem geheimen Ort versetzt auch Haolang in Erregung, der mit seinem Schreiben schon weit vorangekommen ist. Aber er ist überzeugt, daß die durch meine Hand und meine Sensibilität entstehenden Bilder ihn inspirieren und ihn noch weiter treiben werden als seine eigene Vision.

Auch wenn das wachsame Auge der Parteikader dort nicht weniger präsent ist, erscheint uns das Dorf am Horizont wie das Gelobte Land. Wir wissen, daß ein Aufenthalt dort mit Teilnahme am Dorfleben einer besonderen Genehmigung bedarf. Um sicherzugehen, daß wir sie bekommen, warten wir die Zeit der Herbsternte ab, bis wir unseren Antrag stellen, und geben noch einen zusätzlichen Grund an: Wir wollen mit unserem Malen und Schreiben das Leben der Bauern darstellen.

Unterdessen widme ich mich mit Eifer den Entwurfszeichnungen für das Aquarell. Mit zahlreichen unterschiedlichen Skizzen verfolge ich die Natur bis in ihre verborgensten Winkel, bis in die Zwischenräume, wo die Elemente der Stein- und Pflanzenwelt vom Sichtbaren ins Unsichtbare übergehen und umgekehrt. Nach und nach beginnt sich in meiner Vorstellung über die Fragmente hinaus eine Gesamtvision des Freskos abzuzeichnen. Eine Vision, in der die Lebewesen, einschließlich einiger Tiere und Menschen, aus einem Hintergrund hervortreten, der durch die Farbtöne von Frühling und Herbst, Tag und Nacht bestimmt ist. Alles bleibt in der Schwebe zwischen wirklich und unwirklich, zwischen hingenommenem Geschehen und unverhofftem Ereignis. Die einzelnen Elemente der Komposition, jedes mit seinem Raum für sich, werden alle gemeinsam von ein und derselben Strömung getragen und fließen in einer zentralen Figur zusammen, die allen Widrigkeiten zum Trotz zum Knotenpunkt meines Lebens, zur Verkörperung meiner verworrensten Begierden, meiner verrücktesten Träume geworden ist – die Gestalt der Geliebten.

Doch sobald ich sie darzustellen versuche, diese doch so vertraute, so verinnerlichte, vielleicht zu vertraute und zu sehr verinnerlichte Gestalt, stelle ich ohnmächtig fest, daß sie sich nicht auf dem Papier festhalten läßt, oder vielmehr, daß ich sie nicht aufs Papier bannen kann, ohne sie zu verfälschen, ohne sie zu ersticken.

Eines Morgens habe ich den Mut, die Zeichnung hervorzuholen, die Yumei mir hinterlassen hat, als sie starb. Auf dem vergilbten, so lange Jahre zusammengefalteten Papier sind viele Züge verwischt, nur der Grundriß ist noch zu erkennen. Eine ovale Kontur, noch unbeholfen gezeichnet – doch wie genau, weil intensiv empfunden und liebevoll betrachtet, mit aller Zärtlichkeit, deren ich mit meinen siebzehn Jahren fähig war. Wie konnte dieses zarte Abbild so viele Fährnisse überstehen? Und doch hat Yumei damit verzweifelt ein Netz über den Abgrund des Erdenlebens gespannt. In der Andeutung lassen sich die Züge erahnen und berühren um so mehr, als sie ihre ganze Virtualität bewahren. Da begreife ich die Botschaft der Geliebten: Ich darf ihre Züge nicht erstarren lassen, darf sie nicht einsperren in einen einzigen Ausdruck, sondern muß ihr Gesicht und ihren Körper ganz schlicht, geradezu lakonisch darstellen, nur das unbedingt Notwendige, aber das unbedingt richtig, damit sie in ihrem Werden lebendig bleiben und – offen für den Atem, der sie trägt – alles in Erscheinung treten lassen, was gelebt und geträumt worden ist.

Endlich ist es soweit, die beiden Komplizen richten sich im Dorf ein. Haolang hat die schwierige Aufgabe, einige überzeugende Texte über das Leben der Bauern auszubrüten. Er bemüht sich, seine Seele nicht allzusehr zu verkaufen und die menschlichen Qualitäten zu entdecken, die in einem jeden verborgen sind. Mit seinem warmherzigen Wesen und seiner grundehrlichen Sympathie findet er sofort Kontakt zur Bevölkerung. Es ist auch nicht auszuschließen, daß er mit seinem Bronzekriegerkörper in den Träumen mancher junger Mädchen herumgeistert.

Mit Ausnahme einiger widerwärtiger, bornierter oder fanatischer Personen finden wir in der Bevölkerung den alten, uns wohlvertrauten erdverbundenen Menschenschlag wieder. Doch sind die Menschen hier sehr viel härter, denn die meisten sind nach Katastrophen in ihrer Heimatprovinz in diese extreme Gegend ausgewandert. Beim Malen ziehen mich am stärksten die Jüngsten und die Ältesten unter ihnen an. Viele junge Mädchen haben noch eine traumumwölkte Stirn; viele alte Frauen mit faltenzerfurchten Gesichtern sind in Widerstand und Resignation verstummt. Auf seiten der Männer haben die Jungen einen animalischen Instinkt und können kaum ihre wilde Kraft bezähmen, die sich in dieser Region mit ihrer vielfältigen Fauna – Vierfüßlern, Reptilien, Raubvögeln – ganz natürlich entwickelt. Mit einfachsten Mitteln – Stöcken, Spießen, Äxten, Steinen, Seilen und Haken – jagen sie zum Spaß oder um sich zu beweisen, und töten die Tiere, indem sie ihnen mit einem kurzen Hieb den Kopf abschlagen, ihnen knackend das Genick brechen oder

ihnen halb ängstlich, halb lustvoll die Augen ausstechen. Mit zunehmendem Alter ähneln sie dann immer mehr ihren Vätern und Großvätern, die mit ihrem langsamen Gang und ihren knotigen Gliedmaßen wie knorrige alte Baumstämme aussehen. Die Alten kennen das geduldige Wachstum der Pflanzen von der Wurzel tief im Boden bis zum Gipfel, der Sonne und Wind, Blitz und Frost ausgesetzt ist. Eine äußerste Zerbrechlichkeit, in der sich dennoch das Wunder des Lebens immer wieder erneuert. Bei allem Wissen um die todbringenden Katastrophen und Unwetter bewahren diese alten Bauern ihren Glauben und verwachsen Jahr um Jahr mehr mit der lebendigen Tonerde. Sie erinnern an die jüdischen Propheten, die trotz all der unbegreiflichen Prüfungen, die Gott ihnen auferlegt, ihm dennoch unvermindert die Treue halten.
Unter diesen Menschen also mache ich mich, hinter der Trennwand versteckt, vor den drei Wandflächen an das Werk meines Lebens.
Nach Überwindung der anfänglichen Hemmungen und mancher Ungeschicklichkeiten im Laufe der Ausführung spüre ich schließlich, daß die Arbeit gute Fortschritte macht und mir allmählich das Einverständnis der Götter oder Geister zugute kommt. Nach und nach entstehen die Formen, fast wie in meiner Vision, unter Wahrung all ihrer Wandlungsfähigkeit. Von meiner Arbeit absorbiert, vergesse ich fast die erstickende Hitze im Raum. Zu manchen Zeiten rinnt mir der Schweiß von Stirn und Rumpf, doch das kümmert mich nicht! Wenn nur das Werk vorankommt und Gestalt annimmt. Genügt es, daß ich einfach vertrauensvoll weitermache? Ich weiß durchaus, daß ich bei der Konzentration auf die unerläßlichen Details Gefahr

laufe, die Gesamtbewegung zu zerstören und damit die Einheit des Ganzen zu verfehlen. Bis zum Ende werde ich diese Spannung und die Angst, die mich peinigt, nicht los. Eines Tages betrete ich die geheime Grotte noch angespannter als sonst. An diesem Tag will ich rings um das Gesicht der Geliebten das besondere Blau auftragen, das ich endlich nach vielen Versuchen gefunden habe, jenes transparente, abgrundtiefe Blau, wie ich es sowohl in den Szenen der Anbetung Buddhas in Dunhuang als auch in den Gemälden von Simone Martini gesehen habe.

Bevor ich die Farbe auftrage, die mein Fresko krönen soll – eine beängstigender, aber entscheidender Akt –, zögere ich einen langen Augenblick. Dann verteile ich mit leicht zitternder Hand um Yumeis Gesicht das lange in meiner Vorstellung gereifte Blau. Durch einen Pinselstrich ist die blaue Fläche in der Mitte von einem tiefen Strich durchzogen – eine Sternschnuppe? eine sich aufschwingende Lerche? Ich wische ihn nicht weg. Ich setze den Pinsel ab, um mich etwas zu entspannen, mit der inneren Gewißheit, daß ich alles fest in der Hand habe. Yumeis doch nur angedeutetes Gesicht tritt eigentümlich klar hervor und wirkt wie aus Fleisch und Blut. Ein Gesicht mit präzisen Konturen und unbestimmten Zügen, zögernd zwischen Spur und Nicht-Spur, kaum Gesicht und zugleich mehr als Gesicht, denn es ist auch das Gesicht aller anderen, die sich instinktiv ihm zuwenden. Als zentrale Gestalt bildet Yumei den Knotenpunkt der Gesamtbewegung, zumal sie sich nicht aufdrängt, sondern jeden Moment verschwinden könnte. Völlig frei und beweglich, in keiner Weise erstarrt, bald ernst, bald lächelnd, je nachdem von Schmerz oder von Ekstase durchdrungen.

Für diesen Nachmittag ist eine politische Versammlung angesetzt, auf der der örtliche Parteisekretär den Arbeitsplan für die Herbsternte bekanntgeben soll. Haolang ist eine Stunde früher gekommen, um mich abzuholen. Als er die versteckte Höhle betritt, fällt ein Lichtstrahl von oben durch den Fensterladen herab wie ein Schwert, das einen Vorhang zerteilt. Haolang, der sonst spontan seine Eindrücke über die laufende Arbeit äußert, bleibt still im Dunkeln stehen. Endlich hat er fast den Gesamtanblick des Freskos vor Augen. Als er mit mir zusammen den Raum verläßt, sagt er nur, sichtlich bewegt: »Das ist es.«

22

Die Zeit wirken lassen; die Sache selbst wirken lassen. Ich kenne diesen alten Spruch. Früchte und Pflanzen nach der menschlichen Mühe ihrer Reifung überlassen; ein Handwerk oder eine akrobatische Technik, die man ausübt, auf den Körper einwirken lassen. Das Nichthandeln bedeutet nicht, nichts zu tun, sondern alles zu tun, was nötig ist, und dann nicht mehr einzugreifen. Oh, nicht eingreifen! Nicht mehr eingreifen! Ich schütze diese alte Weisheit vor, um wenigstens eine Zeitlang nicht mehr hingehen und das Resultat nicht ansehen zu müssen, aus Angst, enttäuscht zu sein und keinen Mut mehr zum Weitermachen zu haben. Meine Intuition, die der Freund mit seinem »Das ist es!« bestätigt hat, sagt mir, daß ich beim letzten Mal ein vielleicht prekäres, aber hinlängliches Gleichgewicht erreicht habe, auch wenn das Fresko noch nicht ganz vollendet ist. Die geringste Ungeschicklichkeit, das geringste Zuviel würde womöglich alles verderben.

Ich muß an die fette Reissuppe mit den acht Gemüsen denken, die meine Mutter so gut kochte und im Lauf der Zeit auch der Geliebten beibrachte, so ölig rund im Mund, so würzig im Geschmack! »Holzohren«, Feldgemüse, Bambussprossen, Chinakohl, Schnittlauch, Lotuswurzeln und Wassermaronen, alle Zutaten dieser Suppe verbinden sich zu einem harmonischen Ganzen, und trotzdem bewahrt jede ihren Eigengeschmack. Die ganze Kunst besteht darin, die Gemüse beim Kochen getrennt, jeweils zu einem ganz bestimmten Zeitpunkt zuzugeben und den Deckel des Tontopfs dann nicht mehr zu öffnen, auch nicht für eine Sekunde, bis zum Ende der Garzeit, die sehr kurz ist, aber weitergeht, wenn das Feuer aus ist. Voller Vertrauen zu diesen Gemüsen, die sich gegenseitig kennen und sich aufeinander abstimmen, läßt man sie, geschützt vor einem Eingreifen von außen, ihre Alchemie vollziehen. Diese nahrhafte Suppe, die das ganze Aroma des heimatlichen Bodens enthält, wurde mein Lieblingsgericht; sie besaß die Gabe, meinen Magen wie eine lindernde Salbe auszukleiden. Meine Mutter kochte sie mir, wenn ich krank oder in schwächlicher Verfassung war. Auch Yumei kochte sie, wann immer sie Zeit dazu fand. Erschöpft von meinem Ringen um das Fresko, denke ich mit Sehnsucht an diese Suppe. Zumal ich unbewußt die naive Vorstellung hege, ich könnte ebenso, wie ich beim Kochen die Methode des Nichteingreifens anwende, auch mein Fresko aus der Ferne dazu anregen, sich von selbst zu vollenden. Jedenfalls versuche ich, während ich mein Werk sich selbst überlasse, mit Haolangs Hilfe die Zutaten für die Suppe zu sammeln, um sie für die Bauernfamilie zu kochen, bei der wir wohnen, Bauern aus dem Norden, die dieses Gericht nicht kennen. Da nicht alle Gemüse in dieser Region wachsen, müssen wir auf Ersatz aus ihrer vielfältigen Pflanzenwelt zurückgreifen, die uns so viel Schweiß und Verletzungen gekostet hat, wenn es hieß, das Unkraut auszureißen und zu verbrennen, das Gemüse bei Wind und Wetter zu hegen und zu pflegen, die Reispflanzen zu pikieren, das Getreide Armvoll für Armvoll zu schneiden und Sack für Sack zu transportieren. Doch das lange Suchen in ihren duftenden Winkeln hat uns fast mit dieser Welt versöhnt. Unter so guten Voraussetzungen muß die Suppe einfach gelingen. Als schließlich der Dampf zwischen den gebräunten, zahnlosen Gesichtern aufsteigt, werden Begeisterung und Fröhlichkeit laut, wie schon lange nicht mehr.

Die bevorstehende Herbsternte erlaubt mir kein längeres Warten. Ich entschließe mich, mein Werk in Augenschein zu nehmen. Schon beim ersten Rundblick über die drei Wände habe ich die Gewißheit, daß ich nicht mehr daran rühren darf, sondern es so lassen muß, wie es ist, und daß das Unvollendete seine Form der Vollendung sein wird. Statt des Unbehagens und der Enttäuschung, auf die ich gefaßt war, verblüfft mich etwas sehr Einfaches, das von dem Fresko ausgeht, eine Bewegung, eine Ausstrahlung, die das übertrifft, was ich mir vorgestellt habe. Mir wird klar, daß ich während meiner Arbeit trotz aller Zweifel in einem begnadeten Zustand war. Und diesen Zustand werde ich nicht wieder erreichen.

Im Raum des Bildes scheinen die menschlichen Gestalten im Verein mit den Elementen der Natur in ihrer beseelten Haltung von einem rhythmischen Atem getragen und in einen imaginären Reigen hineingezogen, denselben Reigen, in dem auch die Jahreszeiten aufeinanderfolgen, Tag und Nacht miteinander wechseln und die Sterne im kreisenden Universum aneinander vorbeiziehen. Hier überwindet er die trennende Distanz zwischen den Menschen, die Mauern ihrer Schicksale und befreit sie aus dem Gefängnis irdischer Schwere.

Wie wirkt sich das von Haolangs Texten beeinflußte Fresko seinerseits auf die Arbeit des Dichters aus? Ich vermag es nicht zu sagen. Noch immer enthält Haolang mir die Lektüre seines Werkes vor. Immerhin nimmt er sein langes Gedicht mit neuem Eifer wieder vor, auf Kosten einer Reportage, die er für ein Lokalblatt schreiben soll. Nach diesem nochmaligen Versenken in sein eigenes Inneres legt er bereitwillig die Feder aus der Hand, denn auch er weiß, daß er seinem Gedicht die Zeit lassen muß, seinen unvollendeten Weg fortzusetzen. Dieses Gedicht, diese Suche – das steht für mich außer Zweifel –, hätte nicht den bis ins Unendliche nachklingenden Ton, gäbe es nicht im ganzen letzten Teil eine neue Dimension, die man nicht anders denn als mythisch bezeichnen kann.

Als die Erde die Sintflut aufgesogen
Trifft der Pfeil aus dem Regenbogen
die Hirschkuh mitten in die Stirn

Gefolgt von allen, auch dem Jüngsten
Erklimmt sie langsam die Mitte des Hügels
Reines Opfer: ein Springquell von Blut.

Welches Schicksal steht dem Fresko bevor? Wir werden es nicht mehr erfahren. Schon entzieht es sich unserem Zugriff, ja selbst unserem Blick. Nach unserem Fortgang aus dem Dorf hat der Tischler der Lust nicht widerstehen können, es heimlich einigen Dorfbewohnern zu zeigen, die nun sehr an dem Fresko hängen, weil sie sich darin wiedererkennen. Später wird die Existenz des Werkes unvermeidlich den Parteikadern angezeigt; immerhin haben sie nicht gewagt, es zu zerstören. Der Denunziant ist ein gehässiger Fanatiker, der uns nicht leiden kann und außer sich gerät, wenn seine Frau und seine Kinder gut über uns reden. Den beiden heimlichen Künstlern wird von der Lagerführung das Betreten des Dorfes untersagt.

23

In den Jahren der Hungersnot mußten wir ganze Morgen urbar gemachten Bodens aufgeben. Nun heißt es deshalb, mit allem von vorn anfangen. Schlimmer noch: für Heizung und anderen Bedarf wurde eine riesige Menge Bäume gefällt, ohne jede Wiederaufforstung. Bis die für die Forstwirtschaft Verantwortlichen die erforderlichen Arbeiten in die Wege leiten, wird in Absprache mit ihnen von unserem Lager eine Expedition organisiert, um den noch unberührten Teil des Hochgebirges zu erkunden, und zwar ausnahmsweise schon im Herbst, während man gewöhnlich für das Holzfällen in den Bergen den Winter abwartet. Die schrecklichen Lebens- und Arbeitsbedingungen sind dabei kein Hinderungsgrund. Der Winter ist die einzige Zeit, in der wir frei sind. Ein weiterer Vorteil: man kann für den Holztransport Ochsen- und Pferdeschlitten benutzen.

Ein Aufklärungstrupp von rund zwanzig Mann wird zusammengestellt. Er hat den Auftrag, ein Basislager zu errichten und alles vorzubereiten – Zelte, Feuerung, Küche, Gelände für Holzdepots –, was für die Aufnahme der restlichen Truppe erforderlich ist, die kurz vor dem Winter nachkommen wird. Und er soll auch sofort mit den Holzarbeiten beginnen. Zum Truppführer wird, wie fast zu erwarten, Haolang ausersehen. Mit seiner natürlichen Autorität und Redlichkeit genießt er das Vertrauen der Führung. Und unbestreitbar ist er einer der Erfahrensten. Hat er doch sein erstes Jahr im Hohen Norden ganz im Gebirge verbracht, mit Holzsägen und Steineschlagen im Steinbruch, mit den Arbeiten also, die als die schwersten gelten. Außerdem ist er bekanntlich ein ausgezeichneter Jäger, und das ist unerläßlich, um dort oben zu überleben. Ich soll eigentlich nicht dabeisein, weil ich es körperlich nicht durchhalten würde. Doch auf meine Bitte hin werde ich der kleinen Gruppe zugeteilt, die sich um die Lagerverwaltung kümmern soll: Zubereitung der Mahlzeiten, Wasserversorgung, Wartung der Zelte. Aufgaben, die, wie ich später am eigenen Leibe erfahre, nicht weniger hart sind. Bewahrheiten wird sich auch die im Hohen Norden kursierende Redensart: »Es gibt nur unterschiedliche Arbeiten; es gibt keine, bei der man sich nicht zu Tode schuftet.« Von dem Moment an, als der Lastwagen die Gruppe mitten im Gebirge absetzt, muß der kleine Verwalter, bis die Traktoren mit allem notwendigen Material eintreffen, mit den gleichen Schwierigkeiten fertig werden wie seine Gefährten: Auch er muß sich mit Axtschlägen einen schmalen Weg durch den Urwald bahnen, den plötzlichen Angriff riesiger Mücken und nicht weniger großer Ameisen ertragen, sich vor Schlangen und herumstreunenden Wölfen in acht nehmen, tagsüber kalt essen und trinken und abends mit schmerzendem Körper und letzter Kraft behelfsmäßige Zelte aufbauen ... Als dann die Basis steht, muß er sich wie die anderen an das primitive Leben anpassen und in die Haut eines Wilden schlüpfen, sich Bart und Haare wachsen lassen, sich nackt im Zelt bewegen, wenn das Feuer brennt, sich ganze Tage lang dem Regen aussetzen, Schlammwasser trinken, das nach verrotteten Zweigen schmeckt, Vögel und andere Tiere rupfen und zerlegen, deren Blut noch warm ist … Und schließlich als Ersatz für zwei schwerverletzte Kameraden beim Zersägen der gefällten Bäume mithelfen.

Es könnte ein zwangloses Leben sein, doch tatsächlich ist es voller Zwänge. Als Chef sieht sich Haolang genötigt, so sehr es ihm auch widerstrebt, von der Gruppe Disziplin zu fordern. Noch vor dem Winter müssen die festgelegten Mengen erreicht werden. Man fängt morgens früh an und hört erst spät am Abend auf. Da ist es um diese Jahreszeit schon kalt. Das Essen und eine kurze Mittagspause sind die einzigen Unterbrechungen im Tagesablauf. Ein hartes, dreckiges Leben, das aber in den Augen dieser Zwangsarbeiter immerhin den Vorteil hat, ihnen eine Abwechslung zur Feldarbeit zu bieten. Viele wünschen sich sogar, daß ihr Aufenthalt sich so lange wie möglich hinzieht. Unbewußt setzen auch sie Vertrauen in die Berge, wie es die alten Chinesen von jeher getan haben. Es war die einzige Zuflucht vor der Tyrannei der Kaiserherrschaft oder der sozialen Zwänge; dort konnten die Einsiedler eine Bleibe finden, bestärkt durch ihre Vorstellung von den Bergen als dem Ort der Begegnung zwischen dem Atem des Himmels und dem der Erde.

Im Lauf der Zeit wächst die Gruppe aus politischen und gewöhnlichen Strafgefangenen ohne große Reibereien zusammen. Das störendste Element ist Yang der Sechste, ein ehemaliger Soldat, der dort die Strafe für seine Taten – Diebstahl und Vergewaltigung – abbüßt. Als jähzorniger Gewaltmensch akzeptiert er Haolangs Autorität nicht und legt sich häufig mit ihm und den anderen an. Die gewöhnlichen Strafgefangenen, die anfangs dazu neigten, sich ihm anzuschließen, haben sich von ihm abgewandt. »Mutterficker«, »Sohn einer Schildkröte« ... Mit solchen Ausdrücken, die er bei jeder Gelegenheit losläßt, meint der ehemalige Soldat, seine Überlegenheit zu demonstrieren. Eines Tages, als er schlecht gelaunt ist, stapelt er absichtlich Knüppelholz quer, so daß es allen im Wege ist. Schimpfereien zwischen ihm und den anderen; Haolang greift ein.

»Leg die Knüppel dahin, wo sie hingehören, und gib bitte Ruhe.«

»Ich scheiß auf die Ruhe, du Hurensohn!«

»Genosse, in der neuen Gesellschaft sind solche schmutzigen Ausdrücke nicht mehr üblich.«

»Neue Gesellschaft, neue Gesellschaft! Die haben wir geschaffen, wir, die harten Burschen! Wir haben sie erkämpft mit unseren beschissenen Gewehren. Sie gehört uns, die neue Gesellschaft!«

»Im Moment bin ich der Chef. Ich verbiete dir, in meiner Gegenwart solche Ausdrücke zu benutzen!«

»Du willst mir was verbieten? Paß bloß auf, du Sohn einer Schildkröte! Ich werd' dir zeigen, ob ich mir was verbieten lasse!«

Mit einem Fußtritt stößt er den Holzstapel neben sich um, hebt eine dicke Astgabel auf und schwenkt sie drohend in der Luft.

»Wirf das weg!« sagt Haolang. »Wenn du ein Mann bist, kämpf mit bloßen Händen!«

Die beiden Männer packen sich und dreschen aufeinander ein. Es hagelt kurze, harte Schläge. Haolang zielt genauer,

auf Stirn, Schultern und Brust seines Gegners. Trotz des langen Zwangsarbeiterlebens haben seine Fäuste nichts an Kraft verloren; die ganze unterdrückte Wut steigert eher noch ihre Präzision. Vor aller Augen wird der andere daran gehindert, zu Tiefschlägen in den Unterleib auszuholen, was seine Spezialität ist. Haolang will gerade aufhören, als ein Fußtritt ihn am Kinn trifft. Er blutet aus dem Mund. Sein unsicherer Gegenschlag hat einen weiteren Fußtritt zur Folge. Diesmal paßt er besser auf und schafft es, Yang den Sechsten am Bein zu packen. Er stößt ihn mit aller Kraft zurück. Yang fällt hintenüber und landet weiter weg auf dem Boden, sein linker Arm ist blutig zerschrammt. Haolang geht zu ihm, reicht ihm die Hand.
»Na komm, diesmal hab ich gewonnen. Das nächste Mal gewinnst du vielleicht.« Der Besiegte kann die Hand nicht verweigern. Er steht auf, ringt nach Fassung und stottert:
»Ja, das nächste Mal ...«
»Na schön! Na schön! Jetzt trinken wir einen!« Der ehemalige Schauspieler, immer gut aufgelegt, eilt ins Zelt und kommt mit einer Flasche Alkohol und Hasenkeulen wieder heraus. Im Gebirge, wo sie nicht der stählernen Disziplin unterworfen sind, lassen die Männer ihrem Gewaltbedürfnis freien Lauf. Hinterher erleben sie etwas einfältig, wie sich ihr Gebrüll in Gelächter verwandelt. Nur die Bäume ringsum bewahren ihr Schweigen und erzittern kaum bei den launischen Spielen der Männer.
Bei schönem Wetter gehen die einen nach der Arbeit mit ihren zerschrammten und zerstochenen Körpern zu einer Grotte und holen Wasser, andere sind rund ums Feuer mit Kochen beschäftigt. Wieder andere verkriechen sich einfach in einen hohlen Baum und schauen in der Ferne der

Sonne zu, die, zwischen Himmel und Erde schwebend, noch einen Augenblick mit dem Dunst spielt, bevor sie untergeht. Nur der stille Flug von Adlern oder Krähen durchzieht noch die Luft dort oben. Man wird so sehr zum Bergbewohner, daß man sich kein anderes Leben mehr vorstellen kann. Eines Abends beginnt Haolang in gelöster Stimmung ein Gedicht zu rezitieren und dann im Sprechgesang vorzutragen – ein Gedicht von Wang Wei:

Seit meinen Dreißigern bin ich ein Freund des Tao,
Nun steht mein Alterssitz am Rand des Südgebirges.
Kommt es mich an, dann ziehe ich allein von dannen,
Da gibt es manches Wunder, von dem ich selbst nur weiß.

Ich geh und lange an, wo die Wasser versiegen,
Sitze und schaue, wie die Wolken aufsteigen.
Manchmal begegnet mir ein Alter aus dem Wald,
Wir schwatzen, lachen, wollen gar nicht heimkehren.

Auf diesen Sprechgesang folgt langes Schweigen. Das Gedicht, dessen Inhalt Ausdruck einer so fragwürdigen Ideologie ist, daß sich im Lager keiner trauen würde, es aufzusagen, wird schnell zur Hymne des Trupps. Oft bitten die Männer den Dichter, es noch einmal vorzutragen, wie Kinder, die vor dem Einschlafen nach einem Schlaflied verlangen.

24

Die Tage verstreichen. Immer mehr von Schmerzen und Erschöpfung geplagt, bemerken die Gelegenheitsholzfäller nicht, wie sich das Wetter verändert. Eines Morgens erwache ich unter dem Zelt in der Kälte des Nordwinds, der von dieser Jahreszeit an auf der Höhe zu wehen beginnt. In den Duft von Rauhreif und zersägtem Holz mischt sich ein ferner, seit langem vergessener und doch zutiefst vertrauter Geruch, der unerklärliche Geruch einer gewaltigen Anwesenheit. Auch für Haolang, den Mann aus dem Norden, der seine Kindheit in Harbin verbracht hat, gibt es keinen Zweifel. Fast gleichzeitig sagen wir: »Es riecht nach Fluß!«

Die Sache ist zu aufregend, als daß wir nicht versuchen würden, eine Erklärung dafür zu finden. Wir müssen unbedingt auf den Berg hinaufsteigen, um zu sehen, was sich dahinter verbirgt. Nachdem Haolang in zweitägiger Vorbereitung die notwendigen Werkzeuge zusammengesucht hat, machen wir uns an den mühsamen Aufstieg durch Dornen und Gestrüpp, der noch zusätzlich dadurch erschwert wird, daß wir nur zu zweit sind und ich nicht immer wirksame Hilfe leisten kann. Unter dem Vorwand, er wolle das Gebiet nach Möglichkeiten für weiteren Holzeinschlag erkunden, hat Haolang vor unserem Aufbruch

einem der Männer die Verantwortung für die Einheit übergeben.
Ausgestattet mit ein paar Lebensmitteln für den Fall, daß wir uns verirren, sind wir noch vor dem Morgengrauen aufgebrochen und erreichen, nachdem wir uns acht, neun Stunden lang hartnäckig durchgekämpft haben, erschöpft den Gipfel. Als wir auf einem riesigen, von wilder Vegetation umwucherten Felsen stehen, stellen wir entmutigt fest, daß sich weiter weg, allerdings weniger hoch, noch ein Berg erhebt. Der Tag ist schon weit fortgeschritten, es ist fast drei Uhr nachmittags, wir zögern lange, ob wir ins Basislager zurückkehren oder uns weiter vorwagen sollen. Wir sitzen noch auf dem Felsen, als wir nach längerem Beobachten unten am Südhang des anderen Berges eine winzige Hütte entdecken. Sie zieht uns an wie ein blauer Schatten am Horizont einer Wüste. Wir müssen dorthin! Mit der Entscheidung, weiterzugehen, nehmen wir in Kauf, daß man sich im Lager Sorgen um uns macht, und setzen uns außerdem späteren Vorwürfen und Schikanen aus. Yang der Sechste oder ein anderer wird es sich nicht entgehen lassen, uns zu denunzieren. Wir scheren uns nicht darum. Nachdem wir so oft für ein Ja oder ein Nein einen Verweis bekommen haben, sind wir daran gewöhnt und abgehärtet. Wie alle Lagerhäftlinge kennen wir den Spruch: »Schlimmer als es ist, kann es nicht werden.«
Ein kurzer Gedanke an das Biwak, und schon sind wir unterwegs ins tiefe Tal. Der Abstieg ist kaum weniger anstrengend als der Aufstieg am Morgen. Wir entfernen Gebüsch, klammern uns fest, rutschen ab und durchmessen mit unseren armen Körpern den endlosen Hang, der auf dieser Seite noch steiler abfällt. Die körperliche Strapaze

geht mit der Furcht vor dem Verbotenen und Unbekannten einher. Die Sonne scheint sich eilig zurückziehen zu wollen, wie ein Diener, der angesichts der zornigen Miene seiner Herrschaft unter Verbeugungen zurückweicht: Die stolzen Berge, die um diese Zeit ihr Schäferstündchen haben, dulden ungern fremde Eindringlinge.

Im Dunkeln erreichen wir endlich die Hütte. Wie zwei Klumpen fallen wir auf die beiden Pritschen. Zugedeckt mit Tierfellen, die an der Wand hingen, verbringen wir die Nacht in der relativen Milde am Südhang des anderen Berges.

Trotz der Erschöpfung meines Körpers kommt mein Geist noch lange nicht zur Ruhe. Kurz nach Mitternacht vernehme ich den Ruf der Nacht. Wache ich? Träume ich? Das ist ohne Bedeutung. In der Tiefe der Nacht ist alles ununterschieden miteinander verbunden. Die Nacht ist meine Muttererde, meine Wiege. Ihren sanften, zu Herzen gehenden Ruf habe ich mein Leben lang immer wieder vernommen. Seit jener Nacht mit dem Schrei, als die Frau die Seele ihres Verstorbenen rief; in der Nacht mit meinem Vater oben im Lu-Gebirge; in der Nacht, als ich die Geliebte nach ihrem Reinigungsbad heimlich im Schlaf betrachtete; dann in der Sternennacht auf dem Weg nach Dunhuang; in der Nacht in Assisi, als ich, völlig zerschlagen und in tiefster Verlassenheit, aber erfüllt von irdischer Schönheit, einen Moment lang auf der warmen, vom Mondschein kaum abgekühlten Steinmauer eingeschlafen war; und in der Nacht des Feuers, als ich den Freund, mit dem Tode kämpfend, auf einer Bahre unter den Verletzten fand.

Eine Öffnung in der Wand dient als Fenster. Hin und wie-

der streift der Schrei eines Nachtvogels vorbei. Hoch oben leuchten und flackern einige Sterne. Näher und näher kommend erhellen sie das transparente Schwarzblau des Ursprungs und kündigen mir die Gegenwart einer Riesin mit einem Körper aus Sandelholz und Myrrhe an. Instinktiv geht mein eigener Körper weit auf, um in heiligem Schrecken und reiner Innigkeit zugleich diesen anderen Körper aufzunehmen, der von meinem Besitz ergreift. In langen Zügen trinke ich die Milch, die der urmütterlichen Brust entströmt.
Schließlich sinke ich von neuem in Schlaf und wache erst einige Stunden später wieder auf. Bei meinem leichten Schlaf ist es an mir, Haolang aus seinem Tiefschlaf zu holen. Das war schon in der Schulzeit meine Rolle und auch während unserer Wanderung durch Sichuan, wenn wir vor dem Morgengrauen aufbrechen wollten. Ob es heiß war oder kalt, ob wir von Flöhen oder Läusen zerbissen wurden, Haolang schlief immer wie ein Murmeltier, unerschütterlich wie eine Statue. Stück für Stück muß ich seinen Körper aus der Versenkung hochziehen, in der er verschwunden ist.
Als wir schließlich stehen, reiben und klopfen wir uns, um uns zu wärmen. Danach schlingen wir einige *mantou* mit ein wenig Tee hinunter, der in der Thermoskanne noch lauwarm geblieben ist.
Die Ersteigung des zweiten Berges erweist sich als weniger schwierig, weil von der Hütte, wenn auch von Dornen und Unkraut überwuchert, ein Pfad hinaufführt. Erleichtert erreichen wir am nicht allzu späten Vormittag den Kamm. Ein Blick – und erneute Enttäuschung. Nicht, weil uns aus der Ferne ein dritter Berg ins Gesicht gelacht hätte. Nein,

schlimmer noch: nichts ist zu sehen. Nichts als ein weißlicher Raum. Dunst? Nebel? Rauch? Eine Mischung aus ungreifbaren, kaum noch irdischen Substanzen. Doch in dem kalten Wind auf einer kleinen Anhöhe ist jeder Zweifel ausgeschlossen: Wir sind auf Erden. Und dann der Geruch, der aus dem Erdinnern oder aus der Tiefe unserer Erinnerung aufsteigt und uns mit jedem Windstoß entgegenschlägt. Es riecht wie Laub vor dem Gewitter, wie wenn der aufgeplatzte Boden den Regen trinkt, wie feuchtes Haar oder trocknende Wäsche, es riecht nach der so vertrauten sinnlichen Gegenwart. Wir sitzen da, wie zwei Witwen, die vor lauter Warten zu Statuen versteinert sind.

Das Heulen einer Sirene mitten in der trüben Undurchsichtigkeit läßt uns hochfahren. Dieses Heulen hat einst sowohl das Kind aus Harbin, der Stadt am Fluß Songhua, als auch das Kind aus dem Lu-Gebirge am Jangtse in Unruhe versetzt und uns beide später im Hafen von Chongqing erregt. Dieser durchdringende Ton, der nur langsam verhallt, ruft einen anderen Grundton hervor, das Rauschen des breiten Stroms, der so allgegenwärtig und so sehr in der duftigen Atmosphäre aufgelöst ist, daß man es zuerst gar nicht hört, wie man auch den Atem einer Frau, die neben einem schläft, nicht wahrnimmt, so sehr ist ihr Atem die Luft, die man atmet.

Jetzt brauchen wir nur noch zu warten. Warten, bis der Wind den Nebel aufreißt und der Fluß offen vor uns liegt. Nicht irgendein Fluß, sondern der Schwarze Drache! Der Fluß Amur. Für diesen Augenblick lohnt es sich, gelebt zu haben, lohnt es sich, ein Leben lang geträumt zu haben, auch wenn man nicht einmal im Traum an eine solche Begegnung zu denken gewagt hätte.

Zwei einsame Menschen, verloren und verzweifelt, am Ende der Welt, am Rande des Himmels, auf dieser namenlosen Höhe, in dieser namenlosen Stunde. »Dahinten, der Fluß! Der Fluß, dahinten!« rufen sie gleichzeitig, ohne auch nur einen einzigen Ton von sich zu geben. Ist es Wirklichkeit, was sie dort sehen? Sind sie denn selbst wirklich? Oder sind sie in einem Zustand des Irreseins, wie uralte Menschen, wenn sie ihr Gedächtnis verlieren und dabei die ganze Gegenwart vergessen und in einer fernen Vergangenheit leben? In jenem Moment ihrer Vergangenheit, als sie im warmen Tonerdeland Sichuan mitten in der Kriegszeit Tolstoi, Dostojewski und andere lasen und intensiv versuchten, sich das ferne Sibirien vorzustellen ... Doch das Bild des Flusses wird deutlicher. Ein Schiff taucht auf, ein Signalhorn ertönt; Möwen fliegen in Scharen über den Fluß; die breite tintenfarbene Strömung treibt nach Osten; am anderen Ufer erkennt der weiter und weiter schweifende Blick vereinzelte Holzhäuser, eine russische Holzkirche, die in die Höhe strebt, als wollte sie sich besser bemerkbar machen; weiter hinten graubraune Aufwölbungen, mit einigen Flecken alten oder neuen Eises hier und da, zwischen denen sich ein Wachposten erhebt ...

Müßte unser erster Impuls nicht sein – wie damals bei unserer Wanderung durch Sichuan –, ohne Rücksicht auf alle Hindernisse hinunterzulaufen, Kopf und Hände ins Flußwasser zu tauchen und – warum nicht? – hineinzuspringen oder gar hinüberzuschwimmen? Fasziniert uns nicht immer die andere Seite? Zumal diese »andere Seite« diesmal nichts Geringeres ist als der Traum unserer Jugend. Doch wir rühren uns nicht. Diesmal ist unsere Zeit knapp bemessen. In der beißenden Kälte, die mit dem Wind heranweht, verharren wir regungslos auf dem reifüberzogenen Gipfel. Wir rühren uns nicht, denn wir wissen, es kommt darauf an, das Bild zu bewahren, und damit müssen wir es genug sein lassen. Ja, einen Schritt weniger, und wir hätten nichts gesehen. Jetzt auf dem Gipfel ist uns dieser Anblick vergönnt, und damit schließt sich der Kreis zum Anfangsbild unseres Lebens.

Wie viele Schicksalsschläge, wieviel Leid und Unglück mußten wir erleben, damit wir, ohne es zu wissen, bis ans Ende getrieben wurden und an diesen äußersten Rand gelangten! Wir, die beiden Verdammten, treffen hier mit allen Verdammten der Erde zusammen. Diesseits und jenseits des Amur – eines der Versuchsgelände für den Geist des Bösen – sind die Erniedrigten und Beleidigten auf dem tiefsten Punkt der menschlichen Hölle angekommen. Hier stehen wir an den Grenzen der Erde, nicht am Nordpol, sondern am Pol des menschlichen Leidens, wo das Leiden jedes einzelnen in das universelle Leiden mündet. Überflüssig, noch weiterzugehen. Von Fluß zu Fluß bis zu diesem letzten Fluß schließt sich, dessen sind wir gewiß, der Kreis unseres Schicksals.

Der große Kreis ist unsere Sache nicht mehr. Schweiß, Blut und Tränen und die anderen menschlichen Absonderungen, die von ihrem Ursprung an diese Flüsse speisen – werden sie verdunsten und als Wolken aufsteigen? Werden sie nach ihrer luftigen Existenz wieder als Regen herunterfallen und eine andere Erde fruchtbar machen? Und werden nach ihrem Beispiel auch die schweifenden, flatternden und versprengten Seelen endlich zurückfinden und sich wieder mit dem Körper vereinen? Und alles Fortgehen und Verschwinden – erzwungen oder erwünscht, in Kummer oder Fröhlichkeit, überstürzt nach einem harten Schlag oder verzögert durch eine liebe Hand, in ganzen Gruppen im schändlichen Rauch oder einzeln im schäbigen Verließ – wird es, vom strömenden Atem getragen, trotz alledem in die Große Rückkehr einmünden?

Vorerst müssen wir schnellstens ins Basislager zurück, um für den Empfang der Truppe bereit zu sein, die bald aus dem Lager eintreffen wird, zusammen mit dem ersten Schnee und allen unabsehbaren Folgen.

25

Immer wieder das Erstaunen, noch dazusein. Aber wo sind wir, an welchem Ort? Stecken wir bis zum Hals in der Wirklichkeit? Oder schweben wir in einer ganz und gar unwirklichen Sphäre? Es gibt die materielle Welt, dickköpfig, zäh und wild wie ein Keiler, eine durch das Gesetz der Menschen und durch das Klima regierte Welt, die uns pausenlos zum Kämpfen zwingt. Es gibt den Körper, der nach Mist und Erbrochenem von Tieren stinkt, zerbissen und zerstochen von Blutsaugern, Bremsen und Riesenmoskitos, von Entkräftung und Kälte zermürbt bis ins Mark. Irgend etwas muß mit ihm doch am Ende geschehen, mit diesem endgültig zerrütteten, schmerzgepeinigten Körper, solange noch ein Rest von Geist oder Atem in ihm lebendig ist. Und es geschieht auch tatsächlich etwas. Beim leisesten günstigen Windhauch steigt ein leichter Dunst vom Wipfel der bis in die Wurzeln vereisten Bäume auf, so leicht wie die Rauchspiralen eines Räucherstäbchens.

Können wir am Ende von allem, am Rande von allem, wie dieser Hohe Norden am Rande Chinas, nicht auch, solange wir den Ruf noch hören, hier und jetzt ein für allemal aus der schrecklichen Wirklichkeit hinübergehen ins Undenkbare, das tatsächlich wirklicher ist als die Wirklichkeit?

Den beiden Verdammten ist es vergönnt, einen Zustand zu erleben, den sie nicht zu bezeichnen wüßten, denn sie haben ihn nicht gesucht. Es ist ein Zustand zwischen Schlafen und Wachen wie nach der Liebe, wenn der entleerte Körper sich fallen läßt. Ein Zustand, der nichts Irdisches mehr an sich zu haben scheint. Ein Zustand der Leere, wo man fast die Gewißheit hat, nichts ist zu Ende geführt, und doch ist alles vollendet. Der Atem strömt weiter in einem Raum ohne Schranken, und wenn die Stufen der Zeit überwunden sind, ist alles, was man begehrt hat, wieder vereint, in einem Maße vereint, daß alles Verlangen, alles Erwarten hinfällig wird. Dann und wann ziehen noch Gestade des Bedauerns und der Sehnsucht vorüber. Doch läßt man sich auf sie ein, gerät man mitten hinein in eine Gegenwart. Eine Gegenwart, so greifbar wie Licht oder Wasser. Warm in sie eingehüllt, sieht man sie nicht mehr. Man ist Teil von ihr. Sie ist da, du bist da, ich bin da, ungeteilte, unablässig sprudelnde Mitte. Drei in einem. Eins in dreien. »Yumei-Haolang-Tianyi«; »Tianyi-Yumei-Haolang«; »Haolang-Tianyi-Yumei«. Echos der Lerche im Wasserfall. Flamme der Lerche im Rauch. Was denn? Wo denn? Hier! hier! hier! Endlich vereint. Endlich eins ...

Den beiden Freunden ist es vergönnt, die namenlose Glückseligkeit zu erleben. Eine Zeitlang oder für immer sind sie zu Wesen geworden, die sich, wie die Taoisten sagen, »von Wolken nähren und zwischen Nebeln schlafen«.

26

Tiefer, viel tiefer, unterhalb der Sphäre der Zeitlosigkeit, ziehen dunkle Wolken über der Welt auf, ohne daß die beiden Glücklichen sie kommen sehen.

1966 wird China in eine Umwälzung von unvergleichlichem Ausmaß gestürzt. Und zwar durch die Rückkehr des Mannes, der sein Leben lang das Schicksal einiger hundert Millionen Menschen in seiner Gewalt gehabt hat und sich ein Leben ohne diese Macht nicht mehr vorstellen kann. Nach der großen Hungersnot hatten die wichtigsten Parteiführer es mit der Angst bekommen, und es war ihnen gelungen, ihn aus den Entscheidungszentren zu entfernen, indem sie ihm höchst ehrenvolle Titel verliehen, ohne daß wirkliche Macht damit verbunden war. Inzwischen hat er Zeit gehabt, über den Gang der Geschichte und seine eigenen Überzeugungen nachzudenken, und kehrt nun zurück, als vertraute und neue Gestalt zugleich. Man hat allen Grund anzunehmen, er habe eine tiefgreifende Wende vollzogen. Diese Annahme ist nicht aus der Luft gegriffen. Spricht der Mann nicht im Zusammenhang mit der neuesten Aktion von einer radikalen Revolution der menschlichen Kultur? Wie heilsam könnte sie sein, diese Kulturrevolution, wenn es denn wirklich eine wäre! Ist es nicht genau das, worauf die Welt wartet? Diese

Welt, die hier an arrogantem Reichtum, dort an unerträglicher Armut erstickt? Allen, die aus ethischen Gründen daran geglaubt haben, gereicht es zur Ehre, daß sie sich ihr angeschlossen haben. Doch ein so umfassender Traum liegt offenbar noch nicht im Bereich des Menschenmöglichen. Im Lauf der Zeit entartet die Realität und erweist sich als eine andere. Über zehn Jahre hin erleben wir in Form gnadenloser Kämpfe eine tragische Rückeroberung der Macht. Unter systematischer Ausnutzung der niederen, grausamen Instinkte reißt sie das ganze Land mit in den Wahn, fordert mehrere Millionen Opfer und endet erst mit dem Tod ihres Initiators.

Dieser hat zunächst eine Aktion in großem Maßstab, aber von begrenzter Dauer im Auge gehabt. Er hat nicht vorhergesehen, daß das damit in Gang gesetzte Räderwerk seiner Kontrolle entgleiten könnte und seine Aktion in dieser noch in feudalen Traditionen verankerten Gesellschaft alle lauernden Dämonen der Willkür und der Spaltung wachrufen würde. Nach seinem anfänglichen Plan sichert er sich also zunächst die heimliche Unterstützung eines Teils der Armee durch die Person des kommandierenden Generals. Vordergründig handelt er durch die Roten Garden, die aus allen Jugendlichen ab fünfzehn, sechzehn Jahren bestehen. Sie unterbrechen ihre Ausbildung und sehen sich von heute auf morgen berechtigt, alles umzustürzen. Fassungslos über die unvorstellbare Erlaubnis, sind diese Jugendlichen außer sich vor Freude, weil sie alle niedermachen dürfen, deren Köpfe ihnen nicht passen, vor allem ihre unmittelbaren Herren, die unerträglichen Aufseher und Prüfer. In großen Scharen reisen sie in Sonderzügen und werden überall wie neue

Eroberer empfangen. Mit roten Abzeichen und Slogans ausgestattet, machen sie sich keine Mühe, die Geschichte oder die reale Situation kennenzulernen, und verwüsten auf ihrem Durchzug alles, selbst die Schätze der Vergangenheit. Sie werfen sich zum Richter auf und maßen sich das Recht maßloser Bestrafung an; sie zerschlagen einem bedeutenden Pianisten die Hand, weil er sich des Vergehens schuldig gemacht hat, nur westliche Musik zu spielen; sie brechen einem alten Revolutionär sein kriegsverletztes Bein … Andere wiederum treiben sie zum Selbstmord. Im Zug dieser Aktionen tut sich eine ganze Rotte von selbsternannten Richtern und kleinen Anführern hervor, deren Treiben allerdings immer nur von kurzer Dauer ist. Denn in Wirklichkeit werden sie durch verborgene Mächtige von oben gelenkt und gesteuert. Die wiederum beziehen sich auf den Führer, der die Situation im Griff zu behalten versucht. Wenn eine Fraktion zu mächtig wird, verpaßt man ihr einen Dämpfer, indem man eine andere gegen sie ausspielt. Je mehr Fraktionen sich herausbilden, desto mehr werden sie durch Rivalitäten und Konflikte dazu gebracht, sich gegenseitig aufzureiben und massiv zu eliminieren. Unzählige andere Jugendliche füllen die Arbeitslager in entlegenen Regionen, auch im Hohen Norden. So werden zerbrechliche und manipulierbare junge Menschen mit anfangs reinen Idealen sinnlosen Kämpfen ausgesetzt und geopfert, noch bevor sie das Erwachsenenalter erreichen.

Aus der strategischen Sicht des Mannes, der sein dialektisches Genie zu Hilfe nehmen muß, trifft das, was für die Roten Garden gilt, auch auf höherer Ebene zu. Der Armeeführer, mit dem er paktiert hat, wird so mächtig, daß er die Macht an sich zu reißen droht. Eine andere Gruppierung muß also her, um ihn entmachten zu helfen. Das geschieht. Doch obwohl an ihrer Spitze eine angesehene Persönlichkeit der früheren Führungsmannschaft steht, ist diese Gruppierung nicht ganz vertrauenswürdig; früher oder später wird man sich auf andere Kräfte stützen müssen.

Als nach nahezu einem Jahrzehnt der einsame Mann sich suchend umsieht, stellt er fest, daß es leer um ihn geworden ist. Alle seine alten Genossen wurden einer nach dem anderen eliminiert, verurteilt oder in die Verbannung geschickt. Von der Parkinsonschen Krankheit zermürbt, mit erschlafften Armen und Beinen, sabbernd mit hängendem Kiefer, vertraut er nur noch seiner Frau – der er doch immer mißtraut hat – und zwei oder drei jungen Komparsen, die zu bedingungslosem Gehorsam fähig sind. Seine Frau, die nun über die absolute Macht verfügt und die Roten Garden nach ihrem Belieben einsetzt, verhängt Haft- und Todesstrafen. Sie nutzt die Gelegenheit, persönliche Rechnungen zu begleichen, und das in außerordentlich hoher Zahl. Rechnungen mit den höheren Parteifunktionären, die zur Zeit von Yan'an die zweite Heirat des Führers mißbilligt haben: Er sollte, so meinten sie, nicht wegen dieser ehemaligen, erfolglosen Schauspielerin aus Shanghai seine Ehegefährtin verlassen, die ihm auf dem Langen Marsch gefolgt war. Auch mit den Theater- und Filmkreisen in Shanghai rechnet sie ab und mit früheren Liebhabern, deren Spuren sie unbedingt auslöschen will, um sich wieder eine Jungfräulichkeit zu verschaffen. Mit Hunderten von Mitgliedern aus Künstlergruppen, die während des Japanisch-Chinesischen Krieges entstanden sind und sich stets ihrer Kontrolle entzogen haben, womit sie ihre Ambitionen durchkreuzten, die künstlerischen Aktivitäten im Land zu bestimmen. Und mit den Frauen, die das Pech gehabt haben, dem Chef aufzufallen, und gezwungenermaßen eine Zeitlang seine heimlichen Geliebten gewesen sind ...

Eine lange schwarze Liste von Personen und ihren Familien wird aufgestellt. Es ergeht der heimliche Befehl, sie überall in China zu jagen und zu ergreifen. Kein offizielles Todesurteil ist erforderlich. Es genügt, sie ohne Pause zu verfolgen: Selbstmorde, unbehandelte Krankheiten oder das Dahinsiechen in einem Kerker erledigen den Rest.

Das alles gehört zur künftigen Entwicklung eines endlosen Alptraums. Im Moment sind wir erst in seiner Anfangsphase und befinden uns im Hohen Norden. Wird dieser Ort der Verbannung lange von der infernalischen Woge verschont bleiben?

27

Herbst 1968. Ankunft der Roten Garden. Sie übernehmen das Kommando im Lager und stellen das Lagerleben völlig auf den Kopf. Die zivilen Lagerführer werden abgesetzt und selbst unter Anklage gestellt.
Zur besseren Kontrolle quartiert man die Häftlinge aus ihren Schlafräumen aus und faßt sie in großen Sälen zusammen, die an jene überstürzt eingerichteten Flüchtlingslager während des Krieges erinnern.
Bei dem vollen Programm, das die Neuankömmlinge eingeführt haben, muß man jederzeit auf der Hut sein. Waschen und Essen werden rasch erledigt. Die Versorgung des Viehs und die Feldarbeit gehen weiter, aber auf die Schnelle. Die übrige Zeit bringt man mit endlosen politischen Versammlungen zu. Man liest Passagen aus dem *Roten Buch* und führt sogenannte Loyalitätstänze auf: »Der große Vorsitzende lebe zehntausend Jahre, zehntausend Jahre, zehnmal zehntausend Jahre!« Manchmal reißt der Lautsprecher mitten in der Nacht alle aus dem Schlaf, und man begibt sich sofort auf den Platz, um die Befehle zu hören, die gerade neu aus Peking eingetroffen sind.
Nachdem die Revolutionslehrlinge sich die Akten über dieses verfluchte Gesindel, das seit Jahren hier im Hohen

Norden lebt, angesehen haben, machen sie zu ihrer Begeisterung in Haolang ein seltenes Prachtexemplar aus. Von Leuten, die zur Zeit der Hu-Feng-Affäre gerade zwei oder drei Jahre alt waren und nie auch nur eine einzige Zeile dieses Schriftstellers haben lesen können, wird ihm der ruhmreiche Titel »ältester und hartgesottenster Rechtsabweichler« verliehen. Er gehört zu denen, die in den streng bewachten Räumen auf der anderen Seite des Platzes untergebracht werden, den sogenannten Ställen.
Ohne die näheren Einzelheiten zu kennen, wissen wir doch, was ihnen bevorsteht. Jeder wird in seinem Stall isoliert; abgesehen von einem mit Stroh gefüllten Bett ist der einzige Luxus ein Tisch. Der hat seine Bedeutung; an ihm muß der Isolierte »reinen Tisch« machen, das heißt, man kann jederzeit zu ihm kommen, um ihn zu verhören. Man fordert ihn auf, erst mündlich, dann schriftlich seine Vergangenheit und seine Vergehen zu erzählen, und das mehrfach, denn die verschiedenen Banden kommen nacheinander, wobei einige gewalttätiger sind als andere. Einer der Anführer trägt einen breiten, metallbeschlagenen Gürtel und ist für seine Bösartigkeit und Grausamkeit bekannt. Immer häufiger finden diese Verhöre am hellichten Tag in großer Versammlung statt. Dann wird der Platz zur Theaterbühne, wo ein entmenschter Haufen eine wilde Posse aufführt. Die Häftlinge aus den großen Schlafsälen müssen nach getaner Arbeit dem Spektakel, das dort abläuft, beiwohnen und sehen, was zu sehen sie nicht vermeiden können.
Auch ich sehe. Was ich sehe, werde ich bis ans Ende meines Lebens und darüber hinaus immer wieder vor mir sehen. Habe ich nicht mein Leben lang versucht, Angst und Ge-

wissensbisse zu überwinden und meinen Blick zu schärfen, um imstande zu sein, wenigstens einmal dem Abschaum der Menschheit direkt ins Auge zu blicken, ohne auszuschließen, was ich, Tianyi, mir selbst vorspiele?
Ich sehe die Massenverhöre auf dem Platz. Aufgereiht auf einer langen Bank sitzen die Angeklagten den versammelten Roten Garden gegenüber. In hitziger Erregung schreien diese passende Slogans zur Unterstützung der Anschuldigungen, die die Anführer den Angeklagten entgegenschleudern. Von Zeit zu Zeit heben sie die Arme, und ein ganzer Blumengarten von roten Büchlein erblüht. Ein Angeklagter unterscheidet sich von den anderen durch seine Größe: Haolang. Als einziger hält er den Kopf nicht gesenkt, trotz aller Bemühungen der Burschen, die hinter ihm stehen und ihm Schultern und Nacken nach unten zu drücken versuchen. Vor Wut packen sie ihn schließlich an den Haaren, eine Geste, die unvermeidlich an den Tod des Historikers Wu Han erinnert: erstes Opfer der Kulturrevolution, dem neben anderen Mißhandlungen auch ganze Haarbüschel ausgerissen wurden …
Der Freund wird zur bevorzugten Zielscheibe der Jungrevolutionäre, in den folgenden Versammlungen sieht man ihn allein vor der Menge stehen. Mit struppigen Haaren, unrasiert, vom Schlafentzug gezeichnet, antwortet er dennoch mit Würde und sonorer Stimme auf alle gestellten Fragen, die allerdings gar keine Antworten zulassen. Dadurch bringt er seine Ankläger noch mehr gegen sich auf. Als die Versammlung zu Ende ist und er sich zum Gehen wendet, verpaßt ihm einer der Anführer mehrere Schläge mit dem Gürtel von hinten gegen die Beine. Er stürzt, versucht, wieder aufzustehen, schafft es aber nicht.

Schließlich schleift man ihn zu seinem Stall. An den folgenden Tagen erscheint er hinkend vor seinen Richtern. Mit einem Riß in der Hose, der jeden Tag länger wird, steht er immer noch aufrecht, sagt aber nichts mehr. Er hält den Kopf leicht schräg und trägt eine spöttische Miene zur Schau.

Ich sehe den brennenden Scheiterhaufen auf dem Platz und die Roten Garden, wie sie mit wütender Begeisterung Bücher und andere Papiere hineinwerfen, alles, was sie an Geschriebenem in den Schlafsälen haben finden können. Zweifellos werden auch die Manuskripte des Freundes ein Raub der Flammen. (Von nun an hängt die Verbreitung seiner Gedichte von denen ab, die sie auswendig kennen.) Das finstere Fest ist in vollem Gange; doch der wilde Reigen dieser fremden Wesen geht unvermindert weiter. Oben auf den Bücherhaufen werfen sie, gleichsam als Krönung, Pappen größeren Formats, in denen ich sogar aus der Ferne unschwer meine Bilder erkenne. Es sind nur Landschaften und Porträts. Doch in den Augen dieser Zauberlehrlinge, die sich nur noch vom Zaubertrank des *Roten Buches* nähren, ist eine Landschaft ohne Bauern mit gebeugtem Rücken keine Landschaft und ein Mensch ohne hochgezogene Augenbrauen und stählernen Blick kein Mensch. Ich habe meine Bilder auf feste Pappe gemalt, damit sie länger erhalten bleiben. Nun erweist sich, daß sie vergänglicher sind als ein Strohhalm.

Ich sehe die Rotgardisten nach Ausfällen in die Region mit dem Lastwagen zurückkommen. Angestachelt von einigen kleinen Anführern versucht ein ganzer Trupp von wein- und machttrunkenen Fanatikern, vor dem Abendessen noch ein wenig sein Mütchen zu kühlen. Mit zügigem Schritt marschieren sie auf den Stall ihres erbitterten Feindes zu. Da tritt der Freund heraus, einen langen Spaten in der Hand, einen dieser breiten, scharfkantigen Spaten, mit denen man im Hohen Norden die vereiste Erde aufgräbt und zehn Köpfe im Umkreis abschlagen könnte (mit einem solchen Spaten hat er damals den Wolf niedergestreckt). Er hinkt drei Schritte vor, stellt sich auf sein gesundes Bein, richtet sich zu seiner vollen mandschurischen Größe auf und stößt einen langgedehnten Schrei aus, wie ein wildes Tier in der Falle, einen Schrei, der in allen Gebäuden ringsum zu hören ist und die Gruppe augenblicklich zum Stehen bringt. Kurze Verblüffung. Dann trifft ein Stein den Freund an der Schulter. Er wankt kurz und hebt den Spaten als Schild. Weitere Steine fliegen. Ein roter Stern quillt aus seiner Stirn, noch einer an der linken Schläfe, Blut fließt. Der schwere Körper sackt zusammen. Mehrere Rotgardisten lösen sich aus der Gruppe und wollen sich auf ihn stürzen. Eine andere Gruppe tritt dazwischen, um es zu verhindern. (Später werden sich diese Gruppen gegenseitig umbringen. Kaltschnäuziges Töten haben sie im Moment noch nicht auf ihrem Programm.) Im Nu ist der Platz leer. Eine seltene Stille senkt sich auf das gespenstische Universum.

Ich sehe Tianyi; ich sehe mich – aber der, den ich sehe, bin das noch ich? –, ein Gespenst unter Gespenstern, wie er über den Platz auf den Menschen zugeht, der in einer Blutlache liegt. Einige andere Gespenster kommen dazu, mutige Kameraden, Krankenpfleger. Sie legen den Körper auf eine behelfsmäßige Trage und bringen ihn ins Krankenrevier. Hastige Reinigung. Ein Kopfverband wird angelegt und färbt sich sofort rot. Das erstickte Röcheln des wilden Tieres mit der offenen Wunde geht nach und nach in schweres, regelmäßigeres Atmen über. Spät am Abend öffnet sich das nicht vom Verband bedeckte Auge und erkennt das Gesicht des Freundes, Andeutung eines Lächelns, wie in der Feuersnacht; das Gesicht eines gefallenen Engels mit verbrannten Flügeln. Von diesem Augenblick an kann die rostzerfressene Bronzemaske sich schließen. Das letzte Röcheln und der letzte Blutauswurf ändern nichts mehr an ihrer endlich erstarrten Form.

Ich sehe Tianyi, wie er, gekrümmt vor Leib- und Magenschmerzen, ins Ortskrankenhaus gebracht wird. Ich sehe ihn, wie er nach einigen Tagen bei der erstbesten Gelegenheit aus dem Zimmer fort, den Flur entlang und dann atemlos in die Ebene hinausläuft. Als man ihn, kaum zu erkennen, wiederfindet, hat er die Taschen mit Pferdeäpfeln vollgestopft. Er wird ins Krankenhaus zurückgebracht, läuft aber immer wieder davon und sucht draußen nach Pferdeäpfeln, um sich aufs neue die Taschen damit zu füllen. Warum faszinieren ihn diese gelblichen Bälle so sehr, daß er sie kauen und hinunterschlingen möchte? Erinnern sie ihn vielleicht an das Papier, das er zum Malen benutzte, eben das sogenannte Pferdeäpfelpapier?
Schließlich sehe ich Tianyi, wie er mit einem Militärlastwagen zu einem riesigen Gebäude gefahren wird, einem Heim für Geisteskranke und Körperbehinderte in der Stadt S. Von nun an wird er namenlos. Abgesehen von ein paar Betäubungsmitteln bekommt er keine Behandlung. Man läßt ihn in Ruhe. Was man so Ruhe nennt. Rücksichtslos wird er zwischen lauter verwahrloste Menschen geworfen, zerbrochene, entstellte, dreckstarrende und

doch seltsam freie Wesen. Frei zu schreien, zu prügeln, jeder spontanen Anwandlung zu folgen oder den ganzen Tag kraftlos dazusitzen. Ich sehe ihn, wie er sich, als letzte Rettung, großer Papierrollen bemächtigt, die zu allem möglichen dienen. Auf diesem dicken Papier, das nach Gras und Erde riecht, fängt er an zu schreiben, Tag und Nacht, und dabei entrollt sich das Papier unter seiner Hand, endlos, wie ein langer, unablässig fließender Strom oder eines jener alten Rollbilder mit dem Titel: *Der Fluß Jangtse über eine Länge von zehntausend li*. Er bringt alles zu Papier, was er auf Erden erlebt und gesehen hat, auf dieser Erde mit ihrer unerhörten Not und ihrem unerhörten Reichtum.

Möglicherweise geschieht dann ein letztes Mal das schon so oft erwartete und erlebte Wunder. Es kann nicht anders sein, ein letztes Mal muß das Wunder geschehen. Wenn dieser so gewöhnlich-ungewöhnliche Mensch namens Tianyi Stück für Stück die Ereignisse eines Lebens wiedergibt, läßt er es möglich werden: Ein sprudelnder Quell wird nach und nach die getrennten Teile, die in Wirklichkeit ein Ganzes waren, wieder zusammenfügen, und auch der mäandernde Atem findet dann wieder seinen Weg und strömt nur noch in eine einzige Richtung. Mit dem Fortgang der Niederschrift überkommt Tianyi plötzlich eine Gewißheit: Das wahre Leben ist immer noch da, und es ist heil und ganz, trotz allem. Nun, da alles zu Ende ist, fängt das wahre Leben erst wirklich an. Denn er, Tianyi, hat das Leben in einem geliehenen Körper gelebt; jetzt ist für ihn die Zeit gekommen, es selbst zu erleben. So wie das Leiden zu immer heftigerem Leiden und die Freude zu immer lebhafterer Freude führt, ist vielleicht auch das, was geschehen könnte, ebenso wirklich wie das, was tatsächlich geschehen ist.

Tatsächlich geschehen? Wer könnte dessen jetzt sicher sein, so verworren wie vieles mitunter erscheint? So viele Träume, Hoffnungen, Ängste und Sehnsüchte sind zu den für wirklich gehaltenen Ereignissen hinzugekommen. Und schließlich besitzt der umherschweifende Mann, seit jeher besitzlos und nachlässig, kein einziges Dokument, kein einziges Zeugnis mehr. Was weiß er selbst denn wirklich? Weiß er, ob es ursprünglich, ohne das Zusammentreffen der drei Personen, kein Schicksal gegeben hätte? Wie oft allerdings fragt er sich, ob sich die drei Personen nach ihrer Begegnung jemals wieder getrennt haben – ist Tianyi jemals fortgegangen und zurückgekehrt? Hat Yumei diese Welt jemals verlassen? Hat Haolang sich jemals bis an die äußersten Grenzen verirrt? Würde er, Tianyi, es nicht ohne weiteres jemandem glauben, der ihm einreden wollte, das alles sei vielleicht nur Phantasie? Letzten Endes könnte alles auch anders weitergehen. Ruft er Yumei, hört er immer noch und immer wieder ihre muntere Stimme: »Es ist noch nicht zu spät. Kommt, wir unternehmen noch was!« Und der bloße Name Haolang erweckt immer noch und immer wieder den Klang der kräftigen Schritte, in deren rhythmischem Gleichmaß sich die Landschaft entfaltet. Nur einer Kleinigkeit bedarf es, und abermals schiebt der nackte Fuß die warme rote Erde beiseite oder die duftenden Gräser mit ihrem unauslöschlichen Glanz. Immer von neuem zieht die Zeit in ihrem uralten Rhythmus bruchlos Kreis um Kreis. Blauer Dunst, der nicht trügt, steigt auf am Horizont, die Sonne versinkt und läßt dem Mond freie Bahn. Im kristallklaren Schein harrt die nächtliche Erde, bis unverhofft der Kreis neu beginnt. Und der Baum des Begehrens kann in alle Ewigkeit immer wieder neu austreiben. Und er treibt wieder aus. Ganz bestimmt treibt er wieder aus. Warum hätte man sonst gelebt mit so heftiger Lust, so untröstlichem Kummer? Es kommt wohl nur darauf an, daß man warten kann.

Unterdessen genügt es, wenn der Zeuge, der nichts mehr zu verlieren und alle Tränen hinuntergeschluckt hat, die Feder nicht aus der Hand legt und das Strömen des Flusses nicht unterbricht. Der unsichtbare Atem, so er lebendig ist, wird nicht vergessen, was alles er auf dieser Erde erfahren hat, an Verlockung und wildem Verlangen. Er trägt genügend Sehnsucht in sich, als daß nicht auch er den Weg der Rückkehr einschlägt, wann und wo immer er will.

Jon Fosse

MELANCHOLIE. Roman

Die Geschichte einer großen, also unglücklichen Liebe – ein Plädoyer für die Freiheit, die wilde Empfindung, aber auch für die Schönheit, die daraus entsteht, daß sie gebrochen wird.

»Fosses sofort mitreißende erzählerische Technik, die dank der Übersetzung von Hinrich Schmidt-Henkel bis in die filigrane Syntax funktioniert, verdankt sehr viel dem in Interviews ausdrücklich bewunderten Johann Sebastian Bach, und der hat bekanntlich das Göttliche in ein wirklich weltliches Musikverständnis gebracht, das die Frage nach Gott nur als Kunst selbst beantwortet. Nichts anderes ist dieser Roman.« Frankfurter Allgemeine Zeitung

Aus dem Norwegischen von Hinrich Schmidt-Henkel
445 Seiten, gebunden, ISBN 3-463-40398-6

Richard J. Evans

RITUALE DER VERGELTUNG

Die Todesstrafe in der deutschen Geschichte 1532-1987

»Evans' Studie umfaßt nicht nur einen langen Zeitraum, er prüft auch jeden Aspekt des Themas Todesstrafe: die Geschichte von Verbrechen und abweichenden Verhalten, in enger Verbindung mit der Veränderung der Klassen- und Geschlechterbeziehungen in der deutschen Gesellschaft ab dem 16. Jahrhundert; die Geschichte des Strafprozesses und der Rechtsreformen; die sich verändernden Formen der Hinrichtung und die mit ihr zu unterschiedlichen Zeiten verbundenen symbolischen Bedeutungen; die Entwicklungsgeschichte des Henker-Berufs; nicht zuletzt die sich verändernde populäre und kulturelle Wahrnehmung des Todesstrafe.« Times Literary Supplement

Aus dem Englischen von Holger Fliessbach
1344 Seiten, gebunden, ISBN 3-463-40400-1

Die französische Originalausgabe erschien 1998
unter dem Titel »Le dit de Tianyi« im Verlag Albin Michel, Paris

Der Version des Laotse-Zitats auf S. 248 liegen die im Orginal verwendete französische und verschiedene deutsche Übersetzungen zugrunde.

Die deutsche Übersetzung des Gedichts *Der Landsitz am Chungnan-Gebirge* von Wang Wei auf Seite 448 ist folgendem Band entnommen:
Wang Wei, *Jenseits der weißen Wolken*, dt. Stephan Schuhmacher, München 1982

Die Übersetzerin dankt dem Deutschen Übersetzerfonds e. V. für die großzügige Förderung dieser Arbeit.

Redaktion: Regine Weisbrod
Umschlaggestaltung: Gudrun Fröba, Berlin
Umschlagreproduktion: Mega Satz Service, Berlin
Buchgestaltung: ⓢ sans serif, Berlin
Gesetzt aus der Aldus
Satz: Greiner & Reichel, Köln
Druck und Bindung: Clausen & Bosse, Leck
Printed in Germany
ISBN 3-463-40410-9